Corpo

AUDREY CARLAN

Corpo

TRINITY — LIVRO 1

Tradução
Lilia Loman

1ª edição
Rio de Janeiro-RJ / Campinas-SP, 2017

VERUS
EDITORA

Editora
Raïssa Castro

Coordenadora editorial
Ana Paula Gomes

Copidesque
Lígia Alves

Revisão
Cleide Salme
Raquel de Sena Rodrigues Tersi

Capa e projeto gráfico
André S. Tavares da Silva

Diagramação
Daiane Cristina Avelino Silva

Título original
Body

ISBN: 978-85-7686-615-2

Copyright © Waterhouse Press, 2015
Todos os direitos reservados.
Edição publicada mediante acordo com Waterhouse Press LLC.

Tradução © Verus Editora, 2017
Direitos reservados em língua portuguesa, no Brasil, por Verus Editora. Nenhuma parte desta obra pode ser reproduzida ou transmitida por qualquer forma e/ou quaisquer meios (eletrônico ou mecânico, incluindo fotocópia e gravação) ou arquivada em qualquer sistema ou banco de dados sem permissão escrita da editora.

Verus Editora Ltda.
Rua Benedicto Aristides Ribeiro, 41, Jd. Santa Genebra II, Campinas/SP, 13084-753
Fone/Fax: (19) 3249-0001 | www.veruseditora.com.br

CIP-BRASIL. CATALOGAÇÃO NA FONTE
SINDICATO NACIONAL DOS EDITORES DE LIVROS, RJ

C278c

Carlan, Audrey
  Corpo / Audrey Carlan ; tradução Lilia Loman. - 1. ed. -
Campinas [SP] : Verus, 2017.
  ; 23 cm.   (Trinity ; 1)

  Tradução de: Body
  ISBN 978-85-7686-615-2

  1. Romance americano. I. Loman, Lilia. II. Título. III. Série.

17-43347   CDD: 813
                                                 CDU: 821.111(73)-3

Revisado conforme o novo acordo ortográfico

Para minha mãe, Regina...
Porque você nunca teve o seu feliz para sempre.
Sinto sua falta todos os dias.

1

Eu só quero uma vida normal — uma vida sem dor. Eu já passei por mais dores físicas e emocionais nos meus vinte e quatro anos do que a maior parte das mulheres passa na vida inteira. As pessoas não dão valor quando as coisas são fáceis. Elas correm por aí, sem nunca se preocupar com a chegada iminente de um fim sufocante, esmagador. Eu tenho inveja dessas pessoas e estou determinada a um dia ser como elas. Meu novo lema é viver pelo amanhã. Toda decisão vai me mover em direção a um futuro repleto de luz, um futuro que não pode ser apagado por realidades duras ou inconvenientes inesperados. Sou eu quem faz os meus sonhos. Não sou mais a mosca morta que permite ser machucada.

O cargo de gerente de arrecadação de fundos em uma das maiores organizações beneficentes para mulheres dos Estados Unidos me trouxe para onde eu estou hoje, sentada neste bar. Depois de uma viagem longa com duas paradas, estou afundando no assento acolchoado que abraça minhas curvas. Olhando ao redor, fico feliz por ter colocado meu blazer de trabalhar e um jeans escuro. Os saltos altíssimos e um colar comprido de contas complementam o visual casual de negócios.

Não me encaixo muito bem. Homens e mulheres em ternos impecáveis e vestidos até os joelhos se reúnem em grupinhos para curtir o happy hour. Não é a minha praia. Se a reunião do conselho de diretores da Fundação Safe Haven não fosse neste hotel, eu estaria em casa usando um pijama gostoso, bebericando vinho e assistindo a um filme de mulherzinha com Maria, a amiga que mora comigo.

Os sulcos profundos na moldura arredondada do balcão foram perfeitamente esculpidos em um padrão circular. O bar tem luzes ao fundo que atravessam cada garrafa como um raio de sol brilhando através de um cristal. O espectro de cores se espalha, parecendo mais uma obra de arte do que prateleiras de vidro abarrotadas de bebidas. De cada lado há uma escada alta para que o barman consiga alcançar a garrafa da prateleira mais alta. As bebidas que custam algumas centenas de dólares por garrafa, talvez até mesmo por copo, são expostas nessas prateleiras de honra.

Lendo a carta de vinhos, sou lembrada da minha posição na vida. Como vivo na terra dos vinhos, tenho uma boa ideia do que é bom, regular ou vinagre total. Tudo neste cardápio é cobrado por garrafa, a mais barata delas na faixa dos cem dólares — longe do meu poder aquisitivo.

Um homenzinho peludo atrás do bar sorri para mim, limpa o espaço entre nós com um pano úmido e coloca um porta-copo na minha frente.

— Do que você gostaria? — Seu sotaque tem uma inflexão italiana de Chicago.

— Hum, não tenho certeza. Você serve vinho em taça?

— Você não é daqui, é? — Sua pergunta é sincera e amigável.

Decido que a honestidade é a melhor saída.

— Não. Estou aqui a negócios.

— Ótimo. Eu te sirvo — ele diz, batendo no bar. — Branco ou tinto?

— Branco, por favor. Obrigada.

O bar é um mundo à parte. Tive dúvidas quanto a descer ou não, mas estou feliz por ter vindo. O cansaço da viagem está começando a diminuir. O barman coloca um copo generoso de vinho diante de mim. Ele me deu bem mais que a dose costumeira. Abro um sorriso largo, provavelmente mostrando todos os dentes e a gengiva. Ele sorri e vai servir outro cliente.

Alto-falantes escondidos tocam a voz cadenciada de Amy Winehouse, que canta suavemente sobre não ser nem um pouco boa para o seu homem. As pessoas conversam. Tomo um gole do meu vinho e sou invadida pela explosão de notas suaves, amanteigadas, do chardonnay. Me faz lembrar uma pequena vinícola que eu e minhas irmãs de alma visitamos em Napa no ano passado. Aquele vinho era suave e acetinado, exatamente como este. Minha esperança é que a conta não dê mais que vinte dólares. Se der, minha verba diária está condenada.

Eu me viro de lado e vejo uma mistura eclética de arte contemporânea associada a luzes baixas vindas do teto. Um piano de cauda preto impecável está no canto. Há uma luz suave brilhando sobre ele, como se esperasse que alguma alma solitária tocasse suas teclas. Um homem coloca a mão sobre a superfície brilhante, quebrando meu transe. Seguindo das mãos até o braço, descubro que ele está ligado ao rosto masculino mais marcante que já vi. Sua imagem poderia facilmente estampar a capa de qualquer revista de moda. Sobrancelhas escuras e fortes definem o que eu acredito serem olhos escuros. Maçãs do rosto esculpidas se levantam quando ele joga a cabeça para trás, rindo. Com o terno escuro que está vestindo, ele é o protótipo da masculinidade: alto, moreno e bonito, provavelmente uma das formas mais perfeitas que já vi na vida. Maravilhoso.

Passo os olhos pelo seu corpo, dos sapatos de couro de grife até a calça bem cortada, que cai da sua cintura daquele jeito sexy que você só vê nos filmes. Engulo o vinho, deixando a ardência da bebida perfurar minha consciência, enquanto meus olhos continuam a viagem para o peitoral largo. Fico imaginando que debaixo do tecido sedoso existe um peito e um abdome esculpidos. A gravata está solta. Ele provavelmente acabou de encerrar o dia de trabalho e correu para tomar uma cerveja com os amigos no centro de Chicago.

Não, não é isso. Ele é elegante demais para cerveja. Esse seria o tipo de cara com quem eu normalmente saio. Este homem, o sr. Super-Homem, tem muita classe. O copo dele está cheio de um líquido cor de mel, confirmando o seu bom gosto. Scotch ou uísque com gelo.

Quando dá pequenos goles, ele é o sexo personificado. Imagino que a bebida queime ao descer pela garganta. Aposto que o álcool forte aquece seu estômago e ameniza as dificuldades do dia. Deve ser advogado de uma empresa ou banqueiro. Talvez tenha tido uma reunião neste mesmo hotel e esteja batendo papo com os homens em volta. Melhor ainda: eles podem estar tentando impressioná-lo. É isso.

Descanso o olhar em seu rosto e me assusto quando percebo que seus olhos estão voltados intensamente para os meus. Quero me virar para o outro lado, mas não consigo. É como se ele estivesse me mantendo amarrada ao seu olhar. Redemoinhos de calor atravessam minhas entranhas quando nossos olhares se encontram e nós dançamos um em torno do outro, analisando, estudando. Tento olhar para outro lugar, sem sucesso. Depois do que parece uma eternidade, uma de suas sobrancelhas se levanta e um sorriso maroto atravessa seu rosto. Maravilhoso não é a palavra certa. Ele é esplêndido.

Dedos compridos passam pelos cabelos escuros. Eles caem em camadas sensuais, e eu daria qualquer coisa para passar os meus dedos ali. Um arrepio corre pelas minhas costas enquanto continuamos a nos encarar. Quando estou prestes a desmaiar por prender a respiração por tanto tempo, ele olha para o outro lado. É como jogar areia em uma labareda. O fogo se apagou. Foi-se. Frio. Restam apenas cinzas.

O que foi que aconteceu?

O dia deve estar pesando em mim. Nunca dissequei tanto um homem, nem me senti tão atraída. *Aposto que ele é bom de cama.* A ideia esvoaça pela minha cabeça e eu a esmago. Ideias como essa não trazem nada de produtivo. Foi bom ele ter virado o rosto. Ainda melhor não ter ouvido o chamado silencioso da sereia, instigando-o a preencher o desejo que pulsa em todos os meus poros. Ele só precisaria de um fósforo e eu me incendiaria feito uma pilha de folhas secas.

Com cada célula do meu ser, fico de frente para o balcão e faço de tudo para me concentrar em qualquer coisa além do homem ali no canto. Delicadamente, passo o dedo sobre a borda da taça de vinho, tentando fazê-la acompanhar a música que permeia a sala. Fico muito satisfeita quando consigo fazer um círculo com um tom suave, uma pequena nota para combinar com a letra da música.

— Belo truque — uma voz grossa ressoa atrás de mim. É uma daquelas vozes que entram na barriga da gente e fazem cócegas de dentro para fora.

Eu me viro tão rápido que a taça escorrega pelo balcão. Um braço rápido passa por mim e a pega antes que uma única gota seja derramada. Estou presa entre um peito largo e o bar atrás de mim. Instintivamente, equilibro as mãos contra a superfície dura que me aperta. Meu nariz está grudado em uma camisa bem passada. Sândalo e um perfume cítrico permeiam o ar com um odor inebriante. Respiro fundo, inalando o sabor de natureza e de homem. O cheiro me lembra que faz tempo demais que estive tão perto do sexo oposto.

Um ruído destrói a minha felicidade. O peito em que estou encostada está rindo. Empurro levemente e a parede maciça se move para revelar incríveis olhos azul-caribe. A luz estava me enganando até então. Não são nem um pouco escuros. Eu o encaro de traço a traço. Daqueles olhos azuis até as maçãs do rosto esculturais e os lábios em formato de coração. O Super-Homem sexy está aqui, bem na minha frente, olhando para mim. Um halo de luz atrás dele acentua cada traço delicioso. Ele está... rindo.

Enrugo o nariz e empurro seu peito com força para assegurar um espaço muito necessário. Em poucos segundos, este estranho invadiu completamente meu espaço e me aprisionou como um animal, salvou minha bebida e me fez perder a capacidade de falar.

— O gato comeu a sua língua?

— Não! — Reviro os olhos, pois isso soa ridículo. Até para mim.

Ele ri e faz um gesto para a banqueta vaga ao meu lado.

— Posso? — Já está sentado antes de ouvir a resposta.

— Não, não pode. Estou esperando uma pessoa. — Resposta totalmente razoável. E uma grande mentira, mas sempre funciona.

— Ela pode sentar do seu outro lado. — E abre um sorriso largo.

Maldito rosto sexy. Eu poderia olhar para ele durante dias e ainda não entenderia como Deus pôde criar algo tão perfeito. Mas provavelmente não passa disso.

Ele estala os dedos para o barman, que vem correndo.

— Que grosseria. Você sempre trata todo mundo como cachorro? — Nem tenho certeza do motivo por que abri a boca. Eu devia tê-lo ignorado, terminado minha bebida e saído. Mas não, eu tinha que cutucar o Super-Homem sexy.

Ele olha para mim enquanto o barman espera pacientemente. Parece estranho vindo do funcionário de um bar. Por que ele simplesmente não pergunta o que o Super-Homem quer? O cara vasculha meu rosto com seus olhos cor de oceano e fala com o barman sem olhar para ele. Mais uma vez, grosseiro!

— Sam, eu quero outro. E ela também. — Faz um gesto para minha taça de vinho quase vazia.

— Sim, sr. Davis. É pra já. — O barman praticamente se curva antes de sair correndo para trazer as bebidas.

— Sr. Davis? Pelo jeito você vem sempre aqui.

— Chase Davis. E, sim, eu sou o dono deste hotel. É importante saber como estão os meus investimentos.

Minhas bochechas ardem, não tenho certeza se de vergonha ou irritação. Talvez um pouco de cada. Além de ser bonito de forma perturbadora, ele é exibido. Não dou a mínima.

— Desculpe se eu pareci mal-educado, mas estalar os dedos chamou a atenção do Sam. Eu queria pedir outra bebida para você antes que você saísse correndo.

Parece razoável.

— E por que você está interessado em me pagar uma bebida, sr. Davis?

— Chase. Pode me chamar de Chase.

— Tenho a impressão de que você está acostumado a ser chamado de sr. Davis. — Uso meu tom mais sedutor. — Você gosta do respeito que isso passa, não é? — De onde estou tirando essas bobagens, não faço ideia. Sinto como se estivesse em um jogo que nunca joguei antes e não tenho ideia se estou ganhando ou perdendo. Alguma coisa nesse homem instiga minhas defesas a cutucar e atacar, mas não de forma desconfortável. É mais como se eu quisesse provocá-lo.

— Na minha vida profissional, "sr. Davis" é apropriado, sim. Na vida particular, como nesta conversa, eu gostaria que você me chamasse de Chase. — Seus olhos reluzem e, quando ele sorri, sou presenteada com uma fileira de dentes perfeitos e brancos. De tirar o fôlego.

Anuo, sem saber ao certo como continuar lutando. Toda a sua essência emana confiança e controle, e eu estou murchando sob a pressão de estar perto dele. Ele é o sexy Super-Homem, mas parece que está se tornando a minha kriptonita.

— Respondendo a sua pergunta, eu te paguei uma bebida para poder te conhecer melhor.

Minhas entranhas estremecem enquanto ele lê o meu rosto e depois desce o olhar, pousando no meu peito. Estou feliz por ter vestido uma blusinha justa debaixo do blazer. Ela acentua meus seios, mas deixa espaço para a imaginação. Obrigada, *Esquadrão da moda*, pela técnica do blazer acinturado + blusa sensual.

Lambo os lábios e mordo o inferior, tentando decidir o que dizer ou fazer a seguir. Os olhos azuis rodopiam e se dilatam.

— Qual é o seu nome? — pergunta.

— Gillian Callahan, mas os meus amigos me chamam de Gigi.

— Vou te chamar de Gillian ou de srta. Callahan. — Ele segura minha mão e a leva aos lábios para beijá-la. — Apelidos são ganhos por merecimento. Eu prefiro escolher os meus.

O tom rouco envia ataques de pura luxúria, torcendo-se e enrolando-se em redemoinhos através de mim.

Meu Deus, esse homem é a personificação do sexo. O sexo emana de suas palavras, do brilho dos seus olhos e do sorriso sem-vergonha associado a lábios deliciosos. Quero beijar, morder, me deliciar com esses lábios. Nessa ordem. Ele puxa a gravata e desfaz o nó completamente. Com um movimento dos dedos, abre os dois primeiros botões do colarinho, expondo um pouco da pele bronzeada. Desesperadamente, quero chegar perto e dar uma lambida. Só para experimentar, rapidinho. Eu só precisaria disso.

— Você gosta do que está vendo, Gillian?

Antes de o meu cérebro se conectar e elaborar uma frase, anuo com a cabeça de um jeito idiota. Com o espírito de uma adolescente com paixonite, a resposta fraca escapa:

— Ah, com certeza.

— Hum, fico feliz. Vamos continuar esta conversa em outro lugar? — Em segundos, seus olhos passam de azul-caribe para pretos.

Uma mão grande escapa para meu joelho, e o polegar contorna o símbolo do infinito ali. Com a pequena pressão sobre o jeans, sinto seu toque queimando e marcando minha pele. Ondas de excitação correm pelos meus membros, até que sua fala faz sentido para mim.

— Desculpe. O quê? — Pulo da banqueta, e para tanto preciso de algum esforço, pois minhas pernas se transformaram em gelatina. Ir para um lugar mais confortável? Como se eu fosse uma vadia pronta para pular na cama com um cara, mesmo ele sendo absurdamente sexy, dez minutos depois de ter conhecido? Eu não sou esse tipo de mulher. Bem, eu poderia ser, mas não é essa a impressão que quero passar.

Seu rosto se torce em uma careta confusa. Ele tenta me alcançar, mas dou um passo para trás, escapando de seu toque. Homens grandes muito perto normalmente me dão ataques de pânico.

Seus olhos se estreitam.

— Você me quer. Dá para ver claramente. Está escrito no seu rosto lindo, e você carrega as emoções à flor da pele.

Arrepios de medo espetam minha coluna e fazem os pelos macios do meu pescoço levantarem. Balanço a cabeça.

— Você deve ter entendido errado. Preciso ir embora. Foi bom te conhecer. — Virando-me com agilidade, limpo a mente e vou em direção à saída do bar do hotel.

— Gillian, espere! — ele pede atrás de mim.

Considero a possibilidade de sair correndo, mas sei que estou segura aqui. É um hotel cinco estrelas em pleno centro de Chicago. Há pessoas de um lado para outro em todos os lugares. Respirando fundo, me viro de novo e encaro o homem mais bonito do mundo. Super-Homem não é um apelido justo. Ele é simplesmente... perfeito.

Quando ele me alcança, me dá um cartão de visita.

— Meu cartão. O meu celular está atrás. Não tenho muita certeza do que aconteceu aqui, mas eu gostaria de te ver novamente.

Sem chance.

— Vou pensar.

Ele inclina a cabeça de uma forma que me faz acreditar que nunca havia recebido um não antes. Provavelmente nunca recebeu. Teria que ser uma louca para recusar uma noite com esse estranho maravilhoso, mas estou vivendo pelo amanhã, não pelo dia de hoje. Um sorriso lento desliza pelo seu rosto. Ele se inclina para a frente e coloca ambas as mãos nos meus ombros. Preciso de todas as minhas forças para não entrar em pânico. Faz parte de meu mecanismo de defesa. Fecho os olhos enquanto ele se inclina e beija o meu rosto.

Sândalo e perfumes cítricos permeiam o ar em torno do seu corpo. Meu Deus, o cheiro dele é delicioso.

Chase sussurra em meu ouvido:

— Até a próxima. — Então arrasta os lábios pela lateral do meu queixo antes de se afastar.

Eu poderia derreter ali mesmo. Ele pisca um olho, se vira e caminha de volta ao bar.

Burra. Burra. Burra.

A DR interna discorre em um ciclo constante, enquanto arranco os sapatos e os jogo pelo quarto. Coitados dos sapatos, tão lindos. Eles não merecem esse tratamento, mas eu tenho que liberar a agressividade de alguma forma. Bater a cabeça em uma superfície dura parece tentador no momento. Ou é concussão, ou abuso de sapato.

Argh, por que eu não posso ser simplesmente normal? Entrar em um bar. Sentar. Tomar uma bebida. Ver um homem bonito. Flertar. Ele me chamar para sair. Era assim que *tinha que ter sido* o encontro com Chase. Mas não. Não para Gigi Callahan, a perturbada de San Francisco. O homem faz uma sugestão sexual explícita e eu desmonto como um castelo de areia. Pior: fujo como um cachorrinho assustado. Eu devia ter ficado e dado o troco.

Não que eu seja pudica ou santa. Já fui abordada sexualmente muitas vezes. Até já pensei no assunto. Mas com ele... foi como se eu não conseguisse fazer meu cérebro funcionar tempo o bastante para juntar duas frases. Minha ausência de filtro o incentivou, lhe deu luz verde. Ele provavelmente leva uma mulher diferente para a cama toda noite. Com um rosto e um corpo daqueles, quem é que resiste? Droga. Se eu não fosse um gatinho assustado, estaria arranhando sua perna agora, implorando por um carinho.

Chase. Pensar nele faz meu estômago se contorcer e deixa minha calcinha molhada. *Arrrrggghhhhh.*

Deito na cama e olho fixamente para o teto, derrotada. Quando é que eu vou aprender a controlar meus medos? Não importa. Estou aqui para me concentrar no trabalho com a Safe Haven. É isso. E, se eu me comportar bem, no fim uma pessoa legal vai aparecer na minha vida. Tipo uma pessoa alta de cabelo escuro, olhos azul-oceano e mãos quentes.

Burra. Burra. Burra.

Meu celular vibra na mesa de cabeceira, me tirando do devaneio. É minha colega de apartamento. Graças a Deus!

— Ria! Que bom que você ligou — grito no telefone.

— *Mi amiga!* Qual é o problema? Você está meio estranha.

Maria De La Torre é uma das minhas melhores amigas e mora comigo. Já passamos por poucas e boas e temos muito em comum. Com o passar dos anos, nos tornamos protetoras uma da outra. O amor e o apoio de Maria me ajudaram a atravessar noites cheias de lágrimas e baixa autoestima. Da mesma forma, eu fui o porto seguro dela muitas vezes. Juntas, e com muita terapia, aprendemos a lidar com as coisas e a ser mais abertas sobre nossos sentimentos. Eu ainda sou fechada, mas há algumas poucas pessoas no meu mundo em quem confio. Maria é uma delas.

— Amiga, eu conheci um cara. — Suspiro no telefone, enojada comigo mesma.

— Então por que é que parece que o seu cachorro acabou de morrer? — Ela ri.

— Não sei. Esse cara é diferente. Ele é intenso. — Dizer isso não lhe faz justiça.

Maria suspira do outro lado da linha.

— Gigi, não me diga que conheceu outro filho da puta que só quer te levar para a cama. Quer dizer, você é linda, mas tem que parar de atrair esses *pedazos de mierda*!

Dou risada. Ela pensa que todos os homens são *pedazos de mierda*. Inúteis. Eu acho fofo quando ela mistura o espanhol em algumas frases. É a sua marca, e me ensinou bastante sobre a língua.

— Ele não é assim. Bem, na verdade eu não sei nada sobre ele, além do fato de que ele é muito gostoso. Quando eu digo gostoso, estou falando no nível de um ator de cinema, tipo "o homem mais sexy do mundo" da revista *People*. As mulheres devem arrancar a calcinha pra ele sem perguntar nada.

— Ele provavelmente sabe disso também. Filho da puta presunçoso.

Ela cai na risada.

— Legal. E você vai?

— Vou o quê?

— Arrancar a calcinha pra ele, sua boba. — Sua risada fica mais alta, adornada com o tom da última palavra.

— Não! Eu conheci, conversei com ele e depois saí correndo. Dei uma de idiota, completamente. Duvido que ele vá querer me ver de novo. — É verdade. Além disso, se ele soubesse do meu passado, levaria seu corpo sexy de Super-Homem para a direção oposta.

— *Cara bonita*, não. Tenho certeza que você não fez isso.

Eu me encolho. Ela sempre me chamou de "cara bonita". E exagera com o carinho quando sente que estou deprimida ou preciso de encorajamento.

— Ele te chamou pra sair ou pediu o seu telefone?

Uma faísca de esperança brilha a distância.

— Bem, sim. Mais ou menos. Ele me deu um cartão com o celular dele. Me pediu pra ligar. — Tecnicamente, ele de fato me deu o cartão depois do meu comportamento ridículo, então talvez esteja interessado. Mas o que isso diz sobre ele? Eu me comportei feito uma paspalha, mas ele foi direto demais. Desnecessário.

— Hum, aí tem. Você vai? — Ela parece esperançosa. — Você merece um pouco de diversão em Chicago. Além disso, qual foi a última vez que você foi pra cama com um cara?

A pergunta é retórica. Ela sabe que faz meses.

— Ria! Eu acabei de conhecer o cara. Você está sugerindo que eu vá pra cama com ele? — A garota não tem limites. Embora eu não possa dizer que a ideia não tenha passado pela minha cabeça, especialmente quando ele afrouxou a gravata prateada, expondo o pedaço estimulante de pele.

— Sim, estou. Você precisa de uma trepada!

Engasgo com sua honestidade.

— Você está meio tensa ultimamente. E você mesma disse que ele é o tipo de homem com quem as mulheres querem ir pra cama. Pense nisso. Você é jovem, *mi amiga*! Comece a agir como quem tem vinte e quatro anos, e não quarenta e quatro.

Inspiro e expiro longamente.

— Tem razão. Eu vou pensar nisso. Que tal amanhã eu te ligar depois da minha primeira reunião com o conselho? Vou dormir agora, porque quero ir à academia logo cedo. — Dou um bocejo alto e percebo que estou exausta.

O que Maria diz tem lógica. Ando tensa demais. Meu último relacionamento, se é que se pode chamar assim, foi com Daniel, o molenga.

Estou sendo injusta. Ele não era realmente um molenga. Só era sensível demais para mim. Me tratava como uma princesa e chorava em filmes de mulherzinha. Eu raramente choro. Ele também era um tédio na cama. Só gostava de fazer papai e mamãe, nunca saía da programação. Quase teve um troço quando sugeri que ele me pegasse por trás. Sua voz chocada ecoava no meu cérebro. *Você quer ser comida como uma vadia, Gigi? Qual é o seu problema?* Pensar naquele imbecil me revira o estômago. Eu preciso de um homem que saiba lidar com uma mulher. Um homem que me excite, que me faça ter orgasmos sem medo de ser machucada. Daniel nunca me deu muito prazer, mas também nunca me tocou com raiva.

A voz descontente de Ria me traz de volta do meu devaneio.

— *Argh!* Você e a academia. A Bree ficaria orgulhosa. Eu... eu vou curtir um jantar cheio de gordices com o Tommy. As coisas estão esquentando, e eu acho que finalmente vou conseguir ir pra cama com ele!

Ver Maria paparicando um homem é novidade para mim. A maioria dos caras ficam loucos para estar perto dela, e não o contrário.

— O melhor da festa é esperar por ela — lembro. — Aproveite a atenção dele. Pelo menos ele quer estar com você, não está simplesmente esperando você dar pra ele. — Sorrio e ouço seu resmungo frustrado.

— Eu quero dar!

— Boa sorte. E curta o jantar. Eu estou exausta da viagem, e aqui são duas horas pra frente — aviso, com outro bocejo alto.

— Boa noite, *cara bonita. Te quiero. Besos.*

— Eu também te amo. *Besos.*

Ligo o telefone no carregador e visto uma camisola. Depois de passar os olhos nas minhas mensagens, decido mandar uma no grupo para as meninas e Phillip. Minhas outras irmãs de alma vão querer saber se estou inteira na Cidade dos Ventos. Phillip fica desesperado quando não tem notícias minhas.

Algumas palavrinhas para o grupo informando que vou entrar em contato amanhã, depois da reunião do conselho, e que já estou indo dormir.

Estou nervosa, já que nunca estive em uma reunião do conselho de diretores da Fundação Safe Haven. Espero passar uma boa impressão com minhas estatísticas de campanhas e resultados de levantamento de fundos do ano. Fechando os olhos, deixo minha respiração se acalmar e me permito relaxar. Adormeço sonhando com olhos azul-caribe e mãos fortes me acariciando.

2

*Meu coração bate forte, e meus músculos gritam enquanto uma ca-*mada fina de suor escorre lentamente pelo vale entre meus seios. Cada respiração vem em rajadas de ar cortantes e agitadas. Estou tão perto, tão perto, só mais um pouco e vou estar lá. A euforia chega e eu me esforço mais, me levando além do limite. O êxtase de correr. Deus, é tão bom.

Meus pés batem contra a esteira e eu sorrio com a vitória. Uma respiração alta, quase um gemido, escapa de mim. Fecho os olhos em completa felicidade, me deleitando com o sentimento de estar totalmente viva.

— Incrível — alguém sussurra atrás de mim.

Saio do meu nirvana com um susto. Meu pé bate na borracha em uma das laterais, e percebo que estou caindo. Em uma tentativa inútil, tento agarrar as barras de metal da esteira, mas os dedos suados escorregam e meu corpo cai para trás. Tropeço em mim mesma, braços e pernas soltos no ar. Braços fortes me seguram pela cintura e me puxam para fora do aparelho. Estou esmagada contra uma parede sólida de músculos.

— Nossa, Gillian! Você podia ter se machucado! — Os olhos preocupados de Chase Davis inspecionam meu rosto.

Estou surpresa, sem palavras. Me sinto zonza e confusa. O coração bate a um quilômetro por minuto, as pernas estão fracas e trêmulas e a respiração sai em enormes engasgos sem fôlego. Agarro com força a pele de suas costas, tentando reaver o equilíbrio. Ele acaricia meu rosto com a mão direita e me segura firmemente pela cintura com a esquerda. Se Chase não estivesse aqui, não sei se eu poderia ficar de pé sozinha.

— Você está bem?

— Ah, sim. Acho que sim. — Balanço a cabeça e levo as mãos para seus ombros a fim de me equilibrar. Elas encontram a carne nua, úmida, e meu corpo se torna ciente demais da sua proximidade. Nossos corpos estão grudados um no outro. Sua barriga tocando a minha, pele com pele, enquanto respiro fundo. Ele está todo quente, dos abdominais duros até os ombros fortes. O suor escorre de seu cabelo, pingando no pescoço. Eu quero lamber aquela gota de suor só para conhecer o gosto.

Ter seus braços em torno de mim me dá segurança, como se nada pudesse me machucar, nem mesmo ele. É uma sensação à qual não estou acostumada, mas anseio por ela do fundo da minha alma. Sempre acreditei que nunca, jamais sentiria isso de novo, depois do que vivi.

— Está tudo bem? Você me assustou.

Ele continua a me segurar enquanto as coisas ao redor voltam ao foco. Acaricia meu rosto com o polegar e eu o encaro. Eu não estava preparada para esse nível de atenção, nem para a preocupação que enruga sua testa. Talvez ele seja só um cara superconfiante com um rosto bonito e palavras espertas. Percebo, ressentida, que é muito possível que nem todos os homens fortes e dominantes usem sua força para machucar os outros.

Seu dedo passa pelo meu lábio inferior. Eu engasgo e seus olhos escurecem. Ele lambe os lábios. Segura minha cintura com mais força, e sua mão se aperta em minhas costas. Ele vai me beijar. *Ah, meu Deus.*

Afastando-me desesperadamente, dou um passo para trás e me curvo para respirar fundo, enchendo os pulmões de ar. Olho para cima e estico o corpo novamente.

Seus olhos questionam os meus, e um sorriso safado adorna seu rosto bonito.

O cara ia me beijar. Eu sei disso. Eu queria que ele me beijasse? *Definitivamente!*, minha mente grita. Então por que foi que eu me afastei?

Enquanto retorno do delírio induzido pelo pânico, finalmente o percebo em toda a sua glória. Uau, simplesmente uau.

Ele está vestindo uma calça de malha cinza meio baixa no cós e nada mais. Chase se inclina e pega a camiseta, que deve ter deixado cair quando me segurou. Seu peito está nu, e eu olho de boca aberta. Ele está muito em forma. Seus ombros e peito são largos, fortes. Músculos e nervos. A cintura sarada e os abdominais impecáveis completam o corpo perfeito. Esse homem treina... muito.

Um leve caminho de pelos escuros abaixo do umbigo desce e mergulha em sua calça. *Meu Deus, o que eu não daria para arrastar as unhas naquela trilha...*

Percebo que ele ainda está esperando uma resposta e digo a primeira coisa que me vem à cabeça:

— Você está bem. — Sua expressão chocada atinge meu cérebro esgotado. — Quer dizer... Ah, merda. Quer dizer, *eu* estou bem.

Sua risada ecoa por todo o espaço, me fazendo lembrar de onde estou. Olho em volta da academia do hotel. Eu morreria de vergonha se mais alguém tivesse visto minha queda nada graciosa. Mas Chase e eu estamos sozinhos. Grunhindo, vou até a esteira e bato no botão "Pare" com mais força que o necessário. Ela para com um guincho. Descontar minha frustração no equipamento não vai aliviar meu orgulho ferido. Eu me viro e coloco as mãos nos quadris, em uma pose defensiva. Chase está apoiado em uma das colunas ao nosso lado, os braços cruzados sobre o peito. Ele está completamente à vontade mostrando toda aquela pele dourada nua.

Seus olhos se enchem de alegria para acompanhar o sorriso sexy no rosto pretensioso. É óbvio que ele acha a situação engraçada, o que me irrita profundamente. E por que raios ele não se deu o trabalho de vestir a camiseta? É perturbador. Só consigo pensar em engoli-lo, começando pelo pedaço de pele delicioso e suado bem embaixo do osso do quadril. Quando eu terminar, vou arrastar a língua pelo espaço amplo do peito, até seu umbigo e mais para baixo.

Uau, estou frustrada. Sexual e mentalmente. Maria tem razão. Eu preciso de uma trepada. Isso torna a oferta de ontem à noite ainda mais desejável.

Expiro com força e puxo o elástico do meu rabo de cavalo. Meu cabelo castanho-avermelhado cai nos ombros.

Chase me observa como um falcão, seguindo meus movimentos desajeitados. Prendo o cabelo de novo em um coque bagunçado no topo da cabeça. Seu olhar percorre meu perfil, mas ele não diz nada. O calor que vejo naquelas órbitas de aço é feroz enquanto ele absorve cada centímetro meu, começando pelos tênis Nike, passando pelas panturrilhas e pelo short apertado, a barriga nua e o top, e depois voltando ao meu rosto. Estremeço diante do exame. Me pergunto se ele não gosta do que vê.

— Você é linda, Gillian.

Solto o ar que não notei que estava segurando.

— Muito gentil da sua parte, especialmente considerando o tombo que eu quase levei agora há pouco. — Encolhendo-me, olho para meus pés. O logo da Nike subitamente se transforma na coisa mais interessante do mundo.

Com dois passos, ele está ao meu lado, segurando meu queixo e levantando meu rosto para o dele. Aqueles olhos aquosos parecem de aço.

— Você precisa aprender a aceitar elogios.

Anuo, sentindo o instinto de autopreservação entrar em alerta total. Quando um homem segura uma mulher, é porque está com segundas intenções. Chase procura meus olhos mais uma vez e solta meu queixo. As mãos na minha cintura se fecham, e meu estômago arde. Estou prestes a fugir dali quando seu polegar me toca levemente na maçã do rosto. A última vez que um cara fez isso comigo, foi para checar o estrago que havia feito.

Respire, Gigi. Eu prometi a mim mesma que começaria a confiar nos homens novamente. Chase parece dominador, mas não acho que deseje provocar medo. Minhas próprias inseguranças aparecem e transformam momentos bonitos como esse em algo que eles não são. Eu me forço a relaxar e a respirar para clarear as coisas.

— Muito bem. Eu gostaria de te ver hoje à noite.

Tombo a cabeça para o lado, enquanto tento entender o que ele está dizendo.

— Você quer dizer, tipo um encontro?

Eu o encaro de perto enquanto o canto de seus lábios se levanta. Aquele sorrisinho é mortal. Tanto que eu quero vê-lo muitas vezes, de preferência quando nu.

Ele bate a camiseta para ajeitá-la e levanta os braços compridos sobre a cabeça para vesti-la. Parece acontecer em câmera lenta. Olho fixamente para seus músculos, que ondulam e se esticam enquanto ele puxa a camiseta sobre o peito largo. Meu corpo vibra, e os mamilos ficam rijos contra o tecido flexível do meu top.

— Digamos que sim. Infelizmente eu tenho um jantar, mas depois disso gostaria de tomar um drinque com você. Vou mandar um carro te pegar às nove.

Ainda estou presa ao seu corpo.

— Você malha bastante — digo, de boca aberta.

Seu olhar perfura o meu.

— Quando não estou em um relacionamento, a necessidade de treinar se justifica. — Ele abre um sorriso largo.

Minha calcinha fica molhada. Respiro lentamente e lambo os lábios.

— E o que acontece quando você está em um relacionamento? — *Ah, Gigi, você está pedindo.*

Ele envolve meu pescoço com a mão grande. Inspiro e tombo a cabeça para o lado oposto, oferecendo a garganta para ele. O movimento é instintivo. Normalmente eu fujo quando um homem coloca as mãos em mim antes que eu esteja pronta. Sua mão desliza pelo meu pescoço, sobre meu ombro, enquanto a ponta de seus dedos passa levemente pelo meu braço. A pele está suada por causa do exercício, mas ele não parece se importar. Na verdade é o contrário. Os olhos de Chase estão escuros e semiabertos enquanto se concentram em minha boca. Sua língua cor-de-rosa sai só um pouco para molhar os lábios carnudos. Meus braços se arrepiam. Sua mão para em meu pulso, e ele acaricia o ponto de pulsação lentamente, fazendo oitos. Muitos. Sem parar.

A ação me deixa nervosa, carente e tensa. Chase gosta de tocar o tempo todo. Não estou acostumada com isso. Ele é praticamente um estranho, mas meu corpo se curva e arqueja em direção ao dele, como se eu sempre houvesse conhecido seu toque. *Traidor.*

— Quando estou em um relacionamento, fico ocupado demais fodendo o que é meu, então não tenho necessidade de malhar.

Essas palavras me dão calor no estômago. Uma nova camada de suor brota em minha pele, o calor ardente aumentando em meu centro.

Ele quer me foder?

Não. Algo no fundo do meu subconsciente desperta para me lembrar de meus objetivos. Eu prometi que não me deixaria mais enganar por homem nenhum. E aqui estou, presa a cada palavra, a cada movimento de seu rosto perfeito, me perdendo em seus olhos. Deus. Essa não sou eu. Eu aprendi a lição. O passado me ensinou que não se pode confiar nos homens. Eles só querem uma coisa. Controle. Mas, para dizer a verdade, o que eu tenho contra sexo? Não, uma *foda*. É disso que ele está atrás.

Eu nunca tive um relacionamento baseado somente em necessidades físicas. Honestamente, isso me dá um medo danado. E se ele *precisar* me jogar na parede e me pegar contra a minha vontade? Sem chance. Desde a primeira vez em que vi esse homem, minha libido está alucinada. Só consigo pensar em como seria estar cercada por esse espécime perfeito. Consumida.

Eu sei que isso é perigoso e que ele poderia me quebrar ao meio facilmente, mas, ainda assim, eu o *quero* acima da razão. Não tem lógica. Estou oficialmente perdendo a cabeça. Louca de pedra.

— Só um drinque — respondo finalmente.

O sorriso de Chase poderia iluminar uma sala. Dentes perfeitos brilham debaixo das luzes exageradas da academia.

— Vou mandar meu motorista te pegar às nove em ponto em frente ao saguão do hotel. Não se atrase. Eu detesto atrasos — ele diz. — Por mais que eu quisesse ficar para bater um papo — ele levanta as sobrancelhas, percorre meu corpo mais uma vez e morde o lábio — e olhar para o seu corpo seminu, tenho que ir.

Antes que eu possa responder, ele se vira e vai embora, deixando a academia e uma ruiva atônita atrás de si. Olho para a saída por muito tempo depois que ele se foi. *Isso aconteceu mesmo?* O que há em Chase Davis que me perturba tanto? É tão simples quanto estar violentamente atraída por ele? Não pode ser. Uma conexão, talvez? Minha amiga Bree diria que é o universo nos forçando a ficar juntos.

Passo os minutos seguintes repassando nossos dois encontros. Minha mente devaneia enquanto admiro a vista de Chicago pelas janelas. É de perder o fôlego. Este hotel oferece alguns luxos extremos. Os hóspedes podem ver a paisagem da cidade enquanto queimam calorias na esteira ou no transport.

Ocupado demais fodendo o que é meu. Suas palavras queimam no meu subconsciente. E se eu fosse dele? Essa ideia faz minha barriga esquentar. Aperto as coxas uma na outra para aliviar um pouco da pressão que aumenta.

Ele é obviamente um cara de sucesso. É só levar em conta o terno bem cortado da noite passada, o ar de autoridade e o fato de que vai mandar um motorista me buscar hoje à noite — além do pequeno detalhe de ser o dono deste hotel luxuoso. Definitivamente, o tipo de homem que pode cuidar de si mesmo. *E de mim.*

Embora eu não precise de ninguém para tomar conta de mim. Minha mãe me ensinou há muito tempo que nunca se deve depender de um homem.

Olhe no espelho, Gigi. Está vendo essa menina? Ela é a única pessoa com quem você pode contar neste mundo. Nunca espere que um homem seja tudo para você. Ele vai fracassar terrivelmente. Se você quer alguma coisa, tem que ir atrás.

Ela estava certa. Os homens não fizeram nada além de me machucar e impedir que eu alcançasse meus objetivos e sonhos. Não mais. O alarme do meu celular dispara na esteira. Tenho que me arrumar para a reunião do conselho. São seis e meia da manhã, e eu vou encontrar meu chefe daqui a uma hora. Correndo da academia, deixo para os passarinhos os meus pensamentos sobre Chase.

Depois de um banho rápido, me enxugo e pego as roupas que separei para o dia. Eu me olho no espelho de corpo inteiro do quarto. Estou usando uma saia lápis preta que vai quase até os joelhos e veste como uma luva. Eu me viro para ver a parte de trás. A fenda vai até o meio das coxas. Respeitável, mas feminina. Combinei a saia com uma blusa sem mangas de seda verde--esmeralda. Ela é fechada na frente, mantendo os seios a salvo de qualquer atenção indesejada. Meu cabelo está preso em um coque baixo elegante, e apenas uma mecha ondulada está solta na testa, como uma faixa vermelho--fogo em uma tela branca. Ponho a meia-calça e deslizo os pés em sapatos de camurça preta com saltos de dez centímetros. Eles têm um recorte sedutor no arco que me faz sentir naturalmente sexy, embora o traje passe uma impressão de elegância. Coloco o blazer, que arremata tudo, e já estou indo.

Meu chefe, Taye Jefferson, aguarda na Starbucks do saguão. Ele está sentado de lado em uma das cadeiras pequenas, segurando um copo com espuma branca que é quase invisível sob sua mão gigante. Taye, um negro do tamanho de uma SUV, está perto dos cinquenta anos e é o diretor de contribuições da Fundação Safe Haven.

Eu adoro trabalhar com Taye. Ele me trata de igual para igual e odeia pessoas que abaixam a cabeça para tudo. Se interessa pelo que eu penso e aprecia minhas opiniões de verdade. Nós formamos uma equipe forte e estamos indo muito bem. Estou na empresa há dois anos, e passei de assistente a gerente. Nesse curto período de tempo, a parceria tem sido fácil em nosso trabalho beneficente.

Ele olha para o relógio e depois para mim, com um sorriso largo.

— Pontual como sempre, Gigi. Uma mulher que pensa como eu.

— Isso é o que você fala para todas as mulheres, especialmente para a sra. Jefferson — provoco.

Taye sorri. Quando mencionam sua esposa, ele fica com essa cara de bobo. Ele a ama de verdade. O que eu não daria para ter um homem que gostasse de mim desse jeito, mas provavelmente nunca vai acontecer. Um cara legal não iria gostar de uma mulher com o meu passado — mercadoria avariada, como Justin diria.

Há um copo da Starbucks em frente a Taye e um muffin crocante que parece uma delícia.

— Para mim?

Ele faz um sinal afirmativo com a cabeça.

— Um presentinho de boas-vindas ao mundo das reuniões de conselho e de provar para os chefões que você é responsável.

Dou um pequeno gole e o líquido quente e cremoso inunda meu paladar. Quero me curvar e adorar os deuses da Starbucks por criar uma combinação tão perfeita de espresso, creme e baunilha.

— Hum, Taye... Você sabe do que eu gosto. Obrigada. — Quebro um pedaço do muffin crocante e dou uma mordida. É tão bom quanto o latte. Bem, quase tão bom. — Qual é o plano para hoje? — pergunto, antes de mais uma bocada no muffin. Não é muito educado falar enquanto se come, mas Taye está acostumado. Não agimos como chefe e subordinada, e sim como uma família. Eu fico à vontade com ele. A maioria dos homens grandes me deixa sem graça, mas Taye sempre me fez sentir o contrário. Eu me sinto segura com ele. Da mesma forma que me senti quando os braços de Chase estavam em volta de mim hoje de manhã.

Ele mexe em sua pasta e me passa algo.

— Ontem à noite a secretária do presidente me mandou a programação. Vamos falar logo depois do almoço. O presidente fala primeiro, depois a área de desenvolvimento de negócios mostra os projetos mais recentes para novas afiliações. Em seguida vem o almoço, e o setor de contribuições e o departamento de voluntários apresentam os casos recentes. Amanhã o tema vai ser marketing, finanças e itens gerais do conselho.

— Você tem algum indicador para me passar? Não quero parecer despreparada. Agora há pouco eu tropecei na esteira e quase me matei. — Sorrio e dou mais uma mordida grande.

Ele me lança um olhar preocupado.

— Você está bem, Gigi? Se machucou?

— Só o meu orgulho. Um cara me segurou... — *Chase*. Ele não para de surgir na minha mente. É oficial. Sou uma lunática.

Taye continua a me encarar. Inclina a cabeça para o lado, em um gesto de "pode me contar, menina", que normalmente me obriga a confessar tudo. Mas não dessa vez.

— Me abalou um pouco, mas eu já estava nervosa por causa de hoje. — Dou um tapinha afetuoso em sua mão.

— Simplesmente faça o que sempre faz. — Ele sorri e dá um gole em seu café. — Impressione os caras com as suas estatísticas e os números da campanha. Você domina tudo sobre mala direta e arrecadação de fundos por telefone.

Só explique o que você fez de diferente e os resultados. — Anuo. — Simplesmente seja você mesma.

Reviro os olhos.

— Ah, Taye. Que clichê péssimo. "Simplesmente seja você mesma"? Você não tomou café da manhã, grandão?

Ele ri e se recosta na cadeira.

— Tenho que melhorar as minhas técnicas de motivação. Está pronta? São dez para as oito. Pelo que eu me lembro, o presidente detesta atrasos.

Mais alguém mencionou recentemente alguma coisa sobre pontualidade.

Eu me pergunto o que Chase faria se eu não aparecesse ou me atrasasse para o nosso compromisso das nove da noite. Pegamos nossas coisas e corremos para o grande saguão de elevadores. Vamos para o terceiro andar, onde ficam as salas de reuniões e os espaços de convenções.

— Na última reunião do conselho de que eu participei — Taye conta —, o presidente fez um membro do conselho esperar do lado de fora até o primeiro intervalo. Então, o cara precisou se desculpar para toda a sala por ter chegado atrasado. — Ele bate no número três no painel bem iluminado do elevador, que começa a subir.

— Está brincando. O presidente trata os colegas feito crianças desobedientes?

— Bem, ele é o fundador e presidente. É podre de rico. Todo ano doa mais da metade do orçamento da nossa fundação. Quarenta milhões por ano.

Assobio. O elevador apita e saímos em um corredor onde uma placa em um pedestal diz: "Reunião do Conselho de Diretores da Fundação Safe Haven". Uma flecha aponta para o local.

— Quarenta milhões? Caramba! — É uma quantidade obscena de dinheiro. Qualquer um que doa esse tipo de capital para uma fundação não pode ser uma pessoa ruim. Ninguém entrega milhões para uma instituição de caridade sem ter um coração enorme, especialmente considerando que o nosso trabalho é tão específico. Nós protegemos e ajudamos mulheres vítimas de violência. Balanço a cabeça antes de voltar a minha indignação. — Mas isso não lhe dá o direito de humilhar as pessoas em público.

— Concordo. Ele é com certeza um filho da puta. Um filho da puta podre de rico. Sabe, ele paga para todos os membros do conselho ficarem aqui com todo este luxo.

Eu me pergunto como é que uma instituição beneficente pode ter dinheiro para um lugar tão refinado.

— O fato é que ele não queria ser visto em um hotel barato. Isso seria ruim para a imagem dele.

É impossível conter a careta que se espalha em meu rosto.

— Nossa, o homem deve ser um cretino.

Taye ri. Estou mais nervosa que antes. O presidente me parece um bárbaro. Seguimos para a porta aberta no fim do corredor. Diversos homens e mulheres de terno escuro, em vários tons de preto e cinza, se aglomeram na entrada. O verde-esmeralda que escolhi salta em contraste com o clima de funeral.

Taye me apresenta para quatro homens e duas mulheres em quinze segundos. Aperto as mãos e sorrio educadamente. Ele me acompanha para uma sala grande, onde mais indivíduos, também com ternos elegantes, já estão sentados, se preparando para a reunião. Encontramos cartões com nossos nomes e nos sentamos.

— Gigi, eu preparo os laptops se você for buscar outro café. — Taye faz um sinal para a mesa lateral, onde há garrafas térmicas. — Vou querer descafeinado.

Fazendo um sinal afirmativo com a cabeça, vou até a mesa. Tomo cuidado para andar devagar, com a cabeça erguida, tentando bravamente esconder minha insegurança. Esta é a primeira reunião para a qual fui convidada desde a promoção para o cargo de gerente de contribuições. Quero passar uma boa impressão. Meu futuro na Fundação Safe Haven depende disso.

Encho duas xícaras pequenas com café descafeinado. Cada uma tem uma pequena faixa dourada na borda. Aposto que é porcelana de verdade. Tudo no hotel parece de primeira qualidade. Mesmo que o presidente esteja pagando, me parece um exagero. Virando-me com os cafés na mão, dou um passo e bato em um peito duro como pedra. Felizmente, estou segurando as duas xícaras para os lados e não derramo o café.

Lentamente olho para cima, pronta para pedir desculpas, quando me deparo com o cheiro inebriante de sândalo e perfumes cítricos. *Ah, não!* Órbitas azul-oceano mais belas que o céu limpo pousam sobre as minhas. A beleza me faz perder o fôlego. Excitação e medo gritam através das minhas veias. Mãos rígidas me seguram pela cintura. Sua presença me cerca, e a sala se apaga completamente, exceto por ele.

— Srta. Callahan. Nos encontramos de novo. — Um sorriso pretensioso adorna seus traços.

Estou decepcionada porque ele me chamou pelo sobrenome.

3

— *Está brincando!*

Chase pega as xícaras e as dá para um funcionário do hotel parado ali.

— Coloque ao lado dos cartões com o nome da srta. Callahan e do sr. Jefferson — instrui.

Considerando seu conhecimento óbvio de Taye, e agora de mim, ele devia saber quem eu era quando nos encontramos no bar na noite passada. Mas não me disse nada. Frustração e raiva guerreiam dentro de mim.

Chase pega minha mão e a leva até seus lábios carnudos. A eletricidade me atinge no momento em que sua boca toca os nós dos meus dedos. Seus olhos expressivos escurecem, as pupilas dilatam. Eu juro que sinto uma passagem levíssima de sua língua entre meu dedo médio e o anelar. Engasgo e suas sobrancelhas se levantam. Ele me olha, concentrado, me enviando sinais confusos.

Ouço um "humm" levíssimo e me perco na sensação de proximidade. Ele é mais alto que eu pelo menos quinze centímetros, mesmo eu estando de salto. Eu me concentro no pouco de carne ainda apertado contra minha mão. O ar em torno de nós está efervescendo, e eu estou, mais uma vez, inalando seu perfume amadeirado e frutado. Ele me solta apenas quando Taye se junta a nós.

— Gigi, vejo que já conheceu o sr. Davis, o presidente do conselho — Taye intervém.

O. Encanto. Está. Quebrado.

Ousando olhar para Chase, estou certa de que minha surpresa está evidente nos meus olhos arregalados. *Estou ferrada!*

— Você é o presidente do conselho? — Fecho os olhos e tento montar o quebra-cabeça. Como é que eu não sabia disso? A percepção me dá um tapa na testa. O papel timbrado da empresa ostenta no topo o nome "C. Davis, presidente do conselho". Suspiro. *Que burra!* Eu devia ter ligado as coisas. Agora virei motivo de piada.

Chase aperta a mão de Taye.

— Sr. Jefferson, que bom vê-lo novamente. Tudo bem?

— Sim, sr. Davis. Obrigado. Eu trouxe Gillian Callahan comigo. Ela é a nossa gerente de contribuições — Taye me apresenta, todo orgulhoso.

Chase olha para mim e me mede discretamente da cabeça aos saltos. Uma centelha de calor preenche seu olhar azul.

— Nós já nos encontramos rapidamente. Estou curioso para ver a sua apresentação, srta. Callahan.

Ele age como se nada tivesse acontecido entre nós. Tecnicamente, nada aconteceu... além de algumas carícias e de um quase beijo. Agora que eu sei quem ele é, aquele beijo não vai acontecer nesta vida, e o não encontro só com "drinques", que deveria acontecer esta noite, também não.

Sou o azar em pessoa. Meu homem misterioso, meu bonitão, é o presidente do conselho da fundação em que eu trabalho. Quero me arrastar para baixo de uma pedra e morrer. Mas, ao contrário, reúno todas as minhas forças. Não é hora de desmoronar. Já passei por coisas muito mais vergonhosas e angustiantes nos últimos anos. Este é só um pequeno obstáculo. Um homem mais sexy que o pecado é só um chiclete na sola do meu sapato. Vou me livrar do que estou sentindo e seguir com meus projetos de vida.

Uma loira linda toca o ombro de Chase.

— Com licença, sr. Davis. São oito horas.

Ele junta as mãos e diz:

— Ótimo. Vamos começar, então. — Pisca um olho e se vira em direção à cabeceira da mesa.

Taye segura meu cotovelo e me leva para nosso lugar, no fundo da sala. Eu me sento desengonçada. Chase começa a reunião e eu me seguro, fazendo anotações e tentando desesperadamente limpar minha mente embaçada de todas as coisas referentes ao homem-sexy-só-de-calça-de-malha-e-abdome--tanquinho-em-que-é-possível-quebrar-um-dente.

Passo o restante da reunião prestando atenção e tentando ao máximo não olhar para Chase. Já me sinto melhor com minha decisão de rejeitá-lo. Temos um intervalo de quinze minutos e eu corro para fora da sala. Preciso de espaço.

Entro em uma cabine no banheiro feminino e me apoio no azulejo frio multicolorido. O toalete tem uma área de descanso interessante, com sofás grandes e fofos. Um espelho cobre toda a parede. Uma pia quadrada grande preenche o espaço, quase como um objeto ornamental. Abrindo a torneira, esfrio as mãos, pulsos e a articulação do cotovelo, como minha mãe fazia quando eu era criança. Esfriar os pontos de pressão faz maravilhas para acalmar nervos irritadiços. Ele é o maldito presidente do conselho. Evito bater a cabeça contra o espelho para tirar a burra de dentro de mim. *Quebre todos os laços e corra.*

Atrás de mim, ouço duas mulheres entrarem na área de descanso.

— Como é que aquela calça pode vestir tão bem aquela bunda? — uma delas diz.

— Nem me fale. Eu queria colocar as pernas em volta daquele caubói e cavalgar até amanhã de manhã — a outra responde, com um sotaque do sul.

— Você devia investir no Davis, Claire. Ele parece gostar de loiras altas. — A primeira mulher ri.

Olhando pela parede que separa os dois espaços, vejo Claire Dalton, membro do conselho do Texas. A outra mulher eu não conheço. Elas arrumam o cabelo e a maquiagem no espelho. Fico grudada à parede, fora da vista, e escuto.

— Acho que vou tentar. Talvez no jantar de hoje à noite — Claire comenta, com a fala arrastada.

Não, não, não, não! Eu quero gritar! Espere. Se ele escolher a Barbie loira, vai esquecer de mim. Meu emprego não vai correr risco e minha sanidade vai permanecer intacta. Não tem como perder.

Meu emprego na fundação é mais que um cargo ou o lugar de onde eu tiro o salário. Os últimos anos foram de trabalho duro enquanto eu tentava recolocar minha vida nos eixos depois do *período Justin*. Não vou deixar ninguém me tirar do meu objetivo. Especialmente um homem. Mesmo que ele seja desesperadamente bonito e me faça estremecer de desejo. Nada importa, a não ser garantir o meu futuro.

As duas mulheres deixam a área de descanso. Meus quinze minutos de liberdade acabaram. Suspirando, endireito os ombros. Eu consigo.

Quando saio do banheiro, vejo que Claire não perde tempo. Ela e Chase estão parados a menos de três metros de mim. Olho para as costas de Chase, e Claire está rindo, jogando charme. Passo pelos dois, tomando cuidado para não interromper.

Uma mão firme segura meu pulso e me puxa, me fazendo parar.

— Srta. Callahan, posso falar com você? — Seus olhos penetram os meus.

Tomada por sua essência mais uma vez, estou presa ao chão, aguardando seu próximo pedido. O controle que esse homem exerce sobre mim é irritante.

— Claire, o convite foi muito gentil, mas eu tenho um compromisso depois do jantar. Com licença.

Ela parece desanimada com a recusa. Tenho o desejo maldoso de mostrar a língua para ela. *Ele não quer você! Ele me quer.* Mas não é o estado de espírito que eu preciso ter neste momento.

Tiro minha mão da de Chase.

— Não me puxe — sussurro, com a voz irritada. O homem não para de me tocar. Isso precisa parar.

— Não quero que você fuja. — Ele respira fundo.

Entrelaçando os dedos, olho para meus sapatos, para me acalmar.

— Eu só queria lembrar você de hoje à noite.

Erguendo a cabeça, encontro seu olhar.

— Você ainda quer se encontrar comigo?

— Mais do que qualquer outra coisa — ele diz.

Eu tinha certeza de que ele chegaria à mesma conclusão a que eu cheguei. Nosso pseudoencontro não pode acontecer. Puxo o ar bruscamente e balanço a cabeça.

Seus olhos passeiam pelo meu corpo como uma carícia.

— Nada mudou.

Ele olha ao redor no corredor. O restante do grupo voltou para a sala de reuniões, nos deixando sozinhos. O ritmo do meu coração aumenta. Ele se inclina e seus lábios roçam minha orelha de leve. Um estremecimento corre dos meus pés à cabeça. Uma sensação molhada e quente faz cócegas na parte curva da minha orelha. Sua língua. Sinto fogo líquido se espalhando dali para o meu pescoço, através do peito, repousando na barriga. O espaço sensível entre minhas pernas parece pesado, ansiando por ser tocado. Aperto as coxas. Ondas de prazer atravessam meu corpo.

— Você fica linda de verde — ele sussurra. — Realça a cor dos seus olhos. Eu poderia me perder neles facilmente.

As palavras de Chase, sua proximidade, a respiração em meu ouvido, tudo conspira para me deixar zonza. Eu me equilibro contra a parede sólida do seu peito, com a mão tremendo. Envolvo os dedos em volta de sua gravata e o puxo em direção à minha boca. Todo pensamento racional se foi. Eu o quero mais do que quero minha próxima respiração. Fico na ponta dos pés para aproximar nossa boca. Ele se afasta, o tecido sedoso deslizando através de meus dedos.

A realidade desaba e mais uma vez o encanto é quebrado.

Eu quase o beijei! Bem aqui. Onde qualquer um podia nos ver. Meu Deus, qual é o meu problema? Essa não sou eu. Mas o culpado é ele. Ele me faz sentir carente, irresponsável, uma depravada. Pontadas de vergonha cobrem minha pele.

— Mais tarde — ele diz, com um sorriso maldoso.

Graças a Deus um de nós tem a cabeça no lugar. Devo ter deixado a minha na caixa escrito "Particular" embaixo da cama.

Chase coloca a mão nas minhas costas e me guia para a sala de reuniões.

— Nove horas — ele me lembra. Sua mão se afasta quando entramos.

A reunião continua, e o diretor de desenvolvimento de negócios se arrasta falando sobre as novas afiliações e os acordos que ele fechou no último ano.

— Obrigado, sr. Howe, pela atualização — Chase o interrompe de forma um pouco abrupta, notando que ele excedeu o tempo programado. — Acredito que agora seja a pausa para o almoço e, em seguida, o departamento de contribuições vai fazer sua apresentação. — Olha para Taye e depois para mim.

Taye sorri, confiante. Estou tentando com afinco recuperar a segurança que eu tinha antes de saber que meu Super-Homem é o presidente do conselho.

Taye dá um tapinha no meu ombro.

— Você está indo muito bem — sussurra.

Anuo e dou um sorriso.

Quando levanto a cabeça, Chase está me encarando descaradamente, com os traços tensos. Parece estar avaliando a comunicação entre mim e Taye. Independentemente do que esteja pensando, ele não parece feliz. Continuo conversando com meu chefe e ignoro o olhar de Chase até o almoço chegar.

Observar Chase em ação tem sido um prazer. As perguntas que ele formula para cada participante são calculadas, precisas e sempre brilhantes. Suas expectativas em relação aos colegas e aos funcionários da fundação são altas. Por sinal, ele parece ter a mesma expectativa quanto a si mesmo.

Um garçom coloca uma bandeja de prata diante de mim.

— O filé, senhorita, grelhado em crosta de manteiga e roquefort. Acompanha purê de batata com bacon defumado e legumes salteados.

— Obrigada. — Ver a comida me dá água na boca. O muffin de hoje de manhã era gostoso, mas perde a graça comparado a este banquete. Não me lembro da última vez que comi filé-mignon. Deve ter sido antes da morte da minha mãe. Ela sempre amou as coisas sofisticadas da vida. Não que pudéssemos nos deliciar muito com o nosso pequeno orçamento familiar.

Dou uma garfada e o gosto explode como um rojão no Dia da Independência. A textura da carne é absolutamente perfeita, derrete na boca. Gemo de contentamento, fechando os olhos. Quando os abro, Chase está me encarando, mas seus olhos não são mais o incrível azul do oceano. Estão pretos como a noite. Suas pupilas estão dilatadas, e ele está segurando o garfo com tanta força que os nós de seus dedos ficam brancos. Seu maxilar está cerrado, tão tenso que por um momento me pergunto se está bravo. Ele solta o ar longamente, e posso senti-lo contra minha pele, embora haja três metros entre nós.

Eu conheço aquele olhar. Já o vi em homens várias vezes antes. Ele está excitado. Chase balança a cabeça e passa os dedos aleatoriamente pelo cabelo, adquirindo aquela aparência sensual e despojada de quem acabou de sair da cama. Dá para ver que eu mexo com ele. Por mais que eu precise evitar começar qualquer coisa, a tensão sexual em sua presença é sufocante. Mordo o lábio e olho para qualquer lugar, exceto para seu olhar quente.

— Pronta? — A voz de Taye me assusta.

— Sim, acho que sim. Os números não mentem. Hora de impressioná-los. — Abro um sorriso largo para meu chefe e amigo.

Ajeitando a postura na cadeira, olho para Chase, feliz por tê-lo provocado um pouco. Seu sorriso sutil me enche de luz. Não importa o que esteja ocorrendo entre nós, eu vim até aqui para provar meu valor para esta fundação, e vou fazer exatamente isso.

Taye relata as novidades sobre os principais doadores, e vários membros do conselho parecem impressionados.

— No nível de doações do presidente, sr. Davis, gostaríamos de solicitar que você se reúna com o doador. Seria na data e no local que você preferir, de acordo com a sua agenda.

Chase inclina o queixo, um ar de autoridade pairando no ambiente.

— E que nível de doações seria esse?

— A srta. Callahan e eu pesquisamos bastante e conseguimos recomendações de uma organização filantrópica nacional...

— Vá direto ao ponto, sr. Jefferson — Chase alerta. — Quanto se paga para ter o prazer da minha companhia?

Vários membros do conselho riem entredentes, e ele abre um sorriso largo, a alegria dominando toda a agressividade dos negócios em seus olhos.

— Seis dígitos, sr. Davis. — Algumas pessoas ofegam. — Você é um homem muito desejável.

As sobrancelhas de Chase se levantam. Ele passa os olhos por mim e, em seguida, de volta a Taye, enquanto este continua a falar.

— Ter acesso direto a um dos homens mais ricos do país pode ser muito valioso para qualquer um que tenha esse tipo de capital à disposição. Imagino que você não seja uma pessoa muito acessível. — Taye alisa o paletó. — Estou certo?

Chase olha para um homem parecido com o Hulk, de pé próximo à porta. Eu não o tinha notado antes. A largura de seus ombros é quase igual à sua altura. Parece um jogador de futebol da NFL. É estoico, imóvel, os braços plantados firmemente diante do peito. O cabelo preto penteado para trás complementa os traços italianos do tipo mafioso. Eu me pergunto quem ele é e por que está aqui.

— Você está certo — Chase responde. — O acesso a mim fora da fundação é estritamente baseado na necessidade.

— Então uma doação de seis dígitos valeria o acesso a você?

Tudo depende da resposta à pergunta de Taye. Ele prepara este momento há três meses.

— Estou de acordo — diz Chase.

Solto o ar com força. Taye conseguiu pegá-lo. Ponto! Estou orgulhosa. Taye trabalhou tão duro nessa proposta, e o consentimento de Chase em se reunir cara a cara com os principais doadores é a última peça do quebra-cabeça. O projeto vai seguir em frente.

— Você não vai se arrepender, sr. Davis. — Taye sorri.

— Não deixe isso acontecer, sr. Jefferson. Ótimo trabalho. Estou ansioso para ver como isso vai se desenrolar. — Chase sorri para mim. — Acredito que a srta. Callahan tenha informações para compartilhar com o conselho.

Seu sorriso, aliado ao fato de ter atendido o pedido de Taye, me dá a confiança de que preciso.

Pelos trinta minutos seguintes, eu os impressiono com diagramas e gráficos, mostrando em detalhes que o departamento de contribuições atingiu seus objetivos de arrecadação para o ano fiscal em doações de caridade. Não só os atingiu como os excedeu em quarenta e cinco por cento.

— Srta. Callahan, o que você fez para que esses números aumentassem tão drasticamente? — pergunta uma mulher do conselho, com a aparência impecável.

— Bem, sra. Conrad, eu adotei uma abordagem diferente. — Ando pela sala. — A fundação estava enviando correspondências que falavam sobre o nosso trabalho de maneira genérica. Faltava sinceridade. As histórias das mulheres que precisam tão desesperadamente da nossa ajuda mostram um aspecto mais pessoal.

Alguns membros do conselho fazem um sinal afirmativo com a cabeça.

— Eu entrevistei algumas das mulheres que foram vítimas de violência, e elas estavam tendo dificuldade para enxergar a luz no fim do túnel até nos encontrarem. — Limpo a garganta, mas minha voz quebra e estremece. — Eu escrevi sobre o modo como ajudamos a salvar a vida delas. Isso sensibilizou os doadores.

Engasgo de novo quando me lembro da última entrevista com uma mulher que sofrera um espancamento brutal. Ela ficou sem andar por uma semana. A fundação a ajudou a cortar os laços com o agressor e a começar uma vida nova. Eu segurei sua mão e chorei com ela.

Lágrimas embaçam minha vista. Eu as enxugo antes de respirar fundo. Chase se levanta, vai até a mesa de bebidas e me traz um copo d'água. Dou um gole delicadamente enquanto me recomponho.

Agora não é hora de reviver o passado. A mão de Chase aquece meu ombro enquanto ele inclina a cabeça para o lado.

— Tudo bem? Quer parar um pouco? — Ele vasculha meu rosto, mostrando claramente sua preocupação.

Balanço a cabeça e visto o sorriso mais falso que consigo. A última coisa que preciso é cair no choro no meio da apresentação mais importante da minha carreira.

— Obrigada. — Limpo a garganta e coloco os ombros para trás.

— Uau, srta. Callahan. Acho que ninguém aqui fazia ideia de que você mesma escreveu aquelas cartas. Não sabíamos que elas falavam sobre mulheres reais que a fundação salvou. — A voz de Chase expressa admiração. Ele não disse isso para agradar o grupo ou me ganhar.

Não sinto nada além de respeito profundo por ele naquele momento. Anuo e baixo o copo de água.

— Bem, eu quero ser o primeiro a parabenizá-la por esse trabalho tão bem-feito. Por favor, continue com a sua apresentação.

— Obrigada, sr. Davis. — Eu o observo caminhar de volta à sua cadeira. Ele se concentra apenas em mim enquanto se senta elegantemente. Sua intensidade pode me irritar, mas estou felicíssima que ele enxergue meu trabalho e o valor que tenho para a organização. Não sou simplesmente alguém que ele quer levar para a cama.

— Depois disso, o nosso departamento se concentrou na arrecadação de fundos por telefone. — Pelos quinze minutos seguintes, eu os bombardeio com os resultados de nossa bem-sucedida campanha telefônica. — Se vocês puderem rever as informações e as opções adicionais de arrecadação, acredito que podemos salvar muitas mulheres com o dinheiro. — Passando os olhos por cada membro do conselho, tenho certeza de que estou criando impacto. — Mas nós entendemos que essas mudanças, apesar de importantes, demandam tempo e agradecemos a atenção do conselho. Obrigada.

— Impressionante, srta. Callahan. Você nos deu muito o que pensar nas próximas semanas — Chase diz. Ele olha para seus colegas. — Quero que cada um de vocês reveja as informações que cada departamento trouxe para a mesa hoje e venha para a próxima reunião do conselho com suas perguntas, preocupações e uma decisão sobre seguir ou não as recomendações da nossa equipe. Vamos votar na próxima reunião.

Os membros do conselho assentem, fazem anotações, e a secretária digita rapidamente a ata da reunião.

Taye cutuca meu ombro quando me sento. Seu sorriso branco ofusca, aquele que ele diz ser o único modo de achá-lo no escuro. Debaixo da mesa, ele estica a mão. Eu lhe dou um tapinha. Batemos as mãos baixinho. É o nosso cumprimento da vitória.

Quando a reunião termina, estou louca por um banho gostoso para terminar este dia intenso. Estou prestes a sair com Taye quando Chase agarra minha mão e me puxa para o lado. Aceno, me despedindo de Taye, e sinto o impacto como dois ímãs se atraindo. Meu corpo flui em direção ao dele com tanta facilidade. Eu o conheço há vinte e quatro horas, mas a atração é inegável.

— Gillian, eu gostaria de te apresentar uma pessoa. — Ele me leva até o homem musculoso de preto. — Gillian, este é Jack Porter. O meu segurança, motorista, a minha rede de proteção. Ele vai vir te buscar mais tarde.

— Prazer. — Estendo a mão.

Em vez de apertá-la, Jack me olha de cima a baixo. Não tenho certeza se ele está me avaliando como mulher ou verificando se eu tenho alguma saliência onde poderia haver uma arma escondida. Levanto o queixo, na defensiva, e coloco as mãos na cintura.

— Tire uma foto, dura mais — digo para o homem enorme.

Ele resmunga, mas não responde.

Chase cai na gargalhada enquanto me leva para longe do chefe da máfia. O homem não me disse duas palavras. Companhia estranha.

— Ele nem apertou a minha mão. E é indelicado olhar para alguém daquele jeito.

Chase continua a rir enquanto andamos rápido para fora da sala, a mão em minhas costas. É fácil se acostumar a ser guiada pelo Super-Homem. Talvez Lois Lane tenha se colocado de propósito em todos aqueles perigos, só para ser salva pelo homem de aço.

Estamos a alguma distância de todos os outros quando percebo que estou sendo empurrada para uma sala menor. Jack se posiciona na frente da porta, guardando a entrada.

— Chase — digo em alerta, desconfortável com a ideia de ser levada para uma sala escura.

— Confie em mim. — Ele me guia para dentro. E, sem perguntas, eu confio realmente nele. Não há razão para isso. O homem não fez nada além de me tirar da linha desde o momento em que nossos olhos se encontraram no bar, na noite passada. Eu deveria ser mais prudente, mas o sentimento que tenho perto dele é de ser apreciada. Não sei por que ou de onde o sentimento vem, mas está preenchendo as dúvidas que normalmente controlam todas as minhas decisões com alguma coisa diferente de medo.

Enquanto meus olhos se adaptam ao escuro, vejo uma mesa de conferências cercada por cadeiras de escritório com assento de couro acolchoado. Estou prestes a perguntar o que estamos fazendo aqui quando Chase agarra meus braços, me gira e me espreme contra a porta fechada.

Um protesto está à beira dos meus lábios até sua boca impedir minha fala. O momento em que nossas bocas se tocam é mágico. Perco todos os pensamentos. Seus dedos se entrelaçam nos meus, palma com palma. A eletricidade solta faíscas entre nossas mãos unidas, enquanto ele as segura acima da minha cabeça, apertando seu corpo grande contra o meu. O poder por trás do seu beijo, o calor molhado, dedos se agarrando, o peito me prendendo à porta. É arrebatador. É como um carro correndo em volta do circuito, percorrendo a distância imediatamente antes de cruzar a linha de chegada em uma explosão de excitação.

A natureza proibida de sua paixão deixa minha mente em estado de excitação embriagada. Perceber que eu permiti que ele me controlasse é desconcertante, mas é bom demais para parar. Seus lábios mordiscam e puxam, e uma sensação deliciosa ricocheteia através de todos os poros enquanto faíscas de desejo correm dentro de mim. Eu preciso de mais. Dele. Da sua boca. Mais.

Sugo sua língua avidamente e sou recompensada com um grunhido gutural. Chase se afasta para tomar fôlego e então me examina profundamente, sem deixar nenhum espaço descoberto. Nossa, o homem sabe beijar. Tem gosto de café, do tiramisu que comemos de sobremesa e de algo mais escuro, mais denso. Meu corpo todo está pegando fogo. Cada terminação nervosa está hipersensível, antecipando o próximo toque. Ele solta minhas mãos e traz uma das suas para a lateral do meu pescoço, virando minha cabeça para onde ele quer, e então ataca novamente, tomando posse total. Sinto o peso do seu corpo me empurrando contra a porta. Sua ereção afunda em mim, em todo o seu comprimento e largura.

Sua mão esquerda faz arder uma trilha no pescoço, nos meus seios e se acomoda nas minhas costelas. Sinto vontade de lhe pedir para voltar para cima, onde preciso mais dele, mas ele rouba minha respiração com sua língua. Não posso fazer nada além de segurar suas costas para mantê-lo apertado firmemente contra mim, esfregando meu corpo contra o dele, tentando, mas fracassando, aliviar o desejo que me estraçalha. Ele passa o polegar pelo tecido sedoso sobre minhas costelas, massageando em pequenos círculos. O toque me enche de desejo, com a necessidade de tomá-lo aqui e agora. Meu cérebro me manda parar. Ir embora. Meu corpo, entretanto, deseja outra coisa. Eu me arqueio em direção a ele para sentir mais, para me aproximar mais.

Suas mãos circulam pelos meus quadris enquanto ele força sua ereção contra mim. Gemo em sua boca, amando o fato de satisfazê-lo, de deixá-lo duro. Ele me devora com a língua, dentes e lábios. Move a mão mais para baixo, puxando uma perna minha para cima e a colocando sobre seus quadris, segurando-a lá. O ângulo é sublime. Ele aperta no lugar perfeito entre minhas coxas, me cativando a cada movimento. O desejo me estilhaça, encharcando a faixa de renda entre nós. Meu foco está no vaivém do seu corpo enquanto ele me leva a níveis inacreditáveis de prazer. Aproveitando minha perna levantada, ele desliza os dedos até onde minha meia sete oitavos se prende à faixa fina de tecido fixada à cinta-liga preta.

— Meu Deus, você está usando meia sete oitavos — ele diz, com a voz sufocada, contra minha boca.

Seus dentes mordiscam meus lábios inchados até o ponto em que dor e prazer se fundem. Sorrio contra seus dentes. Tenho alguns segredinhos. A predileção por lingerie sensual é um deles. Ele vem para outro beijo ardente, apertando seu membro inchado contra meu clitóris. Arrepios de prazer ondulam no meu ponto sensível. Tenho medo de gozar aqui, encostada na porta, feito uma vadia qualquer.

Chase desce pelo meu pescoço com seus beijos, e eu estou perdida na sensação. O perfume amadeirado e cítrico se torna mais forte quando sua pele brilha de suor. É inebriante, me puxando para um abismo. Tremo de desejo, minha respiração descompensada enquanto seguro e agarro, tentando puxá-lo mais fundo contra mim. Quero me fundir nele.

Seus lábios passam pela minha orelha, me enviando arrepios pela espinha. Eu o ouço inalar enquanto ele arrasta a língua quente pelo meu pescoço, saboreando, devorando. Ele geme e morde meu ombro com força. A excitação aumenta entre minhas coxas, a umidade empoçando e encharcando minha calcinha. Nenhum homem se apoderou de mim e do meu corpo assim antes. Quero guardar tudo, borrifar em cada superfície de meu quarto para poder revisitá-lo... sempre. É estranho, assustador e libertador ao mesmo tempo. Quero implorar por mais, em vez de fugir de medo. Chase traz à superfície um lado meu que não reconheço, mas estou desesperada para liberar.

Chase mordisca minha orelha. Sinto cada respiração enquanto suas palavras acariciam a pele do meu pescoço.

— Você está me deixando louco.

Ele morde o lóbulo da minha orelha e eu perco o ar. Depois ele toca meus lábios com um beijo.

— Não vou aguentar esperar até depois do jantar — me beija novamente — sem pensar em você — beija — encostada na porta, com esta meia sete oitavos do caralho — beija — que eu vou tirar com os dentes. — Seus quadris circulam com ritmo e apertam com mais força contra mim a cada beijo.

— Caramba, Chase... — gemo.

Ele mergulha a língua em minha boca enquanto aperta exatamente onde preciso mais. Eu me abaixo para apertar sua bunda firme, trazendo-o para mais perto. É demais. Eu preciso tê-lo.

— Por favor — imploro, sem vergonha, e aponto para minha necessidade, afundando o salto na carne macia de sua coxa.

Ele estremece, sussurrando pelos dentes.

— Eu não consigo esperar para ter você na minha cama. — E termina sua afirmação selando sua boca sobre a pele de meu pescoço.

Tenho certeza de que vou ficar com marcas. Quase espero que ele as deixe. É a primeira vez que penso nisso. Um homem já deixou marcas demais. E eu nunca quis que elas estivessem lá.

Chase aumenta o ritmo para me levar ao êxtase. Seu pau aperta perfeitamente o meu clitóris. Todos os pensamentos do passado se foram. Estou presa em uma névoa de necessidade. O prazer quase chega ao clímax. Alguns toques mais e eu vou estar voando...

Uma batida rápida na porta atrás de mim nos assusta. Nós dois pulamos, nos separando, e corremos para arrumar a roupa, como dois adolescentes flagrados pelos pais.

— Só um instante! — Chase diz para a porta fechada.

Meu coração dispara enquanto aliso a saia com as mãos trêmulas. Nossa respiração acelerada sai em pequenas explosões. Estou tremendo, e saber o que estava próximo de acontecer parece uma adaga de gelo no meu peito. O presidente do conselho estava me encoxando contra a porta. *Merda!*

Chase passa os olhos por mim enquanto alisa seu paletó e gravata. Segura a gola do paletó, colocando-a no lugar, antes de abotoá-lo sobre uma ereção impressionante. Eu me encolho enquanto ele encobre sua necessidade por mim. Ele me pega medindo seu volume, me lança um sorriso diabólico e penteia o cabelo com os dedos, dando aquele toque desarrumado, que desta vez está de fato ligado a um ato sexual. Chase estica o braço e desliza a ponta dos dedos na lateral do meu rosto. Agarra meu queixo e o levanta. Acaricia minha maçã do rosto e me puxa para um beijo de reafirmação.

— Hoje à noite eu vou ter você — promete e, então, abre a porta.

Seu celular toca, me tirando do coma induzido pelo sexo. Com um movimento do pulso, o aparelho está em seu ouvido e ele grita nele, saindo. Ele dá mais uma olhada para trás e joga uma piscada quente que posso sentir dos dedos dos pés até a ponta dos cabelos.

Espero um bom tempo até não ouvir mais vozes lá fora. Para ser honesta, estou esperando para me assegurar de que consigo andar sem precisar me amparar na parede, como uma estudante bêbada em dia de festa na fraternidade. Eu ficaria humilhada se alguém me pegasse saindo de uma sala escura com Chase. Posso imaginar o que iriam pensar. Provavelmente que estou dormindo com ele para me dar bem ou alguma outra situação desmoralizante.

Espiando do lado de fora, vejo que Jack está me esperando. Ele está com meu laptop e minha bolsa. Me passa meu celular.

— O sr. Davis me pediu para esperar, para ter certeza de que você pegou as suas coisas. Ele também pediu que eu lhe desse o número do celular pessoal dele, e pediu que você lhe mande uma mensagem dizendo que ainda pretende encontrá-lo. Eu o adicionei aos seus contatos. Não repasse para ninguém — ele alerta.

— Obrigada — digo para o corpo que se afasta. O homem está tenso. Eu me pergunto o que ele tem.

Que estranho. Chase deixou o motorista, segurança, o que quer que ele seja, esperando por mim para se assegurar de que eu lhe envie uma mensagem sobre um encontro que vai acontecer daqui a menos de três horas. Parece que o senhor presidente do conselho tem suas próprias inseguranças. A ideia me faz sentir um pouco melhor, mas não muito.

Abro meus contatos e o encontro. É claro que o chefe da máfia colocou os dados de Chase com um texto perfeito, letras maiúsculas no C e no D. Ele inseriu o número do celular, do trabalho e de casa. Também incluiu o e-mail. Suponho que não reste nenhuma razão para que eu não consiga contatá-lo de uma forma ou de outra.

Escrevo uma mensagem rápida.

> Seu brutamontes me informou sobre os seus desejos. Eu vou encontrar você.

Recebo uma resposta imediatamente.

> Vou estar te esperando.

A ideia do que provavelmente vai acontecer à noite me deixa tensa e agitada. A ansiedade contorce e inflama, espetando minha pele como se eu estivesse fazendo acupuntura. Eu quero esse homem. Realmente quero.

Na minha cama. No meu corpo. De todas as maneiras possíveis.

Estou entregue. Nenhum homem me fez ir às alturas desse jeito. Nem que eu quisesse. Chase faz emergir o desejo em mim de forma tão violenta que meu corpo arde. Depois da quase rapidinha na sala de reuniões, eu sei que nós vamos pegar fogo. *Eu quero você na minha cama*, ele disse. Aquela frase me faz me contorcer de desejo e impaciência. Sua necessidade por mim me faz querer chorar de frustração. Independentemente dos problemas que vou enfrentar se alguém descobrir, eu preciso tê-lo.

Senhor, me ajude. Estou prestes a cometer um lindo erro.

4

Três horas se passaram desde o amasso com o homem mais sexy do mundo. Três horas inteiras para encontrar qualquer desculpa e provar que Chase Davis é uma péssima ideia, provavelmente fatal para a minha carreira.

Sim, ele é inacreditavelmente lindo, e seus beijos me enfraquecem os joelhos. Ele pode me levar de zero a cem com uma troca de olhares em uma sala cheia. Quantos homens são capazes de fazer isso com uma mulher?

Atração à parte, não vou arruinar minhas chances de sucesso na fundação. Há anos a Safe Haven me arrancou do chão, me trouxe de volta do mundo dos mortos e me deu a vida. Depois de Justin, não posso deixar as coisas saírem dos trilhos.

Justin. A repulsa total e profunda a esse nome me dá enjoo. Respirando fundo algumas vezes, conto até dez. Lentamente, a onda de pensamentos ruins sobre Justin vai embora, me deixando pronta para decepcionar um homem cujo corpo foi esculpido por anjos. Chase é sem dúvida um achado. Mas não importa. Esta garota aqui vai jogar esse peixe de volta ao mar de homens bonitos e desconcertantes.

Chase pode ter a mulher que quiser. Com aquele rosto e aquela conta bancária, poderia estalar os dedos para chamar a mulher perfeita e ela apareceria. Não sou ninguém especial. Além disso, pelo que encontrei na internet, ele teve algumas mulheres perfeitas no último ano. Beldades com visual de top model, troféus para um homem como Chase. Minha viagem pelo Google acertou na mosca. Além disso, eu nem faço o tipo dele. Ele gosta de loiras esculturais com bronzeado perfeito, e não de ruivas pálidas cheias de curvas.

Com minha decisão tomada, caminho rapidamente em direção às portas duplas de vidro para sair do hotel. O vento balança meu cabelo, e eu seguro meu blazer com força para me proteger do frio. Como um fantasma brilhante, uma limusine preta para na minha frente. Uau. Eu não esperava por isso. Nunca entrei em uma limusine antes. A garotinha dentro de mim quer gritar de alegria.

— Srta. Callahan, o sr. Davis está aguardando. — Jack segura a porta do carro aberta.

Deslizo pelo assento de couro macio. Ele é frio contra a palma da minha mão. O interior é luxuoso. Painéis de madeira se espalham de um lado, exibindo uma série de copos de vidro e líquidos cor de âmbar em decanters de cristal. Jack posiciona seu corpo enorme no banco do motorista.

— Fique à vontade para tomar uma bebida.

— Não, obrigada. — Eu me recosto no couro macio, descansando os olhos enquanto ele vira em uma rua movimentada.

O centro de Chicago é agitado. As pessoas se amontoam pelas ruas, aproveitando a variedade de lojas e restaurantes. Passamos por um trem elevado, bem acima do chão, alguns andares de altura. Ouvi falar sobre o metrô de Chicago, mas nunca tinha visto um deles. Os arranha-céus espalhados pela cidade crescem no céu em vários formatos e tamanhos, me lembrando pilhas de Lego. San Francisco parece relativamente adormecida quando comparada com esta mistura eclética de tendências novas e antigas. A maioria dos moradores de San Francisco trabalha em outra cidade, onde não tem dinheiro para morar. Às seis da tarde ela se transforma em uma cidade fantasma, pois todos voltam para casa, em Bay Area ou Valley. Aqui, a cidade está viva e ecoa como minha pulsação ao nos aproximarmos do nosso destino.

— Aonde estamos indo? — pergunto para meu motorista silencioso.

— O sr. Davis solicitou a sua presença no Sky Lounge, um dos bares dele. Chegaremos em menos de cinco minutos.

O motorista, alguém que Chase diz ser seu amigo, não é um cara muito simpático. Suponho que seja parte do trabalho. Espera-se que ele seja assustador, para que ninguém mexa com seu protegido.

Devo ficar em silêncio e deixá-lo me conduzir, à la Miss Daisy? Ou ele deveria me fazer companhia? Minha inclinação natural é conversar, e eu gostaria de descobrir mais sobre o chefe dele. Droga, o *meu* chefe.

— Há quanto tempo você trabalha para o sr. Davis?

— Há cinco anos, mas eu o conheço desde sempre. — Ele franze a testa.

Acho que não queria contar a última parte.

— É mesmo? — Agora tenho certeza de que vou conseguir um vislumbre da vida do enigmático homem.

— Chegamos. — Ele evita minha pergunta sem muito esforço. Eu me forço a não fazer bico.

Jack sai do carro e vem abrir a porta. Para minha surpresa, ele faz um sinal com a mão em direção à entrada.

— Por aqui, srta. Callahan.

Ele me leva para um conjunto de elevadores e aperta o botão. Uma linha descontente marca sua boca, insinuando que não está interessado em bater papo. Reviro os olhos e respiro.

— Sabe, eu posso ir sozinha. Se você me disser qual é o andar, eu encontro o lugar.

— O sr. Davis me pediu para levá-la pessoalmente até ele — Jack responde.

— Ah, tudo bem. — *Controlador.*

No caminho para o sexagésimo andar, a palma das minhas mãos sua e eu as enxugo na saia. Talvez eu devesse ter trocado de roupa. Não. Isto não é um encontro. Mudar para algo mais bonito e feminino daria a impressão de que eu quero mais. *Deixá-lo encoxar você em uma parede e enfiar a língua na sua garganta já deu essa impressão.* Suspiro, abandonando esses pensamentos antes que eles entrem em looping e se transformem em algo mais.

Vou me sentar com o homem, beber alguma coisa e explicar que esta é a última vez que nos vemos fora do trabalho. Não deve ser difícil. Antes da reunião do conselho de hoje, nós nunca tínhamos nos encontrado, e eu trabalho na fundação há mais de dois anos. Com a decisão tomada, lembro a mim mesma que é desse jeito que tem que ser. Um relacionamento com ele seria suicídio profissional. Trabalhei duro demais para perder tudo agora.

Chegamos ao nosso destino e eu deslizo uma mão pelo cabelo para garantir que o vento não tenha tirado os fios do lugar. Apesar de não ter trocado de roupa, soltei o cabelo e o enrolei em ondas suaves em volta do rosto. Minha aparência se reflete para mim nas portas espelhadas do elevador. A explosão de vermelho-vivo nos meus lábios carnudos acrescenta um ar de dramaticidade ao visual. A pele clara, o cabelo ruivo e o esmeralda dos meus olhos e da blusa fazem um contraste perfeito com o batom. Eu me sinto atrevida, ousada. Isso me dá a coragem de recusar o maior partido do mundo. Fechando os olhos, respiro fundo e lembro que somos de mundos muito diferentes, que, se unidos, iriam colidir e implodir. Se ele realmente me conhecesse e soubesse os detalhes do meu passado, não iria me querer de jeito nenhum. Há também o pequeno detalhe de ele ser o meu chefe.

Jack me guia através das pessoas que conversam e riem em mesas com ar de intimidade. O enfeite de centro consiste em três taças de vinho de alturas variadas cheias de um líquido azul. Há uma vela delicada em formato de flor boiando na superfície de cada uma. Uma decoração simples, mas única. Ficaria fantástico em um jantar de arrecadação de fundos; eu poderia usar corante alimentar para tingir a água. Guardo a ideia na cabeça e olho à minha volta na sala, que ocupa um andar inteiro do prédio. Paredes de vidro circundam o espaço do chão até o teto, oferecendo uma vista de Chicago em trezentos e sessenta graus. A paisagem desta altura é vertiginosa. Eu oscilo e Jack põe uma mão firme em meu cotovelo.

— O piso é giratório. Foi projetado para permitir que os clientes apreciem a vista toda em trezentos e sessenta graus.

— É lindo. — Presto mais atenção e sinto o leve movimento. Ele continua a segurar meu braço enquanto me leva para o bar, o centro absoluto da sala. Luzes azuis brilham por trás do vidro fosco. A superfície do balcão é preta e brilhante como um piano de cauda. O lugar todo é muito chique — combina bem com o sr. Endinheirado. Mais um lembrete da razão por que eu, que divido um apartamento antigo com uma amiga, jamais poderia me encaixar neste mundo.

A presença de Chase é como uma corrente elétrica que faz minha espinha formigar, arrepiando os pelos em minha nuca mesmo antes de vê-lo. Jack me leva para trás de um biombo. Chase gira em uma banqueta, como se pudesse me sentir também. Nenhuma preparação, nem mesmo a conversa séria que tive comigo mesma antes de vir para cá, poderia me impedir de comer esse cara com os olhos. Ele tirou a gravata e o paletó. A camisa branca colada no peito largo está com as mangas dobradas. Alguns botões estão abertos no colarinho. O cabelo parece ter sido penteado com os dedos um milhão de vezes, lhe dando aquele charme despojado de quem acabou de sair da cama. O visual sedutor e o sorriso safado quase me fazem perder o controle. Fico parada enquanto ele me avalia. Eu *sinto* seus olhos deslizando por mim, como se fossem suas mãos.

— Srta. Callahan, como solicitado, senhor. — Jack me leva em sua direção.

Os olhos de Chase relaxam. Ele se levanta e puxa a banqueta ao seu lado.

— Obrigado, Jack. É só isso. Ligo para você quando estivermos prontos para ir embora.

Jack sai. Nenhum tchau, nenhum até mais tarde. Eu me sento.

— Companhia interessante. — Faço um gesto para Jack enquanto ele vai embora.

Chase ri.

— Ele é meio bruto, mas faz o que precisa ser feito. Confio nele para me proteger. Algumas vezes nós escapamos por pouco, mas ele dá conta do desafio.

Engulo a bola de golfe entalada na minha garganta quando ele diz "nós escapamos por pouco". Quero perguntar sobre suas experiências, mas decido ficar em silêncio. Saber demais sobre ele quando eu começar aquele papo de "não é você, sou eu" não ajudaria em nada.

— Obrigado por vir me encontrar, Gillian. Eu estava ansioso para te ver.

O sorriso dele me acalma, embora eu esteja prestes a falar que não podemos continuar com isso.

— Gostaria de uma bebida?

— Seria ótimo, obrigada.

Chase acena para o barman, que se mexe a uma velocidade espantosa.

— Sim, sr. Davis. Posso trazer algo para o senhor?

— Uma garrafa de Caymus Special Selection 2010 cabernet sauvignon.

Ele não pergunta o que eu quero, mas isso não me incomoda. Chase se sente bem assumindo o comando, e isso me dá alguns minutos para pensar no que dizer.

— Imaginei que você apreciaria um vinho do nosso quintal. — Ele sorri e vira o banco em minha direção, como fez na noite em que nos conhecemos. Foi ontem? Puxa. O tempo com certeza passa mais devagar quando estou com ele.

— Tenho certeza que qualquer escolha sua vai ser ótima.

— Então, Gillian, me fale sobre você. — Ele vira em minha direção.

Sua atenção em mim é absoluta. Por um momento, estar no foco de Chase é desconcertante, com um quê de euforia. Como seria ser o centro das atenções de um homem tão intenso? Nunca vou saber.

O barman coloca duas taças diante de nós e se concentra em abrir o vinho.

— O que você quer saber? — Se ele continuar olhando para mim como se eu fosse a coisa mais interessante do mundo, vou acabar pegando meu diário para ler em voz alta.

— Tudo. — Seus olhos clareiam enquanto ele gira alguns dedos através dos meus cachos. — O seu cabelo é lindo. Eu adoro ruivas.

— Sério? Pensei que preferisse as loiras. — O comentário escapa da minha boca antes que eu possa segurá-lo.

Ele franze a testa.

— O que te deu essa impressão? — Uma sobrancelha sobe.

É melhor chutar logo o pau da barraca.

— Eu pesquisei sobre você antes de vir.

— Ah, entendo. Então você viu fotos minhas em eventos com loiras e pressupôs que eu tenha um tipo. — Ele faz aspas com as mãos quando diz "tipo". Faço um sinal afirmativo com a cabeça. — Aquelas mulheres não eram minhas. Elas não significavam nada para mim. — Chase pega a taça para experimentar o vinho servido pelo barman.

Observá-lo segurar a taça delicada me faz lembrar de suas mãos descendo pelo meu pescoço com o mais cru dos toques. Um arrepio me atravessa. Ele a move em círculos, fazendo o vinho girar. Inala antes de colocar a taça na boca e tomar um gole. O líquido bordô beija seus lábios carnudos. Ele faz "humm", e o tom vai direto para o meu centro. Cruzo as pernas, e sua mão cobre meu joelho. Ele arrasta um polegar pela superfície sedosa do nylon e começa a traçar o número oito, ou o símbolo do infinito. É de enlouquecer, mas eu não me movo. Eu gosto demais de suas mãos em mim para detê-lo.

— O vinho está bom. Obrigado, James.

— Quando você pediu a garrafa, disse que era do *nosso* quintal. Você também é da Califórnia?

Ele anui.

— Tenho casa nas principais cidades, mas deixo o meu coração em San Francisco. — Seus olhos brilham.

Dou risada. Sem-vergonha. Seria tão fácil me apaixonar por ele. O barman enche nossas taças até a metade e se afasta. Tomo coragem para perguntar o que realmente quero saber.

— Então... O que você quis dizer com "aquelas mulheres não eram minhas"?

Ele continua a fazer círculos em meu joelho, subindo a cada vez. É uma lenta e silenciosa sedução dos meus sentidos, e está funcionando. Cada passada alimenta meu desejo, que aumenta até eu me transformar em uma esfera sólida de necessidade.

Ele ignora minha pergunta, de início.

— Meu Deus, Gillian. Eu não consigo parar de pensar no que está aqui embaixo. — Agora sua mão inteira está segurando minha coxa e subindo aos poucos, até a ponta de seus dedos alcançar a cinta-liga. Ele grunhe baixinho e concentra a atenção em minha perna. — Eu, hum... contrato essas mulheres para ir a eventos comigo.

Não consigo esconder o choque.

— Por quê? Você poderia ter qualquer uma!

— Obrigado, mas eu tenho muito pouco tempo para seduzir mulheres. Com exceção de você. Você é diferente. — Ele balança a cabeça. — Completamente diferente. — E aperta minha coxa.

Eu o imagino me apertando em outro lugar, de preferência com o pau bem fundo dentro de mim. *Não, não, não! Isso não devia estar acontecendo. Eu preciso afastá-lo.* Lambo meus lábios excessivamente secos. Seus olhos escurecem, e eu me viro para o outro lado. Encarar aqueles olhos famintos me faria perder a cabeça.

— Então você não ficou com aquelas mulheres? — Ele está me contando uma meia verdade. Nenhuma mulher em seu juízo perfeito sairia com ele sem tentar levá-lo para a cama. Ele seria uma conquista e tanto para qualquer uma. *Exceto para mim.*

— Eu trepei com elas, se é isso o que você está perguntando.

Caramba. Ele é grosseiro, porém perigosamente eficiente em me deixar excitada.

— Mas eu nunca tive um relacionamento com elas.

Reviro os olhos, sem acreditar em nenhuma das bobagens que saem de sua boca.

— Gillian, eu nunca minto. Desonestidade é o pior tipo de fraqueza. — O sorriso se transforma em uma testa franzida, e seu tom parece irritado.

Ele desliza a mão para a parte externa da minha coxa. Olho para ela, me segurando possessivamente, e percebo que o seu toque parece certo. Quente e seguro. Me sentir segura com um homem é estranho para mim. O pânico se enfia em meu subconsciente e rodopia em minhas entranhas. Não posso mais olhar para sua mão em minha pele. Seguro a taça de vinho, precisando de uma distração.

Respire fundo, Gigi. Você está bem. Você gosta do toque dele. Você quer esse toque. A sensação é boa.

— Você transou com aquelas mulheres depois de pagá-las para ir a um evento com você? — O desprezo surge em meu tom. — Você sabe como isso se chama?

Ele assente e sorri.

— Isso te deixa chocada? — pergunta, com uma cadência sedutora. Ele brinca com a alça da minha cinta-liga, deslizando dois dedos sob ela e os escorregando para cima e para baixo, empurrando minha saia até uma altura indecente.

Seu toque é como lava derretida, mas eu não consigo afastá-lo. Anseio pelo calor intenso, preciso sentir essa ardência. Quando suas mãos estão em mim, eu me sinto viva.

— S-Sim, deixa — gaguejo, enquanto suas mãos me seduzem perversamente. — Por quê? — sussurro.

— Por que não? Às vezes eu preciso de uma acompanhante para um evento.

— Não estou perguntando por que você as contratou. Estou perguntando por que pagou por sexo! — As palavras são derramadas suavemente de meus lábios, para me assegurar de que os outros clientes não ouçam.

Chase sorri e dá um gole em seu vinho, então se inclina para perto do meu ouvido.

— Eu não paguei por sexo, jamais faria isso. Eu paguei para que me acompanhassem. O sexo foi escolha delas. Era opcional. — Ele arrasta os lábios pela minha orelha, puxa o ar profundamente e grunhe antes de se endireitar novamente.

Ah, ainda bem. Eu quase acreditei que ele estivesse saindo com prostitutas, o que parece tão ridículo quanto sua necessidade de contratar uma acompanhante. Qualquer mulher gostaria de sair com ele. Chase poderia ir até uma mulher sentada sozinha no bar e ela se dobraria em duas para ganhá-lo. *Por que você se importa? Você vai despachá-lo, de qualquer forma.* Arrumo a postura, me preparando para agir e correr.

Ele traz a mão para alisar minhas costas. A carícia é relaxante, e ainda não estou nem perto de falar que não posso mais vê-lo. Minha mente gira, tentando achar um jeito de lidar com meu trabalho e com ele. Será possível?

— Sua vez. Onde você cresceu? — Ele desliza a mão por minha coluna em passadas majestosas, quase como se estivesse reunindo meu desejo camada por camada, como um artista faria com um pincel.

— Eu cresci no norte da Califórnia, na área de Sacramento. Frequentei a Universidade Estadual de Sacramento, me formei em administração com ênfase em marketing há pouco mais de dois anos. Me mudei para a Bay Area logo que terminei a faculdade e fui contratada pela fundação quase imediatamente. Estou trabalhando em angariação de fundos desde então.

— Essa foi a versão resumida. Você decorou? — Ele ri.

— Não gosto de falar de mim. Onde você cresceu?

Seu sorriso se apaga.

— Eu vivi a maior parte da vida com o meu tio e quatro primos em Beverly Hills. Morei em Boston enquanto estava em Harvard.

Tenho certeza de que minhas sobrancelhas estão quase tocando o céu. Chase é um garoto da Ivy League. *Que raios ele está fazendo aqui comigo?*

— Antes de me formar, eu já tinha juntado uma pequena fortuna investindo em empresas quebradas que não me custaram quase nada. Meu tio ajudou, financiando a minha primeira aquisição. Então eu reconstruí cada uma delas das cinzas e as tornei rentáveis de novo. Depois de fazer isso algumas vezes, fundei a minha própria empresa e fui erguendo o meu império. — Ele tem orgulho de suas conquistas, mas não parece pretensioso.

— Uma fênix surgindo das cinzas.

Seus olhos surpresos encontram os meus. Ele está claramente satisfeito, e é absurdamente bonito quando está feliz.

— Exatamente. — Anui e sorri.

— Por que você criou a Fundação Safe Haven? — Não faz sentido ele ter criado uma fundação quando é óbvio que o seu negócio é fazer dinheiro, e não distribuí-lo.

— Eu senti necessidade. Eu tinha o capital e era importante para mim. — Ele encolhe os ombros e olha para o outro lado pela primeira vez na noite.

Chase gira o vinho na taça e então enche novamente a sua e a minha com o restante do líquido na garrafa. Sinto que ele não quer entrar em detalhes.

— Me conte sobre a sua família. Os seus pais — ele pede.

Fico gelada. Os pelos dos meus braços se arrepiam.

— A minha mãe morreu de câncer há alguns anos. Não sei muito sobre o meu pai, ele nunca estava por perto. De vez em quando ele mandava dinheiro para ajudar a minha mãe, mas eu só o vi algumas vezes. Da última vez que eu soube, ele estava trabalhando com construção civil em uma empresa que viaja pelo país. Eu sou filha única. Meus pais não tiveram irmãos, então não tenho mais parentes.

Ele olha para mim a fim de medir minhas emoções.

— Sinto muito. — Sua mão cobre a minha, e ele a leva até seus lábios e a beija.

É um gesto antiquado para um homem tão jovem. Isso quase me faz esquecer por que estou aqui. Uma dor profunda se finca em minhas entranhas. Afasto a mão e me preparo para encerrar esse pseudoencontro. Preciso explicar que não podemos continuar a nos ver.

Atrás de mim, uma voz provocante chama:

— Chase! Que bom ver você aqui. — A mulher tem um sotaque porto-riquenho forte. Ela dá a volta na minha banqueta, se insinuando entre mim e Chase. Desliza uma mão pequena pelo braço dele até tocar seu ombro. A Miss Porto Rico é comprida, magra e tem uma pele sedosa cor de caramelo. O vestido curtíssimo e colante, fúcsia com contas brilhantes, mal cobre a bunda. Duas alças de strass passam por cima do pescoço e seguram a peça de roupa. Com pouco esforço, ela gruda o corpo no de Chase e pendura os braços em seus ombros, agarrando seu pescoço. — Onde você esteve a minha vida toda?

Chase parece um pouco chocado, mas não se afasta de imediato. Mesmo sendo este um encontro casual para tomar um drinque, a mulher é mal-educada. Dar em cima de um homem enquanto eu estou sentada ao lado dele é revoltante e me deixa louca da vida!

— Tatiana? Eu não esperava ver você aqui. Pensei que estivesse no Peru.

Ele coloca as mãos em torno da cintura dela, talvez para afastá-la, talvez para trazê-la para perto. Eu observo com uma fascinação enojada a mulher praticamente se esfregar na junção entre as coxas dele. Chase agarra os quadris dela e eu quero vomitar. Sair daqui é a única coisa em que posso pensar. Deslizando do lado oposto da minha banqueta, tento não colidir com a periguete bronzeada se esfregando nele.

Para mim basta quando ela passa a mão no peito dele várias vezes, como se fossem amantes. Rapidamente giro a banqueta para o lado e escapo. Pego minha bolsa e dou alguns passos para longe daquela cena.

— Tenho que ir, Chase.

Ele levanta a cabeça.

— Eu só vim te dizer que esse lance entre nós... — Viro a mão para ele enquanto sinto os olhos da garota em mim. Miss Porto Rico abre um sorriso largo e me dá uma piscadela. — ... não vai funcionar. Você é meu chefe. Fim de papo.

53

Os olhos de Chase se arregalam e seu queixo cai. A morena de pernas compridas se aproxima mais e beija o pescoço dele. É isso. Chega. Eu me viro e saio correndo do bar.

— Gillian, espere! — ele grita.

Dou uma olhada para trás e vejo que a morena está beijando Chase. Ridículo. Me convida para um encontro e depois se esfrega em outra mulher? Já vai tarde. Não preciso dele nem do seu corpo desconcertante tentando fazer de mim mais uma de suas amantes. Saio do bar e corro até os elevadores o mais rápido que meus saltos permitem. Chase grita meu nome enquanto as portas se fecham.

Em que mundo uma periguete se joga em cima de um homem que claramente está em um encontro com outra mulher? Um mundo que não é para mim. Um mundo que envolve homens bonitos e incrivelmente ricos, donos de bares luxuosos e limusines, e com brutamontes como motoristas. Antes de a vadia quebrar o transe, eu estava de fato me divertindo. Até comecei a acreditar que ele tinha interesse em me conhecer. *Burra!* Mas foi melhor assim. Então por que eu sinto que o meu coração foi arrancado e servido em uma bandeja? Isso é insanidade, ou talvez o desejo falando. A porta do elevador se abre e eu saio. E dou de cara com Jack.

— Saia do meu caminho. — Ranjo os dentes e disparo em direção às portas do prédio.

— Srta. Callahan. O sr. Davis pediu que eu a segurasse. — Ele agarra meu braço.

Puxo o braço tão rápido que ele se afasta.

— Sai de perto de mim, porra! — Eu corro para a rua. Meus passos são longos, e minha saia se amontoa e levanta a cada passo. Depois de vários minutos correndo, meus pulmões estão em fogo, o coração disparado no peito. Uma pontada causa dor bem embaixo das costelas. Parando bruscamente, sugo o ar precioso e tento me acalmar. Respirações profundas me fazem tremer enquanto tento retomar o controle.

Imbecil. Eu devia voltar lá e agradecer à vagabunda por ter me salvado de uma futura decepção. O celular no bolso do meu blazer vibra furiosamente. É Chase. Aperto o botão para atender e o levo até a orelha, sem esperar que ele fale.

— Não precisa se desculpar ou justificar nada. Aproveite seu verdadeiro encontro! — O tom estridente surpreende até a mim quando desligo na cara dele.

O telefone toca de novo imediatamente e eu o ignoro. Continua tocando e tocando, até eu desligar a desgraça.

Em meu desejo de fugir, não presto atenção em nada, apenas sigo a necessidade de me afastar. *De escapar.* Esta parte escura da cidade não é realmente atraente. Por que raios eu sempre me meto nessas situações? Eu fiz algo em alguma vida passada para ter um carma tão ruim? Olhando para a rua sem iluminação, percebo que estou perdida. Correr cegamente para não ser seguida pareceu um grande plano na hora. Agora, nem tanto.

À frente, um poste clareia uma pequena área e parece ser o melhor lugar para chamar um táxi. Ligo o celular e consigo falar com uma empresa de táxis. A atendente é prestativa e eu olho a placa da rua para lhe dizer onde estou perdida. Ela garante que vão vir me buscar em quinze minutos.

Esta noite passou de boa a ruim e então a péssima em um nanossegundo. A ideia de precisar me sentar na mesma sala que Chase amanhã na reunião, sabendo o que ele e Tatiana vão fazer a noite toda, me dá vontade de vomitar. Coloco o celular no bolso e me apoio em uma cerca de metal para vasculhar minha bolsa. Talvez eu encontre um elástico perdido e consiga tirar o cabelo suado do pescoço. Fim maluco para o que começou como um dia fantástico.

Folhas sendo pisadas e o som de passos atrás de mim fazem os pelos da minha nuca se arrepiarem em alerta. Sem aviso, uma mão grande se coloca em volta do meu pescoço e me puxa contra a cerca. O metal aperta minhas costas enquanto meus pés se debatem e chutam. Instintivamente, tento puxar a mão que restringe minha respiração, mas ela não se mexe.

— Se gritar, sua puta, eu te mato — diz uma voz masculina bem no meu ouvido.

O fedor de suor misturado com cigarro é nojento. Fico dura e trêmula. Instantaneamente, sou levada de volta à memória de Justin me dominando. Eu me lembro do olhar distante e vidrado antes de ele me acertar. O pânico rasga meu peito. O medo domina minhas defesas.

A voz do assaltante estraçalha meus pensamentos.

— Escuta, sua vadia. Me passa a bolsa agora e eu não te mato.

O aço frio e duro de uma arma está encostado em meu crânio, enquanto a outra mão dele pressiona a pele sensível do meu pescoço, cortando todo o ar. Eu engasgo e sufoco com o aperto firme em volta da minha garganta. Deus, por favor, não!

— Tudo bem, tudo bem. O que você quiser. — Quase não consigo falar dentro do seu abraço de cobra.

Sua mão prende meu pescoço feito uma garra de aço, as unhas perfurando a carne. Sinto o sangue escorrer em filetes, como faixas estreitas de vinho tinto dançando em uma taça que gira. A dor arde no pescoço e no peito, estrelas brancas e pretas surgem em minha visão periférica como o flash de uma câmera. Eu vou morrer. Eu me lembro bem demais da sensação de quando, há alguns anos, Justin me deixou no chão duro e gelado do nosso apartamento para sangrar até a morte.

— Pode levar o que quiser! — Um soluço ríspido se derrama dos meus pulmões. Eu levanto a bolsa.

O homem aperta a carne frágil do meu pescoço com tanta força que eu não consigo respirar.

— Muito bem, vagabunda! — ele diz, por cima do meu ombro, e arranca a bolsa da minha mão.

Então solta meu pescoço por tempo suficiente para um grito arrepiante soar através da rua vazia no momento em que ele acerta meu rosto com o metal duro da arma. O mundo fica preto.

Bip. Bip. Bip.

Alguém desligue o alarme. O bipe continua, como a tortura da gota chinesa contra as beiras esgarçadas de minha consciência. Minhas pálpebras estão pesadas, e é difícil abrir os olhos. É como se os cílios estivessem presos a pequenas algemas que seguram cada fio. O cheiro enjoativo de alvejante e antisséptico preenche o ar. Um martelo bate na minha cabeça. *Bam. Bam. Bam.*

A pressão sobre meu olho faz parecer que alguém me acertou com um taco de beisebol. Com os dedos trêmulos, sinto meu rosto. Uma faixa grande cobre a área dolorida sobre meu olho. Minha maçã do rosto tem o dobro do tamanho normal.

A lembrança do que aconteceu me atira no aqui e agora. *Ah, meu Deus.* A bílis sobe pela minha garganta, deixando um gosto amargo. Fui assaltada. Com uma arma. Eu estava esperando o táxi. Abro os olhos, e a névoa da memória se apaga lentamente. Quando pisco rápido, consigo olhar em volta. A pouca iluminação da sala branca vem da parte de trás da minha cama. Faço uma caminhada visual pela sala, e meu olhar para no rosto muito puto de Chase Davis. A raiva emana do seu corpo em ondas, e eu começo a tremer. Já vi uma raiva como essa nos olhos de outro homem. Não quero passar por isso de novo. Ele se levanta e arruma o cobertor sobre mim, enfiando as beiradas embaixo do colchão. Tenho que prender a respiração, tentando desesperadamente não recuar. O pânico aumenta como a maré alta ao entardecer.

— Como eu vim parar aqui? — murmuro, a voz grossa devido aos remédios.

Ele pega o copo de plástico rosa com água na mesa lateral e traz o canudo para os meus lábios. Dou um gole. É o céu. Ele abaixa o copo e senta ao lado da cama, os braços cruzados em posição de defesa.

— Você foi assaltada. O motorista do táxi te encontrou e ligou para a polícia. — Os olhos de Chase estão entreabertos, o queixo tenso, os dentes cerrados. O homem está *realmente* enfurecido.

Os eventos da noite voltam à minha mente. Lágrimas escorrem, e eu seguro o cobertor com força.

— Você poderia ter morrido, Gillian. — Sua voz está horrorizada, talvez até emocionada. — Você foi espancada e deixada em uma área muito perigosa. Estou muito bravo com você.

Ele limpa as lágrimas do meu rosto com os polegares. Seu toque é tão leve contra minha pele que eu mal o sinto.

— Por que você está aqui?

Ele estremece com minha pergunta.

— As enfermeiras revistaram suas coisas. O meu cartão estava no bolso do seu blazer, com o seu celular. A minha ligação foi a última que você recebeu. — Ele se levanta e anda de um lado para o outro no pequeno espaço, como um animal enjaulado. — Você não tem ideia de como eu fiquei ao saber que você tinha sido atacada. — Ele respira com dificuldade e passa rispidamente os dedos pelo cabelo. — Aí eu venho ao hospital e encontro você... assim! Você poderia ter morrido!

Ele me encara com um questionamento no olhar. Não tenho resposta.

— Que pena que você teve que deixar a Tatiana por minha causa — resmungo e olho para o outro lado. Gostaria que ele simplesmente fosse embora.

Ele segura meu queixo e o puxa um pouco para poder olhar nos meus olhos.

— A Tatiana não significa nada para mim. Você, por outro lado... — Suspira pesadamente e senta de novo na cadeira ao meu lado. Ele está longe demais.

— O quê? — pergunto, desesperada para saber o que ele ia dizer.

A enfermeira entra, frustrando minha curiosidade.

— Bem-vinda ao mundo dos vivos, sra. Davis.

Tenho certeza de que a expressão no meu rosto é de completa confusão. Chase se inclina para a frente e segura minha mão. É quente e reconfortante. Eu me agarro a essa sensação como se ela fosse desaparecer a qualquer momento.

— Quando eu vou poder levar a minha esposa para casa?

Talvez a batida na minha cabeça tenha sido pior do que eu pensei.

— Depois que o médico a examinar, verificar os pontos e der alta. Depois disso você vai poder levá-la para casa. — Ela sorri para Chase, mas ele está olhando fixamente para mim. — Você deu um tremendo susto neste homem, garota.

Ele encolhe os ombros e olha para o outro lado.

— Você devia ver o jeito como ele entrou no pronto-socorro, gritando, exigindo ver você imediatamente. Parecia o Super-Homem.

A imagem me faz rir um pouco. Ele é um Super-Homem de verdade. Chase aperta minha mão e a enfermeira vai embora.

— Esposa? — pergunto.

— Eles perguntaram se eu era seu parente. Falei que nós somos casados.

— Pensei que você nunca mentisse. Que a desonestidade fosse uma fraqueza. — E o encaro profundamente.

Ele olha para o outro lado.

— É. Eu vacilei. — E não me olha mais.

O médico entra e explica que eu tive uma concussão, além de ter um hematoma na maçã do rosto, cinco cortes no formato de lua crescente no pescoço e alguns pontos acima do olho direito, onde o assaltante me deu uma coronhada.

Chase agarra minha mão com tanta força que eu quase grito enquanto o médico revisita cada ferimento. Seguro as mãos de Chase e faço carinho na de cima. Ele desenha um símbolo do infinito no meu pulso com o polegar enquanto o médico explica que a concussão é uma lesão que altera o modo como o cérebro funciona. Os efeitos normalmente são temporários, mas podem incluir dor de cabeça, problemas de concentração, memória, julgamento, equilíbrio e coordenação. Vou ter que ser acordada a cada duas horas, vão me pedir para memorizar três itens e depois eu vou repetir as palavras na próxima vez que acordar. O médico diz ainda que a polícia quer que eu preste depoimento.

— Hoje não — Chase interrompe. — Eu vou levá-la para casa. Ela teve uma noite traumática. — Ele me puxa contra seu peito e eu me aninho.

A enfermeira me traz roupas e chinelos do hospital e eu entro no pequeno banheiro para tirar a camisola. Quando volto, ela entrega a Chase a sacola com minhas roupas manchadas de sangue. Provavelmente é melhor jogar tudo no lixo. Nunca mais vou usar essas roupas.

— Gillian, o meu pessoal está trabalhando nisso. Aquele filho da puta não vai escapar.

Ele me abraça, os braços fortes me envolvendo. Quente e segura. Em seus braços, apoio a cabeça em seu peito e ouço a batida do seu coração. Eu deveria me acalmar e tranquilizar, mas o efeito é exatamente o oposto. A onda enorme de emoções, quando me lembro dos eventos da noite, me rasga por dentro. Lágrimas são derramadas em sua camisa. Soluços profundos ecoam da minha garganta rouca quando a percepção do que aconteceu me invade. Os braços de Chase me seguram com força, me dando proteção e apoio enquanto eu choro.

— Baby, está tudo bem. Eu estou com você. — Chase faz carinho no meu cabelo. — Vou te levar de volta ao hotel.

Anuo em seu peito, incapaz de falar.

Deixamos o hospital e ele me acompanha até sua limusine. Não vejo a paisagem no caminho de volta. Os analgésicos começam a fazer efeito e eu me reclino pesadamente no corpo sólido de Chase. Devo ter adormecido, porque estamos no hotel e Chase está me levantando da limusine. Eu me acalmo contra seu peito enquanto ele me carrega pelo hotel. Estou imaginando a cena. Espero que as pessoas não reparem muito a esta hora da noite. Na verdade, estou tão derrubada que nem ligo.

— Sr. Davis, precisa de uma cadeira de rodas? — um homem pergunta ao fundo.

— Não. Eu vou levá-la.

Seu comentário me faz sentir quente e aconchegada. Ouço a campainha do elevador e logo estamos subindo. Alguns instantes depois, estou em uma cama grande e macia. Chase tira de mim a calça do hospital e enfia minhas pernas debaixo dos lençóis de linho macios e frios. Vai até o armário e pega uma camiseta branca com decote V. Eu o observo em transe, incapaz de fazer muito mais do que isso. Ele puxa a parte de cima da roupa pela minha cabeça, tomando cuidado com o rosto inchado.

Espero, com meu sutiã de renda preto, que ele vista a camiseta em mim.

— Meu Deus, Gillian. O que aquele filho da puta fez com você? — Seu tom é tenso.

A ponta de seus dedos toca meu pescoço levemente. Colocando meu cabelo de lado, ele me vira em direção à luminária. Está vendo as marcas deixadas pelas unhas do assaltante na minha pele. Chase me surpreende trazendo o rosto para perto e deixando uma trilha de beijos leves por toda a superfície. O gesto é incrivelmente doce. Ele é tão intrigante. Em um minuto é desafiador e exigente; no próximo, gentil e delicado.

— Nunca mais você vai ser machucada, Gillian. Eu prometo. — Sinto seus beijos leves me percorrendo.

Estremeço com a sensação de sua boca em mim, mais do que por causa do trauma. Uma lágrima traiçoeira escapa e pinga em seu rosto.

Ele pega a camiseta branca macia e veste com cuidado em mim. Ela tem cheiro de amaciante e sabão em pó. Eu me recosto e pouso a cabeça no travesseiro.

— Descanse, baby. Descanse. Eu vou te acordar a cada duas horas, como o médico mandou. — Ele beija a parte da minha testa que não está coberta pela atadura.

Estou apagando rápido. Sem abrir os olhos, sussurro:

— Obrigada. Desculpe pelo trabalho.

— É um prazer. Cuidar de você é um prazer para mim.

5

Conforme prometido, Chase me acorda a cada duas horas. Eu esperava pelo serviço de despertador do hotel, não pelos dedos suaves e calmantes acariciando meu rosto e a linha do meu cabelo. Um frio arrepiante se arrasta pela pele sensível da minha maçã do rosto. Minhas pálpebras se abrem e eu olho dentro dos olhos azuis entreabertos e sonolentos. Seus traços são diferentes sob o brilho fraco do abajur. Mais reconfortantes, menos intensos. Eu poderia me acostumar com esses olhos. Ele segura o saco de gelo em meu rosto inchado. O frio envia arrepios pelo meu corpo todo.

— Gillian, qual é o meu nome? — ele pergunta baixinho.

— Chase — respondo, grogue. O analgésico faz minha língua parecer grossa e inchada.

— Aqui, baby. Tome isso. — Ele coloca dois pequenos comprimidos brancos na ponta da minha língua e me dá um copo com água.

Quando foi que ele começou a me chamar de baby?

— O médico disse que isso vai ajudar a diminuir o inchaço e a dor dos pontos.

Engulo os comprimidos e deito novamente. Ele abaixa o copo, traz as cobertas até meu queixo e coloca o saco de gelo no criado-mudo. Confere cada centímetro do meu rosto. Eu sorrio para ele como quem sonha. Chase é tão lindo.

— Obrigado — ele diz, com diversão na voz.

Não percebi que expressei meu pensamento em voz alta, mas não retiro o que disse. É verdade.

Ele planta um beijo suave em meus lábios. Acaricia a parte do meu rosto que não está ferida. Devolvo o beijo quando ele desliza os lábios sedosos contra os meus. Ele continua o ataque lento em minha boca, sem aumentar a pressão nem ir adiante. Só beijando do jeito que quer. Como um homem que demonstra carinho por sua mulher. É um território perigoso esse em que estamos entrando.

Ele toca meu lábio inferior com a língua e eu deslizo os dedos em seu cabelo, dedilhando o couro cabeludo e aumentando a pressão. Essa é a permissão de que ele precisa. Aceitando o convite vorazmente, ele usa a boca para me engolir inteira. Sua língua passa pelos meus dentes e contra minha boca em movimentos longos, sem pressa. Um gemido me escapa em uma tomada de fôlego. Ele tem um gosto bom, rico e totalmente masculino. Quero seu corpo em cima do meu, cobrindo toda a superfície com sua pele quente. Puxando seus ombros, tento trazê-lo contra meu peito. Não funciona. Ele é uma rocha sólida, imóvel. Solto um grunhido de frustração, ajudando com as pernas para alcançar meu objetivo. Infelizmente, Chase faz o exato oposto do que eu quero e se afasta.

— O que você faz comigo, Gillian? Eu nunca... Digamos simplesmente que eu não estou acostumado com isso. — Ele se afasta completamente, caminha para o outro lado da cama e se deita.

Os lençóis amassados e a marca da sua cabeça no travesseiro me dizem que ele esteve dormindo ao meu lado. Em meu estado drogado, eu não tinha percebido. Franzo a testa, desejando poder me lembrar do momento exato em que ele se deitou perto de mim.

— Não está acostumado com quê? — Viro de lado, descansando a cabeça no travesseiro, e olho fixamente para ele contra a luz suave.

Ele está deitado de costas, respirando fundo. A camiseta branca se estica no peito largo, acentuando os montes e os vales de uma estrutura perfeitamente esculpida. Quero passar as unhas no tecido para ver como ele responde. Chase está contemplativo e carrancudo. Em vez de tocá-lo, eu espero, mantendo distância.

— Essa atração. É de enlouquecer. — Ele franze a testa.

Eu o encaro fixamente. Chase é bonito de molhar calcinhas. Tudo nele me atrai. Da ponta do cabelo, passando pelo rosto bonito e o peito largo, até as partes dele a que não fui apresentada. Não tenho certeza se sei do que ele está falando, mas minha cabeça está pesada e eu estou perdendo a batalha para manter os olhos abertos. Sinto que ele vira em minha direção.

— Gillian, olhe para mim — ele diz, sério.

Abro os olhos e tento me concentrar com muito esforço. Estou apagando rápido.

— Você consegue se lembrar destas três coisas? Baunilha, esmeralda e picolé. Entendeu?

Minha cabeça parece um balão de água, cheio até o topo.

— Fale — ele exige.

Fechando as pálpebras incrivelmente pesadas, tento repetir, lutando para não deslizar para o mundo dos sonhos.

— Hum... baunilha, esmeralda e picolé — repito, como uma boa menina.

Quando acordo novamente, é para o calor, um verdadeiro inferno. Um corpo me cerca, pernas e braços grandes me apertando com força. O quarto está banhado de negro, e braços fortes me seguram firmemente contra um peito largo, impedindo meus movimentos. Não me lembro da última vez em que acordei nos braços de um homem. A sensação de estar tão protegida, tão segura, é de derreter o coração. Sinto a respiração de Chase acelerar e seu peito subir e descer contra o meu rosto. Se ao menos eu pudesse embrulhar esta sensação para sempre.

— Baby, quais são as três coisas que eu pedi que se lembrasse? — Chase pergunta, com a voz baixa e rouca.

— Hum, verde, baunilha e picolé. — Eu me aninho em seu peito e começo a apagar. Minha cabeça está tão pesada que parece escorada por uma pilha de tijolos.

Ele endurece e se afasta, me forçando a perder meu lugar confortável.

— Gillian, quais são as três coisas na ordem, exatamente como eu falei? — Seu tom é duro, exigente.

Tento lembrar, com muito esforço.

— Ah. Baunilha, esmeralda, *não* verde, e picolé — digo, confiante, mas ainda exausta.

Uma inspiração enorme deixa seu peito, mas mal posso ver o olhar desconfiado nas sombras da noite.

— Volte a dormir — ele diz, com ar protetor.

Eu me esfrego contra sua lateral como um gato, me esticando e procurando a posição certa antes de começar a ronronar.

Dedos suaves deslizam pelo meu braço, ombro, pescoço, a linha do meu cabelo e para baixo, pelo meu quadril e coxa nua, me acordando mais uma vez. A carícia é repetida diversas vezes, enviando ondas vertiginosas de desejo através de cada membro. A sensação é maravilhosa e eu rolo, me deitando de costas, me abrindo para ele da forma mais vulnerável. A mão grande de Chase desliza pela minha barriga desnuda e cobre toda a superfície. Ele é enorme.

Um polegar errante circunda levemente a beira da minha calcinha. Solto o ar em pequenas explosões frenéticas de excitação. Sinto o calor de sua cabeça na base do meu pescoço, sua barba rala roçando a pele ali. Seus dentes mordiscam meu queixo, seguindo uma linha até minha boca. Quando ele chega ali, tomo seus lábios em um beijo febril, sem nunca abrir os olhos. Sua língua exige entrar. Eu me abro para ele. Nesse momento, não há nada que eu queira mais do que Chase sobre mim. Em cima de mim. Me completando.

Chase bebe do poço da minha boca, mordendo meu lábio inferior e depois se movendo para o de cima. Eu gemo, precisando, querendo mais. Finalmente sua mão desliza embaixo da minha camiseta para tocar um seio inteiro. Eu me arqueio, apertando a carne pesada na sua mão forte, me deleitando com o formigamento que se espalha em meu peito. Sinto o gosto do seu hálito mentolado enquanto ele geme de prazer dentro da minha boca. Seus dedos acariciam meu seio provocantemente. Então, um alívio total se espalha pelos meus sentidos quando ele abaixa o bojo do meu sutiã e esfrega o polegar sobre um bico suplicante. Paraíso.

— Meu Deus — escapa da minha garganta, como se arrancado diretamente dos céus. É gutural e cru. Chase está fazendo isso comigo. Me transformando em outra coisa, alguém que eu não reconheço. Ele engole meu grito como se o estivesse comendo, todo lábios, dentes e língua.

Com o polegar e o indicador, ele puxa e belisca o bico duro, alongando-o até o pedaço de carne sensível fazer meu prazer explodir. Eu o seguro com força, puxando-o para mim, deslizando as mãos debaixo da sua camiseta para arranhar com as unhas a pele das suas costas musculosas. Ele se aproveita e levanta minha camiseta, expondo meu peito. Empurra o sutiã para baixo a fim de apertar e tatear ambos os seios avidamente, tocando e puxando cada bico, me deixando louca de desejo. Torço para que ele nunca pare de tocá--los. Eu os serviria de boa vontade em uma bandeja todos os dias se ele me prometesse este nirvana regularmente.

— Caralho, você tem um corpo incrível — ele diz enquanto puxa meu seio direito para sua boca quente.

Faíscas voam enquanto o calor molhado de sua língua envia ondas de prazer para o ponto sensível entre minhas pernas. Caramba, eu queria que ele me tocasse lá. Sua mão puxa e belisca o outro mamilo, aumentando a tensão extrema que espirala através de mim. O calor invade meu ventre e eu arqueio os quadris contra sua ereção cada vez maior, desfrutando do rosnado que deixa seus lábios. Ele suga e lambe o bico aumentado com a ponta da língua, até ele brilhar. Move uma mão para meu pescoço e a acomoda em minha nuca. Seu polegar passa pela minha maçã do rosto inchada. Perco o ar enquanto a dor se estilhaça em todas as direções, acalmando minha excitação.

— Merda, baby. Desculpe. Porra! — Ele se afasta.

Eu o puxo com toda a minha força. Ele é uma parede. Um ser imóvel com uma expressão terrivelmente séria estragando seus traços anteriormente marcados pelo desejo. Quero levantar as mãos e espernear em um chilique digno de novela. Ele não pode me incendiar e depois ir embora sem apagar o fogo.

Ele se senta, curvado, me vendo ferver.

— Chase, não. Está tudo bem. De verdade, eu estou bem. — Deixo beijos calmantes em todos os lugares que alcanço enquanto escapo para o seu colo, minhas pernas envolvendo sua cintura.

Propositalmente, coloco meu centro diretamente contra sua ereção feroz. Ele desliza as mãos pela minha bunda e me segura com firmeza, enterrando o pau duro como uma rocha em meu clitóris.

Eu gemo, a cabeça caída para trás, expondo meu pescoço.

— Isso, assim!

Ele desliza a mão levemente pela minha coluna. Sinto a melancolia aumentando dentro dele enquanto toca respeitosamente as cinco marcas em formato perfeito de lua crescente que maculam minha pele. Provavelmente estão ao lado de hematomas na forma da mão de um homem, um lembrete físico do tormento que enfrentei há apenas algumas horas.

Tremendo, me forço a não recuar. Mais que tudo, eu *preciso* deixar que um homem chegue perto de mim novamente. Se não para sempre, pelo menos por um momento. *Este* homem. Droga, eu me prometi não ser uma vítima novamente, e aqui estou eu, coberta de hematomas, tendo escapado da morte por pouco nas mãos de outro agressor.

Chase me deita novamente na cama, o olhar repleto de dor.

— Gillian, eu vou te dar um pouco de alívio, mas nós precisamos esperar.

Suas palavras têm como objetivo acalmar. Mas apenas frustram. Não sou uma boneca de porcelana. Aguento qualquer coisa que ele mandar e depois mais um pouco.

65

Confusão e desejo pairam no ar ao nosso redor enquanto observo todas as suas feições. Antes que eu possa realmente responder, ele escorrega a mão dentro da minha calcinha e mergulha dois dedos profundamente em meu sexo molhado.

Eu grito. O êxtase invade cada faceta do meu ser. Seus dedos longos apertam profundamente, enviando ondas de prazer sobre mim. Isso é exatamente o que eu queria. Chase está me tocando. Seu polegar procura entre minhas curvas e encontra o pequeno feixe de nervos, deslizando sobre ele perfeitamente. Ele movimenta os dedos dentro de mim enquanto circunda meu clitóris, me deixando louca. Circulo os quadris e espalho as mãos pelo colchão, procurando algo para agarrar. Torço os lençóis nos dedos enquanto ele levanta minha camiseta, expondo meus seios para sua boca. Chase cobre um mamilo e passa a língua rapidamente por ele, enviando pequenas pontadas safadas para o centro da minha excitação.

— Que delícia — engasgo.

Mexo a cabeça de um lado para o outro, tentando freneticamente manter a sensação. É irresistível e única, exatamente como o homem que está me dando isso. Seus dedos se engancham deliciosamente dentro de mim, se enterrando com mais força naquele ponto efervescente lá dentro. Quando acho que não vou mais aguentar, seu polegar aperta meu clitóris em círculos firmes enquanto seus dentes mordem meu mamilo.

É isso. Estou em órbita. O prazer dispara através do meu centro, luzes explodem atrás dos meus olhos e o som de trovão bate em meus ouvidos. Grito o nome dele enquanto meu corpo chacoalha e convulsiona em um orgasmo ofuscante.

Chase continua a tocar cada uma das minhas zonas erógenas até não restar nada mais além do tremor e da contorção automática de músculos bem usados.

Ele me beija com passadas lentas e lânguidas de língua e lábios, os dedos ainda profundamente dentro de mim, quase como se não quisesse deixar meu calor. Suspiro enquanto ele tira delicadamente a mão de dentro da minha calcinha. Seus olhos estão tão escuros que é como olhar para um buraco negro. Com o laser de suas órbitas focado em mim, ele traz os dedos para a boca e lentamente lambe minha essência. Um ronronar baixo ressoa através do meu peito enquanto ele enrola a língua em volta dos seus longos dedos.

Arregalo os olhos e meu desejo cresce enquanto meus quadris dão início a uma dança lenta, esperando pacientemente por mais do que eu sei que ele pode oferecer.

— Você tem um gosto tão bom, baby. Mal posso esperar para ter você. Aqui, experimente. — Ele me beija profundamente.

Posso sentir meu gosto em sua língua, e há algo incrivelmente erótico e proibido nisso. Tudo a respeito de Chase parece erótico e proibido. Quando nós dois estamos sem ar, ele se inclina sobre mim, seu peso sustentado pelos músculos fortes dos braços. Eu me estico, levando os dedos e as mãos acima da cabeça, até me sentir relaxada e saciada.

— Bom? — ele pergunta. O sorriso safado e o tom convencido só me fazem querer pular nele.

Então, lembro que ele não recebeu nada em troca. Ele tenta se afastar, mas eu estico a mão e agarro a ereção óbvia que ergue sua cueca boxer. Puta que pariu, ele é grande. Isso vai ser tão bom. Lambo os lábios com antecipação pouco contida e me preparo mentalmente para ser surpreendida. Ele para minha mão.

Confusão e dor trazem caos para minhas emoções despedaçadas.

— E você? — Minha voz quase parece a de uma criança.

— Foi só para você, baby. Quando você estiver melhor, eu *vou* te foder muito e com força. Você vai ser minha. Até lá, vamos esperar. — Suas palavras soam brutalmente honestas e chocantes.

Não acho que nenhum dos seus muitos parceiros de negócios acreditariam que este homem bem equilibrado tem as preferências e a boca de um astro pornô.

De certa forma aliviada, anuo. Mais que qualquer coisa, eu quero satisfazê-lo, mas minha cabeça está latejando, gritando por alívio. Tenho arrepios e tremo enquanto o inferno da noite passada retorna em cores vivas. Infelizmente, nem mesmo um enorme orgasmo pode apagar essas lembranças. Apenas mais uma coisa para juntar à minha longa lista de problemas. Balanço a cabeça para esquecer.

Chase se encolhe, mas me beija antes de sair da cama. Pega o frasco de remédio, abre e tira alguns comprimidos.

— Você está com dor. Dá para ver no seu rosto lindo. — Ele me passa os comprimidos ovais.

Chase acha que eu sou linda. A ideia me faz sentir tímida e feminina.

— Obrigada. Obrigada por... tudo. — Olho para o outro lado, evitando seu olhar. Não quero que ele veja quão vulnerável estou no momento. Espancada, sem sono, cheia de drogas e satisfeita pelo orgasmo que ele acabou de me dar. Todas essas coisas, além de saber que Chase me acha linda... É demais.

— Gillian, pare de fugir de mim. Disso, não importa o que seja. — Ele faz um gesto entre nós.

Ele espera que eu diga algo. E acho que não vai se mover até eu responder. Respiro fundo, endireito os ombros e olho profundamente em seus olhos.

— Vou tentar. — É o melhor que posso fazer. Deixar um homem entrar no meu corpo é uma coisa. Já na minha cabeça e no meu coração, é algo que eu prometi que jamais faria de novo.

Ele deve perceber o que posso oferecer no momento, porque olha para baixo brevemente, seu queixo fica tenso e ele faz um sinal afirmativo com a cabeça. Chase me deixa satisfeita e medicada nos lençóis desarrumados enquanto vai para o banheiro e abre o chuveiro.

Meu celular toca em algum lugar do outro lado do quarto. O som é como um martelo pneumático sendo enfiado direto em meu crânio. Cometo o erro idiota de me levantar com um pulo para pegá-lo. A concussão me faz balançar, e eu quase caio. Me seguro na cômoda e olho em direção ao banheiro para me assegurar de que Chase não me viu quase despencar de novo. A última coisa de que preciso é mais um homem que pensa que pode cuidar de mim. Mesmo que Chase tenha me ajudado na noite passada, vai ser o fim se eu me tornar uma vitimazinha fraca diante dos seus olhos.

Encontro o telefone em cima das roupas deixadas na poltrona junto a uma janela grande. De um jeito nada feminino, me jogo na poltrona macia e o levo ao ouvido.

— Alô — digo, minha voz ainda arrastada devido à noite passada.

— Gigi, graças a Deus! Eu estava começando a me preocupar com você.

O som da voz do meu melhor amigo, Phillip, me acalma. Um sorriso enorme se espalha em meus lábios e então eu estremeço com a pele repuxando meu rosto inchado. Eu me recosto na poltrona para me acomodar enquanto conto tudo, feliz por ser ele e não uma das meninas.

— Tive uma noite difícil. — Como arrancar um band-aid, percebo que é mais fácil ir direto ao assunto, rapidamente e sem dor. — Phil, eu fui assaltada e fui parar no hospital. — Lágrimas se formam enquanto eu o ouço engolir em seco. Algumas delas se acumulam, mas eu aperto os dedos na beira dos olhos para contê-las.

— Gigi, você está bem? Ainda está no hospital? — Sua voz é densa e áspera. — Quer que eu vá até aí?

Ah, como eu amo esse homem. Ele é um dos caras legais. Uma leveza me preenche. Sou tão grata.

— Não, não. Estou bem. De verdade. Estão cuidando de mim. — *Chase está cuidando*, minha mente acrescenta perversamente, e eu sorrio. — Mas foi assustador. Ele apontou a arma para mim. — Um arrepio espirala pela minha espinha e eu enrijeço. Mas isso *não* vai me marcar. Já passei por coisa pior.

— Meu Deus. O que aconteceu?

Eu conto a história toda, deixando de fora a parte sobre voltar ao hotel com o meu chefe. Phillip e eu temos poucos segredos, mas quero explicar a situação com Chase para ele em pessoa, quando o meu amigo não estiver tão tenso.

— Phil, eu estou bem. Só abalada. — Uso minha voz de garota corajosa.

— Vou me sentir melhor no momento em que vir você, Gigi — ele diz suavemente.

Eu sei que é difícil para ele ficar sabendo que fui machucada. Estamos um ao lado do outro desde que ele perdeu a esposa, Angela. Ele esteve comigo em tempos bons e ruins, incluindo o que Justin fez comigo, e depois, novamente, quando Daniel e eu nos separamos, há seis meses.

— Quero te ver também. Ligo quando chegar em casa, prometo. — Aperto a cabeça contra o braço. Os remédios para dor a fazem parecer uma bola de boliche.

— Ligue quando você pousar. Eu vou te buscar — ele sugere.

Ele não vai sossegar até ver que estou bem. O problema é que eu não estou, e ele sabe disso. Os hematomas e as marcas circundando meu pescoço também não ajudam. Neste momento, não sei o que vai ajudar.

— Eu aviso você. Tenho que ir à delegacia dar um depoimento hoje. — Suspiro alto no telefone. Lá se vai a reunião do conselho. Preciso ligar para Taye antes de ir para a delegacia, contar o que aconteceu na noite passada e por que eu não vou estar presente na reunião de hoje. Ele vai ficar furioso pelo fato de eu não ter lhe telefonado antes.

— Vou ficar pensando em você. A Anabelle está com saudade. Ela fez um desenho para você. — Ele ri levemente.

A filha angelical de Phillip, Anabelle, é pura luz em um mundo escuro. Seu cabelo loiro encaracolado e os olhos claros fazem qualquer dia melhor. Levo com muita seriedade o meu papel de madrinha, especialmente desde que a mãe dela morreu em um acidente de carro, dois anos atrás.

— Também estou com saudade dela. Mande um beijo e diga que eu comprei um presente para ela.

— Eu te amo, Gigi.

Ouço o medo em sua voz. Parte de mim quer esconder o que aconteceu, mas os pontos e as marcas roxas levariam a mais perguntas e sentimentos feridos. Além disso, eu prometi que nunca mentiria para ele.

— Eu também te amo. A gente se vê quando eu chegar em casa, Phillip.
— Desligo e solto o ar. Com grande esforço, levanto e me viro.

Chase está de pé no meio do quarto. Seu olhar é duro, o queixo tão tenso que poderia quebrar um dente.

— Quem você ama? — dispara, exigente, impiedoso.

Sou tomada de surpresa pela fúria dele. Caio contra a poltrona diante de seu tom. Meu ânimo se crispa e eu levanto o queixo, a irritação emergindo com seu tom acusador.

— O Phillip. Meu melhor amigo.

— Não é o seu amante? — Seus olhos ardem.

Por um momento, me sinto perdida. Ele tem uma toalha branca pendurada na cintura. A água pinga de seu tronco musculoso. Fios de água escorrem pelas protuberâncias quadradas do abdome definido, desaparecendo no algodão da toalha em sua pélvis. Ah, o que eu não daria para ser uma daquelas gotas agora. Lambo os lábios e mordo o inferior.

— Eu fiz uma pergunta. E quero uma resposta. — Sua voz é fria.

— Não. Ele não é. — Omito o fato de que já foi. De alguma maneira, não acredito que essa pequena informação acalmasse Chase agora. Além do mais, isso aconteceu há uma vida. Parece até que foi um sonho esquecido há muito tempo.

— Eu não vou dividir você com outro homem. — Seu queixo está tenso, os músculos se movendo como se houvesse um elástico sendo puxado nas duas extremidades, a um triz de arrebentar. — Depois que eu te possuir, você vai ser minha, Gillian. Pense nisso antes de irmos adiante.

Sua raiva me deixa furiosa. Quem ele pensa que é? Meu príncipe encantado?

— O Phillip é meu melhor amigo. Nós passamos por muita coisa juntos e eu não vou deixá-lo por nenhum homem. — Levanto o queixo e cruzo os braços.

Ele me observa, distante, o olhar gelado. Eu não me importo. Ele não vai me controlar. Nenhum homem vai.

— Eu o amo muito, mas não estou *apaixonada* por ele, nem nunca vou estar. — Agora estou puta da vida. — E quer saber de uma coisa? Eu não preciso explicar a minha relação com o Phillip pra você. Eu nem sei o que é isso aqui. — Faço um gesto entre nós.

Sua toalha cai no chão enquanto ele me segue.

Meu-Deus-Nu-do-Céu.

Que corpo incrível. Alto, ombros largos e musculosos que se estreitam em um peito firme, cintura magra, coxas grossas, canelas e panturrilhas fortes. Mas nada é tão bonito quanto o seu pau. Está semiereto, é longo e grosso, balançando enquanto ele atravessa o quarto. É como se estivesse se esticando para me alcançar. Minha boca se enche de água com a cena, e eu quero cair de joelhos e envolver meus lábios em torno da cabeça protuberante perfeita, em completa adoração a sua beleza.

— Está vendo o que você faz comigo? — Ele me puxa para si, apertando com força seu corpo nu contra mim. A cabeça do seu pau agora inteiramente ereto se enterra na pele macia da minha barriga.

Luto diante de toda a pele masculina escorregadia e deliciosa à minha volta. Gemo. Minha resposta intensa é carnal, animal. Lambo seu peito, sugando o sabor da água fresca, um sinal de sabonete e do homem abençoado.

Chase me encurrala entre a parede de janelas e a poltrona. Estar de pé junto a esta janela larga com um homem gloriosamente nu apertando seu corpo definido contra o meu seminu é elétrico e excitante.

Ele agarra minha nuca e me beija com paixão, me pressionando contra o encosto da poltrona. Mãos fortes puxam minhas coxas, tentando me levantar para me colocar sentada na beirada. Envolvo minhas pernas em torno de sua cintura magra enquanto ele força sua ereção contra o minúsculo triângulo de tecido que cobre o meu sexo antes de aprofundar o beijo. Chase está por todos os lugares em mim ao mesmo tempo. Seu aroma de sândalo frutado, intensificado pelo banho, me envolve, me puxando para o vórtice que é Chase. Ele arranca sua boca da minha brutalmente. Meus lábios parecem inchados, formigando.

— Eu poderia gozar só de te beijar. — Sua testa se franze e ele fixa o olhar no meu.

Há um fogo voraz de desejo que eu quero desesperadamente apagar.

— Chase — digo, sem ar, mordiscando seus lábios, puxando o inferior. Ele geme e responde mordendo. Esse homem me deixa louca. Em um instante ele está bravo comigo, no outro está me enlouquecendo de desejo.

Uma batida à porta da suíte quebra o encanto. Eu me aperto contra seu corpo, assustada com a intrusão. A raiva parece acender como um interruptor através de Chase enquanto ele me dá mais um último beijo profundo, esfregando sua ereção entre minhas coxas abertas.

— Já volto — murmura entredentes. Desfaz a trava formada pelas minhas pernas em volta do seu corpo, me ajudando a ficar de pé contra a poltrona. Passa os olhos em minhas pernas nuas, pela sua camiseta, até meus lábios inchados. É como se estivesse catalogando cada faceta do meu corpo. — Você fica perfeita envolvida em mim — diz, sedutor.

Atônita, eu me apoio na poltrona, tão completamente excitada que mal funciono. Aquele orgasmo há pouco pareceu um minúsculo aperitivo para um banquete de prazer. Chase certamente vai saber me servir. Ele pega a toalha que derrubou e a enrola na cintura para atender à porta. Quero gritar com a perda da vista do seu corpo bonito.

— Ela vai estar pronta em uma hora — ele diz para alguém, mas sua voz está abafada. Volta para o quarto. — O Jack vai te levar para a delegacia daqui a uma hora para o depoimento. Depois ele vai te trazer de volta ao hotel.

Abro a boca para sugerir que posso pegar um táxi e ele me detém.

— Não discuta comigo. Isso não é negociável.

E é isso. Discussão encerrada. Ele entra no closet e pega um terno. Visto a calça do hospital de novo, mas fico com sua camiseta. É gostoso estar usando algo de Chase. Tenho que pensar, digerir tudo o que aconteceu. Na noite passada e nesta manhã. Tentar lidar com uma mente cheia de desejo não está me ajudando. Pegando minhas roupas sujas, me aventuro para a porta aberta do banheiro, onde Chase está diante do espelho arrumando o cabelo. As camadas escuras caem no lugar enquanto ele passa os dedos por elas.

— Vou para o meu quarto me arrumar. Encontro o Jack lá embaixo.

Ele faz um sinal afirmativo e mexe na gravata preta em volta do pescoço dourado. Ela cai perfeitamente contra o branco absoluto da camisa. O terno cor de carvão ressalta os pontos cinza em seus olhos. Ele é meticuloso nos movimentos, se concentrando em colocar as abotoaduras — pequenos círculos, do tamanho de uma moeda de dez centavos, com uma gema preta de ônix, a esfera coberta por prata.

— Me mande uma mensagem quando tiver terminado. — Seus olhos encontram os meus no espelho, o olhar quase suplicante. Sua preocupação genuína me faz assentir.

Quando estou prestes a partir, me lembro de uma pergunta que esqueci de fazer na noite passada.

— Ei, por que você escolheu baunilha, esmeralda e picolé como as três palavras que queria que eu lembrasse?

Ele abre um sorriso sarcástico e me acompanha até a entrada do quarto. Jack preenche completamente uma poltrona na sala de estar, observando Chase segurar a porta aberta. Ele faz um gesto para o segurança me seguir e eu percebo que o brutamontes vai ser minha companhia do dia. Chase não vai me deixar ir a lugar algum sozinha. Já que ainda estou abalada, ser protegida até que não é ruim. Jack assusta qualquer um.

— Quer saber mesmo? — pergunta, um sorriso safado torcendo seus lábios de um jeito que me faz querer beijá-los. Anuo e espero pacientemente.

Seu sorriso mostra todos os dentes brancos como pérolas. Com a voz rouca cheia de insinuação, ele diz:

— Você, Gillian, tem cheiro de baunilha. — Ele se inclina e puxa o ar sonoramente antes de beijar meu pescoço. — Esse é o aroma que eu quero me cercando quando olhar nos seus olhos cor de esmeralda enquanto você estiver chupando o meu pau como se fosse um picolé. — E ri.

Eu sei que meus olhos devem estar arregalados como pratos enquanto meu queixo cai e minha boca fica aberta.

— Você perguntou.

Meu Deus, que imagem sexy e indecente. Então eu percebo que não estamos sozinhos. Jack tem a delicadeza de olhar para o outro lado, um sorriso largo colado no rosto quadrado. O calor sobe pelas minhas bochechas. Chase agarra meus ombros e me puxa contra si. Ataca minha boca, me dando um gosto da frescura mentolada. Meus joelhos estão fracos e trêmulos quando ele me solta.

Depois que me visto, telefono para Taye. Ele está chateado porque eu não liguei na noite passada para que ele fosse ao hospital. Explico que Chase cuidou de mim. Rapidamente dou detalhes sobre o fato estranho de ter sido ajudada por Chase, dizendo que encontraram seu cartão de visita no bolso do blazer que eu usei na reunião. As enfermeiras ligaram para ele, não para Taye. Parece razoável, e tecnicamente não é mentira. Ele diz que vai falar com o sr. Davis na reunião do conselho e espera que eu me sinta melhor depois de dar meu depoimento e descansar.

Jack me acompanha até a delegacia. A visita é aterrorizante. Uma seleção de delinquentes de todo tipo está chegando ao lugar. Embora eu receba alguns olhares e sorrisos nojentos, nenhum deles ousa se aproximar de mim. Jack, o Tanque, rosna como um cão possessivo protegendo sua dona quando os homens olham para mim. O segurança deve ter recebido instruções de Chase, do tipo que devem ser levadas muito a sério. O grandão não me deixa sozinha nem por um segundo.

O policial me leva para uma sala tranquila, e Jack nos acompanha, de pé no canto, observando tudo sem emitir um som sequer. Não tenho muito a oferecer. Meu agressor veio por trás, me imobilizou e me apagou. Há pouca esperança de reaver meus pertences ou encontrar o homem que me atacou. Expresso meu medo de que o agressor tenha meu endereço e informações pessoais. O policial está menos preocupado, porque eu moro em San Francisco. O bandido está em Chicago, a mais de três mil quilômetros de distância. A ideia me faz sentir um pouco melhor. Mas não muito.

Depois dos esclarecimentos, Jack me acompanha até o carro que nos espera. Estou feliz que ele não tenha vindo de limusine hoje. Isso seria estranho em uma delegacia no centro de Chicago.

Pego o celular para mandar uma mensagem para Chase.

> Depoimento encerrado. Nada mais a ser feito. Voltando para o hotel.

O telefone soa antes que eu possa colocá-lo de volta no bolso.

> Você está bem?

Essas três palavrinhas fazem meu coração saltar. No período de dois dias, esse homem se tornou algo mais que o presidente do conselho da Safe Haven. Muito mais. Preciso de um tempo longe dele para descobrir o que ele se tornou, e também entender a estranha conexão que temos. Em casa. Preciso ir para casa. É aí que me ocorre. Como é que eu vou voltar para casa sem minha carteira de motorista e minha identificação? A preocupação se precipita pelas beiras da minha mente cansada.

> Preocupada. Como vou pra casa sem documentos?

Apoio a cabeça latejante no banco do carro e tiro da pasta o analgésico. É tudo o que tenho, já que minha bolsa foi roubada.

— Aqui está uma garrafa de água, srta. Callahan.

Eu a pego e sorrio para Jack pelo retrovisor. Ele não retribui.

> Eu já cuidei disso. Você vai voltar para casa comigo, no jatinho da empresa. Pare de se preocupar.

— Caramba! A empresa dele tem um avião? — falo alto enquanto olho fixamente para as palavras na tela do celular. Sopro uma mecha da minha testa quente. — Quanta grana esse cara tem? — Que tipo de pessoa tem um jatinho? Donald Trump, talvez? O presidente, com certeza.

— Não, srta. Callahan. O sr. Davis não tem *um* avião. Ele é proprietário de toda uma frota.

Meu queixo cai.

— O sr. Davis vale bilhões — Jack acrescenta, muito casual.

Começo a tremer e a entrelaçar os dedos. *Bilhões?* Eu sabia que ele era rico, mas não tinha ideia. O que um homem desses poderia querer com uma pobre arrecadadora de fundos beneficentes, vinda de uma família disfuncional e com um passado apagado? Além disso, eu sou um caos. Tenho mais problemas e bagagem do que deveria, muito mais do que qualquer homem merece. Deus, saber que ele é tão valioso me faz querer correr para as montanhas.

Voltamos para o hotel. Minha cabeça dói, meu coração está pesado. O brutamontes me segue até o quarto. Ele checa o closet, o banheiro, debaixo da cama e atrás das cortinas. Para quê, eu não sei. Como um invasor conseguiria entrar em um quarto trancado de hotel é algo que foge à minha compreensão, mas permito que ele faça o que acha necessário antes de chutá-lo para fora.

— O sr. Davis vai vir às seis horas. Esteja pronta quando ele chegar. Ele solicita que você não deixe o hotel.

— Ah, é mesmo? Pois diga para o sr. Davis que eu não preciso da permissão dele, mas obrigada pela preocupação. — Vou até a porta e abro para ele. O homem quase ocupa todo o batente. Eu me pergunto se ele já jogou futebol americano. — Obrigada, Jack. Pela ajuda hoje na delegacia.

Ele parte com um gesto de cabeça e a testa franzida. Será que ele fica feliz em algum momento? Meu palpite: provavelmente não.

O resultado de hoje foi um bom lembrete para mim. Eu não recebo ordens de homem nenhum. Mesmo que Chase tenha alguma ideia errônea de que eu lhe obedeceria, como todos ao seu redor, está redondamente enganado. Não sou mais o tipo de mulher que abaixa a cabeça para cada capricho de um homem. Aprendi essa lição do jeito mais difícil.

Meu celular soa, eu o tiro da pasta e vejo o nome de Chase.

> Jantar às 6. Vamos para casa logo de manhã. Deixe as malas prontas.

Até mesmo durante a reunião do conselho, ele está tentando me controlar. Inacreditável.

> Estou cansada. Não quero jantar. Vou estar pronta de manhã. Até mais.

Preciso de distância de Chase Davis. Ele me deixa toda derretida e repleta de sentimentos que não posso controlar. Na noite passada, porém, ele cuidou de mim. Um homem não toma conta de mim há anos. Meu último namorado, Daniel, tentou, mas acabou me sufocando. Ele era bonzinho demais o tempo todo. Sua voz nunca se elevou, até a noite em que sugeri tentarmos uma nova posição sexual. Foi aí que as coisas começaram a degringolar. Já foi tarde. Ele era terrível na cama. Tive mais prazer com os dedos de Chase em uma única vez do que em um ano de relacionamento com Daniel.

Embora Chase esteja tentando ser legal, eu não pertenço a ele. *Mas gostaria de pertencer*, meu subconsciente traidor retruca. Resmungo, sabendo que só preciso de sono. Minha cabeça está me matando; passei por muita coisa. Entre a reunião do conselho ontem, o turbilhão de emoções, o assalto, a passagem pelo hospital, acordar ao lado de Chase, o orgasmo e o depoimento na delegacia, estou exausta. Cansada, quebrada, esgotada. Depois que tiver descansado, vou estar nova em folha. Ao contrário de Humpty Dumpty depois que cai do muro, vou conseguir juntar meus pedaços novamente.

Arranco o jeans e a blusa e os deixo cair no chão em uma pilha bagunçada. Os lençóis estão frios quando me arrasto para a cama macia, só de sutiã e calcinha. O sono me toma instantaneamente.

Sussurros delicados na minha testa, contra minhas têmporas, pela lateral do meu rosto. Tento me espreguiçar e percebo que não consigo. Alguma coisa me impede de me mexer. O cobertor está com as pontas presas, enfiadas embaixo do colchão. Não posso me mover. *Não posso me mover!* Tento respirar e grito. As batidas do meu coração aceleram, e eu começo a entrar em pânico e lutar.

— Shhh, baby. Você finalmente acordou.

A voz de Chase penetra a camada de medo, me acalmando instantaneamente. Respiro algumas vezes. O pânico passa. Por um breve momento, eu estava lá de novo. De volta ao momento em que acordei amarrada à cama contra minha vontade. O quarto está escuro, embora eu ainda possa ver o sorriso safado de Chase. Ele está usando o mesmo terno desta manhã e incrivelmente bonito. Respiro fundo e solto o ar lentamente. O resto de ansiedade escorre pelos meus poros quando inalo seu perfume amadeirado. Seus dedos deslizam pela minha têmpora, e ele segura meu queixo. Chase acaricia minha maçã do rosto, que provavelmente ainda está com o dobro do tamanho.

— Que horas são?

— Seis horas. Vamos sair. Levante e vista uma roupa.

Um suspiro me escapa.

— Eu te falei que estava cansada. Não vou sair. — Bato o pé, embora a proximidade de Chase faça minha pretensa defesa se despedaçar em uma pilha disforme. Quando ele está por perto, eu só quero estar com ele. Sozinha, é mais fácil fingir que o que está acontecendo entre nós não é real.

Ele traz a boca para um beijo lento e voluptuoso. Hum, este homem sabe beijar. Ele passa lentamente a boca na minha e mordisca o lábio inferior. Eu gemo enquanto ele aprofunda o assalto prazeroso. Sua língua invade minha boca, passando pela minha. O gosto dele é tão bom. Um morango maduro. Eu sei que ele está usando minha falta de controle para conseguir o que quer. *Filho da puta esperto.*

Entrelaço os dedos em seu cabelo escuro e grosso, arranhando levemente seu couro cabeludo. Ele grunhe enquanto desliza uma mão em meu queixo para virar minha cabeça, mergulhando mais fundo. Passa a língua preguiçosamente contra a minha, e sinto um formigamento no baixo-ventre. Meu Deus, eu quero este homem. No momento em que agarro sua cintura para tirar a camisa de dentro da calça, Chase se afasta.

— Sério? — A frustração escoa em um rosnado.

— Gillian, por mais que eu queira te comer, você não está em condições.

Reviro os olhos, sem conseguir acreditar. Ele é o único homem no universo que tem esse tipo de consciência.

— Acredite, eu quero enfiar o meu pau tão fundo em você... — Ele se levanta e enfia a camisa de volta na calça. — Nós vamos a um dos meus restaurantes hoje. Eu te mandei um vestido. — Pega uma caixa que deve ter trazido, porque não estava lá quando caí no sono.

— Como você entrou aqui?

Ele encolhe os ombros.

— O hotel é meu.

— Você já aceitou um não como resposta alguma vez na vida?

— Raramente aceito — admite. — Agora, coloque isso.

Ele segura a caixa longe da cama, me obrigando a levantar para pegá-la.

Dois podem jogar esse jogo. Sorrio, sedutora, e suas sobrancelhas sobem em arcos esculpidos. Ele não tem ideia do que o espera. Empurro os cobertores e fico de pé com meu sutiã azul-royal, a calcinha fio dental combinando e nada mais. Os bojos do sutiã são transparentes e não deixam nada para a imaginação. Meus mamilos rosa-claros endureceram e se insinuam através do tecido fino. Sua boca abre e fecha, em um engasgo. Chase respira fundo, e aqueles olhos de oceano me percorrem da cabeça aos pés, depois de se concentrar no meu peito.

Pego a caixa das mãos dele e me deleito sabendo que, no instante em que eu me virar, ele vai ver minha bunda nua com uma minúscula faixa de renda sobre o cóccix e um fio em cada lado do quadril segurando a pecinha. Sigo rebolando em direção ao banheiro, de costas para Chase.

— Meu Deus, mulher. Você vai me matar!

Em menos de um segundo ele está atrás de mim, uma mão na minha bunda, segurando e apertando, a outra tocando um seio, beliscando o mamilo por cima do tecido fino, alongando-o. Minhas costas estão esmagadas contra o seu corpo. Ele beija a lateral do meu pescoço, descendo pela escápula, terminando no ombro oposto, onde morde, deixando uma leve marca na pele. Gemo e me derreto contra ele enquanto ele alivia a mordida com a língua e os lábios.

— Que perfume gostoso. Eu nunca me segurei tanto antes, e isso está me matando.

A respiração contra o meu ouvido envia arrepios pela minha espinha e um novo acesso de desejo por todo o meu centro. Seus dedos fazem coisas endiabradas no meu mamilo e eu gemo, me encostando mais em Chase, apertando e esfregando a bunda em sua ereção crescente.

— Então não se segure — provoco.

Ele se afasta e dá um tapa na minha bunda. Dou um gritinho e um salto para a frente.

— Vá se trocar — ele diz, determinado, e mexe na virilha.

Raspando os dentes, entro no banheiro. Fecho a porta e seguro a pia com força, agarrando o azulejo. Eu nunca quis tanto fazer amor com um homem. Ele está me deixando louca com essa espera. Depois de respirar fundo algumas vezes, tento controlar as emoções e os hormônios incitados pela sua presença. Olhando para meu reflexo no espelho, fico gelada.

Eu não tinha visto o meu estado depois do ataque. Infelizmente já vi essa mulher antes, e ela é horrorosa. Minha maçã do rosto ainda está inchada, embora bem menos que na noite passada. Um hematoma berrante, roxo e amarelo, se espalha da bochecha até a linha do cabelo e a atadura em cima do meu olho direito. Puxo os esparadrapos, removendo o curativo, e dou uma boa olhada nos pontos. São cinco, acompanhados por uma substância laranja-escura pegajosa. É o iodo que usaram para preparar a área. Não é a primeira vez que levo pontos depois de um ataque. E espero que seja a última. Suspiro. Quantas vezes já olhei para essa mulher feia no espelho? Vezes demais.

Lavo o iodo e o aspecto parece melhorar. O médico fez um bom trabalho com a costura. Talvez não fique cicatriz. O corretivo vai ajudar a esconder o hematoma. Pego uma grande mecha de cabelo e a prendo em um coque bagunçado, com as camadas mais longas caindo pela testa e bochechas. Vai ser uma boa cobertura para a área machucada. É o melhor que posso fazer. Odeio ser especialista em disfarçar ferimentos e hematomas. São anos de prática. Mas não mais. Tiro o pensamento da cabeça. Não é hora de desenterrar o passado.

Abrindo a caixa, pego a roupa que Chase trouxe para mim. Deslumbrante seria uma boa descrição. Tenho certeza de que nunca usei nada tão bonito. É um vestido chocolate-escuro, e a gola alta vai cobrir os cortes e hematomas no pescoço. Eu o visto, fecho o zíper nas costas e a saia cai um pouco acima dos joelhos. O tecido adere delicadamente às minhas curvas. A seda parece água escorrendo sobre a pele, de tão macia. Eu me olho no espelho e não reconheço a mulher que me encara. O vestido é incrível e me deixou elegante. Chase pode sentir orgulho de ter esta mulher ao seu lado.

As costas inteiras do vestido são abertas, com a borda do tecido pendurada logo acima da minha bunda. As covinhas acima do meu osso sacro aparecem levemente quando o tecido balança sobre elas com o menor dos movimentos. Desconfortavelmente, tiro o sutiã.

Estou feliz que ele tenha vindo, apesar de ter tentado mandá-lo embora. Neste vestido, me sinto eu mesma. A dor de cabeça latejante se foi, graças a um longo cochilo e a uma dose dupla de remédio, mas agora estou faminta. Fome de comida e de Chase. Porém, se ele mantiver essa política ridícula antissexo, só vou satisfazer meu estômago mesmo.

Deslizo um pouco de gloss incolor nos lábios e saio do banheiro. Chase segura uma taça de vinho. Ele me passa outra e segura minha mão, me girando para checar meu visual.

— Você é uma mulher muito sexy, Gillian — diz, sedutor, enquanto passa um dedo pelas minhas costas nuas, me acariciando da nuca até o cóccix.

Minha pele fica arrepiada e eu seguro um gemido, mordendo o lábio.

Ousado, ele mergulha os dedos na parte de trás do vestido para alcançar a ponta do meu fio dental.

— Adoro saber que eu sou o único homem que pode fazer isso.

— Chase, as coisas que você diz... — ofego com dificuldade. Vou ao closet e pego um par de sapatos de salto peep toe nude, aliviada por ter trazido este modelo básico perfeito. Combina com tudo. Eu os calço e os poucos centímetros a mais de altura me fazem sentir melhor imediatamente.

— Tenho mais uma coisa para você — ele anuncia.

Dou um segundo gole no vinho e coloco a taça sobre a mesa. Ele me entrega uma sacola com o logo da Louis Vuitton.

— Por que você está comprando coisas para mim? Você mal me conhece — pergunto, nervosa.

— Porque eu quero. Se eu quero comprar coisas bonitas para uma mulher, simplesmente compro.

Eu o encaro e vejo honestidade.

— Obrigada — respondo, sem saber o que mais dizer. Minha mãe sempre me falou que, quando alguém faz alguma coisa legal por você, basta agradecer. Sem questionar. Apenas seja grato pelo fato de a pessoa ter pensado em você.

Abro a sacola e, dentro dela, encontro uma bolsa de tamanho médio, preta brilhante. Bem minimalista. Exatamente o que eu teria escolhido. O estilo e a cor combinam facilmente com a maior parte das minhas roupas. Chase tem muito bom gosto, e foi um gesto simpático e atencioso, considerando que a minha foi roubada.

Sorrio e olho para ele.

— Que linda, Chase. De verdade, obrigada. — Eu a seguro ao meu lado. A etiqueta com o preço cai perto da alça e eu vejo o valor. Ai. Meu. Deus. — Você gastou mil e cem dólares em uma bolsa? Que absurdo. — Empurro o presente em sua direção, como se subitamente pudesse ser mordida.

Ele não pega a bolsa, que cai no chão.

— Chase, a bolsa que foi roubada custou uns cinquenta dólares. Isso é mais do que a minha parte do aluguel! — Estou respirando rápido demais. Engulo saliva lentamente e tento evitar um miniataque de pânico. Olho para ele. Seus dentes estão cerrados, e aquele pequeno músculo em seu maxilar está se movendo.

— Você merece coisas boas, Gillian. E eu posso pagar por elas — ele diz, quase zombando.

— Eu não quero o seu dinheiro! — Olho para ele sem acreditar.

— Eu sei. — Sua afirmação é casual. — Isso me dá um nó na cabeça. — Ele sorri. — Vamos. O jantar está esperando. — Apanha a bolsa no chão e a entrega para mim.

Chase está acostumado a ter tudo do jeito que ele quer. Eu não tenho chance contra ele. Vou precisar de uma nova estratégia se quiser proteger meu coração e minha moral. Só que essa conversa acabou por enquanto. Seguro a bolsa e pego um casaco leve.

Na limusine, ainda estou perturbada e irritada. Agora estou pensando em quanto ele gastou neste vestido. A quantia provavelmente me assustaria. *Ele sempre torra dinheiro assim?* Existem tantos usos melhores do que coisas materiais. Mas a bolsa é linda. O couro é macio como manteiga, o estilo combina com qualquer roupa e tem até um nome bordado no forro interno. *Madeline.* Acho que, se você vai cobrar mil e cem dólares por alguma coisa, essa coisa precisa ter nome.

Chase entrelaça os dedos nos meus, e a energia passa entre nós instantaneamente.

Ele se inclina e sussurra:

— Não consigo parar de pensar na sua bunda naquela calcinha azul. Não vejo a hora de lamber e dar uns tapas nela todinha quando você estiver curada.

Ele morde a carne macia do meu lóbulo, enviando um arrepio direto para o meu centro. Ele disse *dar uns tapas?* Nunca levei tapas na vida. Tapas com a intenção de machucar, sim, mas nunca por prazer. Não tenho certeza se eu gostaria, mas, se Chase estiver nu e quiser me dar uns tapinhas, vou experimentar. Ele dá um beijo tranquilo no meu ombro. É um gesto íntimo para alguém que só me conhece há dois dias. Não estou sabendo lidar com tanta atenção deste homem em um período tão curto.

Quando chegamos ao nosso destino, estou totalmente excitada. Com seus pequenos toques e carícias, ele me deixou formigando. Nenhum homem nunca prestou atenção em mim como Chase faz. Talvez porque eu nunca tenha deixado. Chase parece observar cada movimento, cada nuance sutil — o movimento do meu cabelo, o balançar do meu pé. Tudo. É como se ele estivesse intimamente sintonizado com o meu eu.

O sexo se derrama de seus lábios enquanto ele fala, enquanto fica com o corpo mais próximo do meu. Quero subir no seu colo e ficar lá por uma semana. Um anseio necessitado e pesado preenche o ar à nossa volta, me sufocando com tanta intenção não realizada. Se ele não me tirar desse desespero logo, acho que vou explodir. Ícaro voando perto demais do sol. Olho para a pele dos meus braços e pernas para ter certeza de que ela não está fervendo e queimando, já que estou tão perto do fogo.

Chegamos ao restaurante e Chase me acompanha por uma escadaria estreita, a mão firmemente apoiada na pele nua das minhas costas. Ouço a cadência melódica de um piano enquanto entramos em um espaço grande com colunas brancas e piso de madeira. Meus saltos estalam na superfície escura. Uma catacumba de salas abertas proporciona espaços pequenos e íntimos para o jantar. As paredes são de um amarelo suave, e a luz é tão baixa que o ambiente cintila. As paredes têm poucos enfeites, apenas alguns quadros grandes em uma parede. Vasos finos e altos se postam como sentinelas pelas paredes, e espetos gigantes saem em todas as direções. Um abajur translúcido simples ilumina cada mesa com uma pequena orquídea ao lado. Cadeiras de couro dourado e encosto alto se aninham a uma mesa de cor cappuccino. É muito simples e faz um contraste total com o bar onde estivemos na noite passada. A inspiração aqui é asiática.

As pessoas conversam em voz baixa, todas vestidas impecavelmente. Chase acaricia minhas costas, sua palma apertando levemente a carne nua para me levar adiante.

— Sr. Davis, que bom vê-lo aqui hoje — diz um homem de terno preto estruturado.

— Obrigado, Jeffery. A minha mesa, por favor. Nós vamos jantar. Peça para o chef preparar um prato de frutos do mar para dois.

Puxo seu paletó e ele se inclina. Sussurrando em seu ouvido, informo:

— Eu não como frutos do mar.

— Sério? Nenhum? — Ele olha para mim, intrigado.

— Não. — Mordo o lábio e checo as unhas dos pés. Sim, ainda estão perfeitas. Sem lascas no esmalte cor-de-rosa.

— Um minuto, Jeffery. Esta moça linda não come frutos do mar. O que você gostaria, baby?

Baby de novo? Vou acabar me acostumando.

— Eu daria qualquer coisa por uma massa. — Sorrio e lambo os lábios.

Ele levanta o polegar para acariciar gentilmente a carne úmida, tirando meu fôlego. Seus olhos escurecem, e seu olhar fica mais intenso enquanto ele estuda meu rosto.

— Não lamba. Deixa que eu faço isso — avisa.

A excitação se retorce dentro de mim diante de suas palavras. Ele me lamberia bem aqui, no meio do restaurante, com todo mundo olhando? Se eu gostasse de apostar, diria que a probabilidade é um completo e nítido sim.

— Parece que ela gostaria de uma massa, sem frutos do mar. O mesmo para mim. — Ele faz um som de decepção. — O que esta mulher faz comigo... — Balança a cabeça e segue com a mão aberta em minhas costas.

Não posso me concentrar em nada, porque seu dedo está perturbadoramente perto do tecido da minha calcinha. Ele está definitivamente acelerando a sedução. Eu cederia com um "me pegue logo" em voz alta se achasse que ele iria voltar atrás em sua decisão de me esperar melhorar.

O maître nos leva para uma mesa isolada, separada por uma parede de persianas. Chase puxa minha cadeira. Acho que, em vinte e quatro anos, nenhum homem puxou minha cadeira. É tão gentil e antiquado. É por essas e outras que ele é tão... especial.

O vinho aparece sem que Chase peça.

— Tomei a liberdade de lhe trazer a mais nova seleção, senhor — diz Jeffery, confiante.

— Pode servir, meu amigo.

Adoro o fato de Chase ser tranquilo e respeitoso com seus funcionários, especialmente depois do que eu pensei ter sido uma indelicadeza com o barman na outra noite. Ele me contou que estava impaciente para que eu tomasse outro drinque com ele. E eu decidi lhe dar o benefício da dúvida.

Jeffery serve o vinho. Chase dá um gole.

— Você conseguiu mais uma vez. É perfeito e vai harmonizar bem com a massa.

O maître enche nossas taças e sai, fechando as persianas e nos dando privacidade completa.

Chase bate sua taça na minha.

— A nós — diz.

Minhas bochechas esquentam enquanto fazemos tim-tim e eu dou um gole. O vinho é maravilhoso. Esta é a terceira vez que tomo uma taça na presença de Chase, e todas elas foram incríveis.

Ele sorri e analisa as lágrimas na sua taça.

— Então, Gillian, como é um dia normal na sua vida? — pergunta e toma um gole.

Estou prestes a responder, mas sou interrompida pela vibração de meu celular dentro da bolsa nova.

— Só um segundo. — Percebo que tenho seis ligações perdidas. Nada bom. A mensagem é de Maria.

> Dios mio, você está bem? Me liga. Agora!

Ai, não. Ela já soube. Merda! Isso não vai ser bom.

— Tudo bem? — Chase pergunta, no momento que outro *ping* sai do meu celular.

Olho para baixo, lendo a mensagem de Bree.

> O que aconteceu? Onde você está? Estou surtando! Liga pra mim.

Olho para Chase com o que deve ser uma expressão terrível, porque seu olhar se enche de preocupação.

— Hum, parece que as meninas descobriram sobre a noite passada. — Outro *ping*. Reviro os olhos. *Agora não!* Olho para a tela. É Kat. Suspiro alto.

> Acabei de ficar sabendo. Estamos preocupadas com você, Gigi. Por favor me diga que está bem. A gente pode fazer alguma coisa?

— O que é que está acontecendo? — A voz de Chase sobe acima da estática de irritação que rodopia em meu subconsciente.

Droga, Phillip!

Desligo o telefone e me concentro em Chase.

— Elas descobriram. Vou matar o Phillip amanhã — digo, irritada. Meu amigo não consegue me deixar em paz. Eu nunca devia ter contado para ele. Não, não daria certo. Eu devia ter pedido para ele *não* dizer nada para as meninas, pois era eu quem deveria contar. De preferência depois que elas tivessem tomado algumas taças de vinho. Nenhuma de nós aceita bem saber que a outra foi machucada e ameaçada com um revólver... Tomo um gole enorme do meu vinho e sou momentaneamente assaltada pelas notas frutadas. Delicioso.

— Quem descobriu o quê?

Eu não planejava entrar em detalhes sobre minha família. Tecnicamente, elas não são minhas parentes, mas são a única família que eu tenho, e me protegem o tempo todo.

— As meninas. O Phillip deve ter contado para a Maria o que aconteceu. Agora elas estão tendo um ataque e bombardeando o meu celular.

— Gillian, seja mais clara. Quem são as meninas?

Eu me animo ao mencionar minhas irmãs de alma. Sinto muita falta delas. Meu sorriso enorme deve tê-lo acalmado, porque seus olhos brilham enquanto ele sorri para mim.

— Isso pode levar um tempo — brinco.

— Eu tenho a noite toda, especialmente quando você está com esse sorriso lindo no rosto. Me conte sobre elas.

Jeffery traz queijo, azeitonas e um aperitivo de carne que combina perfeitamente com o vinho. Depois de algumas mordidinhas, começo a descrever os amores da minha vida.

— Maria De La Torre é meio italiana, meio espanhola. Muito agitada. Ninguém dança melhor que ela. Ver a Maria dançar é como — abano as mãos e os braços, tentando mostrar — ver uma pintura ganhar vida. Você fica sem fôlego.

Ele assente. Continuo:

— Nós dividimos um apartamento. Moramos juntas há dois anos, mas somos amigas há cinco. — Paro por um momento quando a lembrança do nosso primeiro encontro invade minha mente.

As duas estavam cheias de hematomas, sentadas em silêncio com um grupo de outras mulheres sofridas que haviam fugido de relacionamentos abusivos. Outras mulheres estavam lá para nos orientar, mas nenhuma de nós sentia qualquer tipo de conexão com elas. Elas pareciam perfeitas, não tinham um arranhão. Embora dissessem que já haviam passado por aquilo, Maria e eu nos entreolhamos e nos demos as mãos. Naquele instante, eu soube que nos apoiaríamos para o resto da vida.

— Você está com o olhar distante. Divida comigo. — Chase invade minha lembrança.

Sorrio, tentando lembrar onde estava antes de me perder nas memórias.

— A Maria tem um fogo interior. Quando você está perto dela, é quente e aconchegante. Ela viajou o mundo inteiro dançando, até sofrer... hum... um acidente. — Paro por aí. Não pretendo entrar nos detalhes do incidente que quase acabou com a carreira dela. — Mas ela voltou ao que era e está trabalhando no San Francisco Theatre com uma das companhias de dança da região.

— Eu conheço bem a companhia e o teatro. Bela arquitetura — ele diz.

Concordo com a cabeça.

— Você precisa ver uma apresentação dela. Todo mundo fica impressionado.

— Estou ansioso. Talvez amanhã, quando eu levar você do aeroporto para casa.

— Com certeza.

Ele sorri antes de dar uma garfada na carne e no queijo.

— Continue.

Para mim, é divertido e fácil falar sobre minhas amigas.

— A Bree Simmons é proprietária do I Am Yoga, no centro de San Francisco. Nós nos conhecemos há muito tempo, quando eu comecei a fazer ioga. Ela é linda, além de flexível. — Mexo as sobrancelhas para ele.

Ele ri.

— Ela tem voz de anjo. Os homens se derretem porque ela canta muito bem e tem um coração enorme. E o mais incrível é que ela não tem noção da própria beleza.

— Nem você.

Inclino a cabeça para o lado.

— Gillian, você é linda. Você não tem ideia da sua beleza.

Tenho certeza de que meu rosto está vermelho enquanto sorrio, sem graça, dou outra garfada no queijo e penso que é engraçado estar falando de Bree e comendo brie ao mesmo tempo. Comento com Chase e nós dois rimos.

— São só essas duas? — pergunta.

Balanço a cabeça.

— Já te falei sobre o Phillip.

Seus olhos escurecem, quase comprometendo nossa conversa sobre amenidades, mas finjo não perceber.

— E por último, mas não menos importante, tem a Kathleen Bennett, conhecida como Kat. Ela é reservada, calma e é a estilista mais talentosa da região. Ela faz os figurinos para o San Francisco Theatre. Foi a Maria que nos apresentou. Gosto de pensar nela como minha colega de abraços em árvores, porque ela é toda envolvida com a proteção do meio ambiente. Nós duas somos, mas ela é muito verde.

— É legal ser assim — ele diz.

— É mesmo. Eu gosto de fazer a minha parte.

— É isso, então? — ele pergunta, com o mais incrível sorriso.

— Elas são as minhas irmãs de alma. — Sorrio e enrolo os dedos em volta da haste de minha taça.

Suas sobrancelhas se juntam. Ele espera que eu continue, mas é difícil conversar sobre minha família ou sobre a falta que eu sinto dela.

— Eu não tenho irmãos nem outros parentes. Só o meu pai biológico. E a gente não se vê muito. As meninas são tudo o que eu tenho. Nós nos apoiamos em tudo.

Chase beberica seu vinho.

— Elas parecem incríveis. Quero conhecê-las logo. — Seu tom é sincero.

Eu me pergunto se ele vai fica perto por tempo suficiente para ser apresentado.

— Espere até elas conhecerem você. Elas são muito gatas. Duas loiras e uma morena. Mais o seu tipo?

Ele franze a testa.

— Não se compare com nenhuma outra mulher. Eu. Quero. Você. — Seus olhos se aquecem, me desafiando a questionar.

— Por quê, Chase? — Odeio falar com essa voz fininha.

— Nenhuma mulher me chamava a atenção há muito tempo. Eu não tenho encontros. Nunca levo ninguém para minha casa.

Meu queixo cai. Ele olha para o outro lado.

— Porra, a maior parte das mulheres que eu conheço vai para a cama comigo em questão de horas.

Posso imaginar por quê. Mas isso também explica por que ele se comportou daquele jeito quando nos conhecemos. Ele é a versão real do Super-Homem. Que droga, só consigo pensar em ir para a cama com ele. Espremo as pernas, aliviando um pouco o anseio latejante que sinto desde que ele me acordou.

Chase continua:

— Gillian, eu levo as mulheres para um dos meus hotéis, trepo com elas e vou para casa.

Processo essa informação e balanço a cabeça. Não faz sentido. Ele me levou para seu quarto na noite passada. Deitou na cama comigo. Cuidou de mim a noite toda. Um verdadeiro príncipe encantado. Não um mulherengo insensível.

Chase respira fundo.

— E agora eu só consigo pensar em te levar para a minha cobertura em San Francisco e me trancar lá com você por uma semana. Não sei bem o que existe entre nós, mas estou louco para descobrir por que estou tão atraído por você. — Franze a testa, como se não tivesse gostado do que disse.

— E depois? Você vai transar comigo e me deixar também? — Minha voz é fraca, tão diferente da pessoa forte que estou tentando fingir ser.

Ele balança a cabeça.

— Eu não te deixei ainda, e tive muitas oportunidades. — Seu olhar é intenso, me desafiando a rebater.

Ele poderia ter transado comigo várias vezes e não o fez. O que isso significa?

— Fazia anos que eu não dormia tão bem como na noite passada, mesmo acordando a cada duas horas para cuidar de você. Ainda estou tentando entender. — Chase cobre minha mão com a dele, e seu polegar acaricia minha pele clara, traçando círculos suaves.

Eu estremeço e me afasto, me sentindo um pouco desconfortável e insegura.

Jeffery traz os nossos pratos. São lindos. A massa, servida em um prato quadrado, é coberta com um molho branco polvilhado de ervas frescas. Uma orquídea branca completa o visual, ao lado de um ramo de alecrim. É quase bonito demais para comer, mas eu enrolo um fio bem longo em meu garfo e experimento mesmo assim. Delicioso. Gemo com o gosto do queijo. Está indescritível.

Chase me observa com atenção.

— Eu adoro ver você comendo. O som que sai dessa sua boca rubi deixa o meu pau duro. — Ele lambe os lábios.

Será que algum dia vou me acostumar com sua franqueza e intensidade? Sinto que estou à beira de um precipício. Uma rajada de vento pode me derrubar a qualquer momento.

— Me fale sobre a sua família, Chase.

Ele limpa a boca com o guardanapo, dá um gole no vinho e apoia o cotovelo na mesa.

— Eu passei a maior parte da minha infância e adolescência com o meu tio Charles, irmão da minha mãe. Ele era viúvo e tinha quatro filhos: Craig, Carson, Cooper e Chloe.

Sorrio e ele para, a sobrancelha escultural subindo.

— Vocês todos têm nome com C?

— Sim, e o sobrenome de todos nós é Davis.

Que estranho. Ele disse que o tio era irmão de sua mãe. Chase não deveria ter o sobrenome do pai?

— O meu tio e as babás cuidaram de mim dos sete até os dezoito anos, quando eu entrei em Harvard. O meu primo Carson já estava lá. Ele é dois anos mais velho que eu.

— Então, qual é a diferença de idade entre vocês cinco? — Como mais um pouco da massa cremosa.

— O Craig tem trinta e cinco. O Carson, trinta e dois. O Cooper tem trinta. Nós temos mais ou menos a mesma idade. Eu faço trinta este ano. E a Chloe é a caçula, tem vinte e sete.

— Vocês são próximos? — Ter uma família grande deve ser interessante. Eu nunca soube o que é isso. Quando eu era pequena, vivia só com minha mãe. Agora somos eu e as meninas e, claro, o Phillip.

— Eu tenho respeito por eles. O Carson e eu somos bem chegados. O Craig casou e mora em Nova York. Nós nos vemos quando eu vou até lá, para alguma reunião ou para visitar uma das minhas empresas. A Chloe é estilista e viaja muito para a Europa, então eu não a vejo tanto quanto gostaria. Ela tem um olho incrível para detalhes. Eu tenho alguns ternos que ela desenhou quando criou algumas peças masculinas. Ela cria mais roupas para mulheres.

— Eu adoraria conhecer o trabalho dela.

Ele sorri e assente.

— E o Cooper?

Chase olha para o outro lado, cerra os dentes e o músculo do maxilar começa a se mexer de novo.

— Eu e o Coop já fomos muito unidos, mas não somos mais. — Ele enrola o macarrão no garfo e come.

Fico esperando que ele continue, em vão. Bebendo o vinho, espero pacientemente, torcendo para ele terminar o que estava dizendo. Uma vibração desconfortável estala no espaço ao nosso redor.

— Eu não quero falar sobre o Cooper. — Ele olha para baixo e brinca com o macarrão no seu prato.

Não vou pressionar. Prefiro que ele também não me pressione querendo saber sobre meu passado.

— Tudo bem. — Encolho os ombros, tentando parecer indiferente.

A tensão é dissipada quando sorrimos sobre nossas taças de vinho e comemos. Estou confortável aqui com Chase, conversando sobre a nossa vida. Minha barriga esquentou com o vinho, e eu me distraio analisando seus traços. O modo como seu cabelo castanho-escuro cai sobre a testa me faz querer passar os dedos nele. Seus olhos brilham como uma opala multicolorida. Ele está com a barba por fazer no queixo e nas laterais do rosto, o que é muito provocante. Eu gostaria de arrastar minha língua por aquele lábio inferior e sentir a barba me pinicar. O olhar de Chase encontra o meu, e o poder emana dele como um tornado. Sou impotente para resistir à atração.

Sua mão grande se coloca sobre a minha em cima da mesa e ele a vira, correndo o indicador do meu cotovelo até a palma da minha mão. Um arrepio me atravessa com o simples toque. Ele passa os dedos pela extensão de pele novamente enquanto encaro seus olhos. Eles ardem com intensidade e — como ele me pediu para não fazer — eu lambo os lábios.

Chase se levanta de súbito e vem para o meu lado da mesa em um microssegundo. Me puxa da cadeira contra seu peito. Uma mão grande segura minha nuca, e ele gruda os lábios nos meus. Abro a boca para permitir o acesso. Ele me ataca ferozmente, com passadas profundas de língua. Somos só lábios, dentes e línguas, os braços puxando um ao outro desesperadamente. Sua mão percorre minhas costas nuas e mergulha na abertura do meu vestido. Desliza sob o tecido da minha calcinha para agarrar meu sexo por trás enquanto espreme sua ereção em minha barriga. Quando Chase desliza um dedo longo dentro de mim, eu gemo. Antes que eu possa recusar, ele coloca um segundo dedo e faz movimentos para dentro e para fora. Instantaneamente, meu sexo se aperta em volta dele. Sua boca engole meus gritos de paixão e desejo.

Chase se afasta e marca uma trilha de beijos pela linha do meu cabelo, atrás da minha orelha, pontuando seu movimento com mordidinhas no meu queixo. Os dedos talentosos continuam sua tortura gloriosa, e eu me aperto em sua mão.

Ele ri enquanto faz círculos com a língua em volta da minha orelha.

— Louca pra gozar, né? — Sua voz é rouca.

— Sim. — É o único pensamento coerente que tenho. Meus olhos estão bem fechados, minha mente se concentra nos dedos que mergulham tão fundo. Para dentro e para fora, puxando e apertando. Meu prazer aumenta e atinge um pico efervescente. Vou explodir a qualquer momento. Eu me sinto lasciva, desesperada pelo clímax, mesmo sabendo que a qualquer momento Jeffery pode entrar e nos pegar nesta posição embaraçosa. Meu lado exibicionista geme e engasga com um movimento mais forte. Minha impressão é de que ele está alcançando lugares desconhecidos dentro de mim. Ele dobra os dedos, esfregando-os contra a parede interna. Explosões de desejo disparam em todas as direções, e eu me torno uma boneca sem vida, agarrando seus ombros, meu corpo todo tremendo enquanto ele pressiona e puxa o pequeno nó de nervos, como se o estivesse arrancando de mim à força.

A outra mão de Chase cobre meu seio, e ele se concentra em beliscar e torcer meu mamilo. Novas ondas de calor voam para o meu sexo, cobrindo seus dedos com minha essência. O tecido do meu vestido acrescenta uma camada extra de tensão contra o pico que ele está buscando. Eu gemo e deslizo as mãos, subindo pelas suas costas, para dentro do seu cabelo sensual. Arrasto sua boca para a minha e mordo seu lábio inferior, sugando-o. Sua mão deixa meu seio e eu gemo de frustração. Seus dedos entram e saem de mim sem parar. A umidade escorre no alto das minhas coxas.

— Você está tão molhadinha. Nossa. — Ele puxa o ar, e suas narinas se abrem. — Estou sentindo o seu *cheiro*. — Ele grunhe e mordisca meu pescoço.

Eu gemo e engasgo quando ele aumenta a velocidade. Estou muito perto, mas preciso de algo mais para me fazer atravessar o limite.

— Você vai gozar para mim, baby?

— Chase, por favor! — imploro.

— Olhe para mim, Gillian.

Meus olhos encontram os dele. Que homem maravilhoso. Sua testa está tensa e o maxilar se fecha enquanto ele se concentra em meu prazer. Lentamente, Chase arrasta para baixo a mão que estava torcendo o meu mamilo. Ele amassa o tecido, encontrando meu centro molhado. Pisca um olho e abre a boca, soltando o ar enquanto acaricia meu clitóris. Ele gira dois dedos em torno do ponto endurecido.

— Goza para mim, baby.

Ele estimula meu clitóris com força, seus dedos indo tão fundo dentro de mim que eu grito em êxtase. É demais, bom demais. Seu beijo engole o barulho e eu surfo nas ondas efêmeras, agarrando-o com força enquanto meu corpo inteiro entra em erupção. Ele continua sem parar enquanto belisca meu clitóris e faz cócegas dentro de mim, estendendo o orgasmo enquanto sou consumida por ondas deliciosas.

Quando aqueles dedos lindos deixam meu sexo, ele me segura contra si, nosso peito se movendo para cima e para baixo com muito esforço. Encosto o rosto em seu pescoço, o perfume amadeirado e cítrico tão forte que ponho a língua para fora e lambo com vontade. Ele geme e me abraça mais forte. Meu Deus, que gosto bom. De homem e de sexo.

— É hipnotizante te ver gozar — ele sussurra em meu ouvido. — Eu quero ver essa expressão muitas vezes ainda.

Alguém limpa a garganta atrás de mim, mas eu não me viro. Não tenho ideia de quanto essa pessoa pode ter visto ou ouvido. Prefiro manter meu rosto quente escondido no pescoço de Chase, que eu beijo e lambo enquanto respiro fundo, deixando as batidas do meu coração diminuírem.

— Sobremesa, sr. Davis?

Olho para o rosto de Chase. O desejo brilha forte em suas íris. Ele leva os dedos à boca e, fascinada, eu o vejo chupar os dois que estavam dentro de mim. Ele fecha os olhos, em puro deleite.

Finalmente, responde a Jeffery:

— Não, obrigado. Nós já vamos embora.

Talvez meu coração tenha parado. Nunca conheci um homem tão explícito e estimulante. Eu soube naquele momento que ele me levaria às alturas. E mal posso esperar.

— Foi um prazer recebê-lo, senhor. Até a próxima — diz Jeffery, com os olhos abaixados, enquanto parte.

— Nada vai ser mais doce do que você. — Chase me beija longamente.

Tenho certeza de que estou terrivelmente vermelha nas bochechas e no pescoço. Meu sangue irlandês não ajuda muito nessas horas.

Enquanto atravessamos o restaurante, Chase me segura com força ao seu lado. Vários clientes acenam, mas ele não para. Ele tem uma missão — e eu só espero que seja me levar de volta ao hotel.

7

A frustração permeia meu corpo e minha mente. Estou sentada ao lado de Chase na limusine a caminho do aeroporto. Na noite passada, ele recebeu uma ligação e correu para o quarto para resolver uma situação do trabalho. Fez seu capanga me acompanhar até o meu quarto para garantir que eu chegasse lá em segurança. Provavelmente Jack ficou esperando a noite toda do lado de fora, só para não correr o risco de eu sair sozinha.

Depois que Chase fez o que fez no restaurante, eu tinha certeza de que ele me levaria para seu quarto para terminar o que começara. Mas ele quase me fez desmaiar de tanto me beijar e depois me jogou nos braços de seu guarda-costas.

Já estou acostumada com Phillip me protegendo, mas não Chase. Eu o conheço há três dias, e, nesse período, ele me frustrou mental e fisicamente, cuidou de mim depois do assalto e me encheu de presentes. Nunca vi tanta contradição junta. Além disso, o sentimento de posse que Chase parece ter a meu respeito é chocante e desnecessário. É como se ele tivesse decidido que tem controle sobre mim por causa de sua percepção distorcida da atração entre nós.

Liguei para todas as meninas na noite passada. Foi como ir à esteticista para depilar a virilha. Cada vez dói mais do que a próxima, porque você sabe exatamente como vai ser a dor no momento em que a cera encostar e aquela faixa estéril for puxada. Contar sobre o ataque para cada uma das minhas melhores amigas trouxe à tona feridas que eu havia enterrado. As três sabem de Justin e da relação volátil que nós tivemos, então recontar o assalto nos mínimos detalhes me deixou machucada e esgotada. Adicione a isso a ideia de me sentar ao lado de Chase em um carro pequeno depois de três dias de tensão sexual não resolvida, e eu posso dizer que fui oficialmente torturada. Quero me aninhar ao lado dele, me esfregar no seu corpo grande e encontrar aquele senso de conforto, o mesmo que eu tive quando ele me abraçou na cama, o sentimento seguro e quente que eu estava começando a adorar.

— Não tem acordo. Eu quero aquela propriedade por um preço menor que o de mercado, ou nós estamos fora. — O tom de Chase é cortante enquanto ele fala com alguém no celular.

Ele está olhando para o outro lado, seu foco em um ponto no vidro do carro. Seu maxilar fica tenso enquanto ele cerra os dentes e exibe aquele tique que me deixa fascinada.

— Eu entendo a posição deles, mas quero aquela propriedade por menos de vinte milhões. Faça acontecer — ele diz e desliga sem se despedir.

— Está tudo bem? — Penetro em um território desconhecido, querendo ajudá-lo, mas sem saber como.

Ele me joga um bote salva-vidas. Seus olhos se suavizam e ele aperta minha mão. O simples toque me faz derreter.

— O fato de você estar aqui me faz ficar muito melhor. — Ele leva minha mão aos lábios e beija a palma.

Sorrio enquanto ele descansa nossos dedos entrelaçados em sua coxa. Seu celular toca de novo e eu olho para o vidro do carro, desfrutando do conforto simples de segurar a mão de um homem. Mas não é qualquer homem... *Chase.*

Chegamos à pista e eu estou deslumbrada. Um avião branco grande, com os dizeres "Grupo Davis" na fuselagem, nos aguarda. Jack abre as portas do carro e eu vou para o porta-malas pegar minha bagagem.

Chase limpa a garganta e eu olho para ele. Está sorrindo feito um menino de escola.

— Gillian, o Jack cuida das malas. — E me oferece sua mão.

Eu contorno o veículo timidamente e a aceito.

— Você é tão fofa — ele diz e me arrasta para a escada do avião.

Embarcamos e nos acomodamos em grandes poltronas de couro bege. O piloto nos dá as informações sobre o voo e pede para sentarmos e aproveitarmos a viagem. O celular de Chase toca de novo e ele olha para mim, se desculpando.

— Eu entendo, você é um homem ocupado. Faça o que precisa fazer. Eu estou bem — asseguro.

Ele assente e atende a ligação.

Eu me reclino em minha grande poltrona almofadada, recosto a cabeça e fecho os olhos. Não dormi muito à noite e estou exausta. A dor na testa por causa do ferimento não está ajudando. Também não ajuda o fato de eu estar sexualmente faminta e emocionalmente desgastada. Abrir aquele baú trouxe à tona muitas lembranças do passado e me fez perder o sono. Alguém coloca um cobertor sobre minhas pernas. Dou um suspiro de contentamento. Lábios quentes roçam meu rosto e eu me inclino na direção do toque suave.

— Você é linda — Chase diz.

Eu o escuto se afastando. Seus passos ficam mais leves à medida que ele se distancia. Não me dou o trabalho de abrir os olhos. Eu me acomodo mais no calor e estou profundamente adormecida quando decolamos.

Depois do que parecem segundos, uma sensação leve segue a linha do meu cabelo, indo para o couro cabeludo. Eu me inclino em direção ao toque.

— Baby, chegamos. — A voz de Chase atravessa a névoa do sono.

Abro os olhos e sou presenteada com suas íris azuis estonteantes.

— Você não dormiu à noite?

Balanço a cabeça e ele franze a testa.

— Eu teria dormido melhor se você estivesse comigo — alfineto.

— Você adora me provocar, né? Me dá vontade de te pegar aqui mesmo. — Ele se inclina para a frente e me beija com força. Não tenho chance de responder antes de seus lábios se afastarem. Em seguida ele está me puxando da poltrona e para fora do avião.

Jack coloca nossas malas em um carrinho e nos segue enquanto Chase me leva para fora da pista e para dentro do aeroporto. De mãos dadas, estamos andando em direção à saída quando ouço o grito agudo de uma criança.

— Gigi!

Uma menina de marias-chiquinhas loiras encaracoladas corre em minha direção. Eu me inclino e a levanto nos braços, girando em um círculo. Ela me aperta tão forte quanto seus quatro anos permitem.

— Anabelle. — Abraço meu anjo bem apertado. — Eu estava com saudade, Belle. — Eu a coloco de volta no piso branco laminado e me abaixo para olhar seu rosto sorridente. Ela é igualzinha à sua mãe. Linda como ela era.

— O papai disse que você trouxe um presente pra mim! — ela exclama.

— Eu trouxe, meu amor. Mas o que você está fazendo aqui?

Braços fortes e familiares me circundam por trás enquanto me levanto. Phillip. Um sorriso grande se abre em meu rosto, e eu giro e abraço meu querido amigo com força.

— Phil, o que está acontecendo?

Ele toca meu rosto e franze a testa.

— De novo não, Gigi. — Ele está olhando para os pontos acima da minha sobrancelha. Seus dedos passam pela bochecha com hematomas, conferindo o estrago. Ele balança a cabeça.

Eu me esquivo de seus cuidados, incapaz de encará-lo. Eu sei o que ele está pensando. Alguém limpa a garganta atrás de mim e uma mão se acomoda na minha cintura. Sou puxada para Chase. Seu corpo se gruda às minhas costas.

— Me apresenta? — ele rosna no meu ouvido.

— Ah, meu Deus. — Fiquei tão entusiasmada ao ver Anabelle e Phillip que esqueci de Chase. — Phillip Parks, este é Chase Davis. — Faço um gesto para o homem atrás de mim.

Os olhos de Phillip se arregalam enquanto ele olha para baixo e vê a mão possessiva de Chase em minha cintura.

— *Aquele* Chase Davis? Do Grupo Davis? — pergunta, estendendo a mão.

Chase faz um sinal afirmativo com a cabeça e segura a mão de Phillip em um aperto firme.

— Uau, Gigi. Eu não sabia que você ia chegar com alguém. Eu vim te buscar, como nós combinamos ontem.

Franzo a testa. Se eu me lembro bem, nós não confirmamos nada.

— Ah, esqueci completamente que você se ofereceu. Pancadas demais na cabeça — brinco.

Phillip enruga a testa e Chase cerra os dentes.

— Piada ruim — digo, sem graça.

O braço de Chase sobe pelas minhas costas até minha nuca, onde ele traça múltiplos símbolos do infinito.

— Vamos? — pergunta, encostando suavemente o nariz no meu rosto.

Phillip olha para nós dois parecendo desconfortável.

Eu não tinha previsto este cenário. Por mais que eu queira levar Chase para meu apartamento e convencê-lo a transar comigo, não posso deixar Phil e Anabelle. Não cairia bem. Por outro lado, Phillip é meu melhor amigo, e Chase é... Bom, eu não sei ao certo o que ele é neste momento. Balanço a cabeça. As sobrancelhas de Chase se levantam, não sei se de surpresa ou de dúvida.

— Obrigada por me trazer, Chase. Eu vou para casa com o Phillip. — Por alguma razão insana, estou nervosa com o modo como ele vai receber a notícia. Ele tem sido tão possessivo nos últimos dias, mas a última coisa que eu quero é uma cena de ciúme.

Chase assente, aparentemente inabalado.

— Phillip, prazer em conhecê-lo. — Ele aperta a mão de Phil mais uma vez. — Tenho certeza de que vamos nos ver *muito* mais num futuro próximo. — Seus olhos azuis pairam sobre os meus.

Ele diz tanto com aquele olhar. Imagino que seja algo como: *Nós vamos conversar sobre isso. Você vai ser minha. Não vai fugir de mim.*

Chase me vira para ele e segura meu rosto. Passa os polegares em minhas bochechas. Lentamente, traz os lábios para os meus. Inalo o perfume inebriante, cítrico e de sândalo, tentando capturá-lo. Ele aumenta a pressão sobre meus lábios, e eu fico impotente diante da atração entre nós. Ele desliza a língua pelo meu lábio inferior e eu abro a boca. Ele entra com sua língua quente e molhada e eu agarro seus ombros. Chase alterna mordiscadas entre meu lábio inferior e o superior. Em seguida, enterra os dedos no meu cabelo enquanto me segura contra si, deslizando os lábios nos meus. A faísca entre nós se acende e eu me aperto contra seu corpo, esquecendo onde estamos. Tudo desaparece e eu sou levada pelo furacão que é Chase. Gemo e ele grunhe enquanto tento me afastar. Ele não vai me deixar. Sinto a evidência sólida de seu desejo e pressiono os quadris contra ela. Ele abre um sorriso largo em meus lábios, salpicando minha boca com beijinhos doces. A meu redor, ouço risadinhas, do tipo que só podem vir de um anjo.

— A tia Gigi está beijando aquele homem, papai! — Anabelle grita, quebrando meu transe.

Eu me afasto e passo a mão em meus lábios inchados.

Chase olha para mim com seu sorriso devastador e eu quero pular em cima dele de novo. Ele estava reivindicando sua propriedade e, pela expressão em seu rosto, está muito orgulhoso de si. Tenho certeza de que estou vermelha como um tomate. Ele beija meus lábios brevemente mais uma vez.

— Espero uma ligação mais tarde — determina. — Jack, as malas dela — diz, por cima do ombro.

Jack. Esqueci completamente que o brutamontes estava assistindo à cena.

Jack coloca minha bagagem a meus pés e olha para mim com a cara amarrada. Acho que não gosta da ideia de eu ir embora com outro homem. Chase obviamente significa muito para ele. Suspiro e agradeço.

Chase e Jack caminham em direção à saída e eu vejo os olhos preocupados de Phillip.

— Você me deve uma explicação — ele adverte.

Anuo, desanimada, e nós começamos a caminhar para a saída. Seguro a mão de Anabelle e sorrio enquanto ela dá pulinhos ao meu lado, balançando meu braço. O que eu não daria para voltar a ser uma criança despreocupada, em vez de uma mulher confusa de vinte e quatro anos.

Phillip coloca minha bagagem no porta-malas enquanto ajeito Anabelle em sua cadeirinha. Ele lhe dá um DVD player portátil e a Branca de Neve aparece na tela. Ele coloca fones de ouvido na menina, e eu sei que é para podermos conversar com privacidade.

Nós nos acomodamos e pegamos a via rápida. Ele espera que eu diga algo, sabendo que não suporto ser pressionada. Filho da mãe. É irritante o fato de ele me conhecer tão bem.

— Phil, não sei o que você quer que eu diga.

— Que tal me contar sobre o homem que estava com a língua na sua garganta e as mãos no seu corpo todo? — ele diz, com uma pontada de raiva.

Um olhar rápido pelo vidro do carro mostra o céu nublado no centro de San Francisco. As ruas estão lotadas enquanto nos arrastamos em direção à nossa saída.

— O Chase e eu nos conhecemos na reunião. Ele é... hum... Ele é o presidente do conselho da fundação.

— Você está brincando, Gigi? Está trepando com o seu chefe? — Ele franze a testa e balança a cabeça.

— Ei, você está sendo injusto e sabe disso. E eu não trepei com ele! — Eu me encolho e olho por cima do ombro para ter certeza de que Anabelle não está ouvindo.

Ela está balançando a cabeça enquanto assiste ao vídeo, os olhinhos grudados na tela.

— Ainda. Você *ainda* não trepou!

— Você está certo, Phil. Eu ainda não trepei. Mas eu *quero* e vou! — admito, sem culpa. Quem ele pensa que é, questionando os homens com quem eu saio? Ele não é meu namorado nem meu pai.

— Desculpe. — Seu tom ameniza.

Respiro fundo.

— Eu só... eu não quero que você se machuque. Um homem como aquele? Ele é absurdamente rico e poderoso.

Faz sentido, e eu até concordo. Phil simplesmente não quer que eu me perca em um homem mais uma vez. Um homem que possa destruir tudo o que eu reconstruí depois de Justin.

Balançando a cabeça, tento explicar.

— Phil, é diferente. Tem algo mais nele. Eu sei que é errado sair com o chefe, mas ele nunca vai à fundação. Em dois anos trabalhando lá, essa foi a primeira vez que a gente se viu. — Estou pisando em ovos. Nós dois sabemos que não é uma boa ideia namorar o patrão.

— Sabe o que é engraçado, Gigi? — Ele ri. — Ele é meu chefe também.

Eu sei que a minha cara é de barata tonta. Minha cabeça começa a latejar.

— Como assim? — Esfrego as têmporas. É como se eu pudesse ouvir o retumbar das batidas do meu coração no ferimento. Entre o voo e agora esta conversa irritante com meu amigo-quase-irmão, estou exausta.

— Ele é o dono da empresa de arquitetura onde eu trabalho. Ele tem um escritório grande no último andar do prédio, que aliás é dele também.

Essa nova informação é difícil de assimilar. Ele continua:

— Chase Davis é muito mais que um bilionário. Ele é dono do arranha--céu onde eu trabalho e de todas as empresas que ficam lá. Sabe a placa grande e brilhante na fachada?

Faço um sinal afirmativo com a cabeça. Seu olhar corta o meu, o humor dando a seus olhos um tom incrível de chocolate.

— Ela diz: "Grupo Davis". — Phillip ri.

Eu me encolho, me sentindo ridiculamente ingênua.

— Eu nem imaginava. Meu Deus, isso está ficando complicado. — Esse é o problema de gostar de um homem. Meu radar nem sempre é confiável. Ou eles me batem e me chamam de vadia, ou transam comigo e caem fora. De uma forma ou de outra, todos parecem querer ser meus donos. Chase não é exceção. Eu só queria que a ligação entre nós não fosse tão forte. Seria mais fácil apagá-lo como um caso rápido.

Phil leva a mão ao rosto e morde a unha do polegar. Ele sempre faz isso quando está prestes a dizer algo que eu não vou gostar de ouvir. Em seguida me olha de canto de olho e respira fundo.

— Ele também é conhecido por ser muito mulherengo. Levou algumas garotas da minha empresa para a cama e nunca mais atendeu as ligações delas. Ele usa as mulheres e depois joga fora. Eu não quero isso para você.

A preocupação dele é tão meiga. Eu tenho sorte por tê-lo na minha vida.

— Eu vou tomar cuidado. Eu sei dessa reputação. Ele me contou.

Phil parece surpreso com o fato de Chase ter admitido ser um galinha.

— Eu estou bem. Nem sei o que existe entre nós, mas posso dizer que estou intrigada e fascinada por ele. Sem contar que o cara é um tesão.

Phillip ri alto enquanto finjo me abanar.

— Eu já ouvi isso muitas vezes — admite. — Só prometa que vai tomar conta do seu coração e ter cuidado. É tudo o que eu peço. — Ele segura minha mão com um aperto tranquilizador.

— Eu já sou grandinha, Phil. Posso lidar com isso — digo, com toda a segurança que consigo. É uma mentira deslavada.

Chase é um enigma. Um enigma que me deixa presa, desconfortável e insegura. Eu só sei que quero estar perto dele. Quero estar com ele. Quero ser dele de qualquer maneira.

Phillip me deixa em meu apartamento depois que entrego a Belle um globo de neve brilhante de Chicago, com alguns edifícios e o píer da marinha ao lado do lago Michigan. Ela fica instantaneamente fascinada. Eu me despeço de Phil com um aceno. Ele não precisa subir comigo. Digo que telefono amanhã e sugiro nos encontrarmos para jantar durante a semana. Ele concorda e eu caminho em direção à portaria.

Quando entro no apartamento, ouço pés descalços batendo no piso de madeira enquanto o Furacão Maria vem a toda a velocidade pelo corredor e me captura em um abraço feroz.

— *Dios mio!* Você está bem? — Ela estuda meu rosto, colocando meu cabelo de lado para checar o estrago. Faz um barulho de desaprovação e balança a cabeça. Uma ruga de profunda preocupação marca sua testa.

Minha amiga me dá um sorriso triste e traça o hematoma em minha maçã do rosto. Seus olhos se enchem de lágrimas.

— Estou bem, de verdade. O Chase cuidou muito bem de mim.

Com a força de seus braços de dançarina, ela me arrasta para o sofá macio cor de berinjela e nós caímos nele, ainda de mãos dadas. Eu agarro uma das almofadas com estampa indiana.

— Me conta. E aí?

Eu sei sobre o que ela está morrendo de curiosidade. Maria adora sexo. Ela é a nossa ninfomaníaca oficial.

— Nada — digo, desanimada, e esfrego as têmporas.

— Como assim? Ele é gay?

É claro que ela chegaria nisso. Dou risada.

— Com certeza ele *não* é gay. — Meu rosto fica quente quando me lembro do nosso encontro no restaurante. Meu sexo se contrai com a lembrança dos seus dedos longos me penetrando. — Você não vai acreditar.

Ela espera pacientemente, os olhos azul-gelo concentrados em mim.

— Ele quer esperar até eu estar recuperada para transar comigo.

Maria joga a cabeça para trás.

— *Como?* — diz em sua língua materna.

— Eu sei que não faz sentido. — Sopro meu cabelo, tirando os fios dos olhos. — E eu deixei bem claro que quero transar com ele. — Faço um bico e estremeço, perturbada mais uma vez porque as coisas não avançaram em Chicago.

— *Estúpido* — ela diz. — Uma gata dessas à disposição e ele fica com esse cavalheirismo? — Ela balança a cabeça. — *Estúpido, cara bonita.*

— Exatamente. Quer saber mais?

Ela tira suas longas mechas de cima do pescoço. Suas sobrancelhas perfeitamente esculpidas se juntam.

— O Phillip foi me buscar no aeroporto.

Os olhos dela se arregalam, deliciados.

— Rolou uma batalha de testosterona entre eles.

— Ah, isso é bom. — Ela coloca as pernas embaixo dos quadris e aguarda. — Não me deixe esperando, *bonita*. Continue.

— O Chase me agarrou na frente do Phillip e da Anabelle.

— Não! Ele não fez isso! — Ela coloca a mão na frente da boca.

— Fez! E eu deixei. E suguei a boca dele como se fosse a última garrafa de água do deserto.

Ela grita e segura a barriga, rindo.

— O que o Phillip fez?

— Ele teve uma conversinha comigo no carro. Ah, e tem mais.

— Não, não. Eu não aguento. Está parecendo o Jerry Springer ao vivo! — Ela gargalha, se recosta e chuta as pernas no ar dramaticamente.

— O Chase é dono do prédio e da empresa onde o Phillip trabalha! — Rio histericamente.

— Ah, *Dios mio. Mierda!* Não acredito. Que loucura! — Ela balança a cabeça e coloca a mão sobre os olhos.

— Eu sei, eu sei. Isso está ficando complicado. — Eu me recosto de novo no sofá.

— O que o Chase fez?

O que o Chase fez? Ele reivindicou sua posse com tanta veemência quanto um cachorro que urina em volta de uma árvore para afastar outros cães.

— Ele estava bem calmo. Embora tenha exigido que eu ligue para ele depois. Não estou esperando ansiosamente por isso.

Ela assente, juntando os lábios naquilo que sei ser o seu bico pensativo.

Enquanto Maria reflete sobre a loucura que está a minha vida, lembro que ela também teve um fim de semana importante.

— Ei, o que aconteceu com o Tom? Vocês transaram? — Mexo as sobrancelhas.

Sua cabeça balança para cima e para baixo, eufórica.

— *Hermana*, foi incrível. Ele me fez gozar duas vezes!

Eu rio e ela continua com os detalhes sórdidos. Maria é tão indecente quanto Chase. Acho que eles vão se dar bem nesse aspecto. Os dois são criaturas muito sexuais e parecem orgulhosos disso.

— Ele foi *dulce...* Mas, amiga, esse homem meteu em mim com tanta força que os meus dentes bateram!

Como uma ninja, dou um tapa em sua perna. Uma fungada acontece quando dou risada demais com a imagem que ela descreve.

— Que bom, amiga! Quando é que vocês vão se ver de novo?

Ela sorri, exultante.

— Este fim de semana. Ele vai me levar para ver um jogo de beisebol. Os Giants.

— Você por acaso gosta de beisebol?

— Não muito. — Ela encolhe os ombros. — Mas gosto dele, então eu vou.

Dou risada e depois paro quando ela fica quieta. Maria se concentra no meu pescoço. Puxa a gola da minha blusa, expondo os hematomas feios e as cascas.

— *Cara bonita*, você está bem de verdade? Isso deve ter remexido algumas lembranças ruins.

Respirando fundo, reflito sobre sua pergunta.

— Remexeu, tenho que admitir. Olhar no espelho depois do ataque me fez lembrar de quando eu cuidava dos meus hematomas no banheiro depois de uma das explosões do Justin.

Ela pega minha mão e me cobre de solidariedade e apoio fraternal.

As lágrimas enchem meus olhos.

— Depois de dois anos, isso não devia voltar com tanta facilidade, né?

— *Cara bonita*, nós sempre vamos ter que lidar com o fato de termos sofrido violência. — Seu rosto tomba para o lado e ela aperta minha mão. — Lembra na terapia em grupo, quando eles nos faziam falar sobre todas as experiências que viessem à mente, justamente para afastá-las? Você falou da época em que o Justin te bateu tanto que o seu rosto ficou irreconhecível por semanas.

Faço um sinal positivo com a cabeça. Como eu pude deixar que ele me machucasse por tanto tempo? A culpa de ter aceitado ser espancada ainda me assombra.

— Eu acho que você devia ir ver o dr. Madison — diz. — Converse sobre o que aconteceu, para que isso não te perturbe.

— Você tem razão. Eu estou mais forte agora, posso falar sobre o ataque. Especialmente porque não foi com uma pessoa em quem eu confiava. Agora que já passou algum tempo, é muito mais fácil. Aquele primeiro ano de terapia... — Respiro fundo, me acalmando. — Ter que falar sobre o meu relacionamento com o Justin, o que ele fez comigo... — Balanço a cabeça e torço os lábios. — Porra, foi uma tortura.

— Para mim também foi, *hermana*. Eu não queria admitir o que o Antonio fez comigo, mas falar sobre as experiências deixou nós duas mais fortes. E lembre-se: nós saímos vivas. — Ela me abraça.

Seu perfume floral familiar me faz lembrar de todas as coisas boas no mundo. Eu a aperto com força. Saímos vivas daqueles relacionamentos diabólicos, mas muitas não conseguiram. Diversas mulheres do nosso grupo voltaram para seus homens. Chegamos a ver algumas no hospital ou em um caixão. Sinto um estremecimento, e Maria me segura com mais força. Deus, eu adoro essa mulher.

— Eu te amo, Ria.

— Também te amo, *cara bonita*. — Ela ajeita meu cabelo atrás da orelha. — Parece que os hematomas já estão desaparecendo. Quando você vai tirar os pontos?

— No fim da semana. Tenho que marcar uma consulta com o meu médico.

Ela se levanta e vai para a mesa lateral em busca de suas chaves.

— Tenho ensaio. — Seu sorriso dá lugar a uma testa franzida. — Você vai ficar bem? — Olha para mim, preocupada.

— Ria, eu estou bem. Já passei por coisa pior — lembro, piscando um olho.

Ela abre um sorriso largo.

— Vou estar em casa à noite. Prepare o jantar para mim? *Por favor?* — Essa mulher é viciada na minha comida.

— Sim, claro. Eu faço o jantar. Vou convidar a Bree e a Kat para virem também. Graças ao Phillip, elas bombardearam o meu telefone ontem e vão querer detalhes.

Ela veste um suéter e anui enquanto puxa o cabelo escuro e grosso para fazer um coque no topo da cabeça.

— Vou estar em casa às sete. Espero que as minhas mulheres tragam bastante vinho e estejam com fome quando eu chegar.

Maria é uma figura. Ela sempre se refere às meninas como "minhas mulheres". Ela sai como um raio e eu estou de volta a meus pensamentos. Decido tomar um banho e desfazer as malas. Falo com Taye e confirmo que vou estar no escritório amanhã às dez. Depois de trabalhar no fim de semana e lidar com o ataque, vou tirar um tempo para mim. Além disso, tenho que solicitar a segunda via da carteira de motorista. Já cancelei meus cartões de crédito e notifiquei o banco. Que zona. Quando é que a minha vida vai parecer minha de novo?

8

*Bree chega primeiro. A mulher é um arraso. Sempre fico cho-*cada com sua beleza. O cabelo loiro e comprido é como uma cortina dourada em suas costas, quase tocando o traseiro. Os olhos são de um azul-celeste que me faz lembrar o olhar de oceano de Chase. Como qualquer garota californiana, sua pele é bronzeada e brilhante. Bree está usando calça de ioga e um tricô. Sua roupa de trabalho mostra os músculos firmes e as curvas delicadas. Com um metro e cinquenta e sete, ela é a menor de nós, mas sua força compensa o corpo miúdo. Seus lábios carnudos se transformam em um sorriso largo e eu a agarro em um abraço.

— Gigi, você me deixou tão preocupada — ela sussurra em meu ouvido. O cheiro de incenso permeia seu cabelo.

— Eu estou bem. Pode acreditar.

Ela assente e continua a me abraçar. Suas mãos envolvem minha cintura.

— Você está um lixo — diz, aliviando o peso do momento. Eu me viro e a levo para dentro do apartamento. — E a sua bunda está ficando grande. Você não vai à aula há uma semana. Está me devendo três dias.

Bree se esforça para nos manter em forma e flexíveis. Segundo ela, tonificar o corpo e a mente é a cura para qualquer doença. Ela é a nossa garota alternativa oficial, das unhas cor-de-rosa aos cachos dourados.

— Eu não engordei um grama, então cala a boca! — brinco.

— Você que sabe — ela diz, sarcástica. — Se quer que o Chase veja a sua bunda flácida...

— Sua vaca! — eu xingo e nós caímos na gargalhada. A campainha toca de novo e eu corro para atender.

Kathleen também arrasa. O cabelo loiro encaracolado emoldura seu rosto, chegando um pouco abaixo dos ombros. Ela passa a mão nele, tirando-o dos olhos. Está usando uma saia longa e solta em tons alaranjados de verão. Colares de comprimentos variados pendem do pescoço longo como o de um cisne. Os olhos caramelo brilham quando me veem. Dezenas de pulseiras batem enquanto ela me puxa para seus braços.

— Gigi, você nos deu um baita susto — diz.

— Eu sei, Kat, mas estou bem. De verdade.

Ela beija a lateral da minha cabeça e agarra minha mão para apertá-la.

Entramos na cozinha de mãos dadas. Bree já está comendo a salada que preparei. Ela joga um tomate-cereja na boca.

— Ai, não comi o dia inteiro. E, ao contrário dessas vadias flácidas aqui, eu malho o dia todo!

Nós rimos.

— Na realidade, a Kat está indo muito bem lá no estúdio — Bree comenta. — Eu a vi quase todos os dias da semana passada. Estou orgulhosa, amiga.

Kat sorri.

— Ao contrário da Gigi, eu tenho que batalhar para ficar bem. As noites que eu passo curvada na máquina de costura estão acabando com as minhas costas. — Ela leva a mão aos quadris magros e alonga a coluna. — Ioga é quase uma necessidade. E eu não tenho um homem me esperando em casa. — Ela suspira.

Kat e Bree estão passando por um período de seca e sempre reclamam disso. Dou risada e as duas olham para mim.

Então eu conto o que elas querem saber sobre Chase e os acontecimentos de Chicago. Quando o furacão Maria invade a cozinha, as outras duas já estão atualizadas e na segunda taça de vinho. Omiti algumas das partes mais embaraçosas, como Chase me fazendo gozar no meio do restaurante. Algumas coisas são sagradas, e essas três nunca me deixariam em paz se soubessem dos detalhes.

Nós nos sentamos à mesa antiga da cozinha, em suas cadeiras descoordenadas. Maria e eu não conseguimos chegar a um consenso, então reformamos uma mesa que encontramos em uma venda de garagem e caçamos cadeiras avulsas para compor com ela. Cada uma de nós tem a sua cadeira. A minha é pintada de azul-petróleo e tem entalhes e ranhuras na madeira, com tons mostarda surgindo nos cantos desgastados. Os braços circulares são perfeitos para eu descansar a palma das mãos. É exatamente do meu tamanho e me serve como uma luva.

Maria se instala em sua cadeira, de madeira azul-escura com florzinhas azuis em toda a superfície. A de Kat tem linhas vermelho-escuras e roxas atravessando a madeira de carvalho em redemoinhos naturais. Bree está sentada em posição de lótus na cadeira cor de vinho. Esta tem nós marrom-escuros remanescentes da árvore da qual foi cortada. Todas únicas, exatamente como minhas meninas.

Todas nós rimos e falamos ao mesmo tempo. Observo minhas amigas em contentamento total. Tenho sorte por tê-las em minha vida, e não sei onde eu estaria sem elas. Depois de perder minha mãe, a única família que tive, e do inferno que passei com Justin, a presença delas é uma dádiva para mim.

— Gigi, em que você está pensando? — Kat pergunta, antes de uma garfada de lasanha.

— Na minha sorte de ter vocês, meninas — digo, com toda a sinceridade.

Ela anui e dá um tapinha na minha mão.

— Essas vacas aí eu não sei, mas você realmente tem sorte de me ter — Bree interrompe, nos fazendo gargalhar. — Agora sério, Gigi. Conte mais sobre o Chase. Como ele é?

— Ele é... intenso. Um cara acostumado a ter tudo do jeito que quer. — Levo a mão aos lábios e os belisco, perdida em pensamentos.

— Eu não sei vocês, mas eu gosto de homens que assumem o controle — Maria acrescenta.

— Sim, mas ele é muito controlador. Com o meu histórico, isso me deixa nervosa — admito.

Kat entra na conversa.

— Você deve estar meio retraída depois do Daniel e, é claro, do Justin. É natural, amiga. — Ela toma um gole de seu vinho branco.

— Alguém já viu esse homem? — Bree pergunta. — Ele é gato? Você disse que ele é um tesão, mas não sei se acredito. — Ela dá um sorrisinho maldoso.

— De dar água na boca, Bree. Ele é alto, deve ter quase um e noventa. Forte. — Abro os braços. — O cabelo dele é castanho bem escuro, e os olhos... ah, meu Deus... os olhos são a minha perdição, azuis como o céu. Não, como a água do mar que a gente vê na propaganda de Cancún! — Desvio o olhar, sonhando. Minha mente volta para sua mão entrando aos poucos na minha calcinha, seus lábios escravizando meu mamilo, o modo delicado como ele mordia a carne sensível. Arrepios varrem minha pele com a lembrança e eu estremeço.

— Hum, alô! Terra para Gigi — Maria chama, enquanto pega o celular.

— Eu vou procurar uma foto dele... Santa *mierda*! Gigi, o nome disso é *caliente*! Ele é demais!

Volto à realidade e Maria está passando o celular para Bree.

— Meu Deus. Menina, você não estava brincando. Ele é o máximo! — ela exclama e passa o telefone para Kat.

Tento interceptar o aparelho, mas não consigo.

— Uau, Gigi. E você ainda não traçou isso aqui? O que está acontecendo? Deixa que eu faço o serviço por você! — Kat exclama.

Todas elas riem, o que me irrita.

Finalmente consigo agarrar o celular e olho para a tela. É uma foto de Chase conseguida no site da fundação. Mais uma vez eu me sinto burra por não saber antes que ele era o presidente do conselho. Suspiro e olho fixamente para seu rosto lindo por tempo demais, antes de Maria roubar o telefone de volta.

— Vocês tinham que ver o cara pelado. Inacreditável.

As três bocas se abrem até o chão. Imagino que eu tenha esquecido de compartilhar esse detalhe. Rio entredentes e dou um tapinha imaginário nas minhas costas. Ponto para Gigi!

— Você o viu *desnudo*! Completamente pelado! E não contou pra gente? — Maria reclama.

— Você estava escondendo isso das suas melhores amigas? — Bree finge indignação.

— Nós temos tão pouco assunto, Gigi, e você está saindo com um homem tipo supermodelo gostoso e não conta os detalhes? — Kat ri.

Tomo um gole enorme de vinho. Três pares de olhos me observam pacientemente.

— Bom, foi muito rápido. Ele estava saindo do banho de toalha, nós tivemos uma pequena discussão por causa do Phillip e aí ele deixou a toalha cair. — Escondo minha vergonha com outro gole. A esta velocidade, vou acabar bêbada.

— E como é? — Bree aponta para a área entre as próprias pernas.

Não acredito que ela está me perguntando isso.

— Aposto que é *grande* — Maria comenta.

— Provavelmente não. Às vezes esses idiotas ricos têm o pinto do tamanho de um lápis — Kat dispara, enquanto mexe o dedinho.

Elas ficam conversando umas com as outras, com piadas voando para todos os lados.

— Chega! — grito.

As três ficam quietas imediatamente e todos os olhos paralisam em mim.

— É enorme. O maior pau que eu já tive o prazer de ver. E tão rosa, lindo e pronto. Senhoooor. — Coloco as mãos sobre meu rosto quente.

Elas caem na gargalhada, fazendo muito barulho. Todas nós choramos de rir.

— Então, quando você acha que vão avançar? — Kat pergunta com delicadeza.

— Espero que neste fim de semana. Depende da agenda dele, eu acho. Vou tirar os pontos na sexta, e ele disse que só vai encostar em mim depois que eu estiver melhor.

— Que graça — Bree elogia, antes de encher a boca de lasanha. Para uma mulher do seu tamanho, ela come bastante. Quando você dá quatro aulas ou mais de ioga por dia, deve precisar de carboidratos.

— Então vocês discutiram por causa do Phillip? — Kat pergunta.

Sem pressa, explico a conversa desconfortável que tivemos antes do incidente da toalha. Também falo sobre o encontro no aeroporto.

— Dá para entender por que o Chase ficou com ciúme do Phillip. Ele é um gato, Gigi. E te adora — Bree opina.

Ela acha Phillip um gato? Nunca tinha comentado. Eu concordo que ele é atraente, mas nunca o considerei um gato. Talvez por conhecê-lo há uma vida e por ter amado tanto a mulher dele.

— O Phillip e eu nunca tivemos esse tipo de relação, e vocês sabem disso — digo.

— Mas tecnicamente você perdeu a virgindade com ele. Quando é que você vai dividir essa informação com o Chase? — Kat dispara.

Nunca. Eu me encolho e tomo mais um gole de vinho. Devo a Chase uma explicação sobre essa parte do meu passado? Nós estávamos na escola. Éramos dois amigos se explorando, conhecendo o próprio corpo. Pelo menos eu não perdi a virgindade com algum imbecil no banco de trás do carro na noite de formatura. O que eu vivi com Phillip foi lindo. Ele era gentil comigo, me tratava como uma boneca de porcelana. E a nossa pequena experiência durou dez minutos.

— Dividir essa informação com ele não passou pela minha cabeça — retruco.

110

Bree balança a cabeça.

— Você sempre diz que a honestidade é a melhor política. Mas, quando não te favorece, você não vai ser honesta?

Maldita regra. Bree sabe como me atingir.

— Se o assunto não surgir, não preciso contar. Foi há muito tempo. — Termino meu vinho.

Maria se inclina e enche minha taça de novo, piscando um olho para mim.

— Tudo bem, chega. Vamos fazer um brinde.

Nós sempre fazemos brindes. É uma tradição. Cada uma de nós levanta sua taça.

Maria começa:

— A vocês e a mim. Se a gente não concordar em tudo, vocês que se fodam e eu que me foda. Nós somos uma família!

Caímos na gargalhada e damos um gole ao mesmo tempo. Maria sempre sabe dizer a coisa certa para fazer a situação voltar ao normal. Falamos sobre o seu espetáculo mais recente e seu figurino. Kat está trabalhando nele. Então, quando Bree fica alegrinha, depois de três taças de vinho, começamos a comentar que ela está, de fato, interessada em Phillip.

Estou surpresa com a informação, mas entusiasmada. Não vejo a hora de juntar os dois. Ela seria a madrasta perfeita para Anabelle, que por sinal a adora. Phillip não teve nenhum relacionamento sério desde que Angela morreu. Todas nós concordamos que ele precisa de sexo mais que nós quatro juntas. Isso definitivamente evitaria que ele me enchesse por causa de Chase. Começo a bolar um plano para reunir Phillip e Bree no mesmo espaço. Decido combinar os detalhes com Maria. Se existe alguém maquiavélico, é ela. E ela é boa nisso.

Depois que arrumamos a bagunça, as meninas vão embora e Maria vai para seu quarto. Olho para o relógio e percebo que é quase meia-noite. Merda! Chase pediu que eu ligasse. Vou para o meu quarto, visto um pijama e me arrasto para a cama com o celular na mão.

Há uma ligação perdida e uma mensagem dele.

> Não tive notícias suas. Me liga, não importa a hora.

A mensagem não parece muito alegre. Digito seu número e ele atende ao primeiro toque.

— Gillian. — Há um leve tom contrariado em sua voz.

— Oi. Acabei de jantar e de arrumar as coisas.

Ele não diz nada.

— Desculpe, não deu para ligar antes.

— Fiquei preocupado. — Ele está diferente. Reservado, mas não sei dizer. Essa é a nossa primeira conversa por telefone.

— Desculpe. — Aguardo.

Ele suspira alto. Puxo meu cabelo e enrolo as mechas em volta do dedo, nervosa.

— Você estava com o Phillip? — Sua voz é entediada, monótona.

— O quê? Não — respondo, sem ter certeza do motivo da pergunta. — O Phillip me deixou aqui e foi embora com a Anabelle.

— E a esposa dele?

A pergunta me surpreende, e os pelos na minha nuca se levantam. Ele realmente está com ciúme do Phil?

— Está no Cemitério Nacional de San Francisco — respondo.

— Ele é viúvo? O que aconteceu?

Ainda não entendi seu tom. Parece uma acusação sutil, e eu não tenho nada a dizer, se esse é o caso.

— Um motorista bêbado bateu no carro dela quando ela estava voltando do trabalho, há dois anos. Ela morreu na hora. — Engulo o nó na garganta, pensando na loira bonita cheia de vida que foi embora cedo demais, especialmente para Phillip e Anabelle.

— Sinto muito. — Outra longa pausa. Ele suspira profundamente e me choca com a pergunta seguinte. — Você não está apaixonada por ele? — Sua voz é um sussurro e mais reveladora do que eu esperava.

Sorrio para o telefone.

— Não, Chase. Mas ele faz parte da minha vida. É meu melhor amigo, e a filha dele é importante para mim.

— Entendo. — Seu tom é sem vida, morto.

Ele entende? O que isso significa? Meu Deus, ele é um enigma.

— Quando vai ser a consulta para tirar os pontos?

Mudança de assunto bem abrupta.

— Sexta de manhã. — Sinto uma pontada de expectativa. Estou rezando para que ele queira me ver no fim de semana.

— Eu te pego às sete. — Mais uma vez, ele responde com pouca emoção, me fazendo tentar entender o que se passa na sua cabeça.

Levo um minuto para compreender o que ele disse.

— O quê? Não, não precisa ir à consulta comigo. Eu não estou com medo — garanto.

— Eu não disse que você está. Eu te pego na sexta. Depois disso, você tem que trabalhar?

— Sim. — Ele quer me levar ao médico. Começo a ficar ansiosa, recosto nos travesseiros e sorrio, nervosa.

— Vou mandar o Jack te pegar depois do trabalho e te trazer para o meu escritório. Tenho uma reunião na sexta no fim da tarde.

Ele não está pedindo para me ver, está impondo. Se eu não estivesse tão a fim dele, recusaria a oferta. Mas não consigo. Eu o quero demais.

— Tudo bem — concordo, sem perguntas.

Chase suspira profundamente.

— Baby, não vejo a hora de te ver de novo. — Sua voz agora é sedutora.

Finalmente! Uma reação que eu aprovo. Uma chama se acende. Chase tem esse poder sobre mim.

— Eu também. — Mal consigo dizer as palavras. Seu tom, o som de seu suspiro frustrado, estão fazendo uma bagunça no meu baixo-ventre.

— Não aguento esperar para te beijar, correr a língua pela sua pele — acrescenta. — Eu quase posso sentir o seu gosto.

Com esforço, contenho um gemido.

— Chase...

— Não vejo a hora de você ser minha, Gillian.

O que isso significa para um homem como ele? "Minha" por uma noite? Pelo fim de semana? Para sempre? Um arrepio corre através de mim diante de todas as possibilidades.

— Baby? — ele chama, com a voz grossa e rouca.

Estremeço e o fogo arde desde o meu peito até repousar entre minhas pernas. A ânsia por ele começa profundamente no meu centro. Aperto as coxas e começo a tocar a pele nua acima da calcinha.

— Sim? — Eu me prendo a cada palavra sua, deslizando a mão debaixo do tecido rendado.

— Não se masturbe.

O quê? Tiro a mão da calcinha, como se tivesse sido atingida por um raio.

— Eu quero ser a única pessoa que vai te fazer gozar a partir de agora. — Sua voz é densa, sensual e dominante.

Arrepios sobem pela minha coluna, e minha pele se arrepia.

— Você está me matando, Chase. — O homem está me cozinhando em fogo baixo desde o momento em que trocamos olhares no bar, alguns dias atrás.

— Sexta-feira — ele termina com um tom rouco. — Durma bem. — Desliga sem se despedir.

Talvez ele nunca espere que as pessoas se despeçam. Que estranho. Inteligente, sexy demais e devastadoramente difícil de ignorar.

Ele pediu que eu não me masturbasse. Depois de uma conversa assim, a única coisa que posso pensar é em me esfregar para aliviar a tensão. Estou tão excitada que um dedilhar no clitóris me faria vibrar em segundos.

Dormir. É a única defesa que tenho contra o desejo furioso por ele. Depois que os pontos forem retirados, não vou sair do lado dele até este suplício terminar. Mesmo que tenha que tirar a roupa e implorar.

A segunda-feira chega rápido, e estou de volta ao mundo real. Levantamento de fundos, atestados de doadores e planejamento de eventos estão programados para esta semana, e eu me jogo no trabalho. Taye e eu nos encontramos para almoçar. Discutimos em detalhes o que aconteceu em Chicago. Confidencio para ele que vou ver Chase neste fim de semana, e claro que meu chefe não fica entusiasmado. Ele se preocupa comigo e com minha carreira.

Não que ele esteja me falando alguma novidade. Já analisei os prós e os contras um milhão de vezes. Só que, sendo bem sincera, não é da conta dele.

Chase e eu trocamos algumas mensagens no decorrer da semana e ele me liga na terça à noite para avisar que vai estar fora da cidade até quinta. Fico feliz por ter algum tempo para organizar meus pensamentos, sabendo que ele não está a poucos quilômetros. Todos os sinais de alerta estão disparando, mas a voz sedosa no telefone e a lembrança de suas mãos no meu corpo esmagam esses sinais, não deixando nada além de expectativa atrás deles.

Na sexta, às sete da manhã, alguém bate à porta. Maria salta do sofá como um corredor olímpico e abre a porta antes que eu possa abaixar minha xícara de café. Rio de seu exagero, mas ela está em uma missão de conhecer logo esse homem e nada vai impedi-la. Imaginei que ela teria que esperar um pouco, porque Chase normalmente manda seu brutamontes.

Fico surpresa quando Maria e Chase entram na sala de braços dados, falando em espanhol. Ele está usando um terno preto perfeito e uma camisa azul risca de giz com gola branca. Os punhos franceses aparecem por baixo do paletó, e a luz da cozinha reflete suas abotoaduras de prata.

— *Cuando aprendiste a hablar español?* — Maria pergunta.

— *Yo aprendí en la universidad, pasé un periodo en el extranjero* — ele responde.

Maria está evidentemente impressionada. Seu sorriso é enorme, e ela está falando com as mãos.

— Olá? Lembram de mim? Eu falo inglês — dou uma bronca neles.

— Ela me perguntou onde aprendi a falar espanhol, e eu disse que foi na faculdade. Passei um período no exterior. — Ele vem até mim e se abaixa para me beijar. Sua mão se esconde em meu cabelo e inclina minha cabeça para o lado, a fim de ter acesso mais profundo.

Abro a boca para ele, apreciando o gosto de hortelã em sua língua. Um assobio longo atrás de nós me faz me afastar. Chase exibe um sorriso enorme, os olhos brilhando de felicidade.

— Droga, você não me cumprimentou desse jeito — Maria reclama, fazendo bico.

Chase coloca o braço em torno da minha cintura e me puxa contra si. Eu me aninho em sua lateral.

— Desculpe. Sou homem de uma mulher só — ele diz e então mergulha para outro beijo ardente.

Ele não é só bonito, é perturbador. Eu o empurro. Ele busca meus lábios e se contenta com uma mordiscada no inferior antes de voltar sua atenção para nossa admiradora.

Maria pisca um olho enquanto um sorriso safado se abre.

— Gigi, me ligue mais tarde. Avise se você vai vir para casa hoje à noite. — Ela está prestes a ir para o quarto se trocar para o ensaio.

— Ela não vai voltar para casa — Chase diz, uma mão em minha nuca, desenhando círculos em minha pele.

Arrepios começam a correr pela minha espinha. Nós duas nos viramos e ele encolhe os ombros, despreocupado. Maria sorri para mim e mexe as sobrancelhas.

— Vamos, gatinha? — Chase acaricia meu cotovelo.

Gatinha? Vou fazer de tudo para esse apelido não colar. Eu me despeço de Maria com um abraço.

Chase estende a mão para ela.

— Foi um prazer, srta. De La Torre.

Maria ri e o puxa para um abraço. Ela sussurra algo no ouvido dele e, em seguida, dá um tapinha em suas costas.

Chase tosse.

— Entendi — diz, mexendo a cabeça.

Ele me leva para fora do apartamento e para o carro que nos aguarda. Ensino para Jack o caminho do consultório e depois me recosto de novo no banco ao lado de Chase. Ele coloca a mão no meu joelho coberto pela meia-calça e a desliza para o interior da minha coxa, até chegar à borda da meia sete oitavos.

— Gostosa — sussurra, passando os dedos na costura da meia.

Abro mais as pernas. Ele não morde a isca e eu faço bico.

—Tudo na hora certa — ele diz em meu ouvido, antes de mordiscar minha orelha.

Grunhindo, junto as pernas.

— O que foi que a Maria te disse? — pergunto, tentando domar a meretriz dentro de mim.

— Ela me ameaçou — ele responde, categórico.

Pisco algumas vezes enquanto as palavras têm dificuldade para se formar na minha língua.

— Ela não fez isso!

Ele sorri e assente.

— Ela disse que, se eu te magoar, ela vai arrancar a porra do meu couro. Palavras dela. — E ri.

Ela é uma mulher morta. Espere até eu colocar minhas garras nela. A vingança é um prato que se come frio, e eu pretendo me vingar no momento mais inoportuno. Balanço a cabeça, frustrada. Protetora demais para o meu gosto.

— Gostei dela. Ela é muito... — ele pausa — sincera.

Naquele instante, meu celular apita. Tiro-o de minha nova Louis Vuitton e olho para a tela. É uma mensagem de Maria.

> Gatinha? Ele quis dizer que gosta de te lamber. (-;

— Ela não tem jeito! — Rio e tento enfiar o telefone de volta na bolsa. Antes de conseguir, Chase o segura enquanto tento agarrá-lo. Braços longos do inferno!

— Do que você está rindo? — ele diz. Caramba, o homem não tem respeito pela privacidade alheia. Ele lê a mensagem e o devolve para mim, rindo entredentes. O aparelho queima um buraco na palma da minha mão enquanto espero por sua resposta.

O tempo para conforme recosto a cabeça novamente e fecho os olhos, sem querer saber o que ele acha. Ele desliza a mão mais para cima em minha perna, quase tocando a beira da minha calcinha. Seu nariz roça em meu pescoço, e os pelinhos dali se levantam. Desliza a língua pela lateral e a rodopia no lóbulo da minha orelha. A respiração que eu estava prendendo escapa de uma vez.

Sua voz é mais um rosnado que um sussurro em meu ouvido:

— Eu quero te lamber em todos os lugares, cada centímetro, especialmente *aqui*. — Toca asperamente o meu sexo.

Mordo o lábio e forço os quadris para a frente, gemendo. Sinto seus lábios se curvarem em um sorriso sedutor contra meu rosto.

— Você sempre responde rápido. Sempre fica molhadinha para mim. — Desliza um dedo para cima e para baixo em minha fenda.

Sua respiração em minha pele incendeia as terminações nervosas do meu corpo inteiro.

O carro para e Jack sai. Reclamo quando Chase tira a mão de mim e arruma o terno sobre sua enorme ereção. Pelo menos eu sei que ele está tão a fim quanto eu. O mundo exterior nunca vai saber que ele acabou de acariciar uma mulher dentro do carro. Ele mantém a compostura com perfeição.

Saímos do carro e entramos no consultório. Respiro fundo algumas vezes e seguro sua mão. É como uma âncora em uma tempestade iminente.

9

O consultório é bem iluminado e confortável. Cadeiras roxas se alinham em uma parede comprida na sala de espera. Revistas estão espalhadas sobre a mesa de centro solitária. Chase escolhe uma cadeira longe de todos os outros pacientes enquanto vou à recepção. Nunca me consultei com esse médico antes, mas pedi que o médico de Sacramento enviasse meu prontuário. Eu precisei preencher alguns papéis. Chase está sentado silenciosamente ao meu lado, a mão quente acariciando minhas costas em um ritmo calmante. Ele não sabe disso, mas não sou muito fã de médicos. Visitas incontáveis a hospitais — onde todos perguntavam como eu tinha me machucado, antes de me cutucar e me espetar — me deixaram desconfiada.

Eu sempre mentia. Inventava histórias sobre tombos de bicicleta, quedas de patins e de escadas. Alguns médicos se importavam muito pouco. Outros mencionavam que iriam notificar um assistente social. Essas palavras sempre me faziam vestir as roupas correndo e fugir como se o prédio estivesse em chamas. A última coisa de que eu precisava eram assistentes prestativos que acabariam colocando a polícia atrás de Justin.

Aprendi essa lição da forma mais difícil. Justin era especialista em manipular pessoas. A primeira vez em que um assistente social tentou me "ajudar", fui espancada enquanto ele me estuprava. Fiquei sem andar direito nos dias seguintes. Justin alegou que tinha enfiado um pouco de juízo em mim. Funcionou. Nunca mais falei com um assistente social. Não até fazer a ligação que salvou minha vida.

Quinze minutos depois de chegar com Chase, estou em outra sala de espera. Ele me seguiu para o consultório como se houvesse ganhado esse privilégio. Estou sentada na mesa de exame e torço os dedos enquanto ele ocupa uma cadeira atrás de mim. O silêncio entre nós é confortável, mas ainda pesa com a energia que ferve quando estamos perto um do outro. Ele olha seus e-mails no celular enquanto tento acalmar as batidas do meu coração com as respirações profundas de ioga que Bree me ensinou. Estar em um consultório com Chase é um pouco perturbador. Para ser honesta, apenas estar em um consultório já é muito perturbador.

O médico entra a passos largos, com o nariz enterrado na minha ficha. Ele tem cerca de cinquenta anos, cabelo escuro ondulado, é alto, de estrutura forte. Usa óculos sem aro que combinam com seus traços.

— Então, srta. Callahan, você veio tirar os pontos. — E olha para mim sobre os óculos.

— Sim, dr. Dutera.

Ele vira as páginas da minha ficha, lendo-as rapidamente. Não é uma ficha pequena. O médico de Sacramento deve ter enviado o meu histórico detalhado.

— Parece que você já teve pontos retirados muitas vezes.

Aperto o maxilar com força.

— Vamos ver aqui... Também teve costelas quebradas, pulsos fraturados, ombro deslocado, braço quebrado, não só uma vez, mas duas. Olhos roxos e um monte de visitas ao hospital. Parece que durante alguns anos você frequentou o Mercy General, em Sacramento. — Seus olhos são gentis enquanto ele olha da ficha para mim e depois para Chase. — Você tem alguma dor residual dos ferimentos antigos? — pergunta.

Dor residual? Passo os olhos em Chase, esperando que ele não esteja prestando atenção. Mas, em vez de estar na cadeira, ele está de pé bem atrás de mim, com o peito a poucos centímetros das minhas costas. Encaro seus olhos. Estão obscurecidos, ilegíveis. A tensão emana dele, e eu fecho os olhos. Não suporto ver pena no olhar de outra pessoa. Especialmente de um homem por quem estou tão encantada.

— Eu sou estabanada, tenho tendência a me acidentar. Podemos tirar os pontos? Eu preciso ir trabalhar.

O dr. Dutera coloca o prontuário sobre a mesa e assente. Calça luvas de látex e limpa a área em torno dos meus pontos. Chase leva a mão às minhas costas e me acaricia da lombar até o pescoço, para cima e para baixo, em um movimento calmante.

Com o corte do primeiro ponto e a explosão de dor que se segue, minha mente catapulta para outra época.

— *Vadiazinha mentirosa! Você acha que eu não sei sobre você e o Todd?* — *Justin está tendo um acesso. Totalmente bêbado, ressentido e agressivo.*

Eu sei instantaneamente que isso não é bom.

— *Justin, eu nunca trairia você. Eu te amo. Você sabe disso. Não tem mais ninguém* — *garanto.*

O golpe atinge meu olho com tanta força que eu caio no chão. Seguro a área sensível em meu rosto.

— *Você está trepando com o seu coleguinha de classe. Eu sei! No instante em que eu viro as costas, vocês começam a se pegar, não é? Não é?!*

Tento ficar de pé, mas ele me chuta várias vezes no estômago. Uma dor quente, ardente, rasga meu peito, e eu ouço o som nauseante da minha costela quebrando. Não consigo contar os golpes. Uivo e engasgo quando ele fica em cima de mim, segurando meus braços acima da cabeça com uma mão. Forçar as costelas quebradas a se esticarem e se arquearem quase me faz perder a consciência. A dor é tão intensa que eu sinto que estou sendo rasgada ao meio.

— *Olhe aqui, sua putinha. Ninguém vai te querer. Você não vale o seu peso em merda. Sorte a sua que eu fiquei do seu lado, mas você nunca mais vai trepar, beijar nem tocar outro homem. Entendeu?* — *Ele bate minha cabeça no chão de madeira.*

Estou vendo estrelas. Concordo freneticamente, mas mesmo assim ele me dá um soco no rosto, cortando meu lábio. Sangue escorre pela lateral da minha cabeça. O gosto de cobre enche minha boca, enquanto eu engasgo e cuspo uma tentativa de grito.

— Gillian, o que foi? Está tudo bem, baby. Está tudo bem! Eu estou aqui.

Sinto os braços fortes de Chase em volta de mim. Agarro seu paletó. Lágrimas escorrem pelo meu rosto.

O médico se afastou, os olhos arregalados, a boca aberta. Chase está com os braços firmemente ao meu redor e faz carinho em mim. Eu não tinha um flashback fazia muito tempo. Mais de um ano, pelo menos.

— Estou bem, desculpe. Estou bem. — Empurro Chase, evitando olhar para ele. — Estou bem agora. Obrigada. — Enxugo minhas bochechas molhadas. — Doutor, nós terminamos?

Eu fungo e Chase me dá um lenço. É claro que ele teria um lenço. Provavelmente com monograma. Limpo o nariz no algodão macio.

— Sim, srta. Callahan. Mas eu acho que nós devíamos falar sobre o que acabou de acontecer aqui — ele diz.

Saltando da mesa de exame, pego minha bolsa. Chase está de pé atrás de mim.

— Outro dia. Obrigada, dr. Dutera. Desculpe por... desculpe. — Agarro a maçaneta e caminho rapidamente para a sala de espera, depois para a rua. Uma vez lá fora, respiro fundo, absorvendo os arredores, tentando me desprender do passado de ódio que transborda em meu subconsciente como um enxame de abelhas.

Quando volto a respirar normalmente e me livro dos últimos destroços do passado, percebo Chase encostado no carro, esperando pacientemente que eu fale alguma coisa. Eu sei que ele quer respostas, mas neste instante não as tenho. Não sei se algum dia terei.

— Olhe, Chase, eu não posso explicar o que aconteceu lá dentro...

— Você pode e vai explicar — diz, em tom firme.

— Eu não posso. — Lágrimas escorrem mais uma vez pelo meu rosto enquanto tento desesperadamente encontrar uma maneira de lidar com isso.

Chase enxuga minhas bochechas, beija cada uma delas e finalmente os lábios.

— Mais tarde, então.

Anuo em seu peito enquanto ele me abraça. Seu abraço firme é um porto seguro para minha alma torturada. Seguro, quente e sólido. Eu me agarro a ele, enterrando os dedos em suas costas musculosas. Ele me aperta forte e sussurra no meu ouvido:

— Você ainda quer ir trabalhar? Posso ligar para o sr. Jefferson — ele oferece.

Uma gargalhada me preenche e é derramada enquanto esfrego o nariz em seu esterno, inalando o perfume amadeirado e cítrico. Eu me afasto.

— Seria o máximo. Deixar o presidente do conselho ligar dizendo que eu estou doente e não posso ir trabalhar. De alguma forma, acho que não ia pegar bem. — Sorrio, inalo e exalo lentamente, deixando tudo ir embora. Estar aqui, ter os braços de Chase em volta de mim, torna tudo melhor. — Eu estou ótima. Me leve para a fundação.

Entramos no carro e partimos para a Fundação Safe Haven. Quando chegamos, salto para fora antes que Chase possa comentar ou Jack possa abrir a porta.

— O Jack vem te buscar no fim da tarde, Gillian — ele diz.

Eu me viro e olho para ele, que caminha lentamente até mim. Um Super-Homem de verdade. Enquanto ele vem em minha direção, observo seu corpo alto e viril. O cabelo escuro de Chase voa ao vento, lhe dando aquela aura robusta e sexy dentro do terno preto alinhadíssimo. A camisa azul risca de giz ilumina seus olhos, que parecem ainda mais azuis. Seus traços esculpidos são fluidos e sensuais quando ele chega até mim, coloca as mãos nos meus ombros e as desliza para minha nuca. Ele acaricia meu rosto com os polegares, como eu passei a esperar.

— Eu vou cuidar de você. Você nunca mais vai ser machucada — promete.

Como se ele pudesse prometer isso. Ele não me conhece. Estou muito ferida por dentro. Fecho os olhos, resistindo à sinceridade que vejo em seu olhar.

— Hoje à noite. — Ele sorri.

Faço um sinal afirmativo com a cabeça.

— Hoje à noite.

Ele beija minha testa e me solta. Mantenho os olhos fechados enquanto ele vai embora.

Jack chega com a limusine exatamente às cinco horas. Vejo olhares e bocas abertas em frente ao prédio enquanto corro para dentro do veículo. Isso vai alimentar fofocas por uma semana, no mínimo.

A viagem dura trinta minutos de um lado a outro da cidade na hora do rush. Eu não me importo. Quero ter tempo para pensar.

Fazia tempo que eu não tinha um flashback como o desta manhã. Não tinha percebido que aquelas feridas ainda estavam tão perto da superfície. Não tenho contato com Justin há seis meses, mas isso não significa que ele tenha parado de me atormentar. Às vezes fico sabendo, por amigos comuns, que ele pergunta de mim, querendo descobrir onde estou. A última vez em que o vi, eu estava com Daniel.

Nós estávamos juntos havia três meses na época. Daniel é maior que Justin e meteu medo nele. Ajudou a manter a ordem judicial contra o meu ex, mas não sabia dos detalhes; só sabia que Justin fazia parte do meu passado, e uma parte nada agradável. No dia em que encontramos Justin, Daniel passou a noite comigo. Fizemos amor lenta e docemente. Eu não tive um orgasmo — nunca tinha com ele —, mas foi uma boa válvula de escape.

Eu estava bem com Daniel. Ele me fazia sentir segura. Ele era forte, e eu sabia que conseguiria afastar qualquer um que tentasse me machucar. Nós nos conhecemos na academia, e ele era contador em uma grande empresa no centro da cidade. Daniel trabalhava tanto quanto eu. Era a única coisa que tínhamos em comum. Ele era legal comigo, me tratava como uma dama. O único problema é que ele também se comportava assim na cama, e não conseguia me satisfazer. Não havia paixão. *Não como com Chase.*

Chase é um cara único. Nunca me senti tão atraída por alguém. A fascinação que eu sentia por Justin nem se compara. Meu corpo gravita em direção a Chase, e eu sou incapaz de detê-lo. Ele provoca um desejo que queima dentro de mim. Só de pensar nele, meu pulso acelera, meu centro vibra e minhas coxas se apertam.

Jack para em frente a um arranha-céu de concreto e vidro. O prédio cinza-azulado é diferente dos demais ao redor. É elegante e sofisticado, mas tem um charme que raramente se vê em uma selva de pedra. Detalhes vermelhos cercam cada janela do térreo. Uma enorme fonte alterna explosões de água e escorre por três camadas azulejadas. Uma placa de concreto brilhante exibe os dizeres "Grupo Davis". Balanço a cabeça, rindo do absurdo de já ter vindo aqui para encontrar Phillip, sem saber que o presidente da minha fundação era o dono do prédio.

Jack me acompanha até o conjunto largo de elevadores. Entramos e ele aperta o número cinquenta no painel iluminado. Acima dele há uma letra C e uma tela de LCD quadrada com as palavras "impressão digital".

— O que significa C? — pergunto.

— Cobertura. É a residência do sr. Davis. — Seus lábios se afinam em uma linha assustadora.

Eu me pergunto se algum dia ele vai ser simpático comigo, ou mesmo capaz de ter uma conversa amigável.

— Então você tem que colocar o polegar na tela? — Estou curiosa. Nunca vi nada assim. Todos os filmes com bilionários têm algum tipo de cartão ou chave para abrir os espaços mágicos.

— Sim. — Sua resposta é curta e sem emoção.

— Eu vou ter acesso?

Jack ri entredentes.

— Muito poucos têm acesso à área privativa do sr. Davis. — Ele olha para mim como se eu tivesse desenvolvido chifres de repente. — As amigas dele em geral não têm acesso. — E se vira novamente para as portas fechadas do elevador.

Amigas. É isso que eu sou? O guarda-costas de Chase saberia se eu fosse outra coisa?

Lembro de ouvir Chase mencionar que não levava mulheres para sua casa. Eu me pergunto se ele vai me levar até lá. Ele disse que queria, mas pode ter sido um comentário aleatório, não intencional. E eu quero ter acesso à casa dele? O que isso significaria para nós dois?

As portas se abrem para o quinquagésimo andar e uma bela loira nos recebe.

— Srta. Callahan.

Eu a reconheço da reunião do conselho, no fim de semana passado. Ela estava sentada ao lado de Chase fazendo anotações, mas não participou da reunião.

— Sim, Gillian Callahan.

A mulher aperta minha mão.

— Jack, eu assumo a partir daqui. Obrigada.

Ele assente e sai caminhando pelo corredor.

— O sr. Davis está aguardando.

— Perdão, eu não sei o seu nome.

— Dana Shepherd. Sou a assistente pessoal do sr. Chase. — Ela sorri amigavelmente.

É uma mulher muito bonita, provavelmente de trinta e poucos anos. Mesmo eu estando de salto, ela é alguns centímetros mais alta que eu. Dana é magra, longilínea e elegante feito uma corredora, e está usando um tailleur preto incrível. Seus passos são muito suaves. O cabelo loiro está preso em um coque tão perfeito que eu acreditaria ter sido feito por um cabeleireiro profissional.

— Prazer em conhecê-la. — Ela é a personificação daquelas mulheres que eu vi com Chase nas fotos da internet. Ele já transou com ela?

Dana me leva por um longo corredor. Várias pessoas andam de um lado para outro com seus paletós e pastas. Imagino que estejam indo para casa. Mesmo a esta hora, ainda há muitos funcionários nas salas, com o telefone grudado no ouvido. Paramos diante de portas duplas com uma mesa isolada do lado direito.

Dana vai até a mesa e aperta um botão.

— A srta. Callahan está aqui — diz.

— Pode trazê-la — uma voz ríspida fala no viva-voz.

Ela abre as portas para mim.

A sala é enorme, ocupando o canto inteiro do prédio. Uma parede de vidro do chão até o teto tem vista para a cidade, que está escurecendo. O Pacífico fica lindo desta altura. Uma paisagem de tirar o fôlego. Do lado esquerdo da sala há uma área com dois sofás longos, um de frente para o outro, separados por uma mesa preta espelhada. Os sofás são brancos com almofadas azuis e pretas perfeitamente arrumadas. Uma escultura amarelo-canário de cerca de meio metro está no centro da mesa. Junto à parede de trás há algo que se parece com um pequeno bar. O espaço é bem decorado.

Do lado direito da porta fica uma enorme mesa preta. Atrás dela, um aparador ocupa a parede toda com obras de arte: esculturas, pequenos quadros e estátuas de tamanhos variados estão posicionados com precisão. Alguns porta-retratos se misturam às peças artísticas, mas a esta distância não posso dizer o que eles mostram.

Chase abaixa o celular e seus olhos encontram os meus. Seu olhar é matador. Ele o arrasta do topo da minha cabeça à ponta dos meus sapatos, depois faz o caminho contrário. Parece um animal selvagem analisando sua presa. Todos os seus movimentos são suaves e furtivos. Quando me alcança, desliza as mãos no meu cabelo e seus lábios cobrem os meus. Ele é delicado, mas aumenta a pressão, deslizando a língua pela borda dos meus lábios. Abro a boca, e sua língua circunda a minha. Estou perdida na sensação de seu beijo. O calor aumenta em nosso peito, apertado um no outro. Meu corpo amolece contra o dele, que me mantém presa. Ele tem gosto de café e de uma masculinidade inebriante. Chase se afasta brevemente e mordisca meu lábio inferior.

— Senti sua falta esta semana — ele diz em meus lábios.

Embora tenhamos nos visto de manhã, nós dois sabemos o que ele quer dizer. Sentimos falta da natureza física da nossa conexão a semana toda.

— Eu também.

Seus lábios apertam os meus mais uma vez.

— Dana, eu não preciso mais de você hoje. Te ligo de manhã se precisar de alguma coisa para o fim de semana.

Esqueci completamente que ela estava ali. Virando-me e olhando atrás de mim, vejo um sorriso enorme estampado em seu rosto.

— Vou mandar as roupas logo cedo. — Ela me olha de cima a baixo, como se estivesse me medindo.

Dana sorri e eu me encolho. Passando os olhos por Chase, eu o vejo sorrindo na direção dela. Finalmente, Dana fecha a porta.

— O que foi isso? — pergunto, ainda abraçada a ele.

— Ela nunca tinha me visto beijando uma mulher, em todos esses anos como minha assistente. De fato, acho que eu nunca trouxe uma mulher aqui.

Isso me deixa orgulhosa. Meus lábios se abrem em um "Ah", e ele ri. Sorrio também.

— Baby, você fica tão linda quando está sorrindo.

Eu adoro quando ele me chama de baby. Adoro quando faz qualquer coisa que mostre um interesse especial em mim.

— É você que faz isso, sabia? — confidencio, tímida.

Ele desliza os dedos para cima e para baixo nas minhas costas, parando na cintura.

— O quê?

— Você me faz sorrir. — Abaixo a cabeça para evitar seu olhar. Ele parece enxergar através de mim quando nossos olhos se encontram, como se estivesse olhando diretamente para a minha alma. Não estou pronta para me revelar tanto assim.

— Eu vou te fazer sorrir muito mais. — Ele enfatiza cada palavra com um empurrão dos quadris contra os meus.

Sinto o comprimento de sua ereção, dura e implacável.

— Eu te vejo e já fico desse jeito.

Suas palavras me preenchem com um desejo incontrolável.

— Chase, eu quero você. — Puxo seu rosto para um beijo esmagador. Tento devorá-lo inteiro. Acabou a delicadeza. Cansei de insinuações e provocações. Está na hora de ele cumprir as promessas que vem fazendo.

Ele desliza meu casaco de cima dos meus ombros e o deixa cair com um som seco. Eu o imito, deslizando seu paletó pelos seus braços fortes, e a peça forma outra pilha aos nossos pés. Procuro seus olhos, cheios de desejo intenso.

— Baby, eu queria esperar, te levar para a minha cama, mas que droga... eu preciso de você agora. — Sua cabeça se abaixa e ele respira contra a pele delicada do meu pescoço. — Baunilha... — sussurra, com adoração.

Sua boca tão perto do meu ponto de pressão envia arrepios de desejo através de mim.

Sua necessidade aumenta meu desejo cem vezes. Puxo os botões de sua camisa, impaciente em minha urgência de deixá-lo nu, de ver aquele peito dourado de novo. Quando a camisa está aberta, minhas mãos estão famintas, deslizando em seus músculos duros. Afasto os lábios dos dele para beijar cada centímetro de pele exposta. Sugo seu mamilo e o mordo. Ele grunhe e puxa minha cabeça, me mantendo próxima. Rodopio levemente a língua ao redor do mamilo, lambendo-o com um movimento suave. Ele estremece abraçado a mim quando a camisa cai no chão. O tempo parece parar. Suas mãos estão em todos os lugares de uma vez só, descendo pelas minhas costas, puxando o cabelo em minha nuca, me apertando mais e mais.

As casas minúsculas dos botões da minha blusa e suas mãos grandes não funcionam bem juntas.

— Que se foda! — Ele força a peça, e os botões saem voando.

Estremeço em seus braços enquanto ele passa as mãos sobre minhas costelas para tocar meus seios. Seus polegares estimulam meus mamilos inchados e endurecidos. A ação me força a me jogar para a frente e morder seu peito com tanta força que com certeza vou deixar uma marca. Eu lambo e beijo mais a carne.

— Caralho! Eu preciso te foder! — Ele desliza as mãos pela minha bunda e ergue minha saia até a cintura. Agarra minhas coxas e me levanta como se eu não pesasse nada. Minhas pernas se entrelaçam em torno dele, e eu aperto as coxas, me deliciando com a sensação do seu corpo duro entre minhas pernas. Chase coloca a palma das mãos na minha bunda enquanto me carrega para sua mesa e me joga sobre a superfície dura. Antes que eu possa fazer um único som, seus lábios estão sobre os meus.

Mexo as mãos para tirar seu cinto e abrir sua calça. Finalmente, o botão se liberta e eu imediatamente deslizo a mão debaixo de sua cueca, louca para agarrar seu membro.

— Caramba, baby — ele sussurra.

Eu o esfrego firmemente para cima e para baixo. *É enorme.* Nem consigo envolver a mão completamente em torno dele enquanto ele cresce e endurece ainda mais sob meu toque.

Chase desliza os lábios pelo meu pescoço e puxa a calcinha dos meus quadris. Ele me levanta com a mão nas minhas costas e arranca a peça da minha bunda. Quando arrasta a renda pelas minhas pernas, a peça desliza até o tornozelo, ficando provocativamente pendurada no salto alto. Ele me empurra delicadamente para me deitar contra a superfície dura da mesa, meu peito e meu sexo totalmente expostos ao seu olhar. Minha respiração falha, e minhas mãos lamentam a perda da sua pele enquanto me agarro fortemente à beira da mesa, pronta para ser possuída. Eu sei que a cena deve parecer pornográfica. Meu peito arqueia em sua direção, os seios alcançando o céu e transbordando dos bojos do sutiã enquanto Chase força o tecido para baixo. Ele varre minha pele nua, um brilho feral em seus olhos. Eu ficaria com medo se não estivesse tão excitada.

Ele lambe os lábios enquanto desliza um dedo do meu pescoço para entre os seios. Finalmente, sua cabeça desce e ele leva os lábios maravilhosos para o meu umbigo, girando a língua na depressão. Meu estômago salta e ele ri. Chase continua a descer pelo meu corpo, plantando beijos em cada centímetro de pele exposta. Estou morrendo de necessidade e não consigo ficar parada. Meu corpo se contorce e estremece com o desejo insatisfeito.

— Estou sentindo o cheiro do seu desejo. — Ele desliza as mãos firmemente para baixo de cada coxa, como se tivesse todo o direito à pele nua sensível. Agarra meus joelhos e estica cada perna, me abrindo totalmente. Seus olhos estão presos ao meu sexo, e eu fico tensa sob seu olhar.

Ele diz uma palavra, e ela me tira o ar:

— Minha.

Então sua língua está sobre mim, me lambendo do ânus até o clitóris. Eu uivo e tento fechar as pernas. É demais, mas não o suficiente. Longe de ser suficiente. Suas mãos fortes impedem que eu as feche, me deixando totalmente aberta para ele.

— Que delícia — ele murmura e mergulha a língua profundamente no meu centro.

Êxtase. Uma sensação irresistível de contentamento flui através de mim enquanto sua língua talentosa brinca comigo.

— Ah, Chase... — Mordo o lábio até quase doer.

Ele traz a mão para a brincadeira e desliza um dedo longo em minha abertura. Agarro seu cabelo, puxando-o e puxando-o enquanto ele gira a língua em torno do meu clitóris lentamente, sem permitir pressão demais. Meus quadris dançam em seu rosto e seu dedo quando ele acrescenta mais um. É exatamente a quantidade de pressão que necessito. Chase aumenta o ritmo, me fodendo com a mão. Minha boceta faminta o suga e agarra.

— Caramba, baby. Eu nunca mais quero parar de fazer isso. Como você é gostosa.

Suas palavras me deixam à beira do êxtase. Ele desliza a outra mão pelo meu corpo até o seio, agarrando-o com rispidez, possessivamente. A sensação é enlouquecedora, e eu me aperto mais dentro dele. Ele lambe meu clitóris e enterra os dedos com força dentro de mim, enganchando-os naquele ponto secreto, um ponto que eu acho que existe só para ele. Mais algumas passadas de sua língua e ele me aperta bruscamente, sugando com toda a força o pequeno feixe de nervos. Eu me espalho em um milhão de pedaços. O orgasmo me varre em uma explosão de prazer intenso enquanto convulsiono sobre a mesa. Chase continua comigo, me fodendo com o dedo enquanto eu me desfaço.

Ele remove os dedos de dentro de mim e coloca sua boca faminta sobre meu sexo, mergulhando a língua o máximo que consegue. Um gemido alto preenche o ar enquanto ele lambe meu êxtase. Chase me acaricia com a língua, me drenando de tudo o que tenho enquanto eu desço das alturas.

O melhor orgasmo que já tive.

Ele dá beijos em todo o meu corpo até encontrar um mamilo duro, que começa a sugar profundamente. Não acredito que estou respondendo novamente tão rápido. Estou ofegante e gemendo enquanto ele mordisca o botão tenso. Tento agarrar sua cabeça, fazendo-o parar com a doce tortura nas minhas partes ultrassensíveis, mas ele não para. Sorri em meu seio e continua, mexendo a ponta com a língua. Sua mão toca o outro mamilo, puxando-o, deixando-o impossivelmente inchado e duro como uma rocha.

Finalmente, seus lábios encontram os meus. Posso sentir a doçura picante do meu suco em sua língua.

— Eu preciso de você dentro de mim — sussurro em sua boca.

Seus olhos perfuram os meus. É como se a palavra "preciso" acendesse algo dentro dele. Chase agarra meus quadris rispidamente, enterrando os dedos na carne macia, suas narinas se abrindo levemente. O suor molha seus cabelos. Ele é a fantasia de toda mulher.

— Você usa algum método anticoncepcional? — pergunta.

— Sim, sim, pílula — gaguejo através da névoa de tesão.

Um sorriso maldoso surge em seu rosto enquanto ele abaixa a calça. Seu pau emerge livre, e minha boca começa a se encher de água. Mal posso esperar para devorá-lo inteiro. Ele abre tanto minhas pernas que faz as panturrilhas baterem na mesa. Obrigada, ioga. Ele envolve seu membro na mão e dá algumas bombeadas. Gemo, observando a gota de fluido na ponta. Isso me faz salivar. Ele ajusta o pau na minha entrada e desliza apenas a cabeça para dentro. Deito a cabeça na mesa, fecho os olhos e me arqueio, perdendo o ar. Ele agarra meus quadris possessivamente e, com um impulso rápido, me penetra.

— Chase! — grito quando sinto o ataque. Seu pau me estica, os lábios do meu sexo se retraindo em torno de sua circunferência. Estou totalmente preenchida.

Ele mantém sua posição, permitindo ao meu corpo se ajustar ao seu tamanho antes de sair deslizando. Então, lentamente, centímetro por centímetro glorioso, ele me penetra ainda mais. Não é o suficiente. Eu o quero martelando dentro de mim, mostrando quanto me quer. Que ele está tão louco por mim quanto eu por ele.

— Mais, Chase. Eu preciso de você inteiro — digo entredentes.

Ele se afasta quase totalmente e se enterra até o fim. É diferente de tudo o que eu já senti. Este é um tipo totalmente novo de sexo. Seu corpo cobre o meu, e ele beija meus lábios, pescoço e seios enquanto mete seu pau grande dentro de mim freneticamente. Meu prazer aumenta a cada investida do seu membro, e eu levanto os quadris para receber cada uma delas. Ele belisca meus mamilos com força e parece que um raio me atinge, me preparando para o mais intenso dos orgasmos.

— Baby, que delícia. Caralho, você é tão apertadinha! — Ele levanta minhas pernas e as leva para perto do meu peito, mudando o ângulo de penetração.

Totalmente aberta, eu grito com a intrusão. Cada fricção do seu pau grosso desliza deliciosamente contra o conjunto de nervos dentro de mim. É quase como se ele estivesse apertando um botão de elevador repetidamente. A cada contorção de seus quadris, eu mergulho cada vez mais no abismo. Mais algumas investidas e é como se o seu nome fosse arrancado à força dos meus pulmões, o orgasmo rasgando cada terminação nervosa do meu corpo, me fragmentando em uma explosão de calor e energia.

— Caralho. Goza para mim, baby! — Chase me encoraja enquanto fricciona aquele ponto com exatidão perfeita. — Eu preciso de mais um, Gillian. Eu quero tudo. O seu prazer é meu agora.

Suas palavras são como um jato de querosene em uma chama aberta. Meu corpo arde por ele. Ele continua a se enterrar em mim, agarrando furiosamente meus quadris. Eu sei que vou estar marcada amanhã. Mas não me importo, desde que ele continue a me comer desse jeito. Ele mordisca meus lábios e eu coloco tudo naquele beijo, sem reprimir nada. O medo de compromisso, de me perder, de arriscar a carreira — deixo tudo para trás, satisfeita em lhe dar tudo. Ele não vai aceitar nada menos que isso. A mão de Chase desliza

130

entre nossos corpos, e seu polegar circula meu clitóris inchado. Espirais de luz passam pelos meus olhos, tão brilhantes que eu os fecho. O prazer emana através de cada poro enquanto Chase se enterra em mim repetidamente, estendendo meu orgasmo para um lugar além da realidade. Meu corpo inteiro tremula com a ferocidade de seu desejo. Ele me dá prazer incansavelmente, e eu aceito tudo — e ainda quero mais. Grito seu nome tão alto que tenho certeza de que as pessoas nas outras salas ouvem.

— Caramba, baby, é tão lindo ver você gozar... — Mais algumas investidas fortes e seus olhos se apertam, o maxilar fica tenso, os dentes se fecham.

Com um rugido poderoso, Chase goza dentro de mim, seus braços tensos, as veias em seus antebraços inchadas enquanto ele bombeia dentro de mim sem parar. Quase gozo de novo quanto sinto sua perda de controle. Ele é mais que o meu Super-Homem. Ele é um deus, iluminado de dentro para fora quando goza. Eu preciso ver isso novamente. Sua beleza é tão imensa quanto um pôr do sol ou um bebê recém-nascido. É luz, amor e todo o esplendor da natureza juntos. É Chase, se libertando.

Para mim.

Comigo.

Por minha causa.

Ele derrete em meu peito e eu o agarro de um jeito protetor enquanto ele estremece e tremula, seu pau vibrando deliciosamente a cada respiração. Beijo seus ombros, pescoço, têmporas, todos os lugares que alcanço. Sua cabeça está firmemente plantada na lateral do meu pescoço. Sinto sua respiração descompassada em minha pele. É quente e confortável. É tudo.

Deslizo as mãos para cima e para baixo de suas costas nuas e me deleito tocando sua pele. O homem é uma obra-prima.

— Gillian, você vai ser o meu fim, mulher. Eu vou te foder até nós dois cairmos mortos. Não vai ter jeito.

Eu rio e o beijo enquanto ele me levanta. Seu membro desliza para fora e eu sinto a perda. Sua essência escorre de mim e ele a observa se juntar sobre a superfície lustrosa de sua mesa preta. A combinação do nosso prazer. Ele sorri, claramente fascinado. Chase gosta do que vê. Safado.

Nós nos beijamos por alguns minutos e então ele ergue sua calça. Observo enquanto ele entra em uma porta que eu não notara ao lado de sua mesa. Ouço água correndo, mas estou exausta demais para sair da minha posição em cima da mesa. O homem acabou comigo. Estou completamente satisfeita e relaxada. *Três vezes!* Minha mente canta. Chase volta com uma toalha úmida e enxuga entre minhas pernas, removendo a essência do nosso prazer.

— Melhor? — pergunta, me limpando com delicadeza.

— Perfeito. — Sorrio.

E foi perfeito mesmo. Eu sei que o sexo não foi convencional. Não foi no quarto dele depois de um jantar romântico à luz de velas, mas o jeito animalesco como ele me tomou foi intenso, incrível. Amei cada segundo. Fico de pé enquanto ele leva a toalha para o que presumo que seja seu banheiro privativo. Deve ser bom ser o rei.

Puxo minha calcinha e coloco a saia no lugar, depois arrumo o sutiã. Pego minha blusa, completamente destruída. Um sorriso lento se espalha pelos meus lábios.

Chase volta com uma camisa masculina branquíssima e a entrega para mim com um sorriso tímido. Eu me viro e coloco os braços nas mangas.

Ele me vira de frente para ele.

— Me deixe ajudar. — E fecha os botões rapidamente.

A camisa vai até minhas coxas, mas estou completamente coberta. Dobro as mangas até os cotovelos. Se eu tivesse um cinto grosso, ficaria muito legal.

— Está com fome? — Que pergunta estranha depois de um sexo avassalador. — O meu chef preparou alguma coisa pra gente.

Ah, jantar.

— Morrendo de fome — admito. Dei apenas algumas garfadas no meu almoço após a experiência horrível no consultório. Estou faminta, especialmente depois do que acabei de fazer.

Ele recolhe o meu casaco e o seu paletó, que ainda repousam no chão no meio do escritório. Pega minha mão e me guia pelo prédio. A maioria dos escritórios está silenciosa e escura agora, mas a iluminação torna o caminho facilmente visível. Ainda há pessoas trabalhando em algumas salas, e elas olham enquanto Chase me leva através dos corredores, segurando minha mão. Parece que virei matéria-prima para dois caldeirões de fofocas hoje.

Entramos no elevador e ele coloca o polegar na tela de LCD. Uma luz vermelha brilha, escaneando sua digital, e o elevador se põe em movimento, nos transportando para outro andar. Ele está me levando para sua casa. O lugar aonde nunca leva mulheres. Uma sensação de orgulho me preenche e eu me sinto mais alta, com uma postura melhor. O elevador se abre para um saguão. A porta é larga e Jack a segura enquanto entramos.

— Sr. Davis, srta. Callahan — ele nos saúda.

Sorrio com confiança, Chase ainda segurando minha mão. É necessário um esforço enorme para não mostrar a língua para o homem, como se eu fosse uma garotinha.

— A sra. Shepherd disse que as roupas que o senhor encomendou para a srta. Callahan vão estar aqui logo de manhã. Vou pedir para o sr. Bentley cuidar disso.

Chase me leva para uma sala de estar aconchegante decorada com tons intensos. Estantes de livros e grandes quadros cobrem as paredes. Uma enorme lareira de pedra queima, fazendo a sala reluzir com a luz ambiente. Antes que eu possa examinar o espaço, sou levada para uma sala de jantar elegante preenchida por uma longa mesa de mogno. Um lustre de cristal paira sobre o ambiente. Candelabros de prata estão espalhados sobre um caminho de mesa bordado com fios dourados. Dois lugares foram colocados, um à cabeceira da mesa e outro do seu lado direito. Um copo de água e uma taça de vinho estão dispostos acima da mais fina porcelana. Os pratos são brancos com acabamento dourado na borda. Garfos, colheres e facas estão ao lado dos pratos. Talheres demais para eu saber quais usar e em que momento, mas é só imitar Chase e tudo bem.

— Sente-se. — Ele segura a cadeira para mim. — Quer vinho?

— Seria maravilhoso, obrigada.

Ele tira a garrafa de dentro do balde de gelo e enche nossas taças. Ainda estou completamente tonta e satisfeita por causa do nosso pequeno encontro de momentos atrás.

Brindamos e damos um gole no vinha branco, olhando um para o outro.

— Isso foi... — Chase solta o ar e balança a cabeça. — Estar com você foi inacreditável, Gillian. — Seus olhos prendem os meus.

Meu rosto esquenta e eu faço um sinal afirmativo com a cabeça, sem saber o que dizer.

— Ter você em cima da minha mesa... Eu normalmente sou mais controlado. — Ele lambe os lábios e me mede. — Eu mal consigo manter as mãos longe de você agora. — Seus olhos ardem de desejo.

Mordo o lábio enquanto olho para suas mãos, que estão em punhos cerrados sobre a mesa, mostrando o poder por trás do seu controle.

— Você passaria o fim de semana comigo? — ele pergunta.

— Tem certeza que é isso que você quer, Chase? — Depois desta manhã, estou surpresa que ele não tenha fugido. Quando ele realmente me conhecer, souber do meu passado, não vai mais me querer. Homens como ele estão acostumados com brinquedos novinhos em folha, não com bonecas destruídas, que precisam de muito amor e cuidado.

— Eu nunca estive mais certo de alguma coisa. — Sua resposta é brutalmente honesta.

Isso me deixa nervosa, mas basta olhar para o seu rosto lindo e o trato está fechado. Ele é bonito demais. Vou seguir o conselho de Maria e aproveitar um pouco. É só não me apegar e vai ser bom para os dois.

— Está bem — respondo, com um leve tom de nervosismo e muito entusiasmo. Tê-lo só para mim por alguns dias, de todas as formas possíveis, vai ser um sonho realizado.

— Combinado, então. As suas roupas chegam amanhã cedo.

— Você encomendou roupas para mim? — Era disso que eles estavam falando. Que burra.

— Sim. — Ele sorri. — Eu tenho um evento de caridade amanhã à noite e gostaria que você fosse comigo. Tenho certeza que a Dana vai cuidar bem de você.

Dana. A loira bonita e animada que parece ser íntima demais do seu chefe. Droga. Quem sou eu para falar de intimidade com o chefe?

— Você a chama pelo primeiro nome. — Não é uma pergunta, e sim uma observação.

— Sim, a Dana e eu trabalhamos juntos há muitos anos. Eu a contratei quando ela estava saindo da faculdade. Ela é leal, eu confio nela. E confio em poucas pessoas.

— Você já ficou com ela? — Eu me odeio no segundo em que a pergunta escapa dos meus lábios, mas a vontade de saber é irresistível. Entrelaço os dedos sobre meu colo.

Ele balança a cabeça e pega sua taça de vinho.

— Não. — E ri. — Ela é minha funcionária e a amiga em quem eu mais confio, tirando o Carson. Não sinto atração pela Dana, mas gosto muito dela.

Eu me concentro no que ele disse e percebo que é hora de atacar.

— Então você está dizendo que a ama e se importa com ela, mas não está apaixonado por ela. É isso, sr. Davis? — Percebo que minha pergunta fez efeito quando seus olhos brilham e seus lábios formam um sorriso afetado. Agora ele não tem alternativa senão se sentir ridículo por causa do ciúme em relação a Phillip.

— *Touché*, srta. Callahan. — Dou um sorriso triunfante e ele acaricia a lateral do meu rosto. Seu polegar roça meu lábio inferior.

Um homem baixo e gordinho, usando um traje de mordomo, entra na sala com dois pratos.

— Salmão, sr. Davis, e frango cordon bleu para a senhorita — ele anuncia. Sorrio. Ele lembrou que eu não gosto de peixe.

— Obrigada. — Sorrio para o homem.

— Está com uma cara ótima, Bentley. Você pode nos deixar sozinhos agora. Eu cuido a partir daqui.

Ele definitivamente gosta de dominar.

10

*Nuvens traçam linhas no céu perfeito de verão. Olho para as for‑*mas fofas e tento ver objetos nelas. Quando eu era criança, este era meu passatempo favorito: deitar na grama para ver as nuvens deslizarem pela imensidão azul. Eu dava gargalhadas quando minha mãe adivinhava o objeto que eu atribuía a alguma nuvem específica. Agora Chase está deitado ao meu lado, olhando para o céu infinito. Ele aponta para uma nuvem grande e me pede para adivinhar o que é. Balanço a cabeça. Não consigo tirar os olhos dele. Estou encantada demais com sua alegria diante das nuvens que passam sobre o nosso cantinho. Ele me encara com ternura, o azul refletido em seus olhos, fazendo-os brilhar, tão vivos e cheios de cor como uma opala. Eu nunca estive tão feliz.

— Baby, acorda — ele murmura.

Olho para ele, confusa. Tudo ao meu redor tomba e balança. Sinto beijos levíssimos na têmpora, bochechas e queixo.

— Gillian, acorda — ele repete.

Seu rosto se dissipa e tudo em volta muda. O Chase do sonho desapareceu e eu sou deixada com o adorável, carinhoso e sonolento Chase.

Eu me espreguiço e percebo que ele está em cima de mim, os joelhos firmemente plantados de cada lado dos meus quadris. É a segunda vez que acordo com ele em cima de mim, mas agora não estou com medo. Corro as mãos para cima e para baixo em suas costas nuas, me deliciando com a sensação da pele quente e a alegria de acordar com esse homem lindo. Ele está beijando meu pescoço, toques longos e lânguidos de seus lábios e língua. A ponta dos dedos leves trilha meus ombros enquanto seus lábios se movem para a ondulação dos meus seios. Suspiro, apreciando a intimidade. Não estou acostumada com isso. Puxo Chase sobre mim, envolvendo meus braços e pernas em torno do seu corpo tonificado. Ele se aninha totalmente em mim, apertando os braços ao meu redor. Sua cabeça está sobre meu peito nu. Eu me sinto tão protegida. Amada. Nada pode me machucar quando estou com ele. E, por um momento, me permito desejar que seja para sempre — embora um intruso um tanto grande esteja cutucando meus quadris. Eu me aperto lentamente contra ele.

— Feliz por me ver? — pergunto, fingindo timidez.

Ele esfrega a testa no meu peito, o nariz entre meus seios.

— Claro. — E aperta seu membro contra mim.

— De novo? — Com a maratona de sexo da noite passada, estou honestamente surpresa. Depois de profanar sua mesa de escritório no início da noite, ele me possuiu contra a parede da sala de jantar antes que tivéssemos terminado de comer. Em seguida entramos em uma ducha quente, e ele ensaboou cada centímetro do meu corpo de um forma tão deliciosamente meticulosa que me deixou ronronando e gemendo como uma gata no cio. A espuma nunca foi tão gostosa.

Deitamos na cama, satisfeitos, cochilamos por algumas horas e acordamos para fazer amor de novo, com paixão e sem pressa, antes de desmaiar mais uma vez, completamente exaustos.

— Sim, baby. Você me deixa louco. — Ele toca e aperta meus seios, os dedos esfregando pequenos círculos em torno dos mamilos, que se enrijecem.

Meu corpo responde imediatamente. Em um segundo, estou carente e lasciva, me arqueando sob ele.

Seu pé desliza entre os meus e separa minhas pernas em um movimento rápido. Sem nenhum preâmbulo, ele centraliza seu pau na minha abertura úmida e me penetra, centímetro a centímetro glorioso. Os tecidos deliciosamente abusados e inchados tentam rejeitá-lo, mas ele desliza para fora alguns centímetros e encontra sua trilha para dentro, alisando lentamente o caminho para mim, para que eu aceite sua grossura. Uma vez que ele está completamente cravado, solto o ar que estava segurando. Nunca foi tão perfeito. Quando Chase está dentro de mim, é como se nossa alma estivesse conectada desde sempre.

— Tão bom — sussurra contra meus lábios enquanto me beija.

Eu correspondo a seu beijo, me deleitando em fazer amor preguiçosamente.

Depois de alguns movimentos longos e lentos, ele aumenta o ritmo, deslizando as mãos debaixo das minhas costas para tocar meus ombros, conseguindo mais apoio para me penetrar mais fundo. O sexo com Chase é um evento, não simplesmente o encontro de pele com pele. Ele faz coisas que a gente só vê em filmes. A sensação é incomparável, diferente de qualquer experiência anterior. O modo como ele se move, a carícia sensual de seus dedos sobre minha pele, sua boca adorando cada centímetro meu é como a arte imitando a vida. Dura, macia, bela, ansiando, devastando... nutrindo. Com cada aperto de seu corpo, cada gosto de seu beijo doce, ele me cura de dentro para fora.

Chase aumenta a velocidade, e seus movimentos se tornam bruscos, alucinados. O prazer dentro de mim se intensifica, sobe aquela montanha e se senta bem à beira do delírio. Alguns movimentos fortes e eu despenco de cabeça do precipício. Abafo um grito contra seu ombro, mordendo a pele sensível próxima à sua clavícula.

Ele ruge em meu ouvido, seu rosto apertado contra a lateral do meu pescoço. Seu corpo enrijece, marcado com tensão enquanto o clímax o domina e ele derrama sua semente quente dentro de mim. Eu adoro a batida pulsante do seu pau aninhado profundamente no meu centro enquanto os abalos subsequentes estendem seu prazer. Agarro seu membro com força, usando os músculos da pélvis para me contrair em volta dele.

Chase geme em minha testa e empurra os quadris.

— Uau, o que foi isso? — Um sorriso sexy adorna seu rosto lindo enquanto ele deixa uma trilha de mordidinhas pelo meu pescoço e queixo antes de selar os lábios sobre minha boca.

Ele se afasta e toca meu rosto com uma das mãos, passando o polegar pela minha bochecha. Sorrio, mexo as sobrancelhas e meus músculos internos se tensionam novamente. Seus olhos giram, e uma respiração rápida escapa de seus lábios.

— Pompoarismo, baby. — O termo afetuoso dá uma volta em minha mente. Suponho que, se funciona para ele, pode funcionar para mim. Nunca fui do tipo que distribui palavras carinhosas.

Ele sorri de lado, daquele jeito sexy. Estou orgulhosa do meu truque, ainda mais sabendo que ele nunca experimentou isso antes com ninguém.

No momento em que penso que venci, seu pau se contrai sedutoramente dentro do meu útero.

— Ei! O que foi isso?

— Também tenho meus truques — ele responde e lambe o lábio inferior.

Seus olhos dançam com alegria e nós dois rimos histericamente. Tantas rodadas na cama nos deixaram bobos, e eu amo o lado despreocupado dele. Esta foi a primeira vez que vi o Chase brincalhão.

Ele me beija e se senta.

— Eu preciso trabalhar um pouco agora de manhã. — Seus olhos parecem examinar meu rosto, quase como se estivessem procurando um sinal de irritação. Como ele não encontra nenhum, um sorriso de alívio cobre seu rosto. Eu entendo. O cara tem que trabalhar, mesmo sendo sábado. Não posso imaginar que ele ganhe bilhões sem trabalhar à noite e nos fins de semana.

— Tudo bem. Vou tomar um banho. — Eu me espreguiço e me aninho em seu travesseiro. Tem o cheiro dele. Divino.

— Pegue alguma coisa para comer na cozinha. — Ele vai até uma cômoda grande, tira uma calça de pijama e uma camiseta branca.

Caramba, o homem ficaria gostoso até dentro de um saco de juta, mas o Chase casual é muito sexy. Meu centro se contrai, excitado, enquanto o observo deslizar a camiseta sobre o peito largo, o abdome se juntando e torcendo com o movimento. Da próxima vez que transarmos, vou lamber cada protuberância daquela paisagem paradisíaca. Ele ainda está falando e eu desvio os olhos do seu corpo para prestar atenção.

— Eu normalmente peço para o Bentley chegar depois das dez. Prefiro comer alguma coisa leve de manhã e depois fazer um brunch mais reforçado.

— É um bom plano. — Sorrio.

Ele se inclina para me beijar mais uma vez.

— Linda. — Balança a cabeça e deixa o quarto.

Esse homem é estranho, mas eu gosto dele. Pelo menos até ele descobrir quão perturbada eu sou. Faço um balanço do meu corpo enquanto estico as pernas e os braços. Definitivamente bem usados. Meus ombros estão duros, minhas partes baixas, deliciosamente doloridas, e minhas coxas estão exaustas também. Deliciosamente exaustas. De modo geral, estou bem demais. Sorrio, orgulhosa de mim mesma, enquanto caminho para o banheiro, completamente nua.

Acomodando-me debaixo da ducha dupla, deixo a água quente massagear meus músculos doloridos e muito usados. Preciso ir à academia esta semana. Só malhei duas vezes, em vez das três de costume, combinadas com duas aulas de ioga de Bree. Mas a maratona sexual da noite passada deve contar como exercício. Abro um sorriso largo para mim mesma. Chase é um garanhão na cama. O modo como ele usou meu corpo, deu e recebeu prazer... Um arrepio desce pela minha coluna. Estico os braços e abro os dedos, tentando acalmar a energia sexual que se eleva quando penso nele.

Enquanto me enxugo, analiso o ambiente e aprendo um pouco sobre o homem por trás do império. O banheiro de Chase parece saído diretamente de uma revista de decoração. As paredes são cobertas por um mosaico em tons variados de verde e azul. Uma grande figura marrom no formato de uma estrela atravessa o meio da parede e contorna todo o local. O design é incrível, me lembra as cores frescas e calmantes que se vê na praia. Imagino o tempo que levaram para colocar cada um dos ladrilhos em ordem perfeita em um banheiro tão grandioso. Tenho certeza de que Chase gastou uma fortuna nisso aqui.

Seco o cabelo e uso a escova de Chase. Sorrio ao ver fios vermelhos longos entre as cerdas. Se eu tivesse consideração, os tiraria e jogaria fora, mas gosto da ideia de deixar uma lembrança da minha presença aqui. Ele disse que nunca trouxe uma mulher para casa. Eu me pergunto por quê. Ele me contaria se eu perguntasse?

Abrindo as portas, entro no que deve ser o maior closet do planeta. Não tenho certeza se é possível classificá-lo como um closet. Parece mais uma pequena loja de roupas masculinas. O espaço é maior que a minha sala de estar e a cozinha juntas. O homem deve ser viciado em moda, exatamente da mesma maneira que eu sou viciada em sapatos de liquidação. A palavra "exagero" me vem à mente. Há ternos pendurados ao longo de pelo menos dez metros, como perfeitos sentinelas em ordem exata, organizados por cor, a maioria em tons de preto, cinza, azul-marinho e marrom. Smokings terminam a seleção. A parede oposta tem jeans, camisas e polos em uma ampla paleta de cores. Pego uma camisa branca com minúsculas listras verdes e a jogo sobre meu corpo nu. Já que não tenho roupas limpas, isso vai servir. Duvido muito que Chase vá se incomodar. *Se ele se incomodar, pode simplesmente tirá-la de mim.* O diabinho em meu ombro cai na gargalhada.

Com fome demais para esperar a chegada de Bentley, vou até a cozinha. É cedo e ainda vai demorar uma hora ou duas até que ele prepare alguma coisa para Chase. No mínimo, preciso de cafeína. Olho em alguns armários, tentando encontrar o que preciso. Não há nada nos balcões da cozinha, exceto um prato de vidro cheio de cookies caseiros. Migalhas estão espalhadas ao redor do prato. Ele gosta de comer alguma coisa leve pela manhã, sei...

Rio comigo mesma. Ele come cookies no café da manhã. Macho alfa, mestre do próprio universo e viciado em açúcar. De alguma forma, isso o torna mais real.

Mais uma vez, varro o espaço com os olhos. Em casa, eu e Maria temos montes de aparelhos, quinquilharias e papéis cobrindo os balcões. É estranho ver uma casa tão vazia. Abro os armários inferiores à esquerda da ilha da cozinha e encontro a cafeteira. *Eureca!* Dou um tapinha imaginário nas minhas costas, balançando a bunda no ar ao som de uma vitória que só eu posso ouvir. Mexo nas coisas da parte de baixo para encontrar o pó de café.

— Caramba — diz uma voz alta e irreconhecível atrás de mim.

Eu me levanto, quase batendo a cabeça no armário, e sou tomada de surpresa pelo estranho que sorri diante de mim. Seus olhos são largos e sua boca abre e fecha algumas vezes, mas nenhuma palavra sai. Tenho certeza de que a expressão em meu rosto traduz o mesmo choque. Os olhos azuis do homem sobem e descem pelo meu corpo pouco vestido, e eu puxo a camisa para me cobrir ao máximo. Não funciona. Ela vai só até o meio da coxa, então pulo atrás da ilha para me esconder.

O estranho e eu nos olhamos fixamente, sem dizer nada. Ele tem um cabelo loiro desarrumado que é sexy, mas ao mesmo tempo lhe dá um ar de menino. Seus olhos azuis são muito claros, quase cinza, e seu sorriso é totalmente branco, como se ele tivesse feito muitos clareamentos.

Chase entra como se nada de estranho estivesse acontecendo. Abaixa um copo vazio, com um resto de leite no fundo. Pega um cookie do prato, sem fazer ideia da tensão entre mim e o homem, e me puxa para o seu lado com a mão firme em torno da minha cintura. Encosta a cabeça em meu pescoço e me beija levemente algumas vezes. A boca do estranho fica aberta de novo, e um sorriso grande se espalha em seu rosto bonito.

— Carson, esta é Gillian Callahan.

Ah, graças a Deus! Carson é seu primo e melhor amigo, pelo que entendi das nossas conversas.

— Gillian, este é Carson Davis.

— Olá. — Estou morta de vergonha pelo meu traje.

— Ruiva — ele diz, atônito, e balança a cabeça. — Ruiva — repete, parecendo surpreso.

Agarro um cacho de cabelo e timidamente o enrolo em torno dos dedos. Provavelmente ele estava esperando uma loira. Chase atenua meu desconforto, caminhando até ele e dando tapinhas em suas costas.

— Feche a boca, Carson. — E ri.

O primo obedece, mas continua a me olhar. É irritante e sem educação. Primeiro o guarda-costas de Chase me mede dos pés à cabeça, e agora o primo dele. Qual é o problema desses caras?

— Gillian, as suas roupas chegaram. Eu coloquei em cima da cama — Chase avisa.

— Foi bom te conhecer. Muito bom — Carson se despede e vira para seguir Chase, saindo da cozinha.

Graças a Deus! Mais um minuto suportando o olhar desse homem iria acabar comigo. Saio correndo da cozinha, segurando a camisa firmemente no traseiro, para o caso de ele voltar. Carson não precisa de mais um showzinho. Suspiro, imaginando quanto da minha bunda ele viu.

Diversas sacolas e caixas estão espalhadas sobre a cama king-size quando chego ao quarto. O que ele fez, comprou a Macy's inteira? Cada peça é de uma marca diferente: Gucci, Prada, Chanel, Marc Jacobs, Guess, Versace... *Merda.* Não posso aceitar isso. Caio sobre a cama como um elefante e coloco a cabeça entre as mãos. Por que ele está comprando essas coisas para mim? Somando as etiquetas, descubro que tem mais de dez mil dólares em roupas aqui, sem contar um vestido de noite Valentino. *Quatro mil e oitocentos dólares.* Por um vestido. Alfinetadas de ansiedade se espalham em minhas terminações nervosas. *Respire.* Respirações fundas e calmantes.

Olho para a lateral da cama e vejo uma infinidade de caixas de sapatos, todos no meu número. Como a assistente sabia meu tamanho é um mistério para mim. Talvez ele tenha uma firma de detetives particulares, além das outras grandes empresas. Eu sou uma das suas grandes empresas? Ele acha que tem que comprar coisas caras para me possuir? A ideia faz meu estômago revirar. *Prostituta.* Vamos discutir isso mais tarde. Agora ele está com seu homem de maior confiança — *além de Dana*, minha mente ciumenta acrescenta, sem ajudar em nada. O comentário sobre ruivas me surpreendeu. Faço uma anotação mental para trazer essa questão à tona quando comentar sobre meu desconforto com o dinheiro que ele está gastando em roupas e sapatos para mim.

Rapidamente, pego um jeans da Guess e um suéter bege de cashmere da Marc Jacobs. Provavelmente os itens mais acessíveis da pilha. O jeans é número quarenta e serve perfeitamente. Ficaria lindo com uma bota de salto.

Volto para a cozinha descalça e ouço os dois conversando. Espero atrás da parede de entrada.

— Chase! Cara, quando foi a última vez que você trouxe uma mulher para casa?

Chase ri e eu aguço os ouvidos.

— Eu nunca trouxe uma mulher para cá, você sabe disso. Vou levá-la ao evento de hoje à noite também.

— Sério? Uau! Você gosta dela. Gosta mesmo!

Não consigo ouvir a resposta. Droga! Ele falou muito baixo.

— A tia Coleen vai estar lá. O resto da família também.

— Eu sei. — A voz de Chase é tensa. — Eu quero a Gillian comigo.

— O Cooper vai estar lá — Carson alerta.

— Eu não quero que ela fique perto daquele filho da puta!

Uau. Ele tem problemas sérios com seu primo Cooper. Eu soube pela conversa durante o jantar da semana passada que algo não ia bem entre os dois, mas isso está ficando intrigante.

— Ela é ruiva — Carson diz, em tom de murmúrio.

— Eu notei — Chase retruca.

É aí que decido me intrometer.

— Notou o quê? — pergunto enquanto entro, completamente vestida, fingindo não ter ouvido a conversa.

— Como você está linda — Chase diz, sem titubear.

Boa escapada. Eu sei que não era disso que eles estavam falando. Mas aprecio o elogio de qualquer forma.

— Eu estava contando para o Carson que você vai comigo à festa beneficente da Houses for Humanity hoje à noite. A filial de San Francisco organizou esse evento grandioso para levantar fundos.

— Parece ótimo. Fico feliz de ir. Eu gosto de participar de eventos beneficentes para observar como ele foi organizado, o que foi servido, como foi a apresentação, coisas assim.

Ambos os homens me dão um sorriso afetado.

— Gillian, isso não é trabalho. Você vai como minha namorada. Vai conhecer a minha família.

Chase me choca com isso. Sua namorada. Eu não percebi que tínhamos alcançado status oficial. Realmente não sei o que responder.

— Por que você ficaria observando um evento beneficente chato? — Carson pergunta.

Isso me lembra que ele não sabe com que eu trabalho, nem qualquer outra coisa sobre mim.

— A Gillian trabalha na Safe Haven. Ela é a gerente de contribuições. Levanta muito dinheiro. — Chase se enche de orgulho. — As campanhas dela têm feito um sucesso incrível.

— Você trabalha na Safe Haven? — Carson se espanta. — Então... o Chase é seu chefe?

— Sim, de certa forma é — respondo e então abaixo a cabeça. Meu cabelo cai na frente do rosto, escondendo minha vergonha.

— Cara, isso é... Bom, eu não sabia que você era de quebrar regras assim. — Ele ri. — Caramba, você está mesmo de quatro!

— Cala a boca, seu filho da mãe. — Chase ri também.

Bentley aparece, apressado, seguido por uma loirinha bonita. Deve ser assistente dele. Todas as mulheres em torno de Chase têm que ser loiras e bonitas? É o suficiente para deixar qualquer pretendente complexada, especialmente sendo ruiva.

— Então... eu não preciso mais daquele convite extra para o evento de hoje. — Carson pega um pedaço de fio invisível em sua camisa.

— O que aconteceu com a garota que você ia levar? — Chase quer saber.

— Não funcionou. Ela queria casar e ter filhos... pra ontem! — O primo se encolhe. — Então eu vou sozinho.

Penso imediatamente em Kat. Ela está disponível e pode ficar pronta em um minuto. O espetáculo em que ela está trabalhando só vai estrear daqui a algumas semanas. Ela deve estar livre hoje, e Carson é exatamente o seu tipo. Alto, atraente, bem-humorado.

— Eu conheço uma pessoa que pode te fazer companhia. — Entro em território desconhecido, me perguntando se propus um encontro duplo rápido demais. Eu mal conheço Chase. Carson, nem se fale.

— Sério? — Carson parece esperançoso. — Ela é gata?

Um sorriso malicioso atravessa meu rosto. Se Kat é gata? Se eu o conhecesse melhor, falaria sem parar sobre a maravilha que é a minha irmã de alma. Já que não o conheço, simplesmente faço um sinal afirmativo com a cabeça.

— Não, quer dizer... ela é gata que nem você?

Chase dá um soco no braço do primo.

— Ai! Que merda, cara! Que foi? — Carson esfrega o braço e olha para mim como um cachorrinho triste.

— Não dê em cima da minha mulher e você vai ter muito menos hematomas. — A ponta de humor de Chase tem um tom de alerta.

Sua mulher? Eu gosto disso, mas escolho não deixar subir à cabeça. Ainda estou convencida de que isso aqui vai durar só mais algumas semanas e mais algumas transas, até ele descobrir como eu sou fraca.

— Vou ligar para ela. O nome dela é Kathleen, mas a gente chama de Kat. Ela é alta, loira e magra, mas tem curvas nos lugares certos — descrevo.

Ele mexe as sobrancelhas loiras. Acho que ele pode ser perfeito para Kat. Ela tem uma queda por loiros grandes e fortes, e Carson se encaixa no perfil. Eu posso ganhar o título de melhor amiga do ano por esse arranjo. Agora só preciso convencê-la a ir em um encontro às escuras. Quando ela estiver lá e vir essa bunda firme, vai me agradecer!

— Eu volto em vinte minutos — digo para os dois.

Chase me pega quando viro para sair. Agarra minha cintura e me puxa contra si. Caio em seu colo. Uma mão desliza sobre minha coxa e a outra me segura perto. Ele cheira a lateral de meu pescoço. Carson se levanta e deixa a cozinha. Não sei para onde ele vai, nem me importo. Quando os braços de Chase estão ao meu redor, tudo e todos deixam de existir.

— O que você quer de café da manhã? — sussurra em meu ouvido. Então desliza a língua para cima, na curva do meu pescoço.

Eu me estico toda para lhe dar mais acesso.

— Hummm... você? — E dou um suspiro sugestivo pertinho dos seus lábios.

Ele ri.

— Sério, o que você quiser é seu. — Ele desliza as mãos pela minha blusa e segura meus seios. — Eu quero você de novo — diz entredentes, empurrando o membro retesado contra minha bunda.

Eu me viro e coloco as pernas de cada lado da cadeira, montando nele, e grudo os lábios nos seus. Ele aprofunda o beijo e passamos alguns minutos nos agarrando como dois adolescentes.

— Chase! É pra hoje! — Carson grita de algum lugar fora da cozinha. Chase se afasta.

— Se aquele filho da mãe não fosse meu melhor amigo, levaria um chute na bunda.

Dou risada e me solto de suas mãos. Mexo os lábios, dizendo as palavras "mais tarde", e ele sorri, saindo da cozinha.

Depois de muita bajulação e de tentar todos os truques existentes, consigo fazer Kat concordar em ir ao evento beneficente como acompanhante de Carson. Estou muito entusiasmada. Digo que lhe devo uma. Ela me lembra que eu devo muito mais do que uma. Dou um gritinho animado e depois me recomponho.

Kat vai avaliar seu armário, que tem mais vestidos do que uma loja, embora muitos estejam em estados variados de criação. Eu a lembro de que ela é a estilista mais talentosa que já conheci, e ela deveria usar uma peça já terminada. Também informo que a prima de Chase é estilista. Ouço-a respirar fundo quando a ficha cai e ela percebe que Chloe Davis é parente de Chase. Ela sabe quem é a jovem estilista e geme, dizendo que não pode de maneira nenhuma vestir algo velho. Desligo, deixando-a falando sozinha e tendo chiliques. Ela não dá a mínima para o encontro agora. Está mais interessada em conhecer a estilista.

Volto para a cozinha e percebo que Chase e Carson não estão mais lá. Olho em volta e ouço Bentley dizer:

— Eles estão no jardim.

Jardim? Nós estamos no quinquagésimo primeiro andar.

— Leve-a até lá — Bentley pede a sua assistente.

— Venha comigo, srta. Callahan — ela diz.

— Pode me chamar de Gigi.

A jovem sorri timidamente e anui.

Caminhamos pelo apartamento até uma escadaria preta em espiral. Isso me lembra que eu não conheci a casa de Chase. Vi a sala de jantar, a cozinha, o quarto dele e o banheiro. Dou um sorriso pretensioso, percebendo que Chase e eu estivemos ocupados demais para que eu conseguisse examinar o local direito. Encolho os ombros, sem realmente me importar.

— Suba a escada e você vai estar lá — a moça instrui.

— Obrigada. Qual é o seu nome?

— Summer — ela diz, olhando para baixo e segurando o vestido preto.

— Que nome lindo — elogio.

A escada é de ferro forjado e cheia de detalhes. As hastes são de metal retorcido com pontas curvas que cercam o corrimão como garras. Chego ao topo e abro a porta de metal pesada. A luz forte me cega enquanto coloco a mão sobre os olhos. *Ai, meu Deus!*

O jardim se espalha por todo o terraço. Parece um pátio enorme com uma estufa, fontes, arbustos, praticamente tudo que você encontraria no jardim de uma mansão, mas em cima de um prédio. Há até uma piscina grande e uma banheira de hidromassagem. Dou um assobio enquanto Chase agarra meus ombros.

— Gostou?

— Gostei — digo, mal podendo falar.

Nunca vi algo assim. É de outro mundo. Nós escapamos da cidade e caímos no livro *O jardim secreto*. Sinto que universos me separam do concreto e da cidade, embora, se você olhar para o horizonte, consiga ver os edifícios. Há uma vista magnífica do mar e da baía. Ela vai até o horizonte em uma linha perfeita, como se o mundo fosse simplesmente cortado e terminasse onde a linha acaba. A paisagem é incrível.

Chase caminha pelo jardim, me segurando perto dele, apontando para diferentes plantas, me dizendo os nomes e se elas florescem ou se são plantas sazonais. Seu conhecimento é impressionante, e eu pergunto sobre a estufa. Ele explica que acredita que todos os prédios precisam de estufas e que os americanos poderiam diminuir o déficit ecológico do país se construíssem uma em cima de cada prédio nas cidades grandes.

Ser verde é um ponto em comum que temos. Faço uma anotação mental para falar sobre isso no jantar. A Kat pode fazer isso por horas. Entre ela e Bree, sofri uma completa lavagem cerebral. Compro orgânicos mesmo sendo caros, porque tenho certeza de que, se eu consumisse outra coisa, elas saberiam e eu sofreria as consequências. Não gosto de facilitar com aquelas gracinhas. Mas a cada chance que tenho eu as faço se sentir culpadas por não fazerem doações a instituições de caridade, então ficamos quites.

Bentley nos serve um brunch delicioso, incluindo omelete de claras com queijo feta e bastante espinafre, tomate e bacon no mel. Ele combina isso com batatas raladas e fritas cortadas em cubos perfeitos. Como ele conseguiu cortar um punhado de batata ralada em cubo eu não sei, mas é delicioso. O cozinheiro acrescentou frutas e tortas, e Chase abre uma garrafa de champanhe. Nós bebemos e olhamos para a cidade. Estou adorando conhecer Carson e estar com Chase em um ambiente casual. É uma das melhores manhãs que tenho em muito tempo.

Carson sai logo após o brunch, e Chase e eu passamos o restante do dia nos conhecendo melhor.

Não me surpreende saber que ele está envolvido com várias instituições de caridade. Ele participa de diversos dos conselhos. Para as outras, geralmente faz doações em dinheiro. Ele também me conta sobre os diferentes negócios que tem, de hotéis a empresas de tecnologia, lojas de roupas, casas noturnas e restaurantes. Seus interesses são fascinantes e variados. Ele está envolvido com um pouco de tudo.

— Sabe o que é engraçado? — Apoio a cabeça em seu peito enquanto nos sentamos em uma espreguiçadeira de jardim que não foi realmente feita para duas pessoas, mas damos um jeito.

— Hum? — Ele massageia meus ombros.

Eu me recosto para lhe dar mais acesso aos meus músculos doloridos.

— Você é o chefe do Phillip também! — Rio.

Ele para de massagear e grunhe.

— Sério?

— Sim. Ele trabalha na empresa de arquitetura que fica no vigésimo andar. — Rio de novo.

— Que mundo pequeno. — Continua a massagem, apertando meus músculos exaustos. — Então me fale sobre você e o Phillip.

Eu sei que Chase está preocupado com meu relacionamento com Phil, possivelmente até com ciúme.

— A gente se conheceu na escola. Eu o apresentei à esposa, a Angela. Fui madrinha de casamento deles. Ah, isso é bom — gemo quando ele encontra um nó no meu pescoço e usa seus dedos mágicos nele.

Um suspiro escapa dos meus lábios quando o músculo se solta e suas mãos alisam a base do meu pescoço.

— Depois eles tiveram a Anabelle e me convidaram para ser madrinha dela.

— Você ama muito aquela menininha. — É uma afirmação, não uma pergunta.

— Demais. E, desde que a mãe dela faleceu, sinto que é mais importante do que nunca eu estar por perto.

Ele anui e se aninha na lateral do meu pescoço, por trás.

— Então você e o Phillip nunca tiveram um relacionamento?

Fechando os olhos, resmungo. Eu realmente não queria falar sobre isso.

— Não exatamente — admito.

Ele para de me massagear e fica tenso. O ar em torno de nós fica pesado de repente. Chase me puxa, deixando que eu me apoie totalmente em seu peito. Seus braços se cruzam à minha frente, como um abraço.

— Me conte — ele sussurra no meu ouvido, enviando arrepios de excitação que dançam pelas minhas terminações nervosas.

— O Phillip e eu nunca tivemos um relacionamento no sentido convencional. Nunca namoramos. Ele nunca me considerou sua namorada. Eu nunca o considerei meu namorado. Nada assim. — Solto o ar, me sentindo um pouco irritada por estarmos tendo essa conversa.

— O que foi, baby? Me conte. — Ele desliza as mãos para cima e para baixo nos meus bíceps.

Fico tensa, destruindo a zona de relaxamento em que estávamos há alguns instantes. Não tenho vergonha de meu relacionamento com Phillip, mas sei instintivamente como Chase vai receber essa informação.

Em vez de enrolar e tentar fazer rodeios, vou direto ao assunto.

— O Phillip foi o meu primeiro, Chase. — Viro a cabeça, mas ele não olha para mim. — Foi há muito tempo. Nós éramos adolescentes. Eu não queria que a minha primeira vez fosse com alguém que quisesse só se aproveitar de mim.

Agarrando seu queixo, eu o obrigo a olhar para mim. Preciso ver seus olhos. Ele não diz o que está pensando, mas seus olhos me contam. Eles estão anuviados e profundamente azuis. Nada bom.

— Ele foi o seu primeiro? — pergunta, entredentes.

Anuo enquanto seus olhos calculam meus traços, saltando de um plano para o outro.

Uma emoção profunda atravessa seu rosto, e então eu o ouço dizer, com ar conclusivo:

— E eu vou ser o seu último.

Seu olhar é inabalável e assombroso. Esse é o Chase que eu não quero irritar. Aquele que diz o que lhe vem à cabeça. Quase assustador em sua intensidade.

Não sei como reagir. Suas palavras me atordoam. O significado por trás delas, sua promessa, é surpreendente.

— O que está acontecendo entre nós? — Inspiro, estremecida, fazendo a pergunta que queria fazer desde o momento em que percebi que essa coisa entre nós não ia passar. Se eu for honesta, foi no momento em que me dei conta do inferno que enfrentaríamos quando descobri que ele era o presidente do conselho. Minhas entranhas esquentam, e a ansiedade dá volteios dentro de mim enquanto respiro fundo. As palavras se derramam de meus lábios, tão rápido que não sou capaz de detê-las. — O que eu estou sentindo... Está indo rápido demais. — Fecho os olhos.

Ele me puxa para seu peito e me abraça forte. Seu olhar atravessa o meu.

— Para mim também.

Depois de uma eternidade olhando fixo para a mente, o coração e a alma um do outro, ele puxa meu suéter e eu levanto os braços. Ele desce as alças do meu sutiã e o abre, deixando-o cair. Minha respiração acelera. Eu sei que ele está cismado por causa de Phillip, mas a coisa entre nós é forte demais para ser ignorada. É como um fio de alta-tensão soltando faísca nas duas extremidades, nos queimando, deixando cicatrizes em nossa alma com a marca de cada um.

Chase não fala nada. Ele abre meu jeans e faz um gesto para que eu me levante. Obedeço e ele abaixa minha calça e a calcinha ao mesmo tempo, me deixando nua diante dele. Seus olhos examinam cada centímetro do meu corpo. Seus dedos trilham as laterais dos meus seios arredondados, descendo sobre cada costela, pela cintura, e em seguida ele agarra meus quadris possessivamente, trazendo seu rosto para meu estômago. Dá um beijo forte logo abaixo do meu umbigo e puxa meu corpo para baixo, a fim de abrir minhas pernas em volta dele. Puxo sua camiseta por cima da cabeça, deixando-o vestido só com a calça de pijama, o tecido restringindo sua ereção. Ele trilha minhas curvas com a ponta dos dedos mais uma vez, com a carícia mais leve de todas. Desenha um símbolo do infinito sobre meu peito e entre meus seios. Jogo a cabeça para trás e fecho os olhos, em puro êxtase, enquanto ele leva um mamilo para dentro do calor de sua boca. Ele suga a ponta e depois fecha os dentes perfeitos sobre a carne inchada. A faísca vai direto para o meu centro e eu empurro o seio contra a sua boca, querendo, precisando de mais. Meus dedos se cravam nos seus ombros enquanto ele dá lambidas maldosas em cada seio com precisão exata. Mordisca e chupa até eu estar arfando e me esfregando em seu pau. Estou deixando sua calça molhada com a umidade entre minhas coxas.

Finalmente, não aguento mais esperar.

— Chase, por favor.

Ele sorri diabolicamente enquanto morde meu seio com suavidade e belisca o outro pico.

Eu agarro sua cabeça.

— Chase...

— Os dois são meus. — Ele lambe e morde cada mamilo de novo.

Suspiro com todas as minhas forças, concordando.

— Diga que eles são meus, baby — ele incita, com uma chupada forte e volteios com a língua.

Meus quadris se contorcem. Estou louca para encontrar seu membro duro enquanto tento forçá-lo a me tocar *lá*.

— Seus. — A palavra escapa da minha boca seca enquanto me concentro fortemente na pressão crescente que suas palavras de propriedade enviam pelo meu corpo. Ele me faz me contorcer e me afundar nele, voando para o topo da montanha-russa, querendo ser empurrada para a queda livre.

Ele desliza a mão para meu clitóris e aperta o polegar em círculos provocantes. Eu grito e estremeço, abraçando sua cintura com as pernas para me esfregar com mais força em sua mão. Ele gira lentamente, saindo da zona que me empurraria além do limite para o clímax pelo qual estou morrendo. Lambe os lábios e beija minha garganta.

— Olhe para baixo, baby. Me veja tocando você.

Obedeço e vejo seu dedo girando em círculos preguiçosos sobre meu clitóris vermelho-cereja, inchado e ansiando pela pressão que só ele pode dar.

— Isso. Isso é meu — afirma.

Faço um sinal afirmativo, rebolando em sua mão, precisando de mais.

— Diga, Gillian. — Seu tom é contundente, exigente.

— Seu, Chase. Seu. — Engasgo e jogo a cabeça para trás para ver o céu azul e branco em um turbilhão sobre nosso castelo nas nuvens.

Ele remove a mão e eu gemo até ele abaixar a calça, libertando seu pau grosso. Caramba, ele é enorme. Mais duro e mais longo do que eu me lembrava. Lambo os lábios, com expectativa. Ele levanta meus quadris e esfrega o membro em minhas dobras encharcadas. Sorri quando fica escorregadio com minha essência e, em seguida, se centraliza perfeitamente e coloca apenas a cabeça para dentro, me provocando com a beleza do seu pau, da completude dos nossos corpos unidos.

— Mais, por favor... — Passo direto para uma súplica sem-vergonha. Eu faria qualquer coisa para ter esse homem inteiro dentro de mim neste momento.

Suas mãos na minha cintura me trazem para baixo com força, enquanto seus quadris sobem, rasgando dentro de mim, me dividindo ao meio com o prazer mais obsceno imaginável.

— Chase! — grito para os céus. A enormidade deste momento, de ser tomada tão completamente, sua penetração perfurando uma parte tão funda dentro de mim que nunca foi tocada antes. Chase é uma barra de ferro, cravada a tal ponto em mim que não sei onde ele termina e eu começo. Não posso me mover, atônita diante da perfeição da nossa transa.

Ele desliza o pau para fora de mim, arrastando a coroa larga pelo tecido inchado pela noite passada, e depois me penetra de novo, tão fundo que eu grito. Lágrimas surgem nos meus olhos. O prazer é muito intenso.

— Isso. É. Meu. A sua boceta linda é *minha* agora. — Seus dentes se cerram, os músculos de seus antebraços, bíceps e pescoço inchados a cada metida enquanto ele aumenta a velocidade dentro de mim.

— Sim! — grito quando meu orgasmo rasga através de mim. Acho que perco a consciência. Tudo o que posso sentir é movimento, prazer tocando cada superfície de minha pele, minhas entranhas, até ouvir o rugido poderoso de Chase quando o clímax se apodera dele. Ele agarra minha bunda e me segura no lugar até suas contrações pararem, seu sêmen me preenchendo tanto que um pouco é derramado entre nossos corpos.

Lânguido. Meu corpo, minha mente, meu coração estão lânguidos e satisfeitos. Chase me abraça forte enquanto nos deitamos nus, suas mãos subindo e descendo em minhas costas, traçando incontáveis símbolos do infinito. É uma metáfora de nós? Para sempre. Ele sempre soube, desde o momento em que nos conhecemos? Eu me lembro dele desenhando o símbolo no meu joelho no bar, naquela primeira noite.

É demais.

Ele. Eu. Nós.

Isso engloba tudo, e são coisas demais para considerar depois do sexo enlouquecedor que acabamos de fazer.

Fico deitada, em êxtase. O sol sobre minha pele é quente, mas seu peito também. Eu me aninho, satisfeita e exausta. O que aconteceu aqui foi monumental. Impossível de ser compreendido. Ele basicamente atestou sua propriedade sem titubear, e eu me entreguei a ele em um momento de paixão. Concordei em ser sua, completamente, indubitavelmente.

Minhas inseguranças espreitam neste momento de contentamento, e eu me preocupo com o que ele vai pensar quando descobrir que eu sou como as mulheres que ele se responsabilizou em proteger, como presidente do conselho da Safe Haven. A fundação me salvou um dia, o que significa que *ele* me salvou. Suspiro e ele beija minha cabeça.

— Vamos tomar um banho e nos preparar para a festa de hoje à noite.

— Falando nisso... Chase, você gastou rios de dinheiro naquelas roupas e naquele vestido. — Olho para o outro lado, nervosa. — Não posso te deixar gastar tanto dinheiro assim comigo. Não é certo.

— Baby, eu sou muito rico. Vou te comprar o que eu quiser, quando quiser, e você não precisa se preocupar.

— Eu sei que você é rico. Mas não me importo. Eu não sou e não tenho dinheiro para coisas assim! — Cruzo os braços sobre os seios, lutando para encontrar o mínimo de decência para uma conversa séria.

Ele solta meus braços, se inclina e beija suavemente cada seio.

— O bom é que você não precisa comprar. Quando você está comigo, eu compro. Muitas coisas. Mas nunca vou comprar nada que não possa bancar. — Seu olhar sustenta o meu, duro e implacável. — Agora você vai deixar isso pra lá.

Isso não está saindo como planejado.

— Você gostou das coisas que a Dana escolheu? Eu expliquei para ela o que achava que você gostaria e passei o seu tamanho. — Ele parece preocupado.

— É tudo lindo. Mas eu não estou acostumada com isso. Não quero que você pense que estou interessada no seu dinheiro. Seria injusto. — Mordo o lábio e olho profundamente em seus olhos, esperando que ele possa ver sinceridade em mim.

Ele me dá um sorriso que me faz querer abraçá-lo, mas não o faço. Ele tem que saber que eu não sou o tipo de mulher que usa os homens, e que eu definitivamente não quero dar o golpe do baú.

— Eu não me importaria se você fosse pobre, Chase.

Ele balança a cabeça e me puxa de volta ao seu peito.

— Gillian, eu sei. — Ele me abraça, pele com pele. É adorável. — Eu quero te dar o mundo. Não estou acostumado com mulheres que não esperam ganhar nada. Isso é animador. — Ele levanta meu queixo. — Tudo bem?

Fecho os olhos e faço um sinal afirmativo com a cabeça.

— Nem mais uma palavra sobre isso. — Sua voz agora é dura, inexorável. Sem querer discutir, anuo de novo.

— Banho? — Ele mexe as sobrancelhas sugestivamente. O homem mal saiu de dentro de mim e já está pensando em sexo de novo.

— Sim para banho. Não para sexo. Você vai ter que esperar até a noite! — gracejo e saio do seu colo. O resultado da nossa transa começa a escorrer pelas minhas coxas.

Ele olha, fascinado, e usa a camiseta para enxugar o lado de dentro das minhas pernas e o meu sexo.

— Eu adoro me ver nas suas pernas e saber que ainda estou dentro de você. — Ele levanta, agarra minha nuca e me puxa para um beijo de arrepiar. — Isso me deixa muito feliz, baby — continua, com um sorriso safado.

Balanço a cabeça e ele me leva pela casa, totalmente nus. Nem me pergunto se os empregados vão ver. Acho que ele não iria querer dividir meu corpo com ninguém, após ter passado a última hora reivindicando-o.

11

— *O evento da Houses for Humanity vai ser no histórico Hotel Fairmont* — Chase explica para mim e Kat.

Seu sorriso é enorme, e eu não sou a única que não consegue parar de olhar para ele. Kat está deslumbrada. Não a culpo. Ele é lindo mesmo.

Chase continua sua aula de história.

— O hotel foi construído em 1906 por uma arquiteta genial chamada Julia Morgan, que, a propósito, também projetou o Castelo Hearst. Infelizmente, um pouco antes da inauguração, a cidade sofreu um enorme terremoto, e por causa dele o hotel pegou fogo.

Os olhos de Kat se arregalam e ela cobre a boca com a mão.

— Ah, não — diz.

Chase assente.

— O prédio foi reconstruído e inaugurado um ano depois. — Sua voz adquire um tom de orgulho.

Ele realmente tem uma queda por design arquitetônico e história. Se puder superar o ciúme de Phillip, os dois teriam muito em comum. Phillip é um gênio da arquitetura.

— Como a fênix. Ele renasceu das cinzas e ficou muito lindo. — Olho para o vidro do carro quando o hotel surge. — Incrível. — Às vezes sinto como se eu também pudesse renascer e florescer, apesar dos horrores do passado.

— Você que é incrível — Chase sussurra em meus cabelos e beija meu rosto.

Sua mão está segurando a minha frouxamente sobre sua coxa. Um dedo contorna distraidamente o símbolo que passou a significar tanto em um período tão curto. Infinito.

Saímos do carro e sou surpreendida com a beleza do edifício. Chase nos leva através do espaço aberto. Obviamente, não é a primeira vez que ele vem aqui. Sua mão segura a minha e eu sorrio. Vestido de smoking, ele é definitivamente um banquete de elegância e sofisticação para os olhos.

— Já te falei que você está deslumbrante? — Ele se aninha ao meu lado e beija meu ombro.

— Só algumas vezes. — Abro um sorriso largo.

— Esse vestido ficou muito bem em você. — Ele aperta minha mão.

Ainda bem que ele gosta, foi ele quem pagou.

Kat faz questão de olhar para todos os lados, exceto para nós dois, enquanto continuamos atravessando os espaços de reuniões e conferências. Deslizo a mão livre pelo vestido de cetim berinjela e arrumo quaisquer possíveis dobras. O vestido é lindo em sua simplicidade. O corpete de estilo espartilho abraça meu torso, e o decote deixa meus seios controlados, mas a pele branca transborda o suficiente para provocar. Parece estar funcionando, porque Chase não consegue parar de olhar. Ele me devora com os olhos sempre que acha que não estou prestando atenção. O cetim desliza sobre o restante das minhas curvas, evidenciando minha forma de ampulheta, e abre em sino na altura dos joelhos, indo até os pés. Há uma pequena cauda onde o tecido toca o chão. Eu me sinto bela e sofisticada, uma princesa ao lado de seu príncipe.

Kat nos segue, absorvendo silenciosamente o que vê. Ela está linda com seu vestido siena, com uma fenda tentadora na saia esvoaçante que chega quase até os quadris, expondo uma de suas pernas longas e sensuais. Cristais adornam a abertura, em explosões de brilho. A luz refletida nas pedras faz parecer que seu vestido está iluminado de verdade. O tecido franzido agarra sua cintura em faixas laranja, vermelhas e cobre antes de subir em uma frente única. Seu cabelo está meio preso em ondas douradas, complementando o vestido com perfeição. Quando fomos pegá-la, ela admirou meu vestido, tentando olhar a parte de dentro para checar as costuras, os encaixes e a estrutura do corpete. Chase não gostou muito de sua familiaridade com meu corpo, mas observou com um sorriso grudado nos lábios enquanto ela analisava o vestido na limusine.

Ela aprovou, mas afirmou que, se eu vou me misturar com a elite, vai desenhar alguns vestidos para mim no futuro. Saber que isso vai dar um impulso em sua carreira torna o presente aceitável. É assim que as mulheres fazem trocas. Eu uso um vestido que ela fez e conto para todo mundo o nome da

156

designer. Ela compra o material e usa o próprio tempo. Assim eu não preciso usar vestidos comprados por Chase. Isso me faria sentir mais independente e menos como alguém que está com ele só para ganhar presentes. Do jeito que as coisas vão, eu já estava me perguntando se perdi o orgulho em algum lugar na cama de Chase na noite passada, com as dezenas de orgasmos que ele me deu.

Passo a mão no braço de Kat. Ela sorri, nervosa. Não estou certa se a ansiedade é por causa do encontro com Carson ou pela expectativa de conhecer "a" Chloe Davis, a jovem estilista que está conquistando a Europa com seu estilo diferenciado e atenção a detalhes. Eu aposto no último.

Nós nos aproximamos de um espaço aberto onde centenas de pessoas se aglomeram, conversando e rindo. Homens e mulheres estão de pé, bebericando champanhe e comendo coisinhas minúsculas em pequenos pratos dourados postos em mesas altas. Posso ver a cabeça loira de Carson balançando enquanto ele abre caminho pela multidão.

Seus olhos passam por Chase, me avaliam rapidamente e então param em Kat. Um sorriso enorme cobre seu rosto. É inestimável quando alguém que espera um Ford ganha uma Ferrari. Ele pega a mão dela com entusiasmo.

— Você deve ser a Kathleen. — E beija seus dedos.

As maçãs do rosto dela ficam levemente coradas. Aperto a mão de Chase e ele abre um sorriso largo.

Kat sorri, tímida.

— Carson, certo? É um prazer.

— O prazer é todo meu. — O olhar dele a examina da cabeça aos pés.

Dá para notar que ele gosta do que vê, especialmente quando ela mexe o vestido e uma perna longa e bem delineada aparece.

Carson engole em seco.

— Quer beber alguma coisa?

— Eu adoraria. — Ela ajeita sua bolsa e o segue através da multidão. Então vira, abana o rosto e mexe os lábios, dizendo "Gostoso!", antes de acenar para a gente.

Dou risada e retribuo o aceno.

— Bem, isso foi fácil — digo para Chase.

— Sim, foi. — Ele balança a cabeça e sorri.

Passamos a hora seguinte encontrando a elite de San Francisco, incluindo o governador e os senadores da Califórnia. Chase está totalmente à vontade, posando para fotos com representantes do governo, partilhando as melhores práticas empresariais com outros magnatas e até descrevendo seus planos para estufas nos terraços da cidade. Parece que uma divisão de sua empresa se dedica a elaborar alternativas verdes para grandes empresas a fim de diminuir as emissões de poluentes, assim como opções para conservação da energia solar. O homem não só é um filantropo, também é oficialmente verde. Quase parece contraditório para um empresário.

Meu homem. Só porque ele me chamou de "minha mulher" e teve uma reação neandertal durante nosso encontro romântico no terraço, depois de ficar sabendo da minha história com Phillip, não significa que ele quis dizer isso do fundo do coração. As pessoas falam muita coisa no calor do momento.

Enquanto devaneio ao seu lado, meu cabelo é jogado para o lado. Seus lábios tocam meu ombro, enviando rastros de prazer pela superfície aberta de pele. Ele deixa uma trilha de beijos suaves pelo meu pescoço até a orelha. Antes que eu possa reagir, um flash de máquina fotográfica me ofusca.

— Cai fora — Chase rosna para um homem sorridente que segura uma câmera grande.

Jack aparece do nada e arrasta o fotógrafo para longe, agarrando seu bíceps. Posso ver a mão de Jack totalmente branca com o esforço de segurar o cara.

— Eu detesto esses paparazzi. Quem deixou esse cara entrar? — Chase dispara.

Coloco uma mão calmante em seu pescoço e o forço a olhar para mim.

— Vamos encontrar a nossa mesa? — sugiro.

Ele endireita os ombros e então faz um sinal afirmativo curto. Lentamente, puxa e solta o ar e me beija. Não é um beijo profundo, mas o que perde em intensidade ganha em ternura e sinceridade.

— Você é um doce — diz, a tensão se aliviando em seus ombros rígidos enquanto eu massageio um músculo tenso. — Vamos. Venha conhecer a minha mãe.

O toque de pânico que eu tive antes sobre meu relacionamento com Chase começa a aumentar, as sementes de dúvida rodopiando como ácido em meu estômago de novo. Nunca conheci a mãe de um ex-namorado. Eu conhecia a mãe de Phillip, mas, já que eu e ele nunca fomos oficialmente um casal, ela não conta.

Entramos no salão de baile. As paredes são douradas com detalhes de mármore em arcos altos. As mesas quadradas têm oito lugares. Nunca estive em um evento em que as mesas do salão fossem quadradas. Cada uma delas está coberta de cetim cor de ouro. Porcelana fina de todos os tamanhos está distribuída em cada lugar. No centro da mesa, há um castiçal alto com gravetos contorcidos e flores de cerejeira brancas. Acima do castiçal há uma vela longa encaixada em pedras que parecem preciosas. A luz da vela reflete no vidro e nas arestas das pedras, criando um halo fragmentado em volta de cada mesa. O salão é magnífico. Luxuoso, elegante, caro.

Chase nos leva através dos convidados até a frente do salão. Somos os primeiros a chegar à nossa mesa. Um suporte longo dourado segura o número um em um cartão decorado. Abaixo, o nome "Davis" está escrito em letra cursiva. Este hotel dá muita atenção aos pequenos toques e detalhes. Algo que eu deveria levar em conta para os eventos da Safe Haven. Na frente do salão há um palco com um telão mostrando a foto de uma casa com uma faixa que diz: "Houses for Humanity — Bem-vindos ao lar".

— É isso que você faz nessa instituição? — pergunto a Chase.

Ele olha para a imagem.

— Esse é um dos nossos projetos.

— Como assim, projetos?

— Essa é uma das casas que eu paguei. É uma das vinte e cinco que eu custeei depois que o furacão Katrina atingiu New Orleans. Foi um projeto de quatro milhões de dólares, mas valeu cada centavo. — Ele sorri.

Estou atônita. Sem pensar, agarro as lapelas de seu smoking e trago seus lábios para os meus. Ele devolve o beijo, mergulhando a língua profundamente em minha boca. Tem gosto de champanhe e de homem, dois dos meus sabores favoritos. Quando ambos estamos sem ar, ele se afasta.

— O que foi isso? — Sua testa está encostada na minha, a respiração tocando meu rosto em pequenos sopros. Seu perfume gira ao meu redor em um halo amadeirado e frutado.

Inspiro profundamente.

— Hum, por você ser quem é — respondo, surpresa pela honestidade e pela exibição pública de afeto. Sinto olhos sobre nós, aquela sensação de quando você sabe que alguém está observando. Olho em volta, sem graça. Temos público. Sinto o calor corar minhas bochechas. Toda a plateia está sorrindo, exceto uma mulher mais velha em uma cadeira de rodas a menos de três metros da mesa. Ela tem cabelo castanho-escuro com uma faixa grossa de cinza na raiz, preso em um coque. Seus lábios vermelhos formam uma careta tensa.

Olhos azul-claros se apertam, exprimindo claramente o desgosto pelo que ela presenciou.

— Já terminaram? — a mulher diz, em um tom brusco.

Chase sorri.

— Mãe — diz, docemente.

Por favor, não. Essa não pode ser a mãe dele. Ela parece mal-humorada, pomposa e mesquinha. Maria sempre me diz para tomar cuidado com bruxas velhas perversas, porque elas são *loco en la cabeza*. Aliso meu vestido e enxugo minhas palmas, subitamente úmidas.

Chase caminha até a mulher, se inclina e beija a lateral do seu rosto. Ela sorri calorosamente quando ele coloca a mão no seu ombro e a segura com força enquanto seus olhos azuis se tornam glaciais. Olha fixamente para mim, como se pudesse ver minha alma. Ela sabe que eu sou uma fraude. Definitivamente, não tenho pedigree. Seus ombros estão totalmente retos, o nariz levantado, e ela parece sentir o cheiro de vulgaridade. Parece que ela não gosta de mim, e eu não tenho a mínima ideia do motivo.

— Mãe, esta é Gillian Callahan.

Vou até ela e estendo a mão.

— Sra. Davis, é um prazer.

Ela segura minha mão fracamente.

— Tenho certeza que sim.

Ok, então vai ser assim...

Chase gesticula para que sua mãe se sente à mesa. Sua ajudante a empurra para o lugar. Finalmente, Kat e Carson aparecem como uma enorme bandeira branca balançando ao vento, acenando para mim e me salvando da batalha.

Logo atrás de Carson está outro homem grande, de mais de um metro e oitenta, mas não tão alto quanto Chase ou Carson. Seu cabelo é loiro-escuro. Ele usa um smoking de caimento perfeito que forma um V elegante, enfatizando o peito largo e a cintura estreita. É extremamente bonito, embora eu prefira meu Super-Homem de cabelos escuros, filantropo e ecológico. O homem, de olhos cor de chocolate, caminha a passos largos para a mesa, acenando e beijando a mão de algumas mulheres pelo caminho. Ele olha para Chase com um leve ar de arrogância. Chase coloca o braço nas minhas costas e o homem olha duas vezes. Ele para diante de mim, um sorriso dissimulado no rosto bem esculpido. Eu o detesto tão rápido quanto a mãe de Chase me detestou.

160

Sem olhar para Chase, ele agarra minha mão e a leva até seus lábios secos. Luto com todas as forças para não arrancar a mão, tentando manter a calma.

— Chase, quem é essa sereia ruiva?

Chase praticamente me arranca das mãos do homem. Internamente, estou aplaudindo. Por fora, estou paralisada.

— O nome dela é Gillian. E fique com as mãos longe dela, Cooper. — Chase enterra os dedos nos meus quadris, possessivo.

O homem gargalha diante da resposta de macho alfa, jogando a cabeça para trás.

— Vejo que você voltou à antiga forma, embora eu ache que esta aqui ganhe de todas, amigão. — Cooper me seca lentamente da cabeça aos pés de novo.

Sinto seu olhar como se suas mãos bajuladoras estivessem alisando meu corpo. Preciso me controlar para não me contrair.

— Muito bom. E uma ruiva, para completar. Precisa de mim para evitar que você acabe com a sua vida de novo?

Chase enrijece ao meu lado. A tensão deságua nele como uma cachoeira. As cataratas do Niágara me vêm à mente.

— Seu filho da puta. — Ele me empurra para trás de si.

Carson se coloca entre os dois homens, separando-os. Ganhamos uma multidão de observadores do pequeno bate-papo.

Seguro os braços de Chase por trás para lembrá-lo da minha presença e apoio a cabeça em sua escápula.

— Baby, está tudo bem — sussurro tão baixo que não tenho certeza se ele pode ouvir.

Ele se vira e desliza as mãos pelos meus braços nus. Vejo mágoa e frustração em seus olhos. Ele está furioso, mas não tenho a menor ideia da razão. Depois de respirar fundo algumas vezes, Chase me guia para a mesa com a mão nas minhas costas e nós dois nos sentamos.

— Acho que está na hora de você se sentar, Coop. — Carson gesticula para uma cadeira ao lado da mãe de Chase.

Há duas cadeiras vazias entre os homens, e eu não tenho certeza se é o suficiente. Não tenho certeza se o estado do Texas entre esses dois seria suficiente para aliviar a raiva que ferve sob a superfície. Chase está lutando para manter a calma. Enquanto Cooper arruma a gravata e alonga o pescoço, mostrando indiferença pela pequena provocação recíproca, a situação de Chase é bem diferente. Seus dedos estão agarrados no encosto da minha cadeira, brancos com o esforço. A outra mão está no alto da minha coxa, esfregando o cetim para a frente e para trás, como se o movimento fosse calmante para *ele*, não para mim.

Estou sentada na frente da mãe de Chase, com Kat ao meu lado e Carson ao lado de minha amiga. Observo a mulher e prometo silenciosamente tentar o meu melhor para conquistá-la e evitar qualquer conversa com Cooper.

Uma loira de pernas compridas com o passo animado corre pela multidão. Ela chega à nossa mesa enquanto um homem de smoking bate no microfone no pódio solitário. Seu vestido é feito de seda preta e lantejoulas douradas, justo em seu corpo longo e curvilíneo, como uma segunda pele. As lantejoulas são dispostas na metade inferior do corpo, no formato de uma minissaia de cintura alta. O vestido é curto na frente, e a seda negra cai atrás como uma cauda. O mesmo tecido cobre os seios, em um grande X pelo peito. É um design que eu nunca vi. Kat olha para o vestido e depois para a mulher como se ela fosse a própria Madonna. A loira estonteante se senta ao lado de Chase e lhe dá um abraço apertado. Sinto instantaneamente uma pontada de ciúme rugir através das minhas veias e aquecer meu sangue.

— Chase! Eu estava com saudade, primo! — Ela o beija em cada bochecha. Reviro os olhos e me dou um tapa na cara imaginário. Eu sou uma idiota.

— E quem é esta mulher linda ao seu lado?

A prima é a estilista que Kat estava ansiosa para conhecer. Seus olhos cor de mel são suaves e se iluminam de felicidade, como se o rosto inteiro fosse afetado pelo sorriso. Ela é tão bonita quanto a aura que a circunda.

— Esta é a minha namorada, Gillian Callahan.

Seus olhos se arregalam. Parece que todos estão surpresos com minha presença esta noite. Não mais do que eu. Aparentemente, Chase nos levou de simples encontros para um relacionamento comprometido em uma semana.

— Gillian, esta é a minha prima caçula, Chloe Davis. — Ele obviamente tem grande afeição por ela. Dá para notar por sua tranquilidade e alegria ao vê-la. A questão com Cooper parece ter sido encoberta pela chegada da garota.

— Oi, Chloe. Pode me chamar de Gigi. Ouvi coisas maravilhosas sobre você — conto.

— Eu queria poder dizer o mesmo sobre você. — Chloe olha para Chase. — Parece que o meu primo aqui me deve explicações! — Ela cutuca o ombro dele.

162

— Ai! — Ele esfrega o bíceps de brincadeira, e a maior parte da mesa ri. Sua mãe ignora todos nós, olhando para o mar de mesas e acenando de vez em quando.

Chase apresenta Kat e ela quase desmaia.

— Eu sou apaixonada por você — ela diz, dando uma de fã.

Cubro a boca com a mão para disfarçar o riso. As sobrancelhas de Chloe sobem enquanto minha amiga se encolhe, balançando a cabeça.

— Quer dizer... quer dizer... eu sou apaixonada pelo seu trabalho! — Kat esclarece.

Chloe ri. A pobre Kat afunda na cadeira e olha para o outro lado, com as bochechas roxas. Carson coloca a mão em sua nuca, lhe dando um aperto consolador que eu acho completamente fascinante.

Chloe é fofa e joga um bote salva-vidas para Kat.

— Eu não sabia que alguém nos Estados Unidos já tinha ouvido falar de mim!

Minha amiga se endireita rapidamente, sorrindo e colocando a mão debaixo do queixo.

— Você está brincando. Eu tenho fotos das suas peças tiradas da *Vogue* italiana e da *Bazaar*. Até coloquei em um fichário para olhar quando preciso de ideias para os figurinos! — Ela praticamente pula de entusiasmo.

Os olhos de Chloe se arregalam.

— Sério? Que legal! Onde você trabalha?

— No San Francisco Theatre. Eu sou a figurinista principal. — Kat brilha de orgulho. Ela foi promovida e está indo muito bem. Trabalha feito uma escrava, mas o resultado compensa. Os figurinos são impecáveis.

Chloe presta atenção enquanto Kat explica os detalhes do show.

— Uau, eu adoraria desenhar figurinos um dia. Parece muito com alta-costura e deve ser divertido!

Kat concorda com entusiasmo.

— Ei, por que você e a Gigi não vão visitar o meu showroom algum dia desses? Eu tenho um espaço no edifício Davis. Fica no décimo quarto andar, com alguns outros estilistas. Eu adoraria saber a sua opinião sobre a coleção que vou lançar na primavera — Chloe convida.

Kat me cutuca e sussurra:

— Ai. Meu. Deus. — Depois se recompõe, endireitando as costas e inclinando a cabeça, ajeitando um cacho de cabelo atrás da orelha, como se não estivesse surtando de empolgação. — Seria ótimo. Não é, Gigi? — Ela enterra o cotovelo em meu braço.

— É! — respondo com entusiasmo e uma risadinha, segurando meu braço dolorido. — Nós vamos adorar.

Chase me puxa para seu lado e se aninha em meu pescoço.

— Você é doce demais. Eu poderia te comer no café da manhã — sussurra em meu ouvido. — Hum... — Ele morde levemente a minha pele. — Acho que vou comer.

— Você quer dizer no lugar dos cookies? — Abro um sorriso largo e dou um gole no champanhe.

Ele ri e me aperta mais.

— Possivelmente *com* cookies. — Com uma última mordidinha, ele se afasta e conversa com a prima.

As luzes diminuem e um homem incrivelmente elegante caminha a passos largos pela multidão até a nossa mesa, então puxa a única cadeira restante, entre a mãe de Chase e Chloe. Ele se abaixa e beija o rosto da sra. Davis, os cabelos grisalhos dando uma dica quanto a sua idade, mas sem comprometer sua boa aparência. Ele definitivamente tem os genes dos Davis. O homem acena para Chase e então se detém quando meu *namorado* põe os braços nos meus ombros. Seus olhos encontram os meus enquanto ele nos observa com interesse.

— Meu tio Charles, o homem que me criou — Chase diz.

Anuo enquanto Chase beija meu ombro nu. Seu tio sorri sem jeito e eu retribuo o sorriso.

Sua mãe faz um barulho de desaprovação entredentes e então foca a atenção no palco. Do pódio, o apresentador pede a todos que se acomodem. Os garçons entregam a comida em um frenesi de atividades enquanto ouvimos histórias de pessoas por toda a nação e o mundo que perderam a própria casa no último ano. O apresentador fala sobre o trabalho que a instituição conseguiu realizar com a ajuda de doadores generosos, como os indivíduos que estão na plateia. Uma sessão de fotos é exibida.

Quase no fim, o apresentador começa a fazer elogios a uma pessoa em especial.

— Este homem não apenas forneceu os designs arquitetônicos de sua empresa, as plantas das casas e serviços como doou pessoalmente milhões para a causa. É por isso que queremos indicar Chase Davis como Humanitário do Ano! Chase, por favor, venha receber o seu prêmio!

A cabeça de Chase cai para trás, uma expressão de choque em seu rosto. Ele está surpreso. Eu me levanto e aplaudo com todos os outros no salão. Ele passa os olhos pela plateia e abre a boca antes de lamber os lábios e olhar para baixo. Finalmente ergue a cabeça e me puxa para um abraço apertado.

— Eu não fazia ideia — sussurra em meu ouvido.

O salão explode em aplausos e um refletor ilumina nossa mesa. Chase caminha para o palco e sobe os degraus. A grande tela atrás dele mostra uma foto enorme de Chase com um capacete de obras, uma camiseta com "Houses for Humanity" escrito no peito largo e um jeans desbotado de caimento baixo nos quadris. Ele está diante de uma casa em ruínas, usando um cinto de ferramentas e com uma marreta sobre um dos ombros. Eu poderia devorá-lo.

A multidão começa a silenciar enquanto Chase aceita o prêmio.

— Obrigado. Honestamente, quando eu vim para cá hoje, não fazia ideia de que receberia o prêmio de Humanitário do Ano. — Ele levanta o troféu de cristal. — Eu não sei realmente se mereço, pois acredito que todos têm o direito básico humano a um lugar quente para viver, um lugar para pendurar o chapéu depois de um dia honesto de trabalho, algo que se possa chamar de lar.

O salão explode em aplausos.

— Obrigado, eu vou guardar este troféu com carinho para sempre. E agora vamos todos abrir a carteira, porque está na hora de retribuir!

O apresentador volta ao pódio enquanto Chase sai do palco.

— Eu não poderia concordar mais com o sr. Davis.

Ele continua seu discurso, mas meus olhos estão enraizados no homem com um sorriso tímido e um troféu nas mãos. Chase volta para a mesa, depois de diversos apertos de mãos e tapinhas nas costas. Ainda estou de pé, sem conseguir me sentar desde o momento em que o nome dele foi chamado no alto-falante. Seu olhar encontra o meu e está cheio de alegria e uma fome que eu reconheço profundamente dentro de mim, pois combina com a minha. Chase me puxa para si, me agarra pela cintura e me gira em círculo enquanto beija meu pescoço.

— Humanitário do Ano! Que honra, baby — sussurro para ele.

Ele me aperta e me põe no chão.

— É isso aí, primo. — Chloe se levanta e o abraça.

Até Cooper bate nas costas dele.

— Parabéns.

Chase sorri e anui. A animosidade entre os dois parece esquecida por um momento.

— Muito bem, meu rapaz. — Charles aperta a mão do sobrinho.

Com um sorriso enorme, Chase vai até sua mãe e coloca o prêmio diante dela. A mulher tem lágrimas nos olhos.

— Estou orgulhosa de você, meu querido.

Ele a abraça e beija sua bochecha. Ela dá tapinhas em seu cabelo, como uma mãe faria com uma criancinha amada. Ela não é tão má. Obviamente ama muito o filho, e ele jamais disse uma palavra contra ela. Parece que o problema é comigo. Vou ter que pedir a opinião de Chase, mas não esta noite. Hoje nós vamos celebrar sua conquista! Chase é parabenizado por Kat e Carson, que estão discretamente de mãos dadas debaixo da mesa, para meu grande entusiasmo. Chase pode ser o Humanitário do Ano, mas eu estou prestes a ser eleita a melhor amiga do ano com esse arranjo. Mal posso conter a vontade de enviar uma mensagem para Maria e Bree contando detalhes emocionantes da minha armação.

Depois do que parece uma eternidade e várias rodadas de pratos, os vencedores do leilão silencioso são anunciados e uma banda começa a tocar os hits do momento.

Uma canção do Maroon 5 é a primeira do setlist, e a pista rapidamente se enche de casais.

Carson pega a mão de Kat e a arrasta para a pista de dança. Eles parecem curtir a companhia um do outro, e Kat esqueceu um pouco sua adoração por Chloe Davis. Ela está mais interessada em outro Davis no momento.

— Quer dançar, Gillian?

Faço um gesto afirmativo enquanto Chase pega minha mão e me arrasta. Nós balançamos ao som da canção que fala sobre uma mulher grudada no corpo do cara como tatuagem. Eu oscilo os quadris para a esquerda e a direita, fazendo um círculo, e empino um pouco o traseiro.

Chase traz as mãos para os meus quadris.

— Caramba, como você é gostosa!

Rio e acalmo o desejo de requebrar como faço quando saio com as meninas. Maria nos ensinou alguns passos de dança matadores, e, quando saímos para dançar, sempre arrasamos. Chase também dança bem, e eu adoro ser puxada contra seu corpo. Suas mãos deslizam para cima e para baixo nas minhas costas e agarram meus quadris, mas nunca em locais inapropriados.

De minha parte, estou tendo dificuldade para manter as mãos afastadas do meu Super-Homem sexy. Enquanto a música toca, nossas inibições diminuem, me levando a deslizar as mãos dentro do seu paletó e para baixo, até sua bunda firme. Antes que eu possa chegar ao prêmio, ele agarra minhas mãos e me gira com um movimento do pulso. Faço bico e ele pisca um olho.

Dançamos mais duas músicas e vamos até um dos bares no canto do salão. Chase pede uma taça de vinho branco para mim e um gim tônica para ele. Damos um gole em nossas bebidas e nos encontramos com os outros da mesa. Cooper não está à vista, o que me deixa aliviada. Eu não sei o que há entre os dois, mas Chase agora está com o humor ótimo, e eu gostaria que continuasse assim.

— Ei, Gigi! Acabei de receber uma mensagem da Ria. Ela disse que o Tom está com seis entradas extras para o jogo de beisebol de amanhã e quer que todos nós vamos! Parece que alguns caras do trabalho não podem ir. O Carson disse que topa. E vocês dois? — Kat convida, com entusiasmo.

Chase olha para Carson, que sorri e olha timidamente para baixo e então para o outro lado. Ele gosta de Kat! Viva!

Chase desliza os dedos para minha nuca e toca meu queixo com o nariz.

— Você quer ir, Gillian?

— Sim, quero. Parece divertido.

— Bom, então nós vamos. A minha empresa tem um camarote no estádio. Podemos ficar no ar-condicionado, e eu posso pedir bebida e comida para todo mundo — sugere.

Meu sorriso se apaga e eu desvio o olhar. Ele percebe meu desconforto imediatamente.

— O que foi? — pergunta.

— Nada. Como você quiser — digo, sem querer forçar a barra. Eu sei que ele está tentando ser legal.

Chase levanta meu queixo e olha em meus olhos.

— O que foi? Não vou perguntar de novo. — Ele usa sua voz séria.

— Se o Tom está oferecendo as entradas, nós devíamos aceitar sem questionar. Talvez ele queira impressionar a mulher de quem está a fim, levando os amigos dela para o jogo. Eu não gostaria de jogar um balde de água fria nele.

— Nossa, cara, ela falou a real. Gigi, eu adoro mulheres que falam o que pensam! — Carson ri, sem controlar a alegria. — Quando foi a última vez que uma mulher falou assim com você, Chase?

— Nunca — ele diz, categórico. Então me beija bem de leve. — Você é sincera. Eu gosto disso. Nós vamos com os seus amigos e vamos sentar onde ele quiser.

— Vou avisar a Ria — diz Kat.

— Vou mandar uma mensagem para o Phillip — comento.

— Como é? Por que você vai convidar o Phillip para um programa de casais? — Chase interrompe.

Sinto aquele tom em sua voz novamente, aquele de que estou começando a desgostar.

— Nós estamos conspirando para juntar a Bree e o Phillip. Ela confessou no jantar outra noite que tem uma queda por ele. Vai ser a oportunidade perfeita! — Pisco repetidamente para dar efeito.

Chase relaxa.

— A Bree é aquela que eu ainda preciso conhecer, a professora de ioga? — Anuo. — É uma excelente ideia.

É claro que ele está feliz que eu esteja tentando juntar Phillip com outra mulher. Eu gosto que ele seja ciumento e possessivo. Toda garota precisa de um pouco disso para se sentir desejável. Desde que ele mantenha o ciúme no nível mínimo, vamos ficar bem.

Terminamos a noite entrando na limusine de Chase. Bebemos muito, e todos nós estamos sentindo os efeitos do álcool. Primeira parada, casa da Kat. Fico surpresa quando vejo Carson sair do carro com ela.

— Quer que eu mande o Jack te buscar mais tarde? — Chase oferece.

Kat se aninha no peito de Carson e sussurra algo no ouvido dele.

— Hum... não. Não precisa. Ela me leva para casa quando estiver sóbria. Agora tchau. Vá comemorar com a sua mulher, sr. Gostosão do Ano. Quer dizer... O que foi mesmo que você ganhou? — Ele balança a cabeça.

— Gostosão do Ano. Foi exatamente isso. — Chase ri. — Kathleen, por favor, não o leve logo. — Ele lhe passa um cartão pela janela. — Este é o número do meu celular. Por favor ligue se precisar de qualquer coisa ou se quiser que eu mande o Jack buscá-lo.

Ela pega o cartão.

— Não estou planejando levá-lo a nenhum lugar logo... — ela admite.

Carson agarra sua bunda e dá um beijo melado em seu pescoço. Observo pelo vidro do carro em completo choque, me apoiando com força em Chase enquanto os dois perdem a linha.

— Não vejo a hora de tirar a sua roupa — é a última coisa que ouço Carson dizer antes de Jack manobrar a limusine para a rua.

— Puta que pariu, você viu isso? Os dois se entenderam mesmo! — exclamo.

Os olhos de Chase brilham e ele me puxa para seu colo.

— Ele me disse que iria montar aquela égua com tanta força que ela não vai conseguir nem andar direito amanhã. — Ele ri.

Dou risada junto.

— O que ele é? Um caubói moderno?

Chase encolhe os ombros.

— Acho que sim. Ele sempre gostou de filmes de faroeste. Aliás, ele tem uma fazenda nos arredores da cidade, com um estábulo e vários cavalos. Diz que é o mais próximo que pode estar do interior sem mudar para o Texas.

— Eu gosto dele. É um cara legal — confidencio.

— É mesmo. E vai tratar a Kathleen como uma princesa... depois que trepar muito com ela. Esse gosta de foder. — A embriaguez deixou Chase um pouco mais boca suja que o normal.

— Falando em foder... — Levanto a saia e deslizo para o chão.

— O que você está fazendo? — Chase pergunta enquanto mexo na fivela do seu cinto. — Caralho, baby! Aqui?

Surpreendê-lo está se tornando um novo fetiche para mim. Além disso, ele precisa se soltar com mais frequência. Sorrio, perversa. Ainda não tive chance de me tornar amiga íntima do seu pau, e, neste instante, apenas um acidente de carro poderia me impedir de chupá-lo.

Abro o zíper de sua calça e Chase olha para mim através das pálpebras semiabertas. Seguro sua calça e a cueca e as deslizo para os tornozelos dele. Seu pau está livre e fica vivo quando o bombeio com as mãos algumas vezes. Sua cabeça cai para o encosto e ele lambe aqueles lábios macios. Ele tem um pau bonito. Grande, muito grosso e perfeitamente cor-de-rosa. O maior de todos os meus amantes e o mais lindo também. É perfeitamente reto, levantando-se com orgulho, esperando ansiosamente pela minha atenção. Arrasto devagar os lábios e o queixo pelo comprimento, me familiarizando com seu odor. O cheiro almiscarado invade meus sentidos, me dando água na boca. Deslizo os dedos através dos pelos escuros enrolados na base e agarro seu membro inteiro, levando os lábios para a grande cabeça. O olhar de Chase encontra o meu enquanto direciono a língua para lamber a ponta. Ele morde os lábios e empurra os quadris enquanto envolvo minha boca inteira sobre a ponta, girando a língua na glande.

— Meu Deus, baby, que delícia — Chase sussurra, ofegante, sem nunca tirar os olhos dos meus.

Suas palavras me impulsionam e eu o enfio mais fundo dentro da boca, arrastando os lábios em seu comprimento, e volto, terminando na coroa. Faço cócegas na fenda com a língua, forçando-o a penetrar mais minha boca com um pequeno empurrão. Fluido vaza do topo, cobrindo minha língua com seu gosto salgado maravilhoso. Arrepios de luxúria deslizam pela minha coluna e molham minha calcinha enquanto imagino o gosto do seu orgasmo em minha língua. Lambo seu pau inteiro, deslizando a língua para cima e para baixo, cobrindo cada centímetro com minha saliva. Eu o puxo para o fundo da boca, até sua cabeça larga bater na garganta. Relaxo o maxilar e o engulo mais, respirando pelo nariz. Um gemido profundo escapa dos seus lábios, e sinto os músculos de suas coxas enrijecerem. Ele inspira e eu o empurro para a parte de trás da garganta, levando-o profundamente dentro de mim. Em seguida, balbucio e gemo em torno do seu pau, os músculos da minha garganta apertando a glande.

— Caralho, tão fundo... Nunca senti isso antes — ele sussurra.

Começo a me mover com determinação, enfiando-o mais em minha garganta e chupando-o com força no caminho de volta. Seus dedos acariciam levemente a linha dos meus cabelos enquanto deslizo para cima e para baixo pelo seu comprimento. Não tenho muito reflexo de engasgo, e consigo relaxar o suficiente para levá-lo tão fundo que seus pelos me fazem cócegas no nariz. Respiro lentamente pelo nariz, e, quando seu membro está muito fundo na minha garganta, eu engulo. Seus quadris levantam com a pressão intensa, deslizando mais fundo dentro de mim.

— Porra, eu vou gozar!

Ele tenta se afastar, mas eu duplico meus esforços e o chupo e lambo até ele estar implorando para gozar. Ele segura minha cabeça, os dedos enroscados no meu cabelo enquanto ele fode minha boca. Estou chupando freneticamente seu pau enquanto ele mete uma vez, duas vezes, até seu corpo inteiro ficar tenso, sua bunda levantando do banco de couro para pressionar bem fundo. Ele grunhe alto conforme o gozo jorra em minha boca e no fundo da garganta. Ele geme meu nome enquanto chupo com mais força, usando a mão na base para prolongar seu prazer. O gosto dele é um sonho. Grosso e único.

Engulo cada gota com prazer. É um prato servido quente e eu sou uma mulher faminta.

Quando levanto a cabeça, Chase está apoiado no encosto do banco de couro, a calça em volta dos tornozelos, o pau molhado ainda semiereto, mas perdendo a batalha contra a rigidez. Sua boca está aberta e ele está aspirando grandes doses de ar. Sorrio com orgulho e me aninho ao seu lado, acariciando a pele macia da sua coxa, arranhando minhas unhas nos pelos da sua perna.

Ele vira a cabeça e olha para mim, atônito.

— Nunca fizeram garganta profunda em mim antes. Você é uma deusa! — ele diz, maravilhado.

Dou risada.

— Não, eu só não tenho muito reflexo de engasgo — admito.

— Você ainda é uma deusa, e eu sou um filho da puta sortudo. — Ele me beija.

Continuamos nos beijando até chegar à cobertura. Atrapalhados, atravessamos o saguão do prédio e subimos os cinquenta andares para sua casa. Estamos ambos completamente exaustos. Ele abre o zíper do meu vestido e se vira para pegar os pijamas. Joga uma de suas camisetas brancas para mim. Tiro o sutiã e visto a camiseta em cima da calcinha. Ele puxa as cobertas e deita. Eu entro ali e me aconchego em seu peito. Beijo o espaço que cobre seu coração.

— Obrigada por esta noite.

Ele está imóvel. Imagino por um momento que ele adormeceu, mas, quando olho para cima, vejo que está me observando.

— Eu estou muito orgulhosa de estar com o Humanitário do Ano.

Ele me abraça e me beija suavemente nos lábios. Seus olhos alcançam os meus.

— Não. Eu é que tenho sorte por estar aqui com você.

Sorrio e me aninho novamente em seu peito. Coloco o ouvido sobre seu coração e adormeço com o som das batidas.

12

— *Acorda, linda. É dia de jogo!* — Chase desliza a mão pelas minhas costas, fazendo cócegas. — Seu telefone está recebendo mensagens feito louco. Acho que você devia olhar.

Abro os olhos e espreguiço meus membros cansados. Dia de jogo. Ah, vai ser tão divertido!

Vou levar meu namorado para fazer um programa com todos os meus melhores amigos. *Namorado*. Hum, vai ser difícil me acostumar. Chase está de pé, com uma toalha ao redor da cintura e outra secando o cabelo molhado. Eu olho quanto posso e o observo andar pelo quarto. O cara é gostoso. As palavras bêbadas de Carson retornam à memória. "Gostosão do Ano." Rio comigo mesma.

Chase para, vira aquela bunda linda e pendura a toalha no pescoço. Seu peito dourado é como um farol me chamando para casa enquanto engatinho até ele. É simplesmente delicioso demais para evitar.

— O que é tão engraçado?

— Eu só estava pensando que o Carson estava certo ontem. — Eu me ajoelho na cama e coloco as mãos em seu peito grande, os dedos abertos como uma estrela. Seus peitorais são tão quadrados que minha mão inteira aberta cabe dentro de cada recorte.

Ele junta as sobrancelhas.

— Você é o Gostosão do Ano. — E beijo o lado direito de seu peito.

Ele ri e em seguida geme enquanto beijo seu mamilo e giro a língua em torno da pequena carne. Seus mamilos são tão sensíveis quanto os meus, e tenho o maior prazer em saber que posso deixá-lo louco lambendo-os e beijando-os.

— Não — ele alerta.

Mas eu não paro.

— Você precisa se arrumar.

Ele segura minha cabeça enquanto lambo o pequeno pedaço de pele, movendo-o levemente com a língua.

Chase grunhe e a toalha em seus quadris começa a se mexer quando seu pau endurece.

— Tomei a liberdade de olhar suas mensagens. A Maria disse que nós temos que estar no parque às onze horas e pegar os ingressos na bilheteria. Já são quase dez. — Ele me empurra pelos ombros.

Eu faço bico.

— Você olhou as minhas mensagens?

— Olhei. O maldito celular estava apitando sem parar. Eu sabia que as suas amigas estavam tentando falar com você, mas queria te deixar dormir. — Ele caminha para o closet.

A ponta desconfiada de meu subconsciente se enfurece com o desrespeito à minha privacidade. Ainda assim, não estou brava de verdade. Só que ele invadiu meu celular sem pedir.

— Eu preferiria que você me acordasse em vez de mexer no meu celular — digo, indo em direção ao closet.

Ele volta para o quarto vestindo um jeans escuro confortável e uma camiseta preta, que gruda provocantemente em seu peito malhado. Delícia...

Com uma graça que nunca vi em outro homem, ele se aproxima e toca meu rosto.

— Eu vou tentar não invadir o seu espaço, mas prefiro que você não esconda nada de mim.

Reviro os olhos e me solto. Chase já separou a roupa para mim em cima da poltrona em frente à cama. É claro que ele escolheu o jeans justo insanamente caro da Gucci e uma blusa solta de manga três quartos da Chanel. Botas de montaria até o joelho da Prada estão no chão ao lado das roupas. Elas são caramelo e lindas demais. Encontro um sutiã e uma calcinha que ele deixou sobre a cômoda e me visto rapidamente.

Fico irritada com o fato de ele ter assumido o controle de novo. Se eu o deixar dominar todas essas coisinhas, ele vai começar a determinar tudo na minha vida, como Justin fazia? Quando finalmente consegui escapar de Justin, eu não tinha mais nada. Poucos amigos, nenhuma família e nada que eu pu-

173

desse considerar meu. Preciso de tempo para pensar na melhor maneira de lidar com essas questões com Chase, sem parecer chata ou mal-agradecida.

Mas não hoje! É dia de jogo, e há casais para juntarmos. Com tão pouco tempo para me arrumar, um rabo de cavalo vai ter que funcionar. Passo um pouco de maquiagem e estou pronta em meia hora.

Chase coloca café em uma garrafa térmica para viagem e me passa alguma coisa embrulhada em alumínio.

— O Bentley tem folga aos domingos. Eu fiz uns sanduíches de bacon, ovo e queijo para comermos no caminho.

Ele cozinhou para mim? Um filantropo sexy, ecológico, Humanitário do Ano fez o café da manhã para mim? Estou ferrada. Não há como não me apaixonar, derramar meu coração para esse homem e perder tudo de novo.

Quando ele teve tempo de fazer isso? Ele não dormiu? Depois da noite passada, eu fiquei um trapo, e ainda poderia dormir mais algumas horas.

— Você que fez?

— Você achou que eu não sabia cozinhar? — Ele coloca a mão no peito, fingindo estar magoado.

— Eu teria apostado que você não sabia cozinhar e que nunca tinha nem entrado na cozinha. — Sorrio e balanço a cabeça. Ele me surpreendeu mais uma vez e aumentou a já enorme lista de razões incríveis para estar fissurada nele.

Chase me puxa para um abraço e apoia a testa na minha.

— Tem muita coisa que você ainda não sabe sobre mim. Mas nós temos tempo. — Ele toca meus lábios com um beijinho.

Ele está certo, então eu só anuo enquanto ele continua:

— Eu adoro cozinhar e reservo o domingo para isso, porque não tenho muito tempo durante a semana.

— Eu também adoro cozinhar. A gente podia preparar alguma coisa juntos hoje à noite — sugiro.

Sua expressão fica séria.

— Não posso. Depois do jogo, tenho que ir para Los Angeles finalizar um acordo logo de manhã. Vou pegar o voo das nove da noite. — Ele me beija suavemente. — Mas nós temos hoje e o fim de semana que vem para planejar um encontro para cozinhar. O que você acha?

Incrível. Fantástico. Maravilhoso. Eu não falo nada disso, ainda presa ao fato de que esse homem quer me ver no fim de semana que vem. Há cinco dias inteiros antes disso e ele está planejando me ver. Algo dentro de mim explode com uma vertigem que não sinto há muito tempo.

— Ótimo — concordo. Isso vai me dar tempo para pensar no controle que Chase exerceu sobre mim neste fim de semana e na maneira como eu agi, cedendo facilmente. Talvez eu pense em um plano para me proteger.

Às onze horas em ponto, estamos na frente da bilheteria. Chase está irritado por não termos chegado mais cedo. Ele acha que não se deve nunca deixar alguém esperando. Essa mentalidade vai lhe provocar um ataque do coração antes dos quarenta anos, mas pelo menos ele tem consideração pelos outros. A minha missão vai ser ensiná-lo a desacelerar e aproveitar a vida. Se ele não o fizer, vai acabar perdendo momentos maravilhosos.

Nossas cadeiras ficam bem no centro da arquibancada e na segunda seção contando do campo, bem atrás do rebatedor.

— Se a gente estivesse no meu camarote, teria visão completa de tudo — Chase sussurra em meu ouvido.

Eu lhe dou uma cotovelada. Todos os meus amigos já estão sentados, conversando. Tom e Maria são os mais distante de nós, depois Bree e Phillip e então Kat e Carson. Tom se levanta e vem em nossa direção.

Ele é alto e largo, muito maior que Chase, o que normalmente me intimidaria. Mas, por ser um policial e ter salvado a vida da Maria anos atrás, tenho o sentimento oposto em sua presença. A cabeça de Tom não tem um fio de cabelo sequer. Ele deve raspar regularmente. Está com uma camiseta dos Giants e um jeans justo. Ele é o protótipo de um detetive de San Francisco. O homem emana autoridade, mas tem olhos verdes gentis, embora eles estejam no momento escondidos atrás dos óculos escuros.

Ele estende a mão para meu namorado.

— Legal te conhecer. Chase, certo?

— Sim. Tom, né?

O cara faz um sinal afirmativo com a cabeça.

— Isso mesmo.

— Estes lugares são ótimos. Valeu por nos convidar.

Chase está sendo gentil e eu o amo por isso. *Amo? Não... Bem, talvez? Cedo demais!*

— Sem problemas, cara. Sente ali do lado do seu chapa. — Tom aponta para duas cadeiras vazias ao lado de Carson.

Bree levanta e passa por nossos amigos. Chase a observa. Ela é linda todos os dias, mas hoje está maravilhosa. Seu cabelo loiro comprido voa ao vento.

O corpo bronzeado brilha ao sol em uma blusa de alcinha azul-bebê que combina com seus olhos. Alguns centímetros de sua barriga estão visíveis, mostrando uma florzinha balançando no umbigo. O jeans de cintura baixa combina perfeitamente com suas curvas firmes.

— Eu te falei que as minhas amigas eram lindas — sussurro para Chase.

— Você não estava brincando. — Ele sorri.

Dou um soco em seu ombro. Bree me puxa para um abraço apertado, depois faz o mesmo com Chase. Ele fica surpreso.

— Sou a Bree, a melhor amiga da Gigi.

— Vocês três são as melhores amigas dela, certo? — ele pergunta.

— Sim, mas ela gosta mais de mim! — Bree faz piada.

Começa a chover pipoca em cima da beldade loira, ela ri graciosamente e retorna à sua cadeira.

— Cala a boca, Bree! Você sabe que ela me ama mais — Ria berra.

Kat está rindo, mas não está falando, obviamente ocupada com Carson. Ele está com a mão no alto de sua coxa e o outro braço em seus ombros.

— Vocês dois, hein... — digo para eles.

Kat fica totalmente vermelha, e Carson abre um sorriso largo, como o gato que comeu o canário.

— *Cara bonita!* Você está um arraso! — Maria elogia enquanto me acomodo na minha cadeira.

Phillip e Chase dizem ao mesmo tempo:

— Está mesmo.

Chase estica a cabeça para olhar feio para Phillip. Empurro-o para o seu lugar. Dá para sentir sua tensão depois do comentário do meu amigo. Decido aliviar sua fúria e desviar a atenção de mim.

— Ei, Phil, a Bree não está uma gata? — pergunto.

Ela mexe no cabelo e olha irritada para mim, depois sorri e se reclina em sua cadeira, ao lado dele.

— Ela sempre está! — ele diz e então a examina descaradamente. — Você está demais — acrescenta em voz baixa para Bree.

Seu olhar vai de encontro ao dele e ela sorri. Chase relaxa. Agora, o próximo passo.

— Ei, Gigi — Phillip chama.

Antes de responder, puxo o rosto de Chase em direção ao meu e planto um beijo em seus lábios. Ele aprofunda o beijo, colocando a mão na minha nuca e se apertando em mim. Quando me afasto, ele está dando aquele sorriso sexy.

— Ah, por favor — Phillip reclama.

Sem me desgrudar de Chase, repondo para ele:

— Ei, que foi? — Aninho a testa em Chase, em uma exibição bastante pública de afeto.

As meninas são espertas o bastante para sacar o que estou fazendo. Quando me afasto, Maria está balançando a cabeça em sinal de reprovação, mas um traço de sorriso escapa dos cantos de sua boca. Bree está sorrindo como uma criança na manhã de Natal, as mãos juntas e próximas ao coração. Kat não deve ter percebido, porque não está prestando atenção nenhuma. Prefere mordiscar o pescoço de Carson. Phillip está sem dúvida furioso.

— Ei, Phil, vamos pegar umas cervejas para o pessoal — sugiro. Preciso esclarecer algumas coisas com meu melhor amigo agora mesmo.

Chase se levanta.

— Eu vou com você.

Coloco a mão em seu peito.

— Não, você não vai. Confie em mim. — Eu o encaro, tentando lhe dizer que preciso deste momento. — Mas algum dinheiro seria bom. — Abro a mão.

— Claro. — Ele tira a carteira como um raio.

Pisco um olho para Bree. Chase coloca algumas notas de vinte na minha mão, muito mais do que preciso para as cervejas, mas não vou reclamar. Eu sei que pedir dinheiro a ele na frente dos meus amigos era exatamente o que tinha que ser feito. Isso lhe devolve o senso de propriedade, a ideia de que ele pode suprir minhas necessidades.

— Compre o que quiser e traga cerveja para todo mundo. — Ele me beija rápido e então se senta de novo. O sorriso em seu rosto não tem preço.

Olho para Maria e ela revira os olhos. Kat faz sinal de positivo com o dedo e Phillip sai do meio do grupo.

— Vamos, então — diz, bufando.

Quando chegamos ao quiosque, coloco o dedo em seu peito.

— O que acontece com você? — Já estou cheia de deixar essa bobagem de macho ir adiante.

Ele dá um passo para trás.

— Comigo?! E você, dando amassos em público com um homem que conhece há meio segundo?

— Eu o conheço há quase duas semanas, e nós estamos namorando, está bem? Eu estou muito feliz com o Chase. Qual é o problema? — Pressiono seu peito mais do que preciso.

— Pare com isso! Está doendo. — Ele tira minha mão do seu peito. — Não sei. Talvez eu só esteja cansado de ver você se envolver com homens que não te merecem. Só isso. — Ele olha para os sapatos.

— E você acha que *você* me merece?

Seus olhos se viram rapidamente para os meus. Um olhar abalado marca seu rosto bonito.

— Não, Gigi, não é isso. Eu te amo, mas...

Resmungo e respiro fundo.

— Phil, eu sei. Eu também te amo, mas como irmão.

Ele assente e solta o ar que devia estar segurando. Leva a mão até a nuca e a esfrega, claramente desconfortável com a conversa.

— Exatamente.

— Então pare com essa estranheza em relação ao Chase. Se não é ciúme, o que é? Eu gosto muito dele e não quero que você estrague as coisas. — Agarro sua mão.

Ele me encara e aperta minha mão com força.

— Você está se apaixonando por ele, não está?

Em vez de responder, olho ao longe, precisando daqueles segundos preciosos. Não posso mentir para Phil, e ainda não tive tempo para pensar direito nos meus sentimentos.

— Gigi, eu não vejo você assim desde o Justin — ele continua.

Ouvir o nome dele me arrepia.

Phil me abraça forte.

— Desculpe. Eu não queria falar dele. É que eu posso ver nos seus olhos quando você olha para ele, Gigi. Eu só quero que você tenha cuidado com esse seu coração bonito.

Anuo em seu peito e o abraço mais forte.

— Eu nunca vou esquecer o que aquele filho da puta fez com você. Depois que eu perdi a Angie, não posso ver ninguém que eu amo se machucar.

Uma parte de mim quer sair comemorando. Eu sabia que não era ciúme! Chase distorceu minha mente com seu comportamento possessivo. Dou um grande abraço em Phil e descanso o queixo em seu esterno para olhar para ele. Seus olhos perderam a irritação, e tenho certeza de que os meus também. Tudo está bem de novo.

— Vamos comprar aquela cerveja. Eu não quero que o sr. Machão fique imaginando onde estamos.

— Cala a boca. — Dou um soco em seu braço. — Falando sério, você vai fazer um esforço com ele, não vai? — Faço o meu melhor bico, com direito a olhar de cachorrinho triste.

Ele respira fundo e me coloca a seu lado, caminhando para a fila.

— Se você gosta dele, vou me esforçar. Está certo?

— Promete? — Dou um sorriso largo e levanto um pé após o outro, praticamente pulando no lugar.

— Sim! Sua pé no saco. — Ele termina com um cutucão no meu ombro.

Esperamos para fazer os pedidos, e eu tenho um momento para tocar no assunto Bree. Desde que Angela morreu, há dois anos, nunca vi Phil nem chamar uma mulher para sair. Ele transou com uma no ano passado, quando todos nós saímos para beber. Uma gostosona no bar ficou de olho nele a noite toda. E eu incentivei, sabendo que ele precisava de uma noite de liberdade. Até peguei Anabelle na babá e a levei para casa comigo. A culpa que ele sentiu no dia seguinte partiu meu coração. Ele sentiu que havia traído a esposa morta e passou os meses seguintes em terapia. Aquela foi a última vez que tentei arranjar alguém para Phil. Até agora. Eu quero que ele supere a culpa e curta a vida de novo. E sei que Angela iria querer a mesma coisa.

— Então, o que você acha da Bree? — pergunto com ar casual.

— Bonita e divertida. Eu gosto dela. Acho a Bree ótima.

— Legal. Então você pensaria em sair com ela?

— Ela não sairia com um cara como eu — ele responde, sério.

Eu temia que ele dissesse isso. Resmungo e encolho os ombros.

— Ela acha você um gato.

Ele me puxa para olhar para ele.

— É mesmo? Ela disse isso?

Concordando com a cabeça, sorrio.

— Você devia convidá-la para sair algum dia. Sozinhos, não em turma. — Falo isso e vou embora, carregando quatro garrafas de cerveja, duas em cada mão.

Ele ri e me segue, os neurônios já trabalhando. Nós todos saímos juntos nos últimos anos, mas os dois nunca pareceram pensar um no outro dessa maneira. Bree sempre estava ficando com algum babaca, e Phil evitava qualquer coisa remotamente relacionada a intimidade e mulheres. Agora eu vejo que ele está pensando nisso. Só espero que ele tome coragem, mas, conhecendo Phil, sei que não vai rolar. Talvez eu tenha que forçar um pouco as coisas. Quando desço as escadas de volta aos nossos lugares, Chase se levanta e pega duas cervejas, que entrega a Maria e Tom.

— Valeu, cara. — Tom pega a garrafa.

— Valeu pelos ingressos! — Chase inclina a garrafa de cerveja, em um movimento típico masculino que somente os homens entendem.

Agora que todos têm uma cerveja, nós nos acomodamos para assistir ao jogo. De tempos em tempos, Maria, Tom, Carson e Chase gritam por causa de alguma decisão. Chase está realmente se divertindo. Quando os Giants marcam, todos comemoram.

Chase coloca a mão na minha coxa. Coloco o braço em torno dos seus ombros largos e me apoio nele enquanto observo meus amigos. Tom está segurando a mão de Maria. Eles estão conversando sobre o jogo. Posso ver que ele gosta dela. Ele inclina a cabeça para escutá-la e os dois riem das mesmas coisas. É hilário. Eles agem como se estivessem morrendo quando uma jogada não sai como o esperado. É incrível a rapidez com que ela passou a entender de beisebol.

Kat e Carson estão em seu próprio mundinho. Ela cruzou as pernas e está virada em sua direção. Os dois trocam sussurros. De vez em quando ele olha para o jogo, mas Kat está prendendo a maior parte de sua atenção. Ele dá beijinhos em seus lábios e ombros. Eles estão com as mãos dadas desde que chegamos e não prestaram atenção em ninguém, exceto um no outro. É uma alegria finalmente vê-la tão feliz.

Dou uma olhada em Bree e Phillip. Desde nossa conversa, ele está fazendo um esforço para falar com ela. Isso aí, Phil! Eu a vejo brincar com o cabelo, fazendo questão de tocá-lo sempre que pode. Um tapinha no braço aqui, um toque na coxa ali. Bree está em modo flerte total. Ela tem os olhos em Phillip e está fazendo tudo o que pode. Eles formariam um casal lindo, e eu sei que Bree seria uma madrasta incrível para Anabelle. Ele realmente precisa de uma mulher em sua vida além de mim. Parece que Phillip está gostando da conversa também. Ele está usando a tática do cara tímido. Quando ela diz alguma coisa engraçada, ele olha para baixo, balança a cabeça e depois a encara através dos cílios. Legal!

Chase inclina a cabeça na minha direção.

— Está gostando do jogo, baby?

Como ele é lindo. Seu cabelo está esvoaçando um pouco, e ele sorri de um jeito que deixaria qualquer mulher de joelhos.

— Muito. — Sorrio.

Ele volta a olhar para o jogo. Eu me aninho em seu pescoço, absorvendo seu perfume. O odor amadeirado misturado com o cítrico é minha perdição. O calor se espalha em meu corpo, fazendo cada toque seu parecer mais significativo.

— Você pode me levar para casa depois do jogo? — Massageio seus ombros com uma mão.

— Você pode ficar na minha casa — ele oferece.

— Tenho que trabalhar amanhã, e você vai para Los Angeles — lembro.

Uma expressão séria surge em seu rosto.

— Eu te levo para sua casa.

Eu me inclino em seu ouvido e sussurro:

— Só consigo pensar em ter você na minha casa e na minha cama. — Chase está me tornando corajosa sexualmente, sem medo de pedir o que eu quero. É um sentimento estranho, mas excitante e libertador ao mesmo tempo.

A mão de Chase desliza mais para o alto da minha coxa. Ele toca meu centro. Mal posso sentir através do jeans, mas está lá, e eu me forço em sua direção.

— Estou pronto quando você estiver — ele diz, sério.

Beijo seu pescoço.

— Mais tarde. — Seguro sua mão e a aperto.

— É uma promessa. — Ele termina sua cerveja de uma vez.

Passamos o restante do dia rindo e torcendo. Todos prestamos atenção no jogo a maior parte do tempo. Na última entrada, todas as bases, exceto a primeira, estão ocupadas. O lançador arremessa e o rebatedor acerta um grand slam. A multidão enlouquece. Eu não tinha ideia do que estava acontecendo quando os quatro homens em campo fizeram a volta da vitória em torno das bases, cada um acertando a base principal.

Todos à nossa volta, incluindo meu grupo, pulam, gritando e aplaudindo. O locutor anuncia que os Giants ganharam o jogo! A multidão vibra. Um a um, cada homem agarra sua mulher. Tom puxa Maria para um beijo alucinado. Ele a levanta e a gira em círculo. Carson pega a mão de Kat, a coloca no colo e lhe dá um beijo também. Vejo Bree pular, celebrando, em seguida agarrar Phillip, exclamar: "Que seja!" e colar os lábios nos dele. Ela encosta seu corpo sarado no dele e os dois se fundem, perdidos no momento.

— Venha aqui, baby. — Chase traz meu rosto para o dele com ambas as mãos.

Suspiro com seu beijo enquanto ele mergulha a língua em minha boca. Retribuo tudo que ele está dando, girando a língua em torno da sua e mordiscando seu lábio inferior. Ele puxa meu lábio superior e, em seguida, inclina minha cabeça para o lado enquanto desliza a mão pelo meu corpo para tocar minha bunda, me prensando contra as formas rijas do seu corpo e da sua necessidade crescente.

Nós nos perdemos no beijo, esquecendo onde estamos e quem está conosco.

— Arrumem um quarto! — Maria berra atrás de nós.

Eu me afasto de Chase, sem ar. Deus, eu o quero neste minuto.

— Cale a boca, Ria! — grito sobre o ombro.

Chase sorri e me puxa contra si, me abraçando.

— Vamos, baby? — pergunta.

— Vamos jantar? — Bree sugere. Ela pula de pé em pé, obviamente entusiasmada. Provavelmente por causa do megabeijo com Phil.

— O Chase vai para Los Angeles hoje à noite. Ele vai me levar para casa antes. — Mexo as sobrancelhas para que ela entenda a mensagem.

Ela parece desapontada, mas passa para a próxima vítima.

— E vocês? — pergunta para Kat.

— Ocupados. — Kat abre um sorriso largo para Carson.

Ele faz um gesto afirmativo com a cabeça.

— Estamos *muito* ocupados. — Ela não desvia o olhar do seu loiro gostosão abraçando-a.

Bree faz bico.

— E vocês, Ria?

Estou começando a me sentir mal pela garota.

— Nem pergunte, *hermosa*! Vou me aproveitar deste homem — ela diz, cem por cento honesta, apontando o polegar para Tom.

As orelhas dele ficam totalmente vermelhas, mas ele ri e coloca os braços enormes em volta dela em um abraço. Ela se aconchega nele, feliz como nunca.

— Vamos ver quem vai se aproveitar de quem — ele diz.

Todos nós rimos.

O bico de Bree aumenta ainda mais. Ela está claramente desapontada.

— Eu janto com você — Phillip anuncia.

Os olhos dela se arregalam.

— Sério? Seria fantástico!

Olho para Kat e Maria. Phillip tomou, de fato, a iniciativa. Estou impressionada e vou fazer questão de elogiá-lo em particular.

Ele limpa a garganta, e sua confiança parece voltar.

— Eu conheço um lugarzinho de sushi no centro da cidade, se você estiver interessada.

— Eu adoro sushi! — ela exclama.

— Credo! Você não pode levá-la em algum outro lugar, Phil? Você quer alimentar a minha amiga com bichos do fundo do mar? — Balanço a cabeça, enojada.

Chase ri e me puxa para perto.

— Você é esquisita, Gigi! — Bree sorri. — Frutos do mar são deliciosos e fazem muito bem.

Enrugo o nariz.

— Se vocês quiserem comer baratas do mar, não sou eu quem vai impedir. — Deslizo as mãos para cima e para baixo nos antebraços bronzeados de Chase. Adoro ficar presa pelos seus braços. Me faz sentir tão confortável. Tão segura.

Chase sussurra em meu ouvido:

— O tempo está passando.

— Hora de ir! — falo imediatamente para meus amigos.

Abraço cada um e agradeço a Tom pela generosidade, dizendo que nos divertimos muito. Chase aperta a mão dos homens e aceita um abraço de cada uma de minhas amigas. Seu rosto é impassível enquanto ele recebe os abraços, mas não retribui exatamente, a maior parte do tempo dando um tapinha superficial nas costas das pessoas. Interessante.

O grupo caminha para a entrada. Balanço alegremente a mão de Chase.

— Foi o melhor fim de semana de todos — comemoro.

— De todos? — Seu rosto traz uma expressão de surpresa.

Penso por alguns minutos.

— Sim, de todos. Eu nunca estive tão feliz.

— Ah, baby, eu vou te fazer muito mais feliz — ele ruge e toca minhas curvas, enviando ondas de desejo entre minhas coxas.

A limusine para e meus amigos ficam babando enquanto Chase me ajuda a entrar.

— Vocês são horríveis! — Maria grita ao ver o carro luxuoso. Eles vão ficar presos no inferno do estacionamento, tentando achar o caminho para fora da confusão. Este estádio em particular é notório pela saída tumultuada.

— Invejosa! *Besos!* — grito pela janela e aceno.

Ouço uma rodada de "Besos" de cada uma das minhas irmãs de alma. Eu amo meus amigos. Eu amo minha vida. E, em trinta minutos, vou estar fazendo amor com um Super-Homem incrivelmente gostoso. Estou começando a acreditar que contos de fadas existem.

— Por que você diz "besos" para as suas amigas? — Chase pergunta enquanto beija cada um dos nós dos meus dedos, amplificando meu desejo por ele.

— Nós sempre fazemos isso. Foi a Ria que começou, há alguns anos. É nosso modo de dizer que nos amamos. B-E-S-O-S significa *bound eternally sisters of souls*, ou "irmãs de alma unidas eternamente".

Chase puxa meu elástico e meu cabelo cai em torno dos ombros. Ele massageia minha nuca, passando os dedos pelo meu couro cabeludo. Eu me recosto no banco e gemo, sem querer que ele pare.

— E a tatuagem? — Chase pergunta, beijando meu pescoço.

Em meu pulso esquerdo há um símbolo vibrante da trindade céltica. É a única tatuagem que tenho, e a única que posso imaginar. Quando você tem um passado como o meu, marcar o corpo de qualquer maneira precisa ter um significado. Para as três mulheres que eu amo mais que a vida, isso significa muito.

— É a trindade celta. — Eu contorno o desenho preto e azul. É mais ou menos do tamanho de uma moeda de vinte e cinco centavos. É de um azul-índigo denso com contornos pretos em torno de três pétalas. Todas se unem e são cercadas pelo círculo de proteção. — Tem muitos significados. Corpo, mente e alma. Pai, Filho e Espírito Santo...

— E o que significa para você e as suas amigas? Notei que vocês quatro têm o desenho, pelo menos eu suspeito. Eu vi no ombro da Maria outro dia e no pé da Bree hoje.

— A tatuagem da Kat é no quadril, e você nunca vai ver! — Franzo a testa, fingindo raiva.

— Nem quero. Quer dizer, suas amigas são todas lindas, mas eu prefiro uma ruiva curvilínea, gostosa em qualquer dia da semana. — Ele morde o lugar onde meu ombro e meu pescoço se encontram.

Perco o ar e inclino o pescoço para o lado.

— Então, o que a tatuagem significa para vocês?

— Ah, hum...

Chase continua a me beijar e a lamber a lateral do meu pescoço, me distraindo.

— Corpo, mente e alma são importantes para nós quatro, mas para mim, particularmente, a tatuagem representa o passado, o presente e o futuro. Elas sempre vão fazer parte do meu passado, do meu presente e do meu futuro também.

Chase faz um som no meu pescoço e enrola meu cabelo.

— Você tem um cabelo lindo, Gillian — sussurra em meu ouvido.

Ruiva. A frase ecoa em minha memória.

— Falando nisso, por que a sua família pareceu surpresa com a cor do meu cabelo? O Carson falou qualquer coisa. E o Cooper também, no jantar.

Chase fica tenso.

— Não é nada. — E me beija de novo.

Ah, definitivamente tem alguma coisa. Algo de que ele não quer falar. Quero saber, mas sua língua está correndo pelo meu pescoço. Sua mão chega ao meu seio e o aperta através do tecido fino. Gemo e toco seu rosto para trazer seus lábios aos meus. Sento no seu colo e aperto sua ereção enquanto nos beijamos languidamente, nos perdendo em nossa paixão.

Chase desliza as mãos debaixo da minha blusa para tocar cada seio. Inclino a cabeça e mergulho fundo em sua boca. Seus dedos passam debaixo dos bojos do meu sutiã para puxar e dedilhar cada bico trêmulo. Deslizo a língua pelo seu queixo e vou mordendo sua barba por fazer. Lambo a superfície áspera até subir para o lóbulo de sua orelha e giro a língua em torno da pele, mordiscando de leve. Ele levanta os quadris contra os meus e eu me aproveito, apertando mais sua ereção.

— Eu quero você — ele diz entredentes, as narinas se abrindo.

Se eu não soubesse que ele está louco de desejo, pensaria que ele está raivoso, pronto para brigar.

— Então me tome — desafio.

Quando as palavras deixam minha boca, a limusine para. Chegamos ao meu prédio. Eu me seguro para não socar o ar de alegria.

Chase nem espera Jack abrir a porta. Já está fora do carro, me puxando atrás de si em direção ao meu apartamento.

— Jack, traga as roupas para o apartamento dela. Volte daqui a uma hora e meia. — Chase praticamente me empurra pelas portas do edifício.

— O tempo vai ficar apertado, senhor — Jack alerta.

— Vai dar tudo certo. Uma hora e meia.

— Chase, se você tem que ir, nós podemos deixar para...

— Não é uma opção — ele me interrompe e segue em frente. — Eu vou ficar fora por dois dias. Vou te levar para a cama.

Ele é um homem em uma missão, e eu adoro isso. Uma vertigem toma meu peito enquanto corro ao lado dele.

— Sim, senhor! — saúdo e ele revira os olhos.

— Abra a maldita porta, Gillian, ou eu vou te pegar aqui no corredor mesmo.

Estou tentando tirar minhas chaves da bolsa, mas suas mãos em mim me deixam atrapalhada. Ele toca meus seios e morde meu pescoço enquanto perco o contato com a fechadura.

— Você está demorando muito — ele alerta, apertando o pau contra minha bunda através do jeans. Ele enterra sua ereção em mim maldosamente, detonando uma bomba de calor.

— Merda! — Derrubo as chaves, sem conseguir abrir a porta.

Ele as pega, me puxa contra a porta e me devora com um beijo. Me aperta contra o batente enquanto tenta virar a chave. Me aperta mais uma vez e a porta abre. Entramos cambaleando e nos equilibrando para não cair no chão. Chase já está tirando a camiseta. Ele a joga no chão e eu lambo os lábios quando vejo seu peito dourado. Ando para trás em direção ao meu quarto, vendo seus olhos pegarem fogo e escurecerem.

Tiro minha blusa de grife e a jogo no chão também. Seus sapatos voam, um pé e depois o outro, enquanto caminhamos lentamente. Eu o imito, aumentando o frisson enquanto desabotoo meu jeans e desço o zíper. Suas sobrancelhas levantam, ele abre seus botões e para de andar para conseguir tirar a calça jeans. A cueca boxer preta molda sua forma como uma segunda pele. Sigo seu exemplo e faço o mesmo até estar diante dele com um conjunto de sutiã e calcinha rosa-claro que ele mesmo comprou. Ele olha para meu corpo e morde o lábio.

— Dinheiro bem gasto. Eu vou te dar uma loja cheia de cetim e renda para passar os dias sabendo que a minha mulher está vestindo essas coisas para mim. — Seu olhar trilha minhas curvas, quase como uma carícia. — Baby, eu não aguento esperar. Quero estar dentro de você — ele diz e dá o bote, como um puma capturando sua presa.

186

Ele agarra minha cintura e aperta seu comprimento contra o meu. Pele masculina quente. Minha boca se enche de água e eu gemo, deslizando as mãos pelo seu tórax e subindo pelo abdome. Sinto seus músculos se juntarem e ficarem tensos sob meu toque.

— Onde é o seu quarto? — Ele passa os dedos sobre minha calcinha de renda.

— Logo atrás de mim, no fim do corredor.

Ele agarra minha bunda e me levanta. Minhas pernas imediatamente estão em torno dele. Por um momento, eu me lembro dele me tomando encostada na parede na sua sala de jantar, na outra noite. Aperto as pernas em torno de sua cintura. Ele nos leva ao meu quarto e me coloca sobre a cama queen-size. Meu edredom branco é frio contra minha pele quente. Seus lábios encontram os meus e nós nos beijamos pelo que parecem horas, mas provavelmente são só minutos.

Ele desliza os dedos nas laterais da minha calcinha e a arrasta lentamente pelas minhas pernas. Eu me levanto, abro o sutiã e o jogo no banco no pé da cama. Ele se levanta e abaixa a cueca. Seu pau sai para fora, grosso e orgulhoso. Eu o envolvo com uma mão, me deliciando com a sua dureza. Saber que provoquei isso em Chase, fazendo o mestre do universo perder um pouco do controle, me deixa fraca e necessitada. Eu me inclino para a frente e lambo a gota sobre a ponta. Giro a língua em torno da coroa e a enfio profundamente na boca. Ele empurra os quadris para a frente e eu o tomo mais fundo e com vontade. É mais fácil levá-lo até a minha garganta quando ele está de pé. Respiro fundo e puxo seus quadris, deslizando seu pau nas paredes da minha garganta.

— Caralho! — ele grita e tira o pau da minha boca, estremecendo com o esforço para não gozar tão rápido.

Sorrio e enxugo os lábios com o polegar, antes de ele me beijar.

— Ah, sua safada. Você vai ver só.

— Mal posso esperar. — Minha voz é áspera e pesada. É a voz de sexo perfeita.

— Você não faz ideia. — Ele me empurra e arrasta a língua em cada seio. Toma uma ponta rosada dentro do calor molhado de sua boca e eu me aperto mais em seu rosto, entrelaçando os dedos em seu cabelo. Ele sorri contra os meus seios e puxa o botão com os dentes, mordendo a carne macia.

Lanças de prazer rasgam do meu peito para o meu sexo, que se umedece e amacia, me deixando totalmente pronta.

— Isso, Chase! — Eu me movo violentamente enquanto ele continua puxando, mordendo e beliscando cada mamilo, até eu estar tremendo debaixo dele, em êxtase. — Por favor...

A súplica funciona. Chase não consegue negar quando imploro pelo seu pau.

— Você quer que eu te foda? — Ele aperta dois dedos profundamente no meu centro. Faz um gancho e esfrega o polegar em torno do clitóris.

Arqueio em sua mão e giro os quadris com seus movimentos. O prazer consome cada faceta de meu ser. Com cada movimento de seus dedos dentro de mim, eu me contorço. Ele quase me deixa em lágrimas, perdida em seu controle sobre mim.

— Sim, Chase, me fode... por favor! — grito.

Ele tira os dedos e eu quase choro pela perda. Ele abre bem minhas coxas e se posiciona. Enfia a ponta e me provoca com isso.

— De novo — ordena.

Tento usar as pernas para puxá-lo para dentro de mim, mas ele as está segurando contra a cama, me escancarando física e emocionalmente.

— Por favor, Chase... Baby... — imploro novamente, minha cabeça se debatendo enquanto ele gira o dedo em torno do meu clitóris. Não é o suficiente. Eu preciso dele. Dele todo.

— Você é tão linda aberta desse jeito, implorando para eu te tomar. — Ele agarra meus joelhos e os empurra para cima e para trás, me abrindo mais.

Estou completamente vulnerável, e ele tem controle total. Ele tira a ponta de seu pau para fora e, antes que eu possa protestar, enfia dentro de mim até o fundo.

— Chase! — grito até ficar rouca.

Ele tira e mete de novo em mim. Começa um ritmo forçado, socado, que me levanta e me joga de cabeça no orgasmo. Estou perdida na sensação. Cada arremetida do seu membro grosso se arrasta contra aquele ponto mágico dentro de mim, e eu começo a espiralar e a pulsar com a pressão. Chase aumenta o ritmo, trazendo seu rosto para o meu em um beijo profundo e ardente. O novo ângulo o traz mais alguns centímetros para dentro, batendo em meu útero. Ele grunhe em minha boca e morde meu lábio. Seu pau chega ao fundo enquanto ele empurra meus joelhos, forçando cada milímetro de seu comprimento para me penetrar mais. Eu me sinto preenchida, esticada ao máximo.

— Quero que você esteja dolorida quando eu for embora, baby. — Ele continua com movimentos violentos e acrescenta uma torção dos quadris, raspando meu clitóris ávido com cada movimento do seu osso pélvico.

Eu grito enquanto ele leva as mãos debaixo da minha bunda para tocar cada lado, usando toda a sua força para me puxar contra seu pau ao mesmo tempo em que se contorce dentro de mim. Estou explodindo. Meu orgasmo me varre em uma onda gigantesca de calor e luz.

Enquanto as ondas da libertação me abatem, ele se afasta e me vira. Levanta meus quadris e me penetra novamente com força, sem desculpas, como se eu fosse sua propriedade. Neste momento, eu sou.

— Isso — berro enquanto meu sexo aperta e molha o seu pau.

Chase mete em mim rápido, fazendo o êxtase crescer novamente.

— Caralho, você é tão apertada! E a sua bunda... Eu adoro te foder, ver o meu pau metendo na sua boceta. Baby... eu nunca vou enjoar disso.

Mais do que qualquer coisa, eu espero que ele esteja sendo sincero. Ele mete em mim e eu recebo seus movimentos, permitindo que ele me coma com mais força. Dói da melhor maneira possível, como uma massagem profunda, mas por dentro. Você sabe que vai ficar dolorida no dia seguinte, mas vale a pena. Chase enterra os dedos nos meus quadris com tanta força que quase sinto dor e não me importo. Ele me esmaga repetidamente e eu o sinto ficar mais tenso, seus movimentos se tornando mais descontrolados.

— Eu quero você comigo — ele diz, entredentes.

Ele se inclina e passa a mão para a frente. Encontra meu clitóris e belisca com força a pele úmida e sensível, me mandando para outro orgasmo avassalador. Enfia bem lá dentro, me segurando rudemente contra sua pélvis enquanto solta jatos quentes dentro de meu centro, nossos corpos se derretendo um no outro. Depois dos últimos espasmos dos seus quadris, Chase despenca em cima de mim, me apertando contra o colchão. Seu peso é maravilhoso e bem-vindo. É como meu cobertor particular. Cedo demais, ele rola para o lado, me puxando para seu peito molhado de suor. Ambos estamos ofegantes e tentamos acalmar nossos corpos.

— Nunca foi assim com nenhuma outra mulher, Gillian — Chase diz baixinho, olhando fixamente para o teto.

— Nem para mim. — Eu me viro de frente para ele. — Eu só quero você. — Estico cada músculo formigante, alongando e flexionando os dedos dos pés e das mãos. O espaço entre minhas pernas está definitivamente dolorido e bem usado. Mas não tenho reclamações. Vou suportar o desconforto com prazer.

Ficamos deitados por um bom tempo, com Chase acariciando meus braços.

— Tenho que ir, baby.

Franzo a testa e faço bico. Ele sorri e beija meus lábios.

— Eu sei. Mas não quero que você vá. — Suspirando, eu me sento e encontro meu sutiã e minha calcinha. Visto-os e pego uma calça de ioga e uma camiseta na gaveta.

Chase encontra sua trilha de roupas e se veste rápido. Alguém bate na porta da frente.

— Deve ser o Jack.

Anuo e caminho com ele até a porta. Ele abre e faz um gesto para que Jack espere no carro. Então me dá um abraço e um beijo longo. Não é um beijo de despedida. É mais "espere por mim". Dou o meu máximo, tentando exprimir sem palavras tudo o que está em revolução na minha mente e coração.

— Gillian, hoje foi... demais. O fim de semana todo. — Ele balança a cabeça e me puxa para si. Apoia a testa na lateral do meu pescoço e respira fundo. — Eu não me divertia assim fazia muito tempo.

Eu acredito nele. O homem que encontrei há algumas semanas parecia muito mais reservado e conservador. Este Chase, o *meu* Chase, é interessante e divertido.

Dou o meu melhor sorriso de cem watts e o abraço com força.

— Fico feliz que tenha gostado da minha família!

— Gostei. Muito, mas não tanto quanto eu gosto de você. — Ele levanta meu queixo e me beija suavemente. — Vou estar de volta na terça à noite. Posso te levar para jantar na quarta?

— Eu adoraria.

Ele se vira para sair e meu peito dói.

— Chase?

Ele olha para mim e tomba a cabeça para o lado, esperando.

— Vou sentir sua falta — admito.

O sorriso que enfeita seu rosto é hipnotizador.

— Eu também vou sentir sua falta, baby. — Seu tom é adornado com sexo e possivelmente algo mais. Ele pisca um olho.

Fecho a porta e me apoio nela, cerrando os olhos.

— Estou me apaixonando por você, Chase — sussurro.

13

Uma mensagem de Chase na terça de manhã me deixa zonza.

> Os negócios estão indo muito bem. Vou ficar em LA até amanhã à tarde. Jantar às 19 na minha casa.

Até em mensagens de texto ele é mandão, mas eu sei que é só o seu jeito. Ele tem total controle sobre sua vida e de todos à sua volta. Não conseguir mandar em mim e no nosso relacionamento o desequilibra. Até agora, nunca me senti no controle de nada na minha vida. Passei anos sendo controlada por um homem que pensei que me amava e ainda mais anos tentando me recuperar.

Antes que eu possa responder à mensagem de Chase, Taye me chama até seu escritório. Seu tom não é tranquilo e amigável como estou acostumada. É mais do tipo estressado e chateado.

— Sente-se, Gillian. Estamos aguardando a sra. Peterson chegar.

Tenho certeza de que meu queixo caiu. A sra. Peterson é a diretora de recursos humanos e, a julgar por suas costas tensas, alguma coisa ruim aconteceu. Tento pensar no que eu posso ter feito para chateá-lo. O suficiente para a diretora de RH ser chamada.

— Do que se trata? — pergunto a Taye.

— Pediram que eu não discutisse a situação até a sra. Peterson chegar — ele diz, sério.

Ele não olha para mim, e está realmente tenso. Seu maxilar está cerrado e o suor brota em sua testa. Faz questão de mexer nos papéis em sua mesa, como se não soubesse o que fazer com as mãos. Algo está muito, muito errado. Faço um esforço para raciocinar. O que pode ter provocado isso? Por que a diretora de recursos humanos quer me ver? Não chego a nenhuma resposta.

A sra. Peterson entra rapidamente no escritório de Taye e se senta a uma pequena mesa à minha frente. O cabelo chanel loiro acentua seus traços, mas os olhos azuis são frios e sem sentimento. Ela veste um terninho vermelho intenso e uma blusa branca de seda com pequenos botões de pérola. A mulher é bem bonita. Seria mais se sorrisse de vez em quando.

— Srta. Callahan, informações comprometedoras foram trazidas à nossa atenção. E acredito ser do interesse da fundação trazê-las à tona imediatamente. — Seus olhos ardem nos meus.

Cruzo as mãos sobre o colo, juntando os dedos nervosamente.

Ela pega um jornal, abre ao meio e o coloca sobre a mesa. Uma foto minha e de Chase, tirada no evento beneficente do fim de semana, preenche metade da página. No topo, lê-se: "O bilionário Chase Davis não está mais solteiro?" Na imagem, Chase está claramente beijando meu pescoço enquanto eu me apoio nele. Sua mão está em torno da minha cintura, me segurando afetuosamente. Meus olhos estão fechados e eu estou sorrindo. É uma foto espontânea que algum fotógrafo tirou, provavelmente aquele que Jack expulsou. Não consigo desviar os olhos da foto. É uma daquelas imagens em que você e seu parceiro parecem tão felizes que você gostaria de emoldurar e guardar para sempre. Vê-la exposta no *San Francisco Chronicle* é obviamente um problema.

— Essa é você, srta. Callahan, não é? — Seu tom é duro.

Olho para Taye, que está encarando fixamente o nada. Suas mãos estão fechadas de maneira tensa. Ele está desconfortável com essa reunião e definitivamente bravo. Não tenho certeza se é comigo ou em meu nome. Espero que seja o último caso.

Faço um sinal afirmativo com a cabeça para a sra. Peterson, sem saber o que dizer. Então ela joga a bomba.

— Esse comportamento é inaceitável para um funcionário da fundação.

Como se não estivesse grudada no pescoço, minha cabeça cai para trás, a boca se abrindo e fechando, pronta para discutir. Antes que eu possa dizer qualquer coisa em minha defesa, ela continua:

— O sr. Davis é o presidente do nosso conselho e o maior doador da fundação. A doação anual dele paga os nossos salários e despesas gerais. —

Sua beleza é subitamente diminuída pela expressão pálida que está dirigindo a mim e pela acusação em sua voz.

— Desculpe, sra. Peterson. Aonde está querendo chegar? — pergunto.

— Você está em um relacionamento com o sr. Davis? — ela pergunta, sem rodeios. Sua boca se fecha em um sorriso cínico, e seu maxilar fica tenso.

— Eu não sei como isso pode ser da sua conta, mas, sim, nós estamos saindo. — Não tenho vergonha de meu relacionamento com ele e não tenho razão para ter. Não é convencional namorar alguém do conselho, mas ele é voluntário, não um funcionário. Não acredito que isso se enquadre em qualquer política de recursos humanos. Aliás, há outros casos de funcionários que namoram. Não entendo como isso pode ser um problema.

— Vou deixar algo muito claro, srta. Callahan. Esse relacionamento não é bom para a fundação. É inapropriado eticamente. — Ela arruma o cabelo e dobra o jornal. — Dá à fundação uma imagem negativa. Não podemos ter funcionários namorando membros do conselho.

— O que você está dizendo? — A pergunta devia soar cheia de confiança, mas sai fraca e sussurrada.

— Você tem uma decisão a tomar. — Seu rosto se contorce em uma careta e ela levanta a mão, mostrando três dedos. — Um, você termina o seu relacionamento com o sr. Davis. — Ela abaixa aquele dedo. — Dois, você continua o relacionamento e ele terá que deixar a posição de presidente do conselho. — Outro dedo cai.

Naquele momento, tudo à minha volta começa a oscilar. Meu mundo está se despedaçando como uma parede à beira de um precipício que acabou de ser atingido por um terremoto. Cada pedaço desliza e cai nas profundezas escuras do mar. Lágrimas se acumulam nos cantos da minha visão, mas eu não quero que elas caiam. O sorriso da sra. Peterson tem uma curvatura maldosa enquanto ela coloca mais pregos no caixão da minha vida e da minha carreira.

— Ou, três, você pede demissão ou é demitida do seu cargo na fundação. A escolha é sua.

Limpo o canto do olho com o dedo.

— Vou pedir a você que tire o resto da semana e retorne na sexta-feira com a sua decisão. Você está em suspensão remunerada por três dias. Isso deve lhe dar tempo suficiente para determinar o que é melhor para você. Estamos buscando o melhor para a fundação.

A sra. Peterson sela meu destino, se levantando e virando para Taye.

— Sr. Jefferson, há alguma coisa que queira acrescentar?

Ele balança a cabeça.

— Não, sra. Peterson. Acredito que você tenha falado tudo. Obrigado.

Ela assente e deixa a sala, acelerando o passo. A conversa inteira levou menos de quinze minutos. Seus saltos afundam no carpete enquanto ela sai pisando duro em seu conjunto vermelho impecável.

E é isso. Ela não disse uma palavra amigável sobre meu trabalho, só falou que eu estava prejudicando a fundação por causa do meu relacionamento com Chase. Tudo o que eu fiz até aqui, dois anos da minha vida, acabou de ser maculado, destruído mais uma vez pela minha escolha de homens.

Balanço a cabeça e alcanço a porta.

— Vou pegar as minhas coisas.

— Gigi, espere — diz Taye.

— Ah, agora é Gigi? Não srta. Callahan? Taye, você não me defendeu quando ela estava me destruindo. Todo o trabalho que eu fiz, tudo, não conta para nada. — As lágrimas caem, eu as enxugo e deixo o escritório. Vou impetuosamente à minha mesa, pego minha bolsa e saio praticamente correndo do prédio.

Não posso acreditar que isso esteja acontecendo. Eu soube, quando descobri que Chase era o presidente do conselho, que sair com ele poderia ser um problema, mas nunca pensei que enfrentaria um ultimato. Chase ou a fundação? O único lugar que me ajudou quando eu estava quebrada, quando eu não tinha nada, quando eu poderia ter morrido.

O que eu vou dizer a Chase? Nada. Não posso lhe contar nada. É óbvio que não posso jantar com ele amanhã. Agora tenho que pensar no que fazer. Novas lágrimas rolam pelo meu rosto, e meu corpo inteiro esquenta. Pequenos tremores espiralam através dos meus membros e eu acelero meu Honda Civic, correndo para meu apartamento.

Entro violentamente pela porta, partida por soluços bruscos, sem conseguir chegar ao sofá.

Maria está lá e, quando vê o meu rosto, salta da banqueta da cozinha, terminando a ligação em que estava com um rápido "Merda, tenho que ir!". E está comigo em um instante.

— Gigi, o que aconteceu? Você está machucada?

Balanço a cabeça, mas não consigo parar de chorar e soluçar. A dor é tão forte que eu fecho os punhos e os aperto contra os olhos, para estancar as lágrimas.

194

— *Me estás asustando!* — Ela me chacoalha. — Você está me assustando, Gigi!

Respiro fundo algumas vezes, tentando controlar as emoções para não deixar minha amiga angustiada por me ver assim.

— O pessoal do trabalho descobriu sobre o Chase e eu. — Quase não consigo falar enquanto as lágrimas correm em minhas bochechas.

Ela as enxuga e segura meu rosto.

— E? — Seus olhos demonstram preocupação.

— E... E eles disseram que ou a gente se separa, ou ele vai ter que sair do conselho. — Ela me dá um lenço de papel e eu enxugo as lágrimas. — Ou então eu tenho que pedir demissão, ou eles vão me dispensar! — Soluço.

— *Qué mierda!* Que loucura, Gigi! *Lo siento mucho, cara bonita!* Por favor, não chore. Vai ficar tudo bem. — Ela acaricia meu cabelo e me passa outro lenço.

— Não vai ficar! — digo, com desespero. — Ou eu perco o meu emprego, um trabalho que eu amo e ao qual me dediquei tanto, ou eu perco o Chase. O homem dos meus sonhos! — Choro mais forte.

— Quando você precisa dar a resposta? — Ela me ajuda a me levantar da minha posição desgrenhada no chão para se sentar comigo no sofá.

Assoo o nariz ruidosamente no lenço de papel e pego outro.

— Sexta de manhã.

— Fale com o Chase. Ele vai saber o que fazer — ela sugere.

Não é uma opção. Eu sei que não posso fazer isso. Balanço a cabeça. Se eu contar, ele vai terminar comigo, e isso seria mais que dolorido. Acabaria comigo. Eu já investi demais nessa coisa entre nós. Não gosto de um homem desse jeito há muito tempo. É como se eu tivesse esquecido como é estar verdadeiramente entusiasmada por alguém. Esperar ansiosamente pela hora de estar com ele. Querê-lo e saber que ele me quer. Meu Deus, o que eu vou fazer?

— Vou tomar um banho e deitar. Preciso pensar. — Respiro fundo, me acalmando, levanto do sofá e começo a caminhar pelo corredor.

— Está certo, *cara bonita*, mas eu acho que você devia falar com ele. Isso tem a ver com ele também.

Não preciso que me lembrem. A dor pesada e a ansiedade massacrando em meu coração são o suficiente. A ideia de ele perder sua posição no conselho da fundação, a fundação que ele criou, estilhaça meu coração em um milhão de cacos. E eu nunca poderia pedir que ele me escolhesse em vez do que ele construiu. A questão que me assola agora é se eu seria capaz de pedir demissão ou de deixar que me demitam do único lugar que me fez sentir inteira novamente. A instituição que me tirou do inferno e me deu um novo começo. Eu devo à fundação muito mais que causar danos ao seu bom nome com um caso amoroso sórdido. A sra. Peterson está certa. Tomei uma péssima decisão quando me envolvi com Chase e agora estou colhendo o que plantei.

Tomando um banho escaldante, tento amortecer a dor. Não ajuda. Punir a tela não muda a imagem, só distorce a vista. Depois do banho, caio na cama, ainda me culpando por ter me permitido me envolver com Chase. Deus, ele é tudo que eu poderia querer em um homem. É forte, lindo de morrer, bem resolvido financeiramente, um deus na cama e parece gostar de *mim*. Enxergar o meu *eu verdadeiro*. Não apenas a Gillian ruiva, branquela, que trabalha em uma instituição de caridade e mora em uma caixa de fósforos com a amiga fogosa.

Talvez isso seja um sinal. Talvez seja o modo de o universo me dizer que nós não fomos feitos um para o outro. As lágrimas escorrem pelo meu rosto de novo, molhando meu travesseiro.

Ouço uma batida na porta do quarto.

— Gigi, o seu celular tocou quando você estava no banho e depois você recebeu uma mensagem do Chase.

É claro que recebi. Suspiro alto e estendo a mão no ar. Ela passa o aparelho para mim e senta ao meu lado na cama, dando tapinhas no meu quadril em um ritmo calmante.

— Você vai ficar bem? Tenho ensaio, mas posso perfeitamente não ir se você precisar de mim — oferece.

— Ria, o seu show é daqui a menos de duas semanas. Você sabe que não pode fazer isso. Agora vá. Eu sou adulta, vou ficar bem.

Ela aperta meu quadril mais uma vez e sai. Olho fixamente para a tela. Uma chamada perdida e uma mensagem de Chase.

> Tentei te ligar. Me liga.

Suspiro. Não há uma maldita chance de eu ligar para ele esta noite. Não consigo lidar comigo mesma, imagine uma inquisição. Mando uma mensagem.

> Vou dormir cedo. Não posso jantar amanhã.
> Outro dia talvez.

Isso deve resolver. Um passo de cada vez. Ouvir a voz dele, simplesmente capturar um pequeno "baby" dos seus lábios, acalmaria esse buraco no fundo do meu ser. Tenho que ser forte. Se não por mim, por ele. Ele não pediu por isso. Não vou permitir que uma relação de duas semanas arruíne aquilo pelo qual ele trabalhou tanto. Sua resposta chega imediatamente.

> O que aconteceu?

Um som entre uma risada e um soluço sai dos meus lábios enquanto sigo as letras. O homem pode ler mentes em uma mensagem de texto. *Forte. Seja forte. Ignore. Deixe estar. Não torne a situação pior.* Depois de vinte minutos, o telefone toca de novo. É ele. Eu não atendo. Ao contrário, desligo o telefone. Não quero ouvi-lo ligando de novo. É como uma faca em meu coração. Puxo as cobertas sobre a cabeça e caio em um sono pesado.

A manhã não traz nenhuma novidade além do fato de que ainda estou acabada. Ligo meu celular. Ele carrega e eu ouço uma sinfonia de *pings*. Passo os olhos pelas notificações. Chase ligou de novo e deixou um recado na caixa postal. Duas mensagens de Kat, outra de Chase. Uma mensagem de Ria e uma de Bree. Caramba, a noite foi agitada. Começo lendo as mensagens de Kat.

> Estou no showroom da Chloe. Cadê você?

O arrependimento me abate. Merda! Esqueci completamente. Com aquela manhã terrível, afundei em autopiedade o dia todo e esqueci que deveria encontrar Kat no ateliê de Chloe. Ela vai ficar furiosa. Leio sua próxima mensagem.

> Não acredito que você não apareceu! Você está bem? O que está acontecendo? Sorte sua que eu te amo. A Chloe é incrível. Estou nas nuvens. Me ligue assim que puder. Besos

Pelo menos alguém teve um dia bom. Passo para a mensagem de Chase.

> A Chloe disse que você não apareceu no showroom, mas a Kathleen foi. Estou preocupado. Me ligue quando receber esta mensagem.

Continue forte, Gigi. Por nada nesta droga de mundo eu vou ligar para ele. Estou me mantendo firme nisso. Preciso de tempo para resolver tudo. Mas vou ligar para Chloe e me desculpar pelo furo. E fazer controle de danos com Kat. Uma coisa que eu e minhas meninas não fazemos é furar uma com a outra sem explicação. Tenho certeza de que ela falou com Maria e descobriu que eu estava bem, senão eu teria uma amiga fula da vida na minha porta na noite passada. A próxima mensagem é de Bree.

> Obrigada por me arrumar com o Phillip. A gente se divertiu muito no domingo. Vamos sair este fim de semana! Uhu! Ah, e a sua bunda vai precisar de um CEP próprio se você não for à aula logo. Besos

Rio alto. *Ah, Bree, você é exatamente o que eu preciso neste momento.* Eu definitivamente vou à aula hoje à noite. O alívio mental e a paz que a ioga oferece são exatamente o que eu preciso. Para mim, sempre foi uma forma de meditação em movimento. Mando rapidamente uma mensagem para ela dizendo que vou à aula hoje à noite. Kat é a próxima. Telefono para ela e cai na caixa postal. Ainda bem! Deixo uma mensagem detalhada, contando um pouco do que aconteceu ontem e dizendo que não estava no clima de ver a família de Chase. Um pedido de desculpa com sons de beijos é a cereja do bolo. Ela vai me perdoar. Irmãs de alma não guardam mágoa, e a regra implícita diz que, quando uma de nós está perdendo as estribeiras, as outras têm que aceitar que ela pode estar fora de si e não ficar ofendidas.

A mensagem de Ria era só para saber se eu estava bem, mas eu estava dormindo quando a recebi. Ela sabia onde eu estava quando chegou em casa: dormindo na mesma posição em que ela me deixou horas antes.

Caminho pelo apartamento vazio. É manhã de quarta-feira e eu não vou trabalhar. Não estou doente, embora sinta que posso pôr tudo para fora a qualquer momento. Decido ir à academia. Uma boa corrida na esteira vai ajudar a clarear meus pensamentos.

Algumas horas de exercícios aeróbicos mais tarde, ainda não estou nem um pouco mais perto de descobrir o que fazer sobre o trabalho e Chase. Depois de um almoço rápido, decido ir ao estúdio de ioga mais cedo. Não há razão para ficar em casa esperando, sem fazer nada.

Chego ao I Am Yoga e a aula das cinco está sendo preparada. Bree me vê e olha para o relógio, para mim de novo e franze a testa. Ela vem até mim e me dá um abraço.

— Ei, está tudo bem? — Seu olhar se enche de preocupação.

Balanço a cabeça e respiro fundo.

— Tem certeza de que quer estar aqui agora? — Ela segura minha mão e a aperta.

— Eu tenho que estar em algum lugar — digo.

Ela assente.

— Bom, parece que você precisa centrar o seu chacra do coração. O chacra do coração é a usina de energia do corpo. Ele conecta você com as suas emoções. É o centro que te permite amar e doar incondicionalmente. O coração governa os relacionamentos. Ele emana a energia que integra a realidade física de uma pessoa à sua conexão espiritual. — Ela sorri e continua: — Você está tendo problemas com o Chase?

— Mais ou menos. É difícil explicar agora. — Faço um gesto em direção às pessoas que se sentam em silêncio, esperando o início da aula.

— Está bem, mas vamos conversar sobre isso depois da aula. — Ela curva uma sobrancelha, sem deixar espaço para discussão. — Agora, prepare-se para encher aquele chacra de amor de novo! — Bree sorri e vai para a frente da sala. Sobe em um degrau, onde está seu tapete, e se coloca na posição de lótus. Há uma trilha de luz sobre ela, iluminando seu corpo. Ela praticamente resplandece com seu cabelo loiro refletindo a luz. Você quase pode sentir a energia zen que ela emana.

Atrás de Bree há uma parede inteira de espelhos para que os alunos possam ver suas posições e se ajustar corretamente. As luzes na sala grande e aberta estão diminuídas, e velas estão acesas em cada canto. Há uma música do Oriente Médio tocando suavemente nas caixas de som. O volume é o suficiente para ter algo em que se concentrar quando você está fazendo uma posição. A sala tem cheiro de um óleo essencial que Bree queima para ajudar a amplificar os sentidos. A ideia é ajudar as pessoas a se manterem calmas e a encontrarem o próprio centro. Na parede do fundo há cinco símbolos de metal escovado com um e oitenta de altura e vários metros de largura. O que está no centro representa o símbolo "om". A única razão pela qual eu sei disso é que a Bree o tem tatuado no pulso, na mesma posição em que eu tenho a minha trindade. Os outros quatro são símbolos para as palavras "mente", "corpo", "alma" e "felicidade".

Coloco meu tapete no chão e começo a respirar profundamente. Sinto que estou começando a me dissolver em meu espaço vazio, também conhecido como meu lugar feliz. Nada pode me machucar aqui. Tudo é calmo e tranquilo, e não há preocupações. Concentro toda a minha atenção no som da voz melódica de Bree, que nos leva para uma pose após outra. Meu corpo reage naturalmente às instruções, se movendo facilmente ao seu comando. Quando minha mente tenta poluir meu lugar feliz, simplesmente respiro fundo e me concentro em minha respiração e na pose em que estou. Todos os pensamentos são abafados pela essência pura da experiência.

Depois de Bree nos tirar do que ela chama de relaxamento profundo, ou Shavasana, em sânscrito, eu lhe dou o relato detalhado. Ela fica triste pela situação e deseja sorte para que eu encontre minhas respostas. Como Maria, ela também me encoraja a conversar com Chase sobre isso. Eu lhe asseguro que vou pensar e entrar em contato com ela em alguns dias. Ela me dá um abraço forte e então eu volto para casa. Minha mente e meu corpo parecem mais leves, mais relaxados, mas meu coração ainda dói.

Enquanto caminho para meu prédio, ainda não cheguei a nenhuma conclusão. Entro no corredor e fico imóvel. Um homem grande e assustador em um terno escuro está encostado em meu batente, obviamente esperando por mim. Seu rosto é estoico e imóvel, mas não menos bonito. *Chase*. Fecho os olhos, respiro fundo e caminho em sua direção.

Ele não me espera chegar à porta. Em três passos largos, está sobre mim. Agarra meus bíceps e me puxa para um beijo violento, se movendo para tocar meu rosto com as mãos. Estou surpresa. Sua reação é completamente diferente do que eu esperava. Raiva, berros — essas são as emoções que eu esperava, não um desejo de derreter os ossos. Seus lábios se fundem nos meus enquanto sua língua exige entrar. Cedo instantaneamente, faminta por sua boca, seu gosto, seu tudo. Eu me derreto nele, me agarrando e me prendendo ao seu pescoço e suas costas para ficar mais perto, ir mais fundo. Ele segura minha cabeça com força, virando meu rosto para o lado, sempre no controle. Estou em suas mãos e neste instante me dobro à sua vontade, beijando-o com uma ferocidade que eu nem sabia que tinha. Finalmente ele afasta a boca. Sua testa aperta a minha, e estamos ambos sem fôlego.

— Que merda está acontecendo, Gillian? — Ele está furioso.

Eu não o culpo.

— Você ignora minhas ligações, minhas mensagens, se livra de mim e da minha família. — Sua voz é mordaz, rasgando minha alma a cada respiração. Chase grunhe, apertando nossos corpos. Ele mal contém as emoções. Suas costas estão retas como uma vara. Os músculos estão tensos pela pele esticada das costas rijas. Ele mantém o pescoço duro como uma tábua, o maxilar cerrado e aquele músculo latejando.

— Eu sei. Desculpe — digo, triste. Lágrimas correm pelo meu rosto. Ele se afasta e vê o sofrimento em meus olhos. Vasculha meu rosto e beija as lágrimas.

— Baby, me conta. Eu vou resolver. O que quer que seja, pode me contar. — Sua raiva é completamente substituída pela preocupação, e quero me jogar em seus braços e chorar até não poder mais. A situação parece tão sem saída.

— Vamos entrar. Eu te conto tudo. — Sei agora que foi estúpido da minha parte pensar que poderia lidar com essa decisão sozinha. Não é justo o manter na ignorância quando o resultado afeta diretamente o seu papel no conselho ou a nossa relação.

Durante a próxima hora eu explico o que aconteceu ontem pela manhã, sem omitir nada. Ele anda de um lado para o outro à minha frente, enquanto estou sentada no sofá com os ombros curvados, segurando meus joelhos contra o peito em uma bola protetora.

— E eu não sabia o que fazer. Ainda não sei. — Minha voz soa como um choramingo.

— Aquela vaca! Ela vai se arrepender — ele grita. Seu maxilar está tenso, os dentes cerrados e os punhos fechados nas laterais enquanto ele gasta meu carpete andando de um lado para o outro.

— O quê? De quem você está falando? — pergunto, atônita.

— Da Peterson. Ela fez essa merda porque descobriu que nós estamos juntos.

— Foi exatamente o que eu acabei de falar.

Ainda estou confusa quando ele para e tira o paletó, dobrando-o e o colocando no braço do sofá. A próxima peça é a gravata, e ele abre alguns botões do colarinho. Respira fundo e ajusta os ombros para trás.

Chase olha para mim, sem realmente querer continuar. Eu lhe imploro com os olhos que ele seja franco comigo, da mesma forma que fui com ele.

Ele suspira.

— Gillian, ela deu em cima de mim muitas vezes, nunca sutilmente. Eu sempre a rejeitei.

Finalmente compreendo.

— Você está me dizendo que ela está fazendo isso por ciúme? Que não tem nada a ver com a fundação ser difamada ou com práticas antiéticas? — Estou atônita.

Ele sorri para mim.

— Exato, meu doce. Obviamente, não é ideal que um membro do conselho namore uma funcionária, mas não é o fim do mundo. Não é algo que ela possa usar contra você. Eu vou cuidar disso — ele diz, decidido.

— Chase, o que você está planejando? — pergunto, com medo da resposta. — Por favor, não me diga que vai deixar de ser o presidente do conselho. Eu não conseguiria lidar com isso. — O medo sobe pela minha coluna enquanto olho fixamente para sua aparência desgrenhada, da camisa amassada ao cabelo rebelde penteado com os dedos. Eu o fiz passar pelo inferno nas últimas noites, e para quê? Eu devia ter falado com Chase logo de cara.

Ele se ajoelha e coloca as mãos nas minhas.

— Baby, não. Só... — Ele respira fundo. — Confie em mim.

Olho profundamente em seus olhos, tentando entender meu homem.

— Você não vai perder o emprego. Eu não vou deixar o meu cargo e nós não vamos terminar — ele diz, em tom apaziguador. — A não ser, é claro, que seja isso que você quer.

— Não, pelo amor de Deus, não. Essa é a última coisa que eu quero.

Chase relaxa visivelmente. Puxa minhas pernas do sofá, separa meus joelhos e posiciona seu corpo grande entre eles. Depois me abraça forte, sem deixar nenhum espaço entre nós. Apoio a cabeça em seu ombro, absorvendo seu aroma. O perfume de madeira e fruta adere às suas roupas, de modo calmante e encantador. O homem é tão perfumado que cada terminação nervosa do meu corpo se arrepia. Finalmente, consigo relaxar. Os últimos dois dias me esgotaram, e sentir seus braços me segurando forte me faz perceber que eu nunca deveria ter tentado decidir sozinha. Lição aprendida. Eu o aperto com mais força. Sua mão passa pelo meu cabelo. Fecho os olhos e permito que ele simplesmente me toque.

— Eu preciso de você esta noite — ele sussurra em meu ouvido. Seu tom é denso de emoção.

Meus olhos devem ter respondido, pois ele me levanta do sofá e eu envolvo as pernas em torno de sua cintura. Acho que o macho alfa das cavernas dentro dele gosta de me carregar para a cama. Enquanto ele caminha para meu quarto, pega o celular e aperta um botão. O outro braço continua com segurança debaixo da minha bunda.

— Vou ficar na casa da Gillian — ele diz ao telefone. — Me pegue às sete da manhã com uma muda de roupa. Peça para a Dana marcar uma reunião com o David o mais cedo possível. — E desliga sem se despedir.

Sua voz e seu tom controlador enviam arrepios de excitação através de mim, fazendo o espaço entre minhas coxas relaxar e umedecer.

Chase me coloca sobre a cama e remove minhas roupas lentamente. Passa as mãos nas minhas costelas, pelas minhas laterais, envolve a carne dos meus quadris como que em adoração.

— Eu queria tomar um banho. — Ele franze a testa por um instante. — Vem comigo? — Um sorriso.

Tomamos um banho longo e gostoso. Chase me leva para a cama e passa as horas seguintes fazendo amor comigo. Não é o sexo apressado, do tipo "mal posso esperar para saciar o desejo", que já tivemos antes. Ele passa o tempo me dando prazer, me levando a muitos orgasmos enquanto transamos. Ele é incansável em seus esforços. É como se estivesse assegurando sua posição na minha vida, no meu coração... dentro do meu corpo, no fundo da minha alma.

Estou prestes a adormecer, a cabeça deitada em seu peito, suas mãos alisando minhas costas nuas em uma carícia amorosa, quando ele respira fundo.

— Nunca mais fuja de mim. — Seu tom é denso e determinado.

Levantando o rosto, apoio o queixo em seu peito e encaro seus olhos. Não esperava tal intensidade. Seu olhar é vulnerável, repleto de sentimentos profundos.

— Não vou fugir. Prometo — sussurro na escuridão e o beijo suavemente, depois me aconchego de volta em seu peito nu. Eu sei que essa promessa é permanente. Estamos nisso juntos. E, se vai ser assim, vou ter que ser honesta com ele em todas as coisas, o tempo todo. Só espero que ele possa lidar com o fato de saber tudo sobre mim, incluindo meu passado.

14

Na quinta-feira de manhã, eu acordo sozinha. Chase ficou abraçado comigo a noite toda, mas foi embora antes de eu acordar. O relógio diz que são oito da manhã. Não posso acreditar que não o vi sair. A culpa e o medo dos últimos dias me acertam como uma marreta. Ele vai se encontrar com o CEO da Fundação Safe Haven, David Hawthorne. Estremeço e percebo que não há nada que eu possa fazer a não ser esperar notícias dele. Não posso imaginar o que ele vai dizer ou fazer, ou como vai mudar o ultimato da sra. Peterson.

Entro na cozinha e vejo um bule cheio de café. É oficial: o homem gosta de cuidar de mim. Com um sorriso no rosto, encho uma xícara, pego meu creme de baunilha e coloco bastante em cima do café. Não é meu amado latte de baunilha, mas é o mais próximo que posso chegar aqui em casa. Percebo um bilhete ao lado do telefone, no balcão.

Doçura

Reviro os olhos. Ainda não decidi se vou aceitar esse novo termo carinhoso que ele está testando. Provavelmente vou obrigá-lo a tirar de seu vocabulário algum dia. Neste momento, acho engraçadinho quando o imagino rolando da língua de Chase em tom baixo e sensual. Tudo bem, talvez eu aceite. Continuo lendo.

A noite foi inesquecível. Não se preocupe com o dia de hoje. Eu vou resolver o problema.

CD

Não é exatamente uma declaração de amor, mas é definitivamente Chase. Decido que não posso ficar esperando o dia todo sem fazer nada. Minha primeira atitude será enviar mensagens às meninas e trocar novidades com Phil. Em vez de mandar mensagens individuais, decido facilitar e envio uma em grupo para as três.

> Obrigada a todas pelos conselhos. O Chase e eu conversamos. Ele vai cuidar de tudo, seja o lá o que isso signifique. Aguardem notícias. Amo vocês. Besos

Isso deve acalmar os ânimos por enquanto. Eu sei que elas estão preocupadas comigo. Vão ficar aliviadas. Meu telefone apita e eu olho para a tela. Maria já respondeu.

> Vocês conversaram? Mentirosa! Não foi uma conversa que não me deixou dormir a noite toda! Perra, desencoste a cama da parede! Te amo, besos!

Rio alto. *Perra?* Ah, sim, cadela ou vadia em espanhol. Fungo enquanto engulo o café. Hum, tão bom. Lembro claramente de algumas vezes em que a cabeceira pode ter batido na parede mesmo. Minhas bochechas ficam quentes. Quando abaixo o telefone, outra notificação me faz pegá-lo de novo. Agora é Bree.

> Que bom que vocês se acertaram. Parece que você pôs o velho colchão pra trabalhar. Já estava na hora! Mande um pouco de sorte pra mim, porque eu tenho mais um encontro com o Phillip no fim de semana!

A mensagem de Bree me tira um pouco o ar. É como ouvir sobre seu irmão transando. Então, percebo que ainda nem falei com Phillip sobre o encontro deles no fim de semana passado. Que péssima melhor amiga. Digito seu número, sabendo que ele está trabalhando, mas quem sabe possa dar uma parada rápida. Ele atende ao primeiro toque.

— Oi, e aí?

Sorrio. Na prática, ele é o único homem que esteve ao meu lado ao longo dos anos e não me magoou. Espero com todas as forças que Chase seja tão bom quanto Phillip, com benefícios extras. Cruzo as pernas e me lembro imediatamente dos muitos benefícios extras da noite passada.

— Você tem um minuto? — pergunto.

— Claro, eu ia pegar um café mesmo. O que está rolando, gata?

Toda vez que falo com Phillip, fico mais feliz. Ele é uma daquelas pessoas que trazem uma sensação de familiaridade e paz. Me acalma. Nos minutos seguintes, passo a ele uma versão resumida dos últimos dias.

— Eu sabia que você estava brincando com fogo saindo com o chefe, Gigi — ele lembra.

Só um homem para esfregar isso na minha cara.

— Você está mesmo dizendo "eu te avisei"? — Rimos da minha pergunta.

— Não, não estou. Mas foi um movimento arriscado. E aí, o que acontece agora?

Sua preocupação é sincera, e eu tenho certeza de que está apreensivo. Ele sabe quanto esse emprego significa para mim.

— Eu tenho que dar a resposta amanhã, mas o Chase vai ter uma reunião com o CEO hoje. Ele me garantiu que iria cuidar disso. Mas eu não sei o que isso significa. Está me deixando louca. — Suspiro no telefone e jogo a cabeça de volta contra o sofá. — Então... me conta. Como foi o jantar com a Bree no domingo?

Ele ri.

— Agora eu entendi por que você ligou. Está querendo xeretar. Não foi ela que te pediu para perguntar, né? — questiona, nervoso.

— Não, mas eu não te contaria se fosse. — Dou um risinho. — E aí, como foi?

Depois de uma pausa, ele diz:

— Foi... Foi maravilhoso, Gigi. Ela é maravilhosa, bonita, divertida e...

— Está certo, está certo, entendi — eu o interrompo. — Ela é maravilhosa. — Seguro o telefone mais perto do ouvido para ouvir sua felicidade. Não gostaria de mais nada além de alcançá-lo através do aparelho e lhe dar um abraço. — Ela disse que você a chamou para sair neste fim de semana. — Permito que ele complete. Quero ouvir seu entusiasmo.

— Chamei. Vou levá-la para jantar e depois para ver uma banda de jazz. Você acha que é uma boa ideia? Merda, talvez ela prefira um jantar sofisticado e uma peça... — Dá para ver que ele está começando a se preocupar. — Gigi, faz muito tempo que eu não tenho um encontro. Desde a Angela. — Ele solta o ar longamente.

— Phil, relaxa. A Bree é supertranquila. Ela vai adorar um jantar gostoso e uma banda legal. Vocês vão se divertir. Não fique pensando demais nisso. — É o melhor conselho que posso dar a ele... ou a mim mesma.

— Estou bem animado. Ela é muito gata, e aquele corpo é um tesão — ele diz, todo galinha.

— E eis que surge o porco chauvinista. Eu estava me perguntando quando é que os atributos da Bree iriam despertar o idiota dentro de você.

Ele ri alto e eu também.

— Mas eu concordo. Ela tem um corpo incrível mesmo. — Meu telefone faz um *ping*, notificando outra ligação. — Ok, Phil, eu quero um relatório completo no domingo! Agora preciso desligar. Tenho outra ligação. — Nós nos despedimos e eu aperto o botão para atender. — Alô?

— Srta. Callahan, aqui é a Dana, a assistente do sr. Davis.

— Oi, Dana. Esqueci de te agradecer pelas roupas, são incríveis! Se bem que até roupas da Target estariam ótimas — digo, toda alegre.

— De nada. Da próxima vez vou lembrar da Target, embora eu ache que o sr. Davis não aprovaria — ela alerta. — O sr. Davis vai mandar o Jack pegar você daqui a uma hora. Foi por isso que eu liguei. Ele quer que você esteja pronta para uma reunião com o CEO da Safe Haven às onze horas.

Perco a voz, subitamente tomada pelo medo.

— Ele disse por quê? — pergunto, com a voz rouca, mais uma onda de ansiedade dando as caras.

— Desculpe, ele não disse.

— Está bem, obrigada. Vou estar pronta. — Dou um suspiro alto e aperto os dedos nas têmporas, tentando aliviar a tensão que acabou de surgir.

— Gillian? Posso te chamar de Gillian? — ela pergunta.

— Você pode me chamar de Gigi, se quiser. Todo mundo chama.

— Gigi, eu só queria dizer... — Sua voz se suaviza, se tornando de certa forma mais gentil. — Eu só queria te dizer que o Chase está muito feliz nessas últimas semanas. Eu sei que é por sua causa. E bem... eu só... — Ela respira e diz, rapidamente: — Eu queria agradecer.

Eu não esperava isso. Fico com um nó na garganta.

— Ele me faz feliz também, Dana. Obrigada mais uma vez pelas roupas. Você tem um gosto impecável.

— O carro vai te pegar às dez e meia. Srta. Callahan, por favor esteja pronta. O Chase odeia atrasos. — Ela volta à postura oficial. Dana pareceu confortável falando francamente comigo sobre a felicidade do chefe, mas agora está de volta à etiqueta profissional.

Neste instante decido que vou fazer um esforço para conhecer a assistente de Chase. Ela parece sinceramente feliz ao ver o estado de espírito dele. No mundo feminino, quando comentou isso comigo ela se tornou confiável, mas eu já fui traída várias vezes por mulheres maldosas que alegavam ser minhas amigas, portanto prefiro ser cautelosa.

Tiro Dana da cabeça e escolho um terninho cinza elegante. Um colar volumoso e argolas de prata suavizam o visual agressivo. Pego meus sapatos favoritos de camurça cinza, com salto de dez centímetros. Simples, mas sexy. A situação toda me deixa sem saber o que esperar. Não é sempre que encontro o sr. Hawthorne, e nunca porque o meu emprego está em jogo. Ele vai me dispensar? Merda! Eu vou ser demitida e vou ter que limpar minha mesa antes do fim da semana.

Não, o Chase disse que resolveria e eu tenho que confiar nele. Acreditar nele. Eu só não tenho ideia do que "resolver" significa para mim e para meu cargo na Safe Haven.

Pego a bolsa e dou uma olhada na minha aparência no espelho perto da porta. Meu cabelo está preso em um coque bem arrumado, com a franja solta. Ok, razoável. Passo um gloss pêssego e desço.

Jack já está me aguardando. Ele abre a porta do carro enquanto caminho em sua direção.

— Bom dia, Jack.

— Bom dia, srta. Callahan — ele diz e sorri.

Uau! O brutamontes me deu um sorriso. Talvez eu esteja derrubando as defesas dele. Ou talvez ele tenha ido para a cama com alguém na noite passada. Não posso ter certeza de que a gentileza é resultado da minha presença.

Em vinte minutos, estamos na portaria da Fundação Safe Haven. Respiro fundo e saio do carro, segurando a mão de Jack.

— Obrigada. Me deseje sorte.

— Você não vai precisar — ele diz, confiante.

Franzo a testa para ele, mas caminho, decidida, até a recepção.

Quando entro no prédio, a recepcionista me dirige imediatamente para o escritório do sr. Hawthorne. Enquanto me aproximo das grandes portas duplas de seu escritório, ouço risadas do outro lado.

A recepcionista bate à porta e coloca a cabeça lá dentro.

— A srta. Callahan está aqui — ela diz.

— Peça para ela entrar. Obrigado.

Ela abre a porta e eu entro. Sentado a uma grande mesa de carvalho está o líder da fundação, sr. David Hawthorne. Ele é um homem de meia-idade, alto, magro e bronzeado. Já ouvi dizer que ele joga golfe com os membros do conselho, vendedores, parceiros de negócios e outros, e provavelmente é por isso o bronze. Dizem que, como CEO, ele é um líder coerente e justo. O cabelo é castanho e curto, e a barba cobre o queixo quadrado. Ele não é feio, mas também não é de chamar a atenção. Tem uma aparência agradável e sorri quando eu entro.

— Obrigado por vir, srta. Callahan. Acredito que você conheça o presidente do nosso conselho, sr. Davis.

Eu me viro para a esquerda e percebo que Chase está sentado em um sofá marrom de couro no fundo da sala. Ele sorri da minha surpresa, absorvendo meu visual da cabeça aos pés. Eu me aqueço e fecho os olhos para me recompor.

— Bom dia, Gillian. — Ele sorri e faz um gesto para que eu me sente ao seu lado.

Atravesso a sala e me sento ao lado dele, deixando bastante espaço entre nós. Cruzo os pés nos tornozelos e me sento reta e alta, esperando que o sr. Hawthorne se dirija a mim. Se vou perder o emprego, vai ser com dignidade, embora eu não saiba por que ele precisaria de Chase aqui como testemunha.

O sr. Hawthorne dá a volta em sua mesa e se acomoda à nossa frente. Estamos separados pela mesa de centro de vidro, com revistas espalhadas em meia-lua.

— Srta. Callahan, o Chase trouxe à minha atenção uma questão que surgiu no início da semana.

Anuo, mas continuo quieta.

— Eu soube que a nossa diretora de RH, a sra. Peterson, notificou você de que a fundação está ciente da sua relação pessoal com o sr. Davis.

— Sim, senhor. Ela me notificou.

— Pelo que entendo, você recebeu um ultimato para romper o seu relacionamento com o sr. Davis, deixar o seu emprego ou seria demitida. Estou certo? — ele pergunta.

Aqui vamos nós. Ele vai me demitir. Fico mais tensa e meus olhos se enchem de lágrimas, mas eu as seguro. Chase percebe meu desconforto e segura minha mão perto de si. Eu não olho para ele, mas aprecio o gesto.

— Sim, está. — As palavras saem como um sussurro.

— Depois de conversar com o sr. Davis agora há pouco, fiz uma pesquisa, encontrei o sr. Jefferson, olhei seus resultados de campanha, seu registro de doações dos últimos dois anos e estou honestamente surpreso que isso não tenha chamado minha atenção antes. Você é um trunfo para a fundação.

Trunfo é uma coisa boa, meu subconsciente me lembra.

— Eu garanto a você que sua posição na Fundação Safe Haven é estável. Aliás, quero promovê-la a diretora adjunta de contribuições. — Ele abre um sorriso largo.

Chase aperta a minha mão.

Abro a boca, em choque. Não estou compreendendo o que ele acabou de dizer. Um instante atrás, eu tinha certeza de que seria demitida, e agora estou sendo promovida?

— A sra. Peterson foi dispensada. Ameaçar funcionários por causa de relacionamentos pessoais não é a maneira como eu costumo tocar o meu barco. O seu relacionamento com o sr. Davis pode ser visto como tratamento preferencial, e alguns podem questionar sua promoção, mas você vai lidar com isso com profissionalismo, tenho certeza, e vai impressionar os opositores com o seu trabalho.

Movimento a cabeça feito aqueles bonecos que ficam sobre o painel do carro.

— Obrigada, sr. Hawthorne. Eu não esperava que a nossa reunião terminasse assim. Vou trabalhar duro para fazer o departamento crescer e aumentar a nossa angariação de recursos da melhor maneira que puder.

— Tenho certeza disso. Por favor, tire folga pelo resto da semana, como um pequeno agradecimento por lidar com esse deslize com sensibilidade — ele conclui. — Espero trabalhar mais perto de você no futuro, agora que descobri suas habilidades.

— Não sei como agradecer, sr. Hawthorne.

Estou zonza com tudo o que ouvi. Ele demitiu a sra. Peterson? E está me promovendo? É informação demais para processar.

— Vejo você no campo mês que vem? — Chase se levanta.

— Com certeza. — Hawthorne sorri e bate nas costas dele. — Me dê uma chance de recuperar um pouco do meu dinheiro!

— Sem chance, Dave. — Chase sorri e aperta a mão de Hawthorne.

Chase e eu saímos do prédio. Jack está com a porta do carro aberta. Eu entro e me sento em silêncio, completamente atônita.

Chase segura minha mão e a leva aos lábios.

— Eu te falei que ia cuidar do problema.

Meu coração afunda. Ele tem um olhar pretensioso e egocêntrico no rosto bonito.

— O que você falou para ele? — pergunto.

— Falei sobre o nosso relacionamento e sobre o que aquela megera da Peterson fez com você. Disse que não iria tolerar esse tipo de coisa. A minha mulher não vai receber um ultimato para escolher entre mim e o emprego dela.

Olho para ele, balançando a cabeça. Ele não percebe que cada palavra que diz está colocando pregos no caixão do nosso relacionamento.

— Eu ameacei sair da fundação e levar o meu dinheiro comigo. — Ele sorri de orelha a orelha.

As lágrimas que eu estava segurando caem no meu rosto.

— Pare o carro, Jack — digo, alto o suficiente para o motorista ouvir.

Chase olha para mim e Jack me observa pelo retrovisor, mas não para.

Minhas entranhas fervem, alimentadas pela raiva.

— Pare esta porra de carro agora! — grito e bato o punho fechado no couro, para ter certeza de que tenho a atenção de Jack. Lágrimas traiçoeiras escorrem pelo meu rosto e eu as enxugo com a manga do blazer. Que se foda! Vou mandar essa droga para o tintureiro.

— Gillian, o que foi, porra? — Chase pergunta, com raiva.

Jack finalmente estaciona e eu saio voando do carro. Não tenho ideia de para onde vou, mas corro pela rua movimentada de San Francisco.

Os passos de Chase batem no concreto enquanto ele tenta me alcançar.

— Gillian, pare agora!

Eu não ligo. Ele não pode me controlar. Não sou sua propriedade. Não pertenço a ninguém. Quando estou prestes a virar a esquina, ouço uma frase que me faz parar imediatamente.

— Você prometeu que não iria fugir! — ele grita.

Fecho os olhos, conto até três e me viro.

— Eu não acredito que você fez isso comigo — digo, entredentes.

— Do que você está falando? Eu só salvei o seu emprego!

Ele não entende, então vou soletrar.

— Não, você fez a mesma coisa que eles fizeram. Você deu a eles um ultimato. — Coloco as mãos na testa, querendo que a raiva, a frustração e a dor no coração passem. — *Dê um jeito naquela mulher ou eu vou embora com todo o meu dinheiro!* Você sabia que ele ia fazer o que você quisesse, Chase! — Não consigo conter a tristeza.

— Eu não estou vendo qual é o problema. Você não queria perder o emprego. Eu não queria perder você. Problema resolvido, e você ainda foi promovida. — Ele traz a mão para o meu rosto, para passar o polegar na minha pele.

Como um raio, dou um tapa em sua mão. Ele dá um passo para trás, como se tivesse se queimado.

— Eu não consegui a porra da promoção por mérito próprio. Ah, espere, consegui sim... Dando para o presidente do conselho! — grito, alto o suficiente para que as pessoas desviem de nós, fazendo um círculo largo em torno dos nossos corpos.

Ele olha fixamente para mim, ainda sem compreender por que estou brava.

— Droga, Chase! Eu não consigo nem falar com você agora. Estou tão decepcionada que nem consigo respirar. — Soluço e seguro o choro que quer me rasgar novamente. — Me deixa sozinha. — Eu me viro e começo a andar de novo.

Vejo um táxi a três metros e corro até ele. Dou o endereço ao motorista e tento o método de ioga de Bree, fazendo respirações profundas. Entrando por uma narina, saindo pela outra e depois o contrário. O táxi chega ao meu destino e eu entro no prédio de tijolos.

Desviando de pessoas em uma variedade de trajes, vou até os fundos do teatro. Todos já me viram antes e sabem que estou procurando Kat ou Maria. Chego ao closet de Kat. Na verdade é uma sala grande abarrotada de figurinos, o que faz você se sentir realmente em um enorme closet.

Aparentemente os deuses me deram uma trégua, porque Kat aparece. Ela está de joelhos arrumando um traje. Dentro dele está Maria. Agradeço aos céus e entro. Elas olham para mim e logo percebem que algo está errado. Não é o primeiro dia delas como minhas irmãs de alma.

Kat olha para o relógio.

— Você viu que já está na hora do almoço? Ria, está com fome?

Maria olha para meu rosto sério.

— Morrendo. Gigi?

— Faminta — sussurro, minha voz pesada de lágrimas não derramadas, alguns oitavos mais grave que o normal.

Kat mexe no celular enquanto Maria tira a roupa esfarrapada. É para algum número do tipo "o inferno não se compara à fúria de uma mulher humilhada", e Maria está coberta de faixas de tecido vermelho, que parecem ter sido esticadas e retalhadas pelas garras de um gato.

— A Bree vai nos encontrar no lugar de sempre. Ela só vai ter aula à noite — Kat avisa.

— Eu amo vocês, meninas — digo, com tanta seriedade que ambas param para olhar para mim.

— Nós sabemos, Gigi. Te amo. Agora vamos resolver essa merda.

Ria está irritada. Esta é a segunda vez em poucos dias que estou histérica, e as duas vezes envolveram Chase. Sua teoria sobre homens inúteis merece crédito.

Chegamos ao pequeno pub irlandês. Está relativamente tranquilo, pois já passou da hora de pico do almoço. As mesas são todas feitas de pedra com símbolos celtas no centro. A mesa que sempre tentamos pegar tem um enorme símbolo da trindade com um círculo de proteção em volta, exatamente como as nossas tatuagens. Nosso grupo adotou esse símbolo para representar nossos laços eternos e nossa irmandade. A trindade celta pode ter diferentes significados. Pode significar corpo, mente e alma, mas em círculos religiosos representa Pai, Filho e Espírito Santo. Para nós, representa passado, presente e futuro. Sempre vamos ter um passado, o presente que nos liga solidamente e um futuro sem limites, desde que tenhamos umas às outras.

Bree já chegou e pediu quatro bebidas, uma mistura de Guinness e sidra de framboesa ou maçã. Como os nossos drinques têm cor de chocolate no fundo e cor-de-rosa no topo, imagino que seja sidra de framboesa.

Deslizo para o lado dela. Ela segura meu rosto, olha nos meus olhos e aperta a testa contra a minha.

— Gigi, caras que fazem mulheres chorar não valem nada!

Faço um gesto afirmativo contra sua testa. Ela beija minhas bochechas e enxuga minhas lágrimas.

— Você já ficou louca da vida com os homens antes, alguns homens de merda já te machucaram, e você nunca chorou assim — continua.

— Você está apaixonada por ele, não está? — Kat diz, como se tivesse perguntado "como foi o seu dia?".

Miro os olhos de cada uma. Castanhos, azuis e cinza, as cores que ajudam a soprar vida em meu mundo. Posso mentir para mim mesma o tempo todo, dizendo que os sentimentos não estão ali, mas sou incapaz de mentir para elas.

Em um momento horrível de honestidade e raiva fervente, respondo, com um berro:

— Estou, droga! — E agarro meu copo com tanta força que gostaria que quebrasse. — Eu não quero, mas estou! — Aperto dois dedos de cada mão nas têmporas, mas a dor não vai embora. Ela ainda está lá. Ele ainda está lá, seu rosto triste, arrasado e pedindo desculpas enquanto eu gritava com ele na rua... Ainda está lá, me atormentando.

— Por que você não quer, amiga? — pergunta Bree. — Você não se apaixonava fazia muito tempo. Aquele grandalhão te fez chorar? Eu vou chutar a bunda daquele filho da puta bonito, se você quiser! — E ela chutaria mesmo. Ela o ameaçaria fisicamente e ele não teria forças para conter a garota.

— É exatamente por isso que ela não quer estar apaixonada por ele, Bree — Ria responde por mim. — O último homem que ela amou a machucou... *muy mal*, muito. — O sotaque espanhol aparece quando ela fica emotiva.

Ela sabe exatamente como eu me sinto. E eu sei exatamente como ela se sente em relação a Tom.

— A coisa complicou, meninas. Ele deu um ultimato ao CEO da fundação. *Resolva a situação da Gillian ou eu saio da presidência... junto com a minha doação anual de quarenta milhões.* Esse dinheiro paga metade dos nossos custos operacionais. — Tomo um gole enorme da bebida espumante e a deixo acalmar meus nervos em frangalhos.

— Uau. Ele fez isso? — Kat pergunta, a boca aberta, os olhos arregalados.

— Fez pior. A diretora de RH foi demitida, e eu fui promovida a diretora adjunta de contribuições. — Dou um sorriso sarcástico e tomo mais um gole.

— Eu perdi alguma coisa, Gigi? Isso me parece fantástico pra caralho. Parabéns! — Bree comemora.

— Eu não recebi a promoção por merecimento. Eu consegui por causa da influência do Chase. Ele até disse alguma coisa do tipo "Mulher minha não vai receber um ultimato para escolher entre mim e o emprego dela" e blá-blá-blá — digo, usando minha melhor imitação de voz de homem.

— Uau, ele está apaixonado por você.

Viro a cabeça em direção a Kat.

— Kat, fala sério. De onde você tirou que ele está apaixonado por mim? — Respiro fundo. — Basicamente, eu fui promovida porque estou trepando com o chefe feito uma vadia ordinária.

— Jesus Cristo, *cara bonita*! Mas que bobagem. Você mereceu essa promoção. Você tem trazido toneladas de *dinero* nos últimos dois anos! — Maria exclama.

— Mas não aconteceu por isso. O chefe fez isso para cair nas graças do Chase. — Eu me curvo, os ombros caídos. Estou sentindo um peso em cima de mim. O peso do que aconteceu com Chase, da nossa briga, está me corroendo.

— E daí? Você ainda merece. E vai provar isso para todo mundo, inclusive para você mesma e o Chase! — Bree argumenta.

Faço mais algumas rodadas de "coitadinha da Gillian" e chego à conclusão de que vou ter que conversar com Chase. Meu celular faz *ping* e eu o retiro da bolsa. É ele. Estou um pouco surpresa que ele tenha levado todo esse tempo para me procurar.

> Desculpa. Eu ainda não sei o que aconteceu. Por favor venha até a cobertura para a gente conversar. Estou perdido sem você.

Isso é a coisa mais próxima de "Eu te amo" que vou ter por enquanto. Nem sei se quero que ele declare o seu amor eterno por mim ainda. Foram só algumas semanas. O nó no meu estômago e a dor no meu coração só podem ser consertados por um filho da puta egocêntrico, rico, superprotetor, controlador e bonito de tirar o fôlego. E ele é todo meu.

Eu beijo e abraço cada amiga como se fosse a última vez que vou vê-las. Não sei o que aconteceria se eu não tivesse essas três para me afastar dos precipícios da vida.

Dividimos uma rodada de "besos" e chamo um táxi. O motorista pergunta para onde vou.

Só existe um lugar onde preciso estar neste momento.

— Grupo Davis, por favor.

15

*O táxi para em frente ao prédio e eu corro para o grupo de eleva-*dores. Jack está sentado em um banco ao lado. Ele se levanta quando aperto o botão.

— Ele está aguardando você — diz, com ar de desprezo.

— Ele mandou você sentar aqui e esperar, né? — Já sei a resposta, a julgar pela cara feia que ele está exibindo.

— Você ainda não tem acesso à cobertura. Vamos corrigir essa situação agora. — Claramente irritado, ele tira uma caixinha preta do bolso, a qual exibe uma tela com o contorno de uma digital. — Coloque o polegar direito no painel. — Aponta.

Faço como ele pede e a tela escaneia meu polegar. Jack a pega de volta, desliza um teclado minúsculo e escreve meu nome.

— Conforme solicitado pelo sr. Davis, você agora tem acesso livre à cobertura.

— Então eu posso entrar e sair quando quiser?

— Sim, pode. Por favor, leve em consideração que ele está confiando a você o acesso à residência dele. Se trouxer qualquer pessoa com você, eu preciso ser informado antes para checar os antecedentes da pessoa. — Seu tom é impessoal e nada amigável.

— Sério?

Ele faz um sinal afirmativo com a cabeça.

— Você checou meus antecedentes?

— Claro — ele diz, como se eu tivesse perguntado algo tão simples quanto se o céu é azul. Na verdade, esse cara violou minha vida pessoal.

— Posso ver?

Ele balança a cabeça.

— Essa informação está em poder do sr. Davis. Se quiser ver a sua ou de qualquer um que esteja envolvido com você, vai ter que pedir diretamente a ele.

— O que você quer dizer com qualquer um que esteja envolvido comigo? — Ele percebe que não estou nada feliz. Estou com uma mão no quadril, pronta para a batalha.

— O sr. Davis verifica os antecedentes de qualquer pessoa com quem ele tenha contato regular. Nós checamos as srtas. De La Torre, Bennett, Simmons, os srs. Redding, Parks e alguns outros.

Fecho os olhos e respiro fundo, tentando entender por que ele invadiria minha privacidade e a dos meus amigos.

— Muitas pessoas ficariam felizes se o sr. Davis fosse seriamente ferido, mutilado ou morto. Como consultor de segurança dele, eu insisto em checar os antecedentes de todos com quem ele tenha contato.

As palavras "mutilado ou morto" ecoam em meus ouvidos, diminuindo o choque inicial. Ele está certo. Ser podre de rico tem suas desvantagens.

— É só isso, Jack? — Sopro a franja que caiu nos meus olhos. Estou ansiosa para ver Chase. Preciso esclarecer as coisas com ele.

— Não — ele diz, enquanto seus olhos ficam duros.

Os pelos em minha nuca se eriçam com seu olhar congelante.

— Aquela cena que você fez hoje na rua foi infantil e imatura. — Seu tom é mordaz.

— Francamente, Jack, isso não é da sua conta — digo, confiante, apesar de saber que ele está certo. Foi um pouco infantil mesmo.

— Tudo o que envolve o sr. Davis é da minha conta. Estou com ele desde que ele tinha sete anos. Não tenho nenhuma intenção de deixar alguém magoá-lo de novo. — Ele parece um pai superprotetor.

— Você não é pai dele, é o segurança. Ele te paga para você estar aí. — Percebo que minha afirmação o atinge.

— Não, não sou. O pai dele era o diabo — ele responde, curto e grosso. — Espero que você seja sincera, srta. Callahan, porque faz muito tempo que ele não deixa uma mulher chegar perto da casa dele, que dirá do coração. Não o faça se arrepender.

— Eu não pretendo. Agora, se me der licença. — Entro no elevador e as portas se fecham com ele olhando para mim. Coloco o polegar direito na tela e a luz vermelha escaneia minha digital. A luz fica verde e o elevador começa a subir para a cobertura. Que tecnologia...

Jack é um mistério que não posso desvendar, por mais que tente. Em um minuto ele é duro como uma pedra e pontudo como uma faca. No próximo é paternal e protetor. Enquanto processo a conversa com o brutamontes, meu estômago afunda. Eu realmente não sei o que esperar de Chase agora. Eu o larguei quando ele fez o que pensou ser o certo. Depois de eu ter prometido, na segurança de seus braços na noite passada, que nunca mais fugiria. Eu gostaria que ele não usasse sua influência para desvalorizar tudo o que eu investi na minha carreira e o tempo que passei na Fundação Safe Haven. Devo tanto a eles. Trabalhei duro demais para provar isso a mim mesma. Mas eu também não quero que isso estrague o que temos.

As portas se abrem e eu saio do elevador. Ainda estou usando as roupas da reunião de hoje. Passo as mãos pela minha saia. Roupa amassada e olhos inchados é o que temos. Se tiver um traço de maquiagem restando, deve estar borrado. Eu provavelmente pareço uma bêbada. Fico surpresa por encontrar a porta destrancada. Entro e olho em volta. Ouço música a distância e caminho em sua direção.

Na sala de estar principal, a lareira está ardendo e eu vejo Chase sentado de costas para mim no sofá de camurça. Ele está bebericando uma taça de vinho, ouvindo uma canção no som surround. A voz potente de Christina Perri canta "The Lonely", e lágrimas se formam. A melodia traz lembranças dolorosas à minha mente. Ouvi essa mesma música tantas vezes depois de Justin bater em mim, tentando entender por que eu não conseguia fugir. Por que o amor era tão brutal... quando na realidade não se tratava de amor. Saber que Chase está se sentindo da mesma forma por minha causa acaba comigo.

Chega. Eu não aguento. A tristeza se apodera de mim. Entro na sala e caminho na direção do sofá. Ele olha para cima, por sobre a taça de vinho. Seu rosto está torturado, e vê-lo me destrói. Seus olhos estão semiabertos, mas uma pequena faísca ilumina aqueles azuis vidrados quando repousam sobre mim.

— Você não está sozinho — sussurro.

Ele pega o controle remoto e desliga a música apertando um botão. Abaixa sua taça de vinho.

— Não? — Seu rosto está impassível e pálido, sem emoção.

Balanço a cabeça. Andando até ele, paro entre suas pernas esticadas. Ele agarra meus quadris violentamente e traz a cabeça para descansar em minha barriga. Se aconchega em mim silenciosamente. A necessidade de acabar com a dor que transborda lá no fundo é intolerável.

— Eu estou apaixonada por você. — Sai como um sussurro, mas ele ouve.

Chase me segura com mais força. Estou com muito medo e não posso mais me afastar ou esconder meus sentimentos. Se ele não sentir o mesmo, vou seguir em frente. Vai doer bastante, mas pelo menos eu disse o que sentia, e disse com o coração.

Suas mãos me apertam até quase doer e ele me encara, os olhos vasculhando meu rosto, o olhar aberto e desalentado ao mesmo tempo. Mal posso respirar com o medo e o sofrimento me encarando. É quase demais para aguentar.

Ele me avalia. Quase posso senti-lo tentando julgar a verdade de minha afirmação.

— Fale de novo. — Sua voz soa áspera, como se sua garganta tivesse sido raspada com uma lixa. Grossa e arenosa.

— Eu estou apaixonada por você, Chase. — As palavras são derramadas como em uma oração.

Ele fecha os olhos e ergue minha camisa. Sua boca ávida planta beijos suaves por toda a carne nua e, em seguida, faz uma trilha de beijo após beijo subindo pelo meu tronco, sobre minha camisa, até ficar de pé diante de mim, os olhos perfurando minha alma.

— Mais uma vez — sussurra em meus lábios.

— Eu te amo, Ch...

Antes que eu possa dizer seu nome, seus lábios estão sobre os meus, me devorando. Ele toca meu rosto, me segurando perto de si. Seu beijo é longo e profundo. Não tenho certeza de quem está beijando quem, e não importa. Ele vira minha cabeça, mergulhando, deslizando a língua para dentro da minha boca, sentindo meu gosto, bebendo, tomando goles da minha boca como se fosse a última vez. Não é. Nunca mais vai ser. Estou perdida nele e vou tomar tudo o que ele puder me dar.

Ele se afasta e depois gruda nosso peito em um abraço forte, do tipo que você dá em alguém que não pretende deixar ir embora. Fecho os olhos e me delicio com a beleza de pertencer a ele. Quente e segura.

— Eu estava com tanto medo que você não quisesse mais nada comigo — ele diz no meu ouvido.

Balanço a cabeça e beijo a lateral do seu pescoço, reafirmando a conexão com esse homem, meu homem.

— Para onde nós vamos agora, baby?

— Depende se você sente o mesmo que eu ou não. — Minha confiança se apaga. Preciso saber que significo tanto para ele quanto ele para mim. É a única maneira de podermos continuar.

— Você está brincando? — Ele avalia meus olhos. Sua boca se retorce de surpresa. — Você não sabe?

— Sei o quê? — Meu peito se aperta.

— Eu soube que você era a mulher da minha vida quando o hospital me ligou em Chicago. Tudo ficou escuro quando me disseram que você tinha sido atacada. Fiquei louco de preocupação. Eu te conhecia fazia pouco tempo, mas aquela ligação acabou comigo. — Seu rosto se contorce enquanto ele conta a experiência.

Eu entendo o que ele sentiu.

— Meu Deus, Gillian. Eu faço qualquer coisa por você. Dizer "eu te amo" não parece suficiente para mostrar o que eu sinto. — O sorriso que se espalha pelo meu rosto é tão grande que o faz doer.

— Diga mesmo assim — imploro.

Ele acaricia meu rosto e me beija suavemente. Depois se afasta, e seu olhar azul glorioso se volta para o meu

— Gillian Callahan, eu te amo. Te amo tanto que me assusta.

Lágrimas enchem meus olhos enquanto ele beija cada bochecha.

— Por favor, por favor, pare de fugir. Isso é novo para mim. Eu não vou tomar sempre as melhores decisões. Você desperta em mim um cara maluco por controle. Eu quero que você esteja segura. Eu quero te proteger e cuidar de você. Eu quero dar tudo o que o seu coração deseja.

Colocando dois dedos sobre seus lábios, eu abro meu coração e deixo a verdade voar livre.

— Eu só quero você.

Seus olhos se fecham enquanto ele beija meus dedos. Ele me guia para seu quarto, sua mão segurando a minha.

— Nós vamos conversar mais sobre isso. Mas agora eu só consigo me concentrar na necessidade de te sentir, de me enterrar fundo dentro da mulher que eu amo. Você não vai nem saber onde eu termino e você começa.

Não é poesia, mas é real. É Chase. Eu não poderia concordar mais com ele.

É tarde e Chase está acariciando meu braço nu enquanto me abraça por trás.

— Quem é Justin Durham?

Meu corpo inteiro fica tenso. Alarmes tocam alto no quarto silencioso.

— Como você sabe sobre o Justin? — A menção do nome revira minhas entranhas.

— Você pediu uma ordem de restrição contra ele. Ela apareceu quando o Jack checou os seus antecedentes. Havia vários boletins de ocorrência contra ele, mas as acusações foram retiradas no fim. Todas elas eram relacionadas a violência doméstica.

Ah, meu Deus do céu. Ele sabe.

Ele passa o dedo pela cicatriz no meu quadril, com dez centímetros de comprimento. A pele enrugada é uma lembrança física de algo que eu preferiria esquecer.

— O Justin foi um ex-namorado.

— Por que você pediu uma ordem de restrição contra ele? — Seus dedos continuam a me acalentar, um contraste direto com a vergonha e o medo tortuosos que espiralam na minha cabeça.

— Você quer falar sobre isso agora? Não é uma conversa para a gente ter depois de uma noite incrível de amor. — Coloco ênfase na palavra "amor" e sorrio. Ele me abraça e dá beijos doces no meu ombro nu, que se tornou um dos lugares favoritos para seus beijos.

— Me conta — ele insiste.

Eu sei que ele não vai desistir. Quanto mais eu esconder e tentar fazer desaparecer, mais esses fantasmas serão trazidos à superfície. É hora de eu mesma trazê-los à luz, sem tentar resguardar nada. Estou mais forte agora. Faz anos. Mesmo que ainda me afete, não posso deixar que habite meus pensamentos e reabra velhas feridas. Penso por alguns momentos enquanto Chase se aninha ao meu lado.

— Nada que você me contar vai me fazer te amar menos, Gillian.

Carrego uma enorme bagagem em relação a Justin. Ele pode se arrepender desse comentário. Estou em guerra com o fato de que, para ter uma relação honesta, vou ter que partilhar essa parte de mim. É uma parte infeliz do meu passado, mas ela define o que sou hoje, a maneira como lido com relacionamentos, como reajo a ele, mesmo agora, anos depois. Chase merece saber as coisas que desencadeiam dor em mim.

— Quem é ele? — Chase pergunta novamente.

— Ele foi um erro. — Agarro sua mão e esfrego a cabeça em seu peito. Preciso da conexão para conseguir fazer isso. — Eu o conheci quando tinha dezoito anos. Ele era cinco anos mais velho. Eu me senti tão madura ficando com um cara alguns anos mais velho.

Chase ri. Estou fazendo a mesma coisa agora. Tenho vinte e quatro anos, e ele, quase trinta.

— Acho que é um padrão para mim — sorrio.

— Continue. — Ele beija meu ombro.

— No início, o Justin era tudo o que eu pensava querer em um homem. Bonito. Inteligente. Forte. Nós fomos morar juntos depois de alguns meses de namoro, quando eu entrei na faculdade. Minhas notas no ensino médio eram ótimas, e eu acabei conseguindo uma bolsa integral na Universidade Estadual de Sacramento. Então eu estudava e ele pagava as contas.

— Como tinha que ser.

Faço um esforço extremo para não revirar os olhos, sabendo que não há chance de um dia eu gastar um centavo ou comprar qualquer coisa para mim na presença desse homem. Ele é antiquado nesse sentido. Mexo em seu cabelo e beijo seus lábios.

— Não pare. Eu quero saber tudo sobre você.

Eu me sento e puxo o lençol sobre meu peito nu.

— Chase, você me vê como uma mulher forte, independente, porque isso é o que eu queria que você visse. — Meus olhos se enchem de lágrimas novamente. Ele vai pensar que eu sou fraca. Não quero ser essa mulher de novo, e não quero que ele a conheça. No entanto, é importante superar isso. Ele precisa saber a verdade. — O Justin passou anos me espancando. E o pior... eu permiti.

Seus olhos se arregalam, suas narinas se abrem e o maxilar fica tenso.

— Ele batia em você? — Chase parece calmo, mas seu tom é intenso, segurando qualquer resposta que sinta vontade de dar.

Neste momento, sou imensamente grata por isso. Com o coração pesado e um suspiro profundo, admito o que Justin fez comigo.

— Ele me batia com tanta frequência que isso se tornou a regra na nossa casa. Ossos quebrados, hematomas nas costelas, olho roxo. A cicatriz que eu tenho no quadril aconteceu porque eu fui jogada em cima de uma mesinha de vidro.

Ele se encolhe de indignação.

— Na época, eu acreditava que merecia cada surra. Ele me fazia acreditar nisso.

Os punhos de Chase se fecham e ele os aperta contra os olhos. Isso o está deixando chateado, mas agora eu preciso terminar. Arrancar o curativo bem rápido.

— Foi muito ruim durante anos. Mas não foi nada comparado com a última vez. — Respiro fundo e ele entrelaça nossos dedos. Fecho os olhos e continuo. — Uma noite, ele achou que eu o estava traindo. Ele sempre achava isso... mas daquela vez foi diferente. Eu... — As lágrimas escorrem pelo meu rosto.

Chase limpa minhas bochechas com os polegares. Eu sinto seu carinho, sua força, seu amor.

— Baby, está tudo bem. Me conta tudo. Eu preciso saber — ele diz, ternamente.

Seguro suas mãos no meu colo, com tanta força que os nós dos meus dedos ficam brancos.

— Eu disse para ele que estava grávida.

Chase engole em seco. Seus olhos estão do tamanho de duas luas cheias.

— Ele não acreditou que fosse dele. Nós sempre usávamos preservativo, mas uma vez ele estava bêbado e não usamos. Foi depois de uma surra muito grande. Eu nem lembro dele transando comigo. Eu estava com tanta dor que deixei o cara fazer o que quisesse. Pelo menos, quando ele estava trepando comigo, não estava me batendo.

Chase se encolhe.

— Pelo amor de Deus, Gillian... — Ele gruda nos meus quadris, seu toque firme.

Eu continuo. Se não me livrar disso agora, nunca vou conseguir.

— Ele disse que o bebê não era dele. Me chamou de vadia. — Encolho os ombros enquanto as lágrimas caem e molham os antebraços de Chase, que segura meus quadris. Ele encosta a testa na minha. É a força de que eu preciso. — Ele sempre me chamava de vadia.

Chase treme, mas não diz nada.

— Ele me espancou quase até a morte naquela noite. Chutou minha barriga várias vezes, me estrangulou e bateu minha cabeça sem parar no piso de madeira. Eu desmaiei. Ele provavelmente pensou que eu estava morta, porque me deixou caída no chão em uma poça de sangue. Quando recobrei a consciência, ele tinha ido embora. Levou um tempo, mas eu me arrastei até o telefone e liguei para a Safe Haven. Eu tinha programado o número na discagem rápida. Naquele estado, não consegui pensar em mais nada. Coloquei o meu foco naquele botão. A polícia já tinha sido chamada tantas vezes nos anos anteriores que eu honestamente pensei que iria morrer antes de eles chegarem.

Chase faz uma trilha com as mãos, para cima e para baixo do meu bíceps, como um sussurro.

— A Safe Haven mandou voluntários especializados em trauma para me ajudar.

Ele não parece surpreso com essa informação, provavelmente porque já esteve envolvido nessa parte do processo.

— Os membros da equipe eram marido e mulher. O homem me carregou para o carro. Eu nem conseguia andar depois de tantos chutes nas costelas e na barriga. A mulher pegou roupas minhas para algumas semanas e todo o dinheiro que eu escondia pela casa quando o Justin não estava prestando atenção. Depois eles ficaram no hospital comigo e seguraram minha mão enquanto os médicos cuidavam dos meus ossos quebrados e costuravam meus machucados. — Sem perceber, comecei a balançar para a frente e para trás.

Chase interrompe o movimento, me tira da minha bolha protetora e envolve meus membros em torno dele, me colocando em seu colo como um cobertor. Ele me abraça, me cercando com seu calor.

Encosto a cabeça em seu ombro e continuo.

— Aí disseram que eu tinha perdido o bebê. — As lágrimas caem sobre suas costas nuas. Eu as limpo com o braço. — Depois de eu ser medicada, eles me levaram para um dos abrigos da Safe Haven. Me receberam, me deram um quarto, e os terapeutas ajudaram a organizar meus pensamentos. Eu estava sofrendo pela minha perda, e eles me ajudaram a entender que o que o Justin fazia comigo era errado. Me mostraram que eu valia mais do que isso. Foi quando eu conheci a Maria. Ela também foi vítima de violência doméstica.

Os olhos de Chase estão fechados quando tiro o rosto do conforto que pareço sempre encontrar na lateral do seu pescoço. Ele respira fundo.

— Gillian, meu Deus... — Ele me puxa e me abraça forte, me segurando contra seu peito. — Você nunca mais vai ser machucada. Sinto muito que você tenha passado por toda essa dor.

— Eu estou bem agora. Não quero que você tenha pena de mim, mas você precisa saber quem eu sou. Confiar nos homens só me machucou. A minha única defesa é fugir.

Vejo o impacto das minhas palavras em seu rosto enquanto ele as absorve e processa. Ele franze a testa e então aquele sorriso que aprendi a adorar se espalha em sua boca.

— Eu sou um ótimo corredor. Eu sempre vou te pegar e te trazer de volta para casa. Para mim. Para isso aqui. Para nós dois.

Nenhum homem me fez sentir tão segura. Amada. Eu o beijo levemente.

— Promete?

— Sim, prometo. — Ele abre um sorriso largo.

— É por isso que a Safe Haven significa tanto para mim. Não é só um emprego. Eles salvaram a minha vida. Na verdade a sua fundação é a razão de eu ainda estar aqui. Eu devo isso a eles e a você.

— Gillian, eu entendo o que você está dizendo, mas não me arrependo de ter interferido hoje. Aquela mulher estava sabotando você por minha causa. Ela não merecia continuar lá. Você, por outro lado, merecia. Assim como merecia a promoção, Gillian. O dinheiro que você trouxe para a fundação nos últimos dois anos foi o dobro do que o departamento de contribuições inteiro trouxe em cinco.

Solto uma lufada de ar.

— Ah, sobre isso... Eu conversei com as meninas e ela chegaram a uma conclusão.

Ele levanta uma sobrancelha.

— Independentemente do que tenha acontecido ou de como a coisa vai ser vista, eu vou provar a mim mesma e a todas as outras pessoas que estou no cargo certo. Qualquer pessoa que ache o contrário vai estar errada.

Ele sorri, me puxa de novo e me beija.

— Me parece uma excelente ideia.

Então, agora que tivemos uma exibição do meu passado e resolvemos a crise de hoje, quero saber mais sobre ele. *O pai dele era o diabo.* Ouço as palavras de Jack na minha cabeça.

— Me fala do seu pai. Você nunca me contou por que morava com o seu tio quando criança.

Chase se recosta na cama.

— Gillian, você acabou de revelar muita coisa. Eu não sei se esta é a noite certa para eu contar essa história sórdida.

— Sem se esconder e sem fugir, lembra? Só eu e você.

— A minha história é parecida com a sua — ele começa, se recostando na cabeceira. — A minha mãe era espancada pelo meu pai biológico. Só que ela não conseguiu escapar. — Ele olha para o lado, preso em uma lembrança distante.

— O que aconteceu? — Tento não forçar demais.

— Meu pai misturava quantidades insanas de álcool com metanfetamina. Isso o deixou psicótico. Ele já era uma pessoa ruim, mas com drogas e álcool ficava alucinado, falava com pessoas que não existiam. — Seus lábios se torcem em uma careta. — E tinha o desejo ardente de bater em qualquer um que cruzasse o caminho dele. Ou seja, a minha mãe e eu.

Acaricio seu braço, querendo acalmá-lo como ele fez comigo. Me mostrar presente enquanto ele resgata o próprio passado aterrador.

— Eu me lembro bem da noite em que as coisas viraram um inferno. Era o meu aniversário de sete anos, e ele tinha acabado de perder o emprego. Ele chegou em casa e me arrastou pela casa pela orelha. Eu gritei e a minha mãe veio correndo da cozinha. Ela estava fazendo o meu bolo de aniversário e estava com uma faca de açougueiro na mão. — Ele respira fundo e sua voz fica mais grossa. Seus olhos se enchem de lágrimas. — Ela implorou para ele não me machucar, explicou que era o meu aniversário. Ele me bateu e me empurrou em cima da minha mãe. Ela deixou cair a faca. — Sua voz treme, mas ele continua. — Ele foi até ela e lhe deu um soco tão forte que ela caiu para trás. Começou a jorrar sangue do nariz dela em cima de mim. Eu caí no chão também, e a minha mão encostou no cabo da faca.

Estou imóvel, lágrimas correndo pelo meu rosto.

— Eu era muito inocente. Pensei que conseguiria fazê-lo parar de machucar a minha mãe. Peguei a faca e enfiei na coxa dele. Não foi fundo, quase não machucou. Mas o deixou furioso. Ele ameaçou me matar. Encostou a faca no meu pescoço. A minha mãe pulou entre nós dois e se virou para me empurrar para o corredor. Eu ouvi o grito dela, de arrepiar, depois que consegui me equilibrar. Ele a esfaqueou na lombar. Ela caiu no chão e ele tirou a faca. Até hoje eu lembro o som da lâmina sendo arrancada do corpo dela. Aquele som me assombra. — Ele respira fundo e sua voz se quebra. — Ele continuou esfaqueando-a sem parar, como em um filme de terror. Eu pensava: *Isso não está acontecendo. É tudo uma farsa.* Mas era real.

Neste ponto, Chase começa a chorar, se agarrando em mim enquanto a lembrança daquele dia o estraçalha. Eu o puxo contra mim e o embalo, beijando suas têmporas, testa, lábios.

— Tinha sangue por todo lado, Gillian, por todo lado. Ele continuou esfaqueando a minha mãe enquanto ela gritava. E eu fiquei lá, olhando, impotente. Ela gritou para eu correr e buscar ajuda e eu fugi para o meu quarto, tranquei a porta e saí pela janela. Quando eu estava fugindo, ouvi o meu pai chutar a porta e berrar comigo pela janela.

— Como ela sobreviveu?

Ele funga e limpa os olhos com as mãos.

— Os vizinhos chamaram a polícia. Ele largou a minha mãe lá para morrer, mas os paramédicos chegaram e ela sobreviveu. Mesmo tendo passado por tudo aquilo. Foi um milagre. Depois do ataque, ela passou um ano em coma e outro ano fazendo terapia. No fim, ela nunca mais voltou a andar.

— E o seu pai? — pergunto, enquanto tiro o cabelo cor de chocolate de sua testa e orelhas. Estou fazendo isso só para tocá-lo, pois sei que ele gosta.

— Ele foi preso em um bar lá perto. O barman ligou para a polícia quando ele entrou coberto de sangue. O filho da puta teve coragem de sentar e pedir uma bebida. O barman o segurou lá até a polícia chegar. Ele está na Penitenciária de Joliet, em Illinois, por dupla tentativa de assassinato.

— Chase, eu não fazia ideia. Isso não apareceu quando eu pesquisei sobre você no Google.

— Não aparece mesmo. Quando eu era criança, usava o sobrenome da minha mãe e do meu pai com hífen: James-Davis. O meu tio mudou para Davis e gastou muito dinheiro para manter o nosso nome longe dos jornais. Como eu era menor de idade, os processos eram sigilosos. Seria um escândalo e tanto se aparecessem agora.

Coloco uma perna sobre a dele e imito a posição em que ele me segurou durante a minha história. Ele se deita e eu também, cobrindo-o feito um cobertor, mais uma vez com a cabeça no meu lugar, em cima do seu peito e do seu coração. Ele desliza as mãos provocantemente sobre minhas costas nuas. A hora da história acabou. Os dois estão arrasados, sensíveis e vulneráveis. Esta noite nós deixamos a feiura sair. O nosso passado ficou para trás; o nosso amor, entre nós. Beijo seu peito, em cima do coração. *Meu.*

— Obrigada — sussurro em seu peito.

Ele coloca as mãos no meu cabelo e puxa meu rosto para o dele em um beijo doce e profundo. Um beijo de renascimento, da dádiva do conhecimento de que ambos sobrevivemos e superamos, contra todas as adversidades. Assim como a nossa relação.

— Por quê? — ele pergunta.

— Por me escutar. Por não me julgar. Por compartilhar o seu passado comigo e me deixar fazer parte do seu futuro. — Procuro o seu olhar, e seus olhos brilham à luz fraca.

Ficamos deitados, abraçados, até adormecer, completamente exaustos por expor nossa alma, mas contentes por saber que amanhã vai ser melhor porque estamos juntos.

16

As semanas seguintes oferecem um furacão de atividades. Chase e eu nos alternamos entre nossas casas na maioria das noites. Sempre me surpreende que um homem tão acostumado com luxo possa ficar, de vontade própria, em um apartamento apertado, dividindo o espaço com minha amiga maluca. Ele nem parece se importar com as maratonas de sexo entre Maria e Tom em algumas ocasiões. Nós duas até tentamos organizar nossas agendas para que ambas tenham um pouco de privacidade, mas às vezes isso não funciona. A maior parte do tempo por causa dos horários irregulares de Chase. Todo mundo, inclusive eu, parece querer estar com ele.

Desde a noite em que libertamos os nossos demônios, estamos inseparáveis. Pelo menos quando conseguimos estar juntos, considerando que ele viaja ou tem reuniões até tarde da noite. Não dissemos mais a palavra que começa com "A" depois da noite profundamente emotiva em que desnudamos nosso passado. Acho que os dois estamos com medo de quebrar o encanto. De alguma forma, aceitamos a história um do outro, simples assim. Optamos por não deixar que tudo aquilo estrague a relação que construímos.

Estou mergulhada no trabalho até o pescoço, pronta para provar que mereço o meu novo cargo. Tenho reuniões frequentes com o sr. Hawthorne e com Taye sobre as próximas iniciativas de arrecadação de fundos e eventos em que estamos trabalhando. No fim de semana, vou fazer minha primeira grande visita de prospecção de doadores com Taye. Ele vai me iniciar na arte de pedir a um doador rico dezenas de milhares de dólares para a fundação. Estou ao mesmo tempo entusiasmada e morrendo de medo.

O único problema é que eu vou precisar contar para meu namorado superprotetor que vou viajar por alguns dias para encontrar um ricaço desconhecido. Ele vai reclamar. Em um relacionamento normal, isso não deveria ser um problema, mas Chase e eu somos qualquer coisa menos normais. Tudo bem que ele faz muitas viagens de negócios sozinho. Eu nem pisco quando ele pega um avião para apagar algum incêndio em uma de suas empresas pelo país ou pelo mundo, para dizer a verdade. Claro que morro de saudade quando ele não está comigo, mas um gênio filosófico qualquer não disse que a distância faz com o amor o que o vento faz com o fogo? (Apaga o pequeno, inflama o grande.) Acredito que seja verdade, porque, quando Chase não está, penso nele sem parar. Tanto que as meninas sabem quando ele não está na cidade com base no meu mau humor e na falta de interesse em sair com elas. Elas entendem que estou completamente apaixonada por Chase e me provocam o tempo todo por isso.

Mando uma mensagem para ele.

> Vou viajar para visitar um doador de quinta a domingo com o Taye. Animada! Nunca estive em Nova York.

Releio a mensagem. Parece direta, na medida certa. Não há nada de especial sobre ela, nem qualquer significado subliminar. Aperto enviar e olho para o computador a fim de analisar alguns números. Desde a promoção, há algumas semanas, fui jogada em um mundo de orçamentos e previsões. De início foi intimidador, pois eu não estava familiarizada, mas descobri que sou muito boa nisso. Sou capaz de enxergar as áreas em que podemos fazer crescer os dólares de doadores, assim como áreas de preocupação, que precisam de maior atenção. Meu celular faz *ping*.

> Eu preferiria que você não fosse sozinha.

Sendo sincera, eu estava com a impressão de que ele não ficaria entusiasmado com essa viagem, mas não vou estar sozinha.

> Eu não vou sozinha. Vou com o Taye.

Envio a mensagem e começo a rever meus números novamente. Sou interrompida pelo bipe do celular mais uma vez.

> Isso não me faz sentir melhor. Vou reservar um dos meus aviões para nós três. Fim de papo.

Fim de papo? Ele é psicótico? Chase sabe que isso vai me deixar puta da vida. Não sou uma marionete. Sei me cuidar. Embora eu não possa dizer que não gostaria de estar na cidade que nunca dorme com meu homem sexy. Minha mente repassa esta manhã, seu pau longo e grosso metendo em mim, a água quente do chuveiro caindo nas minhas costas, se somando ao fogo que ardia em nossos corpos fundidos. Sua boca cobria a minha e sua língua entrava em mim com força e rápido, na mesma dança em que as nossas partes baixas estavam envolvidas. Afasto os pensamentos e aperto as coxas uma na outra, aliviando um pouco da pressão. O desejo que me invade quando penso em nós dois fazendo amor me deixa completamente idiota. Respondo a mensagem o mais rápido que meus dedos conseguem digitar.

> Não preciso de um acompanhante. Sou adulta. Posso me cuidar.

Aguardo sua resposta. Ele não tem que tocar um império?

> Eu não vou conseguir dormir sabendo que você está em NY sem mim. Eu vou com você, tenho um apartamento lá. Vamos jantar com o meu primo.

É verdade! Seu primo Craig mora em Nova York. Eu ainda não o conheci. É claro que ele sabe que meu desejo de conhecer sua família iria me desestabilizar e fecharia questão. *Manipulador de uma figa.*

Sem beijos, sem abraços. Só consigo responder secamente. Apesar de ficar chateada por tê-lo me cerceando feito uma mãe superprotetora faz com o filho de cinco anos, realmente adoro estar com ele. A ideia de conhecer seu apartamento em Nova York também é excitante. Engraçado, ele nunca tinha mencionado isso. Lembro de ouvi-lo falar sobre uma casa em Chicago e, é claro, a cobertura em San Francisco. Imagino quantas casas ele tem. Vou ter que perguntar mais tarde. Ele não me envia mais mensagens, e eu fico grata. Provavelmente está se achando por ter vencido — desta vez, pelo menos.

Depois de um dia cansativo olhando números e uma planilha após outra, preciso de uma bebida. Entrando no apartamento, dou de cara com Maria e Tom se agarrando no sofá. A mão dele está debaixo da blusa dela, apertando ritmicamente seu seio grande. A mão dela está enfiada dentro da cueca dele, acariciando seu membro. Fico parada, em choque, a boca aberta. Ondas de excitação fazem minha pele formigar. A cena diante de mim é absurdamente excitante. A língua dela está mergulhada na boca dele enquanto seus quadris giram contra a virilha dele. Me dá vontade de estar no apartamento de Chase em vez de em casa. Eu poderia estar montando meu homem também. Ou não. Ele mencionou algo sobre trabalhar até tarde.

Tento me enfiar silenciosamente em meu quarto para lhes dar privacidade quando minha pasta se prende na parede e faz barulho. *Droga!* Eu me viro lentamente e o casal já se recompôs. Ambos estão sem fôlego. Maria cruza as pernas, docemente.

— Gigi, eu não esperava que você voltasse para casa hoje — ela diz, tentando respirar.

— Percebi. — Dou um sorrisinho malicioso.

Ela olha para mim com um brilho satisfeito nos olhos. Não está nem um pouco envergonhada pelo exibicionismo. Maria encara muito bem a própria sexualidade e não se culpa por ela. Tom, por sua vez, está vermelho feito um tomate, a mão cobrindo uma ereção impressionante.

— Só um minuto. Vou pegar uma taça de vinho — digo a ela enquanto caminho pelo corredor.

Deliberadamente, levo mais tempo que o normal guardando minhas coisas e vestindo uma calça de ioga e uma camiseta. Quando volto para a sala, ouço risadas vindo da cozinha. Dando a volta na ilha, planto minha bunda em uma das banquetas do bar. Maria está abrindo meu vinho branco favorito. Tom está de pé atrás dela, segurando seu quadril e beijando seu pescoço. Ela está sorrindo e balançando a bunda contra ele. Ele fica jogando o corpo para trás, sem permitir o contato. Ela sabe o que está fazendo com ele. O cara está perdido.

Eu me sento e observo os dois se provocando, meu cotovelo no balcão e meu queixo na mão. Ver Maria feliz e apaixonada é um sonho realizado. Houve

232

uma época em que eu não tinha certeza se alguma de nós teria um final feliz. Ela já teve uma coleção de homens de merda. Antonio era tão ruim quanto Justin, mas Tom parece ser para valer.

Finalmente, limpo a garganta. Ambos olham para o meu lado, cheios de sorrisos. Ela vem até mim, balançando os quadris, dando um show de costas para seu homem.

Ele não perde nada e olha descaradamente para a bunda dela.

— Mulher, você sabe usar essa bunda! — ele diz, sem vergonha.

— Eu sei — ela responde, provocante.

Rindo, aceito a taça que ela me estende.

— Então, *bonita*, onde está o Chase? — pergunta.

— Trabalhando. Ele deve vir para cá hoje. — Nesse instante, a linha fixa toca e Maria atende. Ela ouve por um momento e depois diz:

— *Hola, hombre de negocios sexy.*

Não consigo lembrar o que significa *negocios*. Mas entendi a parte do "olá, homem sexy".

Ela continua falando em sua língua nativa.

— *Estoy bien, ¿verdad?*

Eu a observo atentamente. Ela está dando aquele sorriso maroto.

— *Ella está aquí. ¿Qué tan malo es lo que quieres hablar con mi hermosa?* — ela diz, desafiadora. Algo sobre falar com sua menina. Então, passa o telefone para mim. — É para você — anuncia, sorrindo.

Faço uma careta para Maria, que me mostra a língua. A única pessoa que conheço que sabe falar espanhol quase tão bem quanto ela é Chase.

— Alô?

— Boa noite, linda.

Dessa vez eu gosto do apelido carinhoso. Graças a Deus passou a fase do "gatinha". Eu não gostava desse. "Doçura" desapareceu logo. "Baby" e "linda" parecem ter vindo para ficar. Não estou reclamando.

— Boa noite. Tudo bem? — pergunto.

— Eu te mandei uma mensagem, mas você não respondeu, então pensei em te ligar na linha fixa. Vou para Toronto hoje à noite. Aconteceu um acidente trágico em um dos meus arranha-céus que estão sendo construídos. Parece que um dos operários não estava preso ao andaime e caiu. Ele morreu na hora. Tenho que lidar com o arquiteto, o encarregado da obra, as empresas de seguros... basicamente todos os envolvidos no incidente. E também quero conversar com a família.

233

— Ah, não, sinto muito. Você o conhecia? — pergunto, chateada.

— Quem?

Eu o ouço mexendo em papéis e se movimentando. Sua respiração está pesada, como se ele houvesse acabado de fazer exercícios. Chase deve estar arrumando suas coisas para viajar.

— O homem que morreu.

—Ah... não. Eu tenho uns cinquenta mil funcionários, Gillian. Só conheço pessoalmente os diretores das empresas e alguns dos executivos principais.

Uau, faz sentido. Então eu assimilo a informação: cinquenta mil funcionários? Caramba, é muita gente contando com ele e com o sucesso dos seus negócios. Eu normalmente faço piadas sobre ele tocar um império, mas ele é, de fato, responsável por muita coisa.

— Entendo. Vá, então. Não se preocupe comigo. Eu vou para Nova York só daqui a alguns dias.

— Foi por isso que eu liguei. Um dos meus aviões vai levar você e o sr. Jefferson para Nova York na quinta de manhã. O Jack vai buscar vocês no aeroporto. Ele vai deixar o sr. Jefferson no hotel e depois vai trazer você até mim. — A frase é ornada com desejo e necessidade, fazendo meu coração bater rápido e o espaço entre minhas coxas ficar úmido.

— Sério? Ele vai me levar até você? — Tento colocar o máximo possível de sexo no meu tom.

Ele grunhe de um jeito sedutor.

— Sim, ele vai me trazer a *minha mulher* — enfatiza.

— Dois dias é bastante tempo para esperar — reclamo. Faz meses que não passamos uma noite separados. Não sei se lembro o que é dormir sozinha. Tenho certeza de que estou com um bico enorme, porque Maria está fazendo o símbolo do pato com a mão e mexendo os lábios.

— Mas a espera vai valer a pena. Gillian?

— Sim, Chase — respondo, um pouco sem ar e me contorcendo na cadeira, excitada com a ideia de encontrar meu amante em uma cidade diferente, mas também sofrendo para estar nos braços dele.

— Venha sem calcinha. Eu quero te comer assim que você chegar.

O desejo corre pelo meu corpo e se assenta em meu centro. Não consigo falar. Visões do que ele vai fazer comigo quando nos encontrarmos piscam na minha mente em rápidas imagens pornográficas. Tento afastá-las para prestar atenção em suas palavras, sem sucesso. Meu Deus, eu queria que ele estivesse aqui agora.

— Até lá, lembre-se da regra. — Sua voz é áspera e rouca. — O seu prazer é meu. Não se toque — ele adverte.

Eu praticamente gozo só com o pedido. Caramba, ele sabe brincar comigo até eu pingar de desejo.

— E se eu me tocar? E se eu não conseguir me controlar? — pergunto diretamente.

— Eu vou saber e não vou ficar feliz. — Seu tom é implacável.

— Eu não vou fazer isso — falo rapidamente. Quero que ele esteja feliz o tempo todo, por todas as coisas.

— Boa noite, baby — ele diz e desliga.

Abanando-me, coloco o telefone de volta no gancho. Maria me estuda e eu tomo um gole enorme do vinho gelado, esperando que acalme o fogo que arde dentro de mim. Dois dias inteiros sem senti-lo, sem acordar perto do seu corpo quente e nu. Suspiro e me repreendo mentalmente. O que estou fazendo? Estou enlouquecendo. Mas eu consigo lidar com isso. São só dois dias, pelo amor de Deus.

— Qual é o problema, *cara bonita*? — Maria pergunta.

Tom parece preocupado.

— O Chase precisa ir para Toronto. Um operário caiu de um prédio em construção e morreu.

Maria engole em seco e Tom coloca as mãos nos ombros dela. O movimento não passa despercebido. Ele está completamente apaixonado por ela. Eu me pergunto se ela também está apaixonada por ele. Humm. Parece que precisamos de algum tempo só entre meninas.

— Eu sei, é triste. Mas ele vai me encontrar em Nova York na quinta-feira. Então você vai ter que me aguentar aqui por mais alguns dias. — Dou risada.

— *Chica, esta es tu casa...* Se quisermos ficar sozinhos para afogar o ganso, podemos ir para a casa dele. — Ela aponta o polegar sobre o ombro para Tom, que começa a rir da maneira como ela se refere à transa.

— Obrigada, amiga. Agora, o que tem para jantar? — pergunto, sabendo que ela raramente cozinha.

Ela me encara.

— Não sei. O que tem para jantar?

É claro que ela joga a bola para mim. Reviro os olhos.

— Que tal a boa e velha pizza? — Tom sugere. — Eu conheço um lugar ótimo. Posso ir buscar, daí vocês vão ter um pouco de tempo para colocar o papo em dia.

Que se dane a Maria. Eu acho que amo esse homem! Um homem que sabe quando as mulheres precisam de um pouco de tempo sozinhas e oferece comida é para casar.

— Você é bom demais para mim, *papi*. — Ela gira e o beija. *Papi?* Acho graça no apelido.

Ele devolve o beijo, e seu rosto fica vermelho de novo. Na verdade é muito doce o que eles têm. Eu me pergunto se nossas amigas pensam o mesmo sobre Chase e eu. Nós tivemos um começo tumultuado, mas, tirando a maneira explícita como ele tenta impor sua vontade, estamos muito felizes. Tom vai para a sala e eu o ouço pedindo a pizza e pegando a chave no criado-mudo. A última coisa que ouço é a porta se fechando, e esse é o meu sinal para atacar.

— Então, Ria, vocês dois parecem muito bem juntos.

Um sorriso enorme se espalha pelo rosto dela.

— Ele me faz feliz, e o sexo, *cara bonita*, o sexo é *caliente*! — ela confidencia.

— Você está apaixonada? — pergunto, prendendo a respiração.

Ela coloca as mãos no balcão e tomba a cabeça de lado. Morde o lábio e pensa por um momento.

— Acho que sim. Eu não quero outra pessoa.

Anuo, mostrando compreensão.

— Você sabe como são as coisas, Gigi. É difícil entregar o meu coração. Mas ele já disse que me ama — ela se esquiva.

— Ai. Meu. Deus! E você não me contou. Como pode? Eu sou a sua melhor amiga — repreendo. — Você disse também?

Ela balança a cabeça negativamente.

— E por que não?

— Não sei. Imagino que eu esteja esperando as coisas acabarem mal. No fim, ele vai *joder* — ela diz.

— Ele não vai pisar na bola! Não vai *joder*! — grito, da maneira mais convincente possível, com exceção da falta do charme espanhol na pronúncia.

— Talvez, mas eu não cheguei lá ainda. — Ela coloca as longas mechas em um rabo de cavalo usando o elástico que estava em seu pulso.

— Está certo, está certo. Só não espere tempo demais para falar, Ria. Não se sabote por medo de ser feliz. — Ponho o dedo na ferida.

Ela faz um gesto afirmativo com a cabeça, as lágrimas enchendo seus olhos azuis como gelo.

Em dois passos estou do outro lado da ilha, lhe dando um abraço apertado.

— Eu adoro o jeito como ele te olha, como se não tivesse mais ninguém no mundo. Ele é de verdade, irmã. Não pense que ele também não está se arriscando.

— Você acha? — Sua voz parece tão pequena. Diferente do seu jeito barulhento de sempre.

— Eu sei. — Puxo seu queixo e encaro seus olhos.

Uma lágrima escorre pelo seu rosto e eu a enxugo.

— Eu sei — reitero.

Ela assente e me abraça de novo.

Passo os dois dias seguintes me preparando para a viagem. Maria e eu vamos ao estúdio de Bree para um pouco de ioga hardcore e para encontrar com Kat. Jantamos com nossas roupas surradas de ginástica e colocamos a conversa em dia. Kat nos conta que tudo está indo bem com Carson e que ela também está se apaixonando por ele. Bree revela que as coisas estão progredindo com Phillip, só mais devagar. Acalmamos seus pensamentos, garantindo que ele gosta dela, mas explicando que pais solteiros têm mais coisas na cabeça do que cair na cama com uma loira gostosa. Ela se sente melhor, mas está frustrada, porque os dois ainda não chegaram ao próximo nível. Maria e Kat dão ideias para seduzi-lo. Eu fico fora disso. Seria como conversar sobre arranjar uma transa para o meu irmão. Parece nojento e repulsivo. Na noite seguinte, vou para a academia mais uma vez antes do meu voo, pela manhã.

Correr é exatamente o que preciso para liberar a frustração sexual acumulada por um período de seca de dois dias. Aumento a inclinação, e meu coração pulsa com meus pés enquanto eles batem na esteira. "Hey Mama", do Black Eyed Peas, toca alto no meu celular enquanto atinjo um estado de euforia. Imagens de Chase correndo ao meu lado aparecem em minha mente. Seu peito brilhando de suor, o banho a dois depois de termos nos exercitado até o limite, o sexo pulsante contra a parede no chuveiro, a cereja do bolo. Suspiro e aumento a inclinação mais uma vez.

Depois de uma boa hora correndo, finalmente aperto o botão para parar e pulo para a lateral da máquina. A endorfina corre a toda no meu sistema, e eu jogo a cabeça para trás e praticamente gemo. É a coisa mais parecida com euforia que senti em três dias. Eu me acostumei com Chase me dando prazer à beira da loucura toda noite, e é difícil adormecer sem aquele alívio ou seus braços quentes me cercando. Exercício físico é a única opção até amanhã. Não vejo a hora de encontrá-lo.

— Gillian? — Uma voz grossa soa atrás de mim.

Tiro os fones de ouvido, me viro e dou de cara com Daniel, meu ex-namorado. Tento ao máximo não estremecer. Faz quase um ano desde que nos falamos pela última vez.

— Daniel. Quanto tempo — digo e desço da esteira.

Ele me dá um abraço suado de corpo todo. Quando nossos peitos entram em contato, endureço. O único suor de homem que eu quero perto de mim é o de Chase, de preferência quando estou lambendo seu peito.

— Quanto tempo faz, uns seis meses? — ele pergunta.

— Quase um ano. Como você está? — pergunto, educada, sem querer de verdade conversar com ele. Embora ele tenha me tratado como uma princesa, ainda assim tive que terminar. Foi desconfortável e ele ficou bem chateado. Nunca consegui superar o comentário "Você quer ser comida como uma vadia?", quando tentei apimentar nossa vida sexual. Basicamente, eu queria gozar e ele não era capaz de me fazer chegar lá. O sexo com ele era gentil demais, e complementado com pouco sentimento da minha parte. Para gozar, eu preciso estar envolvida emocionalmente, e com Danny eu simplesmente não estava. Ele sempre dizia que me amava, e eu nunca retribuí essas palavras. Depois de menos de um mês com Chase, eu já tinha entregado definitivamente meu coração para ele. Isso tem que significar alguma coisa.

— Bem. O que você vai fazer mais tarde? — ele pergunta enquanto vamos em direção aos vestiários.

— Vou para casa. Viajo amanhã cedo para Nova York. — Não há chance de eu me encontrar com ele para beber ou qualquer coisa remotamente similar a um encontro. Sem chance.

— Ah. Viagem de negócios ou lazer? — ele pergunta.

Solto um grunhido interno. Só quero pegar minha bolsa e ir embora.

— Um pouco dos dois. Vou visitar possíveis doadores para a fundação, mas vou encontrar o meu namorado também — digo, indiferente.

Daniel passa a mão no cabelo e balança a cabeça.

— Você está namorando? — pergunta, em tom de surpresa. Ele parece intrigado. — Quem?

Não reconheço o tom de sua voz.

— Chase Davis — respondo, confiante. Isso mesmo, colega. Outra pessoa quis estar comigo. *A vadia*. Minha mente corre para nossa última transa, quando Daniel disse que não me comeria como um cachorro e que não acreditava que eu queria ser tratada como uma vadia. Foi a gota-d'água para mim. Embora ele me tratasse feito uma rainha, se um homem acha que te comer de quatro é algo sujo, que vá procurar alguém que goste de papai e mamãe para o resto da vida. Só lamento pela próxima mulher que estiver com ele. É o "Danny sem orgasmo".

— O bilionário? — ele pergunta, em choque.

— Esse mesmo. Danny, foi muito bom te encontrar, mas eu tenho que correr. Preciso ligar para o Chase. A gente se vê. — Entro rapidamente no vestiário feminino. Nem espero que ele responda. A última coisa que quero é bater papo com meu ex. Eu preferiria fazer um tratamento de canal. Além disso, Chase ficaria furioso se soubesse que o homem até me abraçou.

Assobiando para mim mesma, penso que acabei de encontrar Danny, um homem com quem passei um ano, e não senti nada. Nem mesmo culpa por ter terminado. É bom saber o que eu quero da vida, e que ele tem quase um metro e noventa, ombros largos, olhos cor de oceano e uma atitude do tipo "Vou te foder até você gritar". *Chase*. Pensar nele faz meu sexo pulsar. Eu preciso dele. Mal posso esperar por amanhã.

17

O avião pousa. Taye e eu passamos seis horas maravilhosas conversando sobre tudo, desde seus filhos malucos e sua esposa, Melody, até minhas amigas barulhentas e suas confusões. Repassamos rapidamente nossa reunião com o doador que está sendo prospectado, Theodore Vandegren. O sinal de apertar os cintos apagou e o comandante aparece.

— Srta. Callahan, que bom vê-la novamente — ele diz.

— Você também. Mais um voo excelente e aterrissagem perfeita. — Sorrio e aperto a mão do homem.

Taye e eu saímos do avião, e, como Chase avisou, Jack Porter está ao lado da limusine, aguardando nossa chegada. Ele pega nossa bagagem e vai até o porta-malas.

— Boa tarde, Jack — digo, sob o barulho dos aviões.

— Srta. Callahan, que bom que chegou em segurança. O sr. Davis vai ficar feliz. Ele está ansioso pela sua chegada. — Vejo um traço de sorriso em seu rosto sério.

Taye e eu nos acomodamos na limusine.

— Deve ser bom ter um namorado com tantas regalias. A Mel ficou chocada quando soube que iríamos voar em um jatinho particular e ser levados para o hotel de limusine.

Sorrio. Taye está deslumbrado. O luxo ainda me surpreende.

— Não estou acostumada com isso também, mas faz parte do pacote, então eu aceito. — Aponto para Jack. — O pacote também inclui um brutamontes vinte e quatro horas por dia, sete dias por semana — digo alto para que ele ouça.

Jack levanta a tela de privacidade. O homem me irrita na maioria das vezes. Ele decidiu que não gosta de mim, e isso me dá nos nervos. Todo mundo gosta de mim. Meu lado que quer agradar todo mundo fica frustrado, e ele é um caso difícil. Estou decidida a conquistá-lo. Um dia, Jack Porter vai ser meu amigo ou, no mínimo, amigável comigo.

— Isso deve irritar uma mulher como você — diz Taye.

Desde que Justin passou pela minha vida, tenho orgulho de cuidar de mim mesma. Não preciso de homem nenhum para isso, mas quero Chase. E Chase é um homem que precisa cuidar de sua mulher. Então eu concordo.

— Irrita, mas eu já me acostumei. O Chase tem que lidar com a possibilidade de as pessoas quererem machucá-lo, por isso ele é tão superprotetor comigo. Além disso, depois do que aconteceu na nossa última viagem de negócios, ele não quer correr riscos. — Passo a mão na cicatriz sobre meu olho, que ainda não sumiu. Chase diz que vai mandar removê-la permanentemente se continuar a me incomodar. Ele a odeia tanto quanto eu. Não porque prejudique minha aparência, mas por causa do que significa. O mesmo vale para a cicatriz enrugada no meu quadril. Ele quer que ela desapareça, mas eu me recuso. Preciso de uma lembrança do que já enfrentei.

— Ele é um cara legal. Você sabe o que eu sinto por você, garota. Você é como uma filha para mim. Parece que ele reconhece uma mulher bacana quando encontra uma. — Ele sorri e dá um tapinha no meu joelho.

Nos últimos anos, fiquei apegada a Taye. Ele realmente se comporta como o pai que eu nunca tive. É gentil, atencioso e se importa genuinamente comigo e com minha vida.

— Obrigada, Taye. — Olho pela janela enquanto a limusine para em frente a um hotel enorme. O carregador abre a porta e Taye sai. — Vejo você amanhã à tarde, antes do nosso jantar. Nos encontramos no saguão por volta das quatro?

— Combinado. Eu te convidaria para jantar hoje, mas tenho certeza de que o seu namorado tem outros planos. — Ele balança a cabeça, sorri e vai para o hotel.

Jack entra com a limusine nas ruas movimentadas de Nova York. Abaixo a tela de privacidade.

— Onde nós estamos, Jack?

— Park Avenue — ele diz, secamente.

Tenho que fazer um esforço para não sair cantando o tema da série *Green Acres*. Onde mais um bilionário viveria? Evito revirar os olhos e espio pela janela.

A avenida é um bulevar com flores coloridas e pequenas árvores que lhe emprestam o nome. Apesar de toda a movimentação de Manhattan, o fluxo de trânsito é quase zen. O verde passando através dos carros que vão na direção oposta é adorável em seu movimento yin e yang. Sou tirada de meu devaneio por um *ping*. Como esse homem é ansioso! Olho para a tela e franzo a testa para o número desconhecido.

> Não demore muito. Estou esperando.

Que estranho. Clico em "Desconhecido" e nenhum número aparece. Quem está me esperando? Eu me pergunto se uma das meninas está com um número novo. Decido responder.

> Quem é?

Isso deve me ajudar a descobrir o remetente. O telefone bipa e eu olho para baixo. Os pelos do meu pescoço se arrepiam e meu estômago revira.

> Tudo vai ser revelado quando estivermos sozinhos.

Deve ser Chase zoando comigo. Faz três dias que não sinto seu abraço. Mando embora a energia estranha. Com certeza não é nada. Provavelmente número errado. Não há necessidade de me estressar. Além disso, daqui a pouco vou ver Chase. A excitação incha e se acomoda, pesada, entre minhas coxas. Quando Jack para o carro, saio antes que ele possa abrir a porta. Ele franze a testa e passa a pegar minhas malas.

— Pode entrar. Use o elevador. — Ele faz um gesto para o lugar onde o porteiro está segurando a porta.

O porteiro inclina o chapéu quando entro. Minhas pernas estão fracas de expectativa.

— Qual é o andar? — pergunto a Jack sobre o ombro, excitada demais para esperar por ele. Eu me viro quando ele não responde.

Jack olha para mim com desdém.

— Cobertura, srta. Callahan. Use o polegar. É o mesmo sistema de casa. Franzo a testa e coloco as mãos nos quadris. Preciso de efeito dramático.

— Não precisa responder desse jeito!

Suas sobrancelhas sobem e o porteiro engasga com a risada. Dele eu gosto. Sorrio para ele e entro no elevador.

Coloco o polegar na tela e espero o escâner terminar e a luz verde acender. É sempre incrivelmente legal e funciona até a cinco mil quilômetros de distância! As portas se fecham e o elevador começa a subir para o último andar. Tenho que descobrir um jeito de conquistar Jack. O clima entre nós é pesado como chumbo, e isso não ajuda em nada.

Arrumo a saia, para garantir que tudo está no lugar. Pensando em Chase, escolhi uma saia preta simples com modelagem evasê que voa na altura do joelho. Combinei-a com uma blusa sem manga abotoada de seda creme. Tiro o blazer chocolate e o penduro no braço. Estou febril de expectativa. Meu cabelo está preso em um coque baixo, com uma fivela delicada. Olho para meus pés e agradeço aos deuses por esses sapatos sexy altíssimos. Eles vão fazer Chase derreter. As unhas dos meus pés estão pintadas de um rosa pálido perfeito. Uma visita ao salão ontem assegurou que meu corpo inteiro estivesse brilhante, esfoliado e depilado. Eu quis ter certeza de que não haveria asperezas de nenhum tipo, só a pele macia e lisa. Mal posso esperar para esfregá-la em cada superfície musculosa do corpo do meu homem.

As portas do elevador se abrem e eu perco a habilidade de respirar. Ele está lá esperando por mim. O homem que dominou todas as minhas fantasias e meus sonhos nas últimas três noites. Ele está encostado na parede oposta, de braços cruzados, as mangas da camisa dobradas nos antebraços musculosos. A calça azul-marinho é baixa nos quadris deliciosos. Ele está sem gravata, e os três primeiros botões estão abertos, oferecendo uma amostra do peito bonito. Olho em seus olhos. Eles são ardentes e não têm mais a cor azul do oceano. Agora são um cinza esfumaçado.

Com o máximo de graça e elegância que consigo, caminho até ele lentamente e derrubo a bolsa e o blazer no chão. Paro a um palmo dele, perto o suficiente para sentir o calor que irradia de seu corpo imenso. Mesmo com saltos de dez centímetros, Chase é muito mais alto que eu. Respiro fundo, e seu perfume cítrico e de sândalo assalta meus sentidos, me preenchendo com desejo e necessidade incontroláveis. Lambo os lábios lentamente e é o fim. Ele se move como um raio. Mãos fortes agarram minha cintura e me puxam contra ele. Suas mãos deslizam pelas minhas costas e em torno do meu pescoço. Os lábios de Chase se grudam aos meus em uma bola de fogo e desejo, sua língua escorregadia invadindo minha boca. Seu gosto me atrai, me cerca e me prende a ele. É como estar em uma banheira quente. Estou perdida na sensação.

Ele desgruda os lábios dos meus e os arrasta pelo meu pescoço.

— Baby, que saudade.

Sua respiração é quente contra o lóbulo da minha orelha, fazendo os pelinhos da minha nuca se arrepiarem de excitação. Dentes afiados se fecham na carne sensível do meu ponto de pulsação, provocando um tremor que vai direto para o meu centro.

Não consigo falar. Não consigo pensar. Só consigo sentir enquanto sua língua desliza pela minha clavícula, me fazendo perder a sequência de pensamentos. Os botões da minha blusa são abertos magicamente, e suas mãos grandes apertam e testam o peso dos meus seios. Eles incham, meus mamilos endurecem, doloridos pela necessidade de serem tocados. Seus dedos trabalham rápido no fecho frontal do meu sutiã, e sua boca engole um pico sensível. Fechando os olhos, sou assaltada por um desejo quente, animal, de pura fome, que atravessa meu corpo como um raio.

— Ah, Chase... — gemo, me parabenizando mentalmente por ter tido a ideia de usar um sutiã com abertura frontal.

Ele fecha os dentes na carne sensível e eu grito de êxtase. Meus dedos se entrelaçam em seu cabelo e eu arqueio o seio em sua boca com mais força. Ele ruge em agradecimento, aceitando a oferta vorazmente.

Em dois movimentos rápidos, ele inverte nossa posição. Minhas costas estão agora contra a parede, e sua carne sólida está se apertando com força contra a minha. Abro habilmente os botões remanescentes de sua camisa e arrasto as unhas pela pele dourada. Duas mãos sobem minha saia e se prendem em minha bunda nua.

— Ah, menina obediente. — Ele agarra minha bunda sem calcinha e me levanta mais contra a parede, enquanto aperta o membro rijo contra meu centro, na posição perfeita. — Você merece uma recompensa — diz em minha boca aberta. Ele espreme sua ereção contra meu sexo descoberto.

Isso acende o fogo dentro de mim. Tão profundo que eu aperto as pernas com força em torno dele e lambo sua boca, selando nossos lábios em um beijo fumegante.

Eu me afasto rispidamente de seus lábios inchados.

— Me fode, Chase. Não consigo esperar nem mais um minuto.

Ele espreme o pau duro contra mim de novo, me fazendo me retorcer e perder o controle de tanto desejo. Aperto sua cintura com os músculos das minhas coxas e inclino a pélvis contra sua ereção, buscando mais pressão. Só isso pode aliviar a fome por ter ficado três dias sem Chase. Meus saltos afundam na carne macia da sua lombar e ele geme.

— Baby, eu adoro quando você me implora para te preencher. — Ele me segura com uma mão e desabotoa a calça, que desliza por suas pernas, liberando seu pau inchado. Ele toca minha bunda. Em um movimento rápido, inclina a pélvis e puxa meus quadris em direção a ele, se encaixando, esticando muito as paredes da minha boceta, metendo tão fundo que minha cabeça bate na parede.

— Ahhh, Chase — grito, em alívio. Nem lembro mais como era a vida sem me sentir tão plena, tão completa.

O elevador faz barulho e nós dois paramos de nos mover. Os pelos da minha nuca se levantam, com aquele medo que sentimos quando sabemos que estamos sendo observados. Nossa respiração parece alta demais no ambiente silencioso. Escondo o rosto na lateral do pescoço de Chase — meu abrigo, o lugar onde encontro consolo.

Ele vira a cabeça em direção ao intruso.

— Imagino que eu devia ter esperado um pouco mais para subir — Jack diz. Então abre a porta ao nosso lado e desaparece rapidamente.

Chase ri e continua exatamente de onde havia parado, puxando os quadris para trás e metendo em mim.

Antes que eu possa compreender que Jack acabou de pegar Chase dentro de mim, seus quadris se movem mais rápido. Com impulsos fortes, ele me espreme contra a parede, minhas costas raspando pela beirada lisa. Pontadas de dor deslizam pela superfície, mas morrem instantaneamente com outro movimento delicioso de seus quadris para dentro do meu centro. Cada investida me faz esquecer que acabamos de ser flagrados em uma posição embaraçosa, e eu me rendo à paixão entre nós. Faz tempo demais que não nos vemos. Três dias parecem três anos quando um deus do sexo como Chase Davis está te comendo.

Chase captura meus lábios. Nossas línguas dançam tango, nossos lábios deslizam um no outro e nossos dentes mordem e se arrastam sobre a carne quente. Ele acelera o ritmo, se afundando em mim. Recebo cada investida dos seus quadris com um movimento dos meus, permitindo que cada impulso penetre no meu conjunto sensível de nervos. Ele mete tão fundo e com tanta força que é como se estivesse espremendo meu orgasmo para fora de mim. Meu corpo fica tenso, tenso demais e pronto para girar. Mais um choque de sua pélvis em meu clitóris e eu grito, berrando alguns palavrões. Ele continua a socar violentamente dentro de mim, tão forte que é como se estivesse alcançando minha alma.

— De novo, baby. Eu quero de novo — ele sussurra no meu ouvido. Seus dentes se fecham no meu ombro.

Quando eu acho que não posso sentir prazer de novo tão rápido, ele me levanta mais e a nova posição aperta seu pau grosso perfeitamente contra aquele ponto milagroso dentro do meu centro. Arqueio, faminta, praticamente escalando seu corpo, pulando sobre ele e usando seus ombros como apoio. Ele me fode com tanta força que a textura da parede atrás de nós raspa minha pele. Em vez de machucar, as pequenas faíscas de dor me empurram mais para dentro do abismo.

— É isso, baby. Eu quero isso. Goza para mim, só para mim — ele me incita, com uma investida particularmente profunda, que esmaga meu clitóris entre nós dois.

Minha mente está densa de desejo. Esqueço de tudo, exceto de estar com ele e receber o prazer que ele me dá. Meu corpo todo está pegando fogo. A única coisa que posso fazer é obedecer a seu comando.

Ele mete fundo dentro de mim. Ouço o barulho molhado dos nossos corpos se unindo e afastando a cada penetração e contorção dos quadris dele. Finalmente ele mostra piedade, deslizando a mão entre nós e estimulando meu clitóris com o polegar em círculos apertados, vertiginosos. Fico louca e o pressiono com a força das minhas coxas. Ele morde meus lábios, capturando minha atenção. Meus olhos encontram os dele em um comando silencioso. Eu gozo tão forte que perco a audição. A boca de Chase se move, mas eu não consigo ouvir nada. Só vejo seus olhos bonitos enquanto eles rodopiam com uma fome animal. Meu corpo e mente se concentram no ápice entre minhas coxas, onde seu membro está me penetrando sem parar, enquanto seus dedos me mandam para um doce esquecimento. O segundo orgasmo se desdobra em um terceiro. Ele é incansável. Estou mole enquanto ele me tortura com seu pau que afunda, seus dedos que se contorcem e sua boca abençoada.

Eu grito quando ele crava os dentes no meu ombro. Recupero os sentidos no momento em que Chase os perde. Seu corpo se aperta totalmente, os músculos flexionam e ondulam enquanto ele solta sua essência dentro de mim, segurando meus quadris de forma dolorosa. Sinto cada arrepio, cada pontada de seu pau enquanto ele abafa um grito na lateral do meu pescoço. Uma entrega linda. Meu Deus, eu amo esse homem.

Quando recuperamos o fôlego, solto as pernas de sua cintura. Ele me beija com tanta paixão que quero escalar seu corpo e montar nele de novo, mas estou exausta. Ele olha profundamente em meus olhos enquanto segura meus ombros e toca meu pescoço. Apoia a testa na minha.

— Muitos dias sem você. Eu não gosto disso.

— Também senti sua falta, grandão — digo e beijo seu nariz.

Ele sorri de orelha a orelha.

— Venha. Nosso jantar está sendo feito por um chef renomado internacionalmente. — Ele levanta a calça e a arruma. — Nós temos tempo para tomar um banho e você pode vestir alguma coisa mais confortável.

— O que é mais confortável do que isso? — pergunto, sabendo a resposta, mas me divertindo ao brincar com ele.

— Eu estava pensando que uma roupinha sexy que deixei esperando em cima da cama ficaria perfeita para hoje — ele responde.

— Duvido muito que a lingerie que você fez a Dana comprar para mim seja adequada para um jantar feito por um chef renomado — retruco.

— Na verdade, eu mesmo escolhi quando estava em Toronto — ele diz. — Vem com um robe muito apropriado e eu gostaria que você usasse.

Agarro seu braço e esfrego a cabeça em seu ombro.

— O que você quiser, baby — sussurro e beijo seu pescoço.

Ele segura a porta e nós entramos de braços dados.

Caminhamos pelo apartamento espaçoso. É completamente diferente de sua casa em San Francisco. Este é muito mais frio. O piso é de mármore branco. Todas as paredes, com exceção de uma, são brancas com fotos em preto e branco penduradas. As paredes de destaque têm cores fortes. A mais próxima é azul-royal, com um quadro pendurado exatamente no centro. Uma parede amarelo-canário mais distante tem fotos de objetos aleatórios — a roda de um carro, a dianteira de um trem, a janela de um avião. Este lugar é completamente diferente do Chase que conheço e amo. Sua casa em San Francisco é cheia de livros e lembranças de suas viagens, e parece quente e convidativa. Esta parece um museu.

— Você decorou este apartamento?

— Um amigo meu decorou. Eu detesto, para ser sincero, mas não tive coragem de mudar nada. Não quero ferir os sentimentos dele — ele admite, secamente.

Eu sabia que o homem tinha bom coração, mas leva as amizades um pouco longe demais. Em vez de criticá-lo, decido que é melhor deixar para lá e segui-lo para o quarto.

Tomamos um banho quente e longo, nos familiarizando novamente com nossos corpos, agora que a necessidade inicial foi saciada. Confiro a lingerie preta que Chase escolheu para mim. É bonita e de muito bom gosto. Uma regatinha e um shortinho de renda. O robe de cetim que acompanha o conjunto vai até o chão e me cobre dos ombros aos tornozelos. Visto rapidamente a lingerie e ela serve como uma luva. É incrível como ele sabe o meu tamanho.

Depois que me visto, escovo meu cabelo molhado. Chase vem por trás e envolve os braços em torno da minha cintura. Ele respira contra a lateral do meu pescoço e cobre a pele com pequenos beijos.

— Tão cheirosa e macia.

— Hum... Vamos jantar? Estou morrendo de fome. — Giro para ele e seguro sua cintura. Ele está usando uma calça de pijama suspeitamente parecida com o conjunto que deixou para mim. Chase morde meu lábio antes de se afastar.

— Você primeiro, meu doce.

Ele faz um gesto para que eu vá na frente, apesar de eu não saber aonde estamos indo. *Meu doce?* Outro apelido novo. Sorrio. Por fim, ele vai na frente, segurando minha mão e me levando para uma sala de jantar. Outra sala branca sem graça com imagens em preto e branco de objetos decorando as paredes. Só que essas imagens são piores. Uma leiteira antiga, um cesto de frutas e uma foto de um lugar qualquer. Chase realmente precisa conversar com o decorador.

O chef que ele contratou merece o status de renomado mundialmente. Cada garfada é melhor que a anterior, e eu sinto que poderia morrer feliz, agora que fiz uma refeição incrível e fui completamente satisfeita pelo meu homem.

— Quem você vai encontrar amanhã? — Chase pergunta, entre uma mordida e outra no pão fresco.

Bebo meu vinho e o seguro na língua por um momento, apreciando as notas densas frutadas.

— Theodore Vandegren.

Ele franze a testa.

— O Taye tem um amigo de um amigo de um amigo que nos conseguiu essa reunião — explico, incapaz de esconder o entusiasmo em relação à minha primeira visita a um possível doador.

— Você não vai se encontrar com o Theo, Gillian — Chase diz, duro.

Alarmes tocam e eu levanto uma sobrancelha, esperando que ele retifique o comando. Mas Chase não o faz.

— Como assim, não vou encontrá-lo? Você o conhece?

Ele faz um sinal afirmativo com a cabeça.

— O Theo é um parceiro de negócios. Ele provavelmente concordou com a reunião porque sabe que eu sou o presidente e que a fundação é minha.

— Então, qual é o problema? O Taye disse que ele é super-rico e faz muitas doações para caridade. Vai ser ótimo se conseguirmos tê-lo com um dos nossos doadores, Chase. — Coloco a mão sobre seu braço para lembrá-lo da razão pela qual eu vou encontrar esse homem.

— O Theo é um conquistador. Depois que te conhecer, ele não vai sossegar enquanto não te levar para a cama. Eu não aceito isso. — Chase toma um gole de vinho e abaixa o garfo, que bate ruidosamente no prato. Ele se vira em minha direção, os braços cruzados.

Lambo os lábios e respiro fundo. Aprendi algumas coisas sobre Chase nos últimos meses. Quando ele se sente ameaçado por um homem que acredita poder estar interessado em mim, perde o raciocínio. Não lhe dei nenhuma indicação de que um dia iria querer outra pessoa, mas algo dentro dele o leva ao ciúme. Um dia vou ter que chegar ao fundo disso. Por ora, preciso lembrá-lo de seu lugar.

— Você não pode decidir quem eu vou encontrar na minha profissão. Você é meu namorado, não meu chefe. Você concordou em não se envolver com o meu trabalho mais do que já se envolveu — lembro, tentando ser razoável.

Ele inspira com força pelo nariz e aquele maxilar sexy, aquele que raspou deliciosamente a minha pele há uma hora, fica tenso.

— Preste atenção: para tudo dar certo entre nós, você tem que me deixar fazer o meu trabalho. Você não pode me proteger de tudo.

— É o que você pensa, Gillian! — ele replica, com raiva. — O homem vai fazer qualquer coisa para te comer. Eu conheço bem os gostos dele, Gillian. Eu era igual.

Seguro seu braço, forçando-o a desfazer sua posição defensiva, descruzando-os. Coloco a mão dele sobre a minha. Seu polegar traça instantaneamente seu desenho favorito sobre minha mão. É isso. O meu Chase adorável está ressurgindo. Me tocar sempre ajuda. Sorrio internamente, sem querer que ele saiba que tenho meu jeito de acalmá-lo secretamente.

— Eu vou lá com o Taye. Tenho que aprender, e a fundação está me pagando para estar aqui. Agora, eu preferiria não discutir mais sobre isso e aproveitar o restante da noite.

Chase pega minha mão.

— Tudo bem, mas o Jack vai te levar, vai esperar do lado de fora do restaurante até a hora de você vir embora e vai te trazer de volta para mim. — Seu tom é novamente exigente e inflexível. É o melhor acordo que vou conseguir e a única maneira de salvar a noite.

— Combinado. — Sorrio.

Ele respira fundo, a irritação retorcendo seus traços.

— Como está a comida?

Posso ver que ele precisou de absolutamente todo o controle para dar a resposta. Fico superfeliz por saber que estou conseguindo me comunicar com Chase. Ele finalmente está começando a confiar no lugar que ocupamos na vida um do outro e a perceber que não vou a lugar algum. Eu não fugi desde o dia em que recebi a promoção. E agora não há nada que me faça correr dele.

Aperto a mão de Theodore Vandegren. Ela é úmida e me dá arrepios instantaneamente. Ele é alto, magro e muito bonito. Nada como o meu Super-Homem particular, mas algumas mulheres babariam. Seu sorriso é charmoso, e agora eu entendo por que Chase ficou preocupado. Esse homem emana sexo, desde o terno branco até os olhos sedutores. Até mesmo o cabelo loiro está despenteado em camadas.

Seu olhar vaga sobre meu corpo da cabeça aos pés repetidamente, parando nos seios. Seus olhos ficam lá por muito mais tempo do que é apropriado. O vestido preto que coloquei é o item menos revelador dos que eu trouxe comigo. Chase vasculhou todas as minhas roupas e insistiu nesse, imediatamente depois de ligar para Dana e pedir um novo guarda-roupa para ser adicionado ao apartamento de Nova York. O vestido cai delicadamente nos joelhos e cobre a maior parte do meu peito, deixando uma pequena faixa de pele à mostra. Mas ele ainda abraça minhas curvas de uma forma que me faz sentir jovem, sensual e profissional.

Durante todo o jantar, Theodore olha para mim, ignorando descaradamente a presença de Taye. Ele é oficialmente um canalha rico de primeira classe. Estou sentada em silêncio, tentando não dar a impressão de estar interessada em algo além de sua doação.

— Sou um homem muito ocupado, sr. Jefferson. Você pode ir direto ao assunto? — ele diz para Taye enquanto olha para mim.

Eu queria não estar aqui. Chase tinha razão. Ouço vagamente Taye jogando sua conversa fiada e pedindo doações. Theodore faz um sinal de recusa, forçando-o a parar de falar.

— Olha, sr. Jefferson, eu vou dar à fundação vinte e cinco mil dólares se esta jovem adorável me acompanhar em uma bebida depois do jantar... sozinha. Eu entrego o cheque para a srta. Callahan esta noite.

Vinte e cinco mil dólares por uma bebida? O homem é maluco, mas o que funcionar está valendo.

— Está bem — digo, encolhendo os ombros.

Taye junta as sobrancelhas, e a testa franzida marca seu rosto.

— Gillian, tem certeza? Você não precisa fazer isso — ele diz.

Uma bebida não vai doer. Não parece haver qualquer coisa nefasta nele, além de ser pegajoso e um pouco atirado.

— Estou bem. Eu te ligo amanhã — respondo a Taye. — O Jack pode te levar de volta ao hotel.

Ele fica de pé e sai do restaurante. Posso ver pela janela que ele diz algo a Jack, que balança a cabeça e se senta na limusine. Depois Taye levanta a mão para chamar um táxi.

Observo Theodore, sem saber bem o que dizer. O garçom traz uma garrafa de vinho e enche nossas taças.

Uma notificação toca no meu celular; uma mensagem de Chase.

> Por que você está sozinha com ele? O Jack disse que o Jefferson foi embora e você ainda não foi para o carro.

Ignoro a mensagem, aperto o modo silencioso e coloco o telefone de volta na bolsa. O homem tem que aprender a confiar em mim.

Vinte minutos e dois drinques mais tarde, já ouvi Theodore tagarelar sem parar sobre seu sucesso, seu dinheiro, sua Ferrari, e não poderia estar mais entediada. Ele se levanta e eu me levanto junto, pronta para voltar ao meu controlador antes que ele tenha um chilique. Posso imaginar quantas mensagens me aguardam quando eu voltar para a limusine.

Conforme saímos do restaurante do hotel, Theodore agarra meu cotovelo e me leva em direção ao grupo de elevadores. Tento me desvencilhar, mas ele segura forte.

— Vamos, meu bem. Eu preciso te entregar o cheque de vinte e cinco mil dólares. Enquanto eu estiver preenchendo, você pode ir tirando o vestido. Vai nos poupar tempo.

— O quê? — Arranco meu braço de sua mão úmida. Ele pensa que eu vou para a cama com ele por uma doação para a nossa instituição? Os alarmes soam alto, mas poderiam ter tocado antes. *Merda!* Chase tinha razão.

— É isso mesmo. Eu dou, você dá. Se você for boa dando para mim, meu bem, vou fazer questão que o seu chefe saiba que você é muito convincente e vou doar ainda mais. — Ele me puxa contra o peito e agarra meu quadril brutalmente. Arrasta o queixo pelo meu pescoço e morde minha pele com força.

Arrepios correm pela minha coluna, e meu peito aperta. O pânico começa a bater.

— Mas primeiro você precisa ficar de joelhos e trabalhar — ele diz, arrogante.

Ele está me segurando com tanta força que tenho certeza de que vou ficar com hematomas. A pele em volta do meu bíceps parece repuxada e inchada enquanto me afasto dele, só o suficiente para conseguir levar minha perna para trás e golpear o joelho em sua virilha. Ele grita e cai para trás, mas não o suficiente para me soltar. No instante em que está tentando me arrastar em sua direção, um braço firme em volta da minha cintura me puxa. Sou jogada alguns metros para o lado enquanto um punho cerrado aparece do nada e bate no rosto de Theodore. Ele cai no chão, gritando de dor. O sangue jorra do seu nariz, em contraste perfeito com seu terno branco.

— Tire essas patas de merda da minha namorada, Theo. Só vou falar uma vez — Chase grita, o rosto vermelho, as bochechas infladas de raiva. Aquele maxilar sexy está trabalhando no limite, o tique clicando como um relógio.

Por um momento, fico atônita com sua presença. Nem o vi aparecer atrás de nós. A raiva de Chase é palpável quando ele fica sobre o corpo de Theodore. Então, percebo que ainda estou sendo segurada por um braço firme em torno da minha cintura. Olhando por cima do ombro, vejo que é Jack. Seu braço está travado em mim, e ele não está se movendo.

Theo olha para Chase, finalmente o reconhecendo. Seus traços ficam arrogantes quando sua sobrancelha se levanta e seu lábios se abrem em um sorriso afetado.

— Como eu ia saber que essa gostosa era sua? — Sua voz é anasalada enquanto ele aperta o nariz.

Chase pula nele de novo, os dedos em torno do seu pescoço.

— Tá bom, cara, tudo bem. Tudo bem. Ela não estava usando aliança nem tinha uma placa no pescoço dizendo "propriedade de Chase Davis". Para com isso, porra! — Ele agarra as mãos de Chase e o empurra.

Chase se levanta enquanto Theodore se encosta na parede, deixando uma boa distância entre eles.

— Nunca mais, Theo. Ela é minha. — Com alguns passos, Chase me analisa, seu olhar se concentrando na marca vermelha no meu braço. Com reverência, ele toca meu queixo, levanta-o e vira minha cabeça para o lado. Acaricia a pele sensível onde Theodore me mordeu. — Eu vou matar esse filho da puta — ruge.

— Não, baby — sussurro. — Me leve para casa. — Levanto os braços para o rosto bonito do homem que adoro.

Chase segura minha mão, me vira e me abraça enquanto nos leva em direção à saída. Não dá a mínima para o homem que deixou sangrando.

Ainda estou tentando entender o que acabou de acontecer e como Chase chegou ao restaurante tão rápido quando meu príncipe me empurra com força para dentro da limusine. Eu entro, toda desengonçada. Chase bate a porta e se vira para mim. Seus olhos estão pretos, famintos e cheios de luxúria.

Escuto a tela de privacidade subir enquanto olho atentamente para o volume gigante em sua calça.

— A calcinha. Tira. Agora! — ele manda.

Nunca ouvi esse tom antes. Suas narinas estão abertas e seus olhos se estreitam, ganhando uma cor de ônix escura. Excitação e medo são uma linha tênue em que ele está me fazendo caminhar. Com movimentos bruscos, ele abre o cinto e abaixa a calça. Seu pau aparece, completamente ereto. A pequena fenda no topo pinga. Uma gota perolada está na ponta de sua ereção gigantesca. Minha boca se enche de água, e eu não quero nada além de devorá-lo inteiro e sentir o gosto de sua necessidade. Quando a calça está em torno de seus tornozelos, ele me puxa para seu colo. Em um segundo Chase me domina, metendo até o fim. Eu grito, o prazer e a dor da entrada se juntando em uma só sensação.

— Caralho! — ele grunhe.

Eu não estava preparada para sua penetração. Não houve preliminares ou beijos, apenas sua necessidade carnal. Depois que passa a sensação ardente de sua entrada bruta, deslizo para cima e para baixo em seu comprimento, balançando lentamente. Eu o agarro com meus músculos internos e uso seus ombros como apoio. Ele me percorre com o olhar, como se estivesse memorizando cada traço do meu rosto. Então esmaga nossos lábios em um beijo brutal e morde meu pescoço.

Suas palavras são um canto contra a pele macia.

— Eu te amo, eu te amo, eu te amo — ele diz, enquanto morde, lambe e chupa a pele que consegue alcançar.

Esse é o homem que eu conheço. Esse é o meu Chase. Ele segura minha cintura, me empurrando para cima e descendo brutalmente no seu pau em movimentos de castigo. O prazer cru desta relação é diferente de qualquer coisa que tivemos antes. Seu desejo é animal, desnudando-o em sua necessidade.

— Você é minha, porra! — ele diz entredentes, o maxilar tenso. — Entendeu? — Empurra o quadril para cima, indo impossivelmente fundo.

Grito de êxtase, subindo o monte e caindo do precipício.

— Fala! — ele exige, com outra investida brusca.

Eu berro de novo, perdida em um orgasmo sem fim.

— Eu sou sua, Chase. Sempre sua. — Lágrimas me vêm aos olhos. — Eu te amo, Chase, eu te amo — grito, enquanto ele mete cada vez mais fundo. Eu me inclino para trás e coloco as mãos em seus joelhos atrás de mim, mudando o ângulo, permitindo que ele tenha mais acesso para me penetrar mais fundo. Ele geme e se aperta com força dentro de mim. Seus dedos se enterram na carne dos meus quadris. Seu pau está duro como uma rocha enquanto ele marreta em mim. Sinto cada centímetro de aço dele se arrastando pelo meu tecido macio inflamado.

— Vamos, baby. Goza para mim — ele diz em um tom que eu reconheço, tão íntimo quanto minha própria voz.

Eu gozo devagar e longamente, meu sexo se apertando em seu membro, derrubando-o do precipício comigo.

Deitada em seu peito, espero a tempestade passar. Ele acaricia minhas costas em círculos preguiçosos, mas não fala nada.

— O que aconteceu, Chase? — sussurro contra seu peito. Esta transa foi cheia de raiva e possessão.

— Eu perdi o controle.

18

Depois que chegamos à cobertura, não discutimos o que aconteceu com Theodore-nojento-Vandegren ou o sexo na limusine. Chase me manda para a cama, dizendo que tem que trabalhar.

Em vez de falar comigo, ele escolhe internalizar suas questões e se isolar no escritório. Isso me machuca e me faz sentir como se estivéssemos dando passos para trás, e não para a frente. Eu me sinto sozinha, como uma rolha boiando em um mar de decepção. Pensei que tivéssemos superado a maior parte dos nossos problemas de comunicação, mas estava muito errada. Toda vez que acontece, é como uma panela de água esquecida no fogão aceso, deixada para transbordar no calor intenso. Vou para a cama sozinha, exausta com os eventos do dia. Quando acordo, a decepção me esmaga mais uma vez. Ele me deixou só. Nem sei se dormiu ao meu lado, embora tenha deixado um bilhete no travesseiro.

> *Gillian,*
> *Tenho que trabalhar. Jantar hoje com o Craig e a esposa dele, às 19 horas. O Jack vai te levar aonde você quiser. Ligo mais tarde.*
>
> *Seu,*
> *CD*

Pelo menos ele deixou um bilhete. Não posso deixar de esperar que "seu" signifique alguma coisa. A noite passada foi a primeira vez que ele disse aquelas três palavrinhas em meses. Eu só preferiria que não tivesse sido naquelas circunstâncias.

Também não discutimos nada do que foi revelado sobre nosso passado desde aquela noite. Eu me arrependi de ter contado tudo para ele? E que eu o amo? Não. Eu nunca poderia me arrepender disso. Na noite passada, quando gritei o meu amor por ele enquanto ele me tomava na limusine, foi a única outra vez em que eu falei. Foi um baita alívio. É como se fingíssemos que aquela noite e aquelas revelações nunca tivessem acontecido. Até mesmo a parte do "eu te amo".

Enquanto me preparo para o dia, decido não ficar sem fazer nada, esperando pela volta de Chase. Ligo para o porteiro e peço um táxi. Saio do prédio e entro no carro que me aguarda enquanto aceno para o sentinela de Chase, sentado em seu poleiro perto da limusine.

Jack me mostra uma de suas típicas caras feias. Ele pula em direção ao táxi, mas não rápido o bastante. Prometo dar vinte dólares a mais ao motorista se ele sair na velocidade máxima. Dou um sorriso safado enquanto Jack coloca o telefone no ouvido. Uso o polegar e o mindinho para lhe fazer um sinal de telefone e digo silenciosamente "me liga", o que aumenta sua irritação. Ele parece muito incomodado. Missão cumprida. Estou vingada e livre. Agora, um pouco de tempo para mim. Preciso de espaço para colocar as coisas em perspectiva.

Além disso, eu me recuso a ser levada por Nova York pelo soldado particular de Chase, para que ele possa ser informado das minhas idas e vindas.

Meu celular toca. Atendo, doce como sacarina:

— Oi, querido.

— O que você está fazendo sem o Jack? — Sua voz grossa é curta, afiada como uma lâmina. — Você não viu o meu bilhete?

— Vi.

— Por que raios você está saindo sem proteção?

— Olha, Chase, você não é o meu guarda-costas...

— Eu não fui ontem? — ele interrompe. — Eu provavelmente te protegi de uma agressão sexual.

— Ontem foi... — tenho dificuldade para encontrar as palavras certas — difícil. — Escolho uma palavra leve, sem malícia. — Hoje é um novo dia e eu estou mais confortável sozinha. Vou estar de volta à cobertura com bastante tempo para me arrumar para o nosso jantar.

Sua voz abaixa.

— Eu ficaria mais tranquilo se você estivesse com o Jack...

Estou cansada desse jeito controlador. Ele não pode me deixar deitada na cama, com frio e sozinha e esperar que eu faça tudo o que ele manda.

— Chase Davis... o senhor não é meu dono.

— Ainda — ele rosna.

Balançando a cabeça, tento entender o que ele acabou de dizer. Não faz sentido.

— O quê?

— Eu não sou seu dono... ainda — ele complementa, tenso.

Posso ver que ele mal está segurando a raiva.

— Que seja, Chase. Eu te vejo mais tarde. — Dizendo isso, desligo, exatamente da mesma forma que ele faz comigo, sem nunca se despedir, simplesmente o cortando. Ele merece.

Estou bem orgulhosa de mim mesma. Foi ele quem me evitou ontem. Nem sei se dormimos na mesma cama. Mais do que qualquer coisa, essa ideia me entristece. A última coisa de que eu preciso neste momento é não ter certeza do meu lugar na sua vida, na sua cama. Um dia de compras vai me animar. Fazer compras em Nova York é precisamente o que toda garota da Califórnia sonha. Peço para o motorista me levar para os outlets. Quanto mais próxima fico da minha terapia de compras, mais começo a relaxar. Vou comprar um vestido bem sexy para esta noite e deixar o temperamental sr. Davis de queixo caído. Lembrá-lo do que ele tem, para que ele nunca mais sinta a necessidade de se isolar de novo.

Sinto sua presença antes de vê-lo. Ele está sentado em uma poltrona do outro lado da cama no quarto escuro quando entro com as compras do dia. Seus cotovelos estão sobre os joelhos, o rosto balançando na ponta dos dedos. As cortinas cobrindo a janela atrás dele estão abertas o suficiente para deixar passar uma faixa de luz sobre sua testa franzida.

— Eu estava preocupado — ele diz bruscamente.

Colocando minhas compras sobre a cama, eu me viro na sua direção, as mãos plantadas firmemente nos quadris.

— Eu disse que estaria de volta a tempo para o jantar. Eu cumpro minhas promessas, Chase.

— Só a ideia de você na cidade, sem saber onde você estava, se estava segura... — Ele inclina a cabeça para o lado.

Preparando-me para a batalha, ajeito os ombros, sem realmente querer ter essa briga com ele momentos antes de encontrar alguém da sua família.

— Estava tudo bem. Eu fui fazer compras. Comprei um vestido para hoje — digo, tentando mudar de assunto. Mexo nas sacolas, procurando a roupa que planejo usar.

— Você acha que eu não sei? Não foi nada difícil rastrear o seu cartão de crédito. — Ele é indiferente em sua confissão. Nem um traço de culpa pode ser ouvido.

Jogo a cabeça para o seu lado, pausando. Solto as sacolas e elas caem em uma pilha aos seus pés.

— Você fez o quê?

— Você ouviu. Eu também paguei por tudo isso. — Ele faz um gesto para minhas compras.

Chase levanta as mãos e estala cada dedo com seu próximo comunicado.

— Eu paguei seus cartões de crédito e coloquei uma quantia grande de dinheiro na sua conta. — Suas palavras são calmas e espaçadas.

Mas não é assim que meu cérebro abalado as interpreta. Ele diz "paguei" e minha mente transforma em "possuo". Ele diz "grande quantia de dinheiro" e minha mente distorce para "você é minha propriedade".

Não consigo respirar. Minha habilidade de falar se foi. Basicamente, a única coisa que sou capaz de fazer é ficar parada com o que deve ser uma expressão estupefata no rosto. Mais uma vez, abro a boca e fecho, tentando formar uma resposta, mas nada sai. O pânico rodopia como ácido no meu estômago, enviando pontadas de medo para martelar meu coração. Seguro meu estômago e meu peito de um jeito protetor.

— Nenhuma mulher minha vai passar necessidade. Nenhuma mulher minha vai viver de salário em salário. — Ele se levanta abruptamente e caminha na minha direção. — Nenhuma mulher minha vai precisar fazer compras em brechós quando pode ter tudo o que sonhou nas mãos. — Há uma careta em seus traços, quase uma repugnância torcendo seus lábios bonitos.

— Eram outlets, não brechós. E que porra é essa? — digo.

Ele desliza as mãos em torno da minha cintura. Fazendo cara feia, eu me afasto. Ele não cede, me segurando com mais força. Seus dedos mágicos se movem sedutoramente sobre meus quadris e para cima, sobre minhas costelas. Fecho os olhos de frustração e excitação, o pânico fazendo a transição para o desejo. Quero estar louca da vida com ele. Eu *estou* louca da vida, mas, quando suas mãos estão sobre mim, eu me derreto. Chase não me toca desde a noite passada na limusine, e, embora o sexo tenha sido prazeroso, alguma coisa aconteceu com ele. Desde aquele momento, estamos fora de sintonia. A prova pode ser encontrada nas suas reações há alguns momentos.

Ele ignora completamente minha pergunta, suas mãos queimando um caminho pelas minhas laterais e sobre meus seios, tocando-os firmemente. Eu engasgo.

— E nenhuma mulher minha vai sair desprotegida enquanto eu estiver por perto. — Ele desliza os dedos para as alças do meu vestido e os puxa até meus ombros. O vestido de verão cai como uma poça de algodão em torno dos meus pés.

— Eu não sou sua mulher, Chase. — As palavras atravessam meus lábios em um sussurro suspirado, sem convicção.

— Não? — ele pergunta secamente, enquanto passa os polegares sobre os picos eretos que pedem sua atenção.

Ele sabe que me afeta. O sorriso que atravessa seu rosto é confiante, pretensioso. *Gostoso filho da puta.* Meus mamilos enrijecem em nós impossivelmente duros enquanto ele os acaricia, apertando com força o sutiã sem alças. A umidade enche o espaço entre minhas pernas, encharcando o minúsculo fio dental.

Ele respira fundo e olha fixamente para meus olhos, direto através da minha alma. Desliza a mão direita pelo inchaço dos meus seios, e a ponta dos seus dedos acaricia a pele muito suavemente, em um símbolo largo do infinito. Arrepios correm pelas minhas costas. O movimento dos seus dedos me faz lembrar um perfume batendo na brisa, passando rápido demais para rastrear a origem. Expiro, engasgada, enquanto ele tece uma trilha entre os meus seios e pela linha do estômago. Minha pele fica arrepiada, mas não estou com frio. Longe disso. O fogo arde, cálido, na minha barriga. Só uma coisa pode apagá-lo, e está de pé bem na minha frente, brincando comigo. Ele sabe disso também. Está ciente do poder que exerce sobre mim.

— Você é *minha* mulher e eu vou provar isso. — Ele mergulha na minha calcinha e, sem preâmbulo, enfia dois dedos bem lá no fundo.

Eu grito e agarro seus ombros. Um braço firme já em torno da minha cintura me segura. Nem por um momento ele me deixaria cair.

— Está vendo como você está molhada para mim?

Fecho os olhos. Independentemente das palavras que saíam da minha boca, meu corpo é um traidor trabalhando para ele, e Chase sabe muito bem disso.

— Chase... — suspiro, tentando dizer alguma coisa, qualquer coisa, antes de perder a batalha completamente. Seus dedos se enterram mais e ele me aperta para trás. Seu joelho sobe na cama e eu estou flutuando para sua superfície em uma névoa de desejo. Ele é quem controla as respostas do meu corpo, e eu sou sua marionete.

— Eu não sei por que tenho que repetir toda hora. — Ele enrola os dedos na lateral da minha calcinha e a desliza pelos meus quadris. Agarra minhas pernas e as abre mais abruptamente do que eu espero. Passa as palmas pelas minhas coxas e as arrasta para o meu centro. Lentamente, seus polegares abrem meus lábios inferiores, me expondo completamente para o seu olhar. Ele grunhe diante da vista, leva a cabeça para baixo e me cheira. — Eu nunca vou esquecer o seu perfume. Eu amo saber que sou o único homem que pode experimentar esse pedaço do céu. — E então ele está em todos os lugares de uma vez. Sua língua incrível me lambe em passadas longas, da pequena roseta que formiga a cada vez que ele a toca até o lugar onde eu mais preciso dele.

— Mais — sussurro.

— Desculpe, baby. O que você disse? — Ele gira a língua em movimentos circulares em torno do meu clitóris inchado. — Eu acho que você disse que quer mais. — E mergulha profundamente no meu centro, enfiando e tirando, sua boca me fodendo onde eu quero o seu pau.

— Sim, Chase — digo, quase guinchando, e rebolo em seu rosto, tentando conseguir mais pressão, mais língua, mais ele, mais, simplesmente mais.

— Fale o que eu quero ouvir, linda, e eu te dou o que você quiser — ele diz, com confiança extrema.

Respondo com um gemido. Ele não está sendo justo. Ele sabe que eu vou ceder.

Ele abre bem a minha bunda e gira a língua em torno do meu ânus, cutucando o buraco enrugado, me fazendo contorcer de prazer. Molha bem toda a área e então substitui a língua pelo polegar, apertando o músculo tenso que desabrocha para ele.

— Algum homem já comeu o seu rabo, Gillian? — ele pergunta.

Balanço a cabeça repetidamente, perdida na sensação obscura que ruge em mim.

Ele abre um sorriso largo.

— Isso é bom, muito bom. Eu quero ser o único homem que já te possuiu de todas as maneiras possíveis.

Minhas mãos sobem por vontade própria e tocam meus seios. Empurrando o sutiã, torço e puxo os picos duros. Suas palavras de posse, a força com a qual ele está estabelecendo sua reivindicação de um jeito que eu só tinha imaginado, estão me fazendo perder o controle. Então eu percebo, como o sol aparecendo atrás de nuvens escuras. Estou deixando que ele me controle, confiando a ele o meu corpo, mente e alma.

É minha escolha.

Ele aperta com mais força a minha parte mais íntima, passando pelo anel apertado de músculos. Uma sensação ardente me queima de dentro para fora, mas se dissipa rapidamente em prazer extremo. Ele tira o polegar lentamente e o afunda mais uma vez. A sensação é intensa, diferente, mas tão boa que eu começo a me apertar contra ele, buscando uma penetração mais profunda.

— Porra, baby, você é maravilhosa. Eu amo te comer. Você me deixa tão duro. — Chase lambe os lábios.

Sua língua volta à brincadeira e se contorce em torno do meu clitóris inchado, mexendo e cutucando em sucessão perfeita. Dois dedos da sua outra mão se enterram em mim e se engancham, se esfregando contra o botão de prazer no fundo de mim. Ele está penetrando minha boceta e minha bunda enquanto chupa e mordisca meu clitóris. Plena. Tão plena que estou prestes a explodir. Eu me forço contra seus dedos descaradamente, enquanto ele lambe o meu clitóris. Sua boca se fecha sobre o botão superestimulado e ele chupa com força, me enviando para um orgasmo ofuscante, e me faz gritar seu nome com toda a minha força.

Ele é incansável em prolongar o meu prazer, enquanto sua língua continua asperamente a torturar meu clitóris. Entrelaço os dedos no seu cabelo e aperto as coxas em torno da sua cabeça, enquanto meu orgasmo rola de uma a outra explosão de prazer infinita. Ele mantém a pressão até ter me dado dois orgasmos seguidos, me deixando desmontada sobre o colchão, meu sutiã torcido em torno da cintura.

Seu olhar é predatório enquanto ele tira a camisa e a calça, olhando para mim toda aberta diante dele.

— Agora, diga de novo que você não é minha mulher — ele exige.

Fecho os olhos e aceito meu destino.

— Não posso — respondo, percebendo que nunca houve outra opção. Desde o minuto em que conheci Chase, ele me teve.

Percebo que eu estava em devaneio quando sinto a ponta dos seus dedos em meu rosto. Seu pau se enfia pela minha entrada e se aperta dentro de mim.

Ele me dá centímetros lentos do seu membro grosso de cada vez. Quase me provocando com ele. Então, finalmente, ele entra, inteiro. O ar deixa meu corpo voluptuosamente no momento em que seu peito nu encontra o meu. Coração com coração.

— Eu te amo. — Sua respiração brilha contra meus lábios quando ele está enterrado inteiramente.

Lágrimas rolam pelo meu rosto. Abro os olhos e vejo a verdade cintilando nos dele. Esperei meses para ouvi-lo dizer essas palavras novamente.

Prendendo as pernas em torno de sua cintura, me envolvo completamente em torno do homem que adoro.

— Eu te amo mais.

❧

Fazer amor nos deixa vinte minutos atrasados para o jantar com seu primo Craig e a esposa dele, Faith. Craig é alto e tem a aparência mais distinta do que seus irmãos, embora o sorriso seja tão grande e frequente quanto o de Carson. Sua mulher é uma morena elegante. Seus lábios fartos se esticam em um sorriso largo e genuíno quando ela me oferece um lugar ao seu lado.

A conversa flui fácil com o casal, e nós rimos bastante durante o jantar. Gostei muito de Craig e Faith. Eles foram pais recentemente e passam o jantar contando histórias engraçadíssimas sobre o bebê de nove meses, Caden. Histórias que apavoram Chase e me divertem. Eu sempre quis ter filhos, então tento aprender tudo sobre essa experiência.

O celular de Chase toca durante todo o jantar. A certo momento, eu o encorajo a atender e resolver a questão, caso contrário ele vai continuar a ser interrompido. Ele sorri e me beija na testa enquanto pede licença.

Quando ele não pode mais ouvir, Faith dispara:

— Então, você e o Chase parecem que estão juntos mesmo.

— Faith... É a primeira vez que você encontra a Gillian! — seu marido reclama. — Desculpe, Gillian. Ela não consegue se segurar. No fundo, ela é uma casamenteira.

— Eu só quero que todo mundo seja tão feliz quanto eu sou com você, amor. — Ela pisca e dá um sorriso maroto.

Ele revira os olhos, claramente tocado.

— Eu não me importo, de verdade, Craig. O Chase e eu nos damos bem e nos levamos muito a sério — digo e olho ao longe.

Chase está perto do bar. Sua mão está no cotovelo de uma mulher. De vez em quando ele sorri e joga a cabeça para trás, rindo. A mulher se vira e o que eu vejo me surpreende. Ela é alta e tem o corpo cheio de curvas em um vestido justo de seda azul. Uma mão delicada puxa o cabelo vermelho e comprido sobre um ombro. Ela se parece muito comigo. Nós podíamos ser irmãs.

— O que ela está fazendo aqui? — Craig diz, com um toque de raiva. — Com licença. — Ele se levanta e sai pisando duro em direção a Chase e à mulher misteriosa.

— Quem é, Faith? — Não tiro os olhos de Chase e da tal mulher.

Ele não para de tocá-la, segurando seu cotovelo com uma mão e tirando o cabelo do seu rosto. Esse único gesto é íntimo demais para se tratar de uma conhecida. O ciúme aponta e eu o enterro nos recessos do meu subconsciente.

Faith morde o lábio e eu olho fixamente para ela, esperando uma resposta.

— É Megan O'Brian. — Ela olha para a mulher com desdém, jogando olhares de desprezo pelo restaurante.

— E por que ela é importante? Chase parece conhecê-la bem — comento em voz baixa, tentando suprimir a preocupação em minha voz.

— É claro que sim. É *a* Megan — ela enfatiza, como se isso explicasse tudo.

Balanço a cabeça e encolho os ombros.

— É a ex-noiva dele, o primeiro amor... *Aquela* Megan — ela esclarece.

Tenho certeza de que o meu rosto fica branco. Faith faz cara feia, vendo os dois interagirem.

— Eu odeio essa mulher. Ela quase acabou com a nossa família. — E olha fixamente para Chase, Craig e "a Megan".

Ainda não consegui formular uma resposta, atônita com a revelação. Ele ia se casar? Com ela.

Faith finalmente tira os olhos do trio e os foca em mim. Seu rosto empalidece.

— Ah, merda. Você não sabia, né? — E abaixa os olhos.

Tentando não deixar transparecer que ouvir sobre o noivado de Chase com outra mulher me estraçalha, balanço a cabeça.

Eu me levanto e caminho até o grupo. Craig me vê e arregala os olhos. Ele se afasta no segundo em que eu chego, alegando precisar voltar para Faith e pagar a conta. Chase nem olha para mim, seus olhos ainda grudados na beldade diante de si. E ela é simplesmente isso, uma beldade. Seu cabelo é

264

vermelho-fogo, enquanto o meu é acaju profundo. Seus olhos são de um incrível azul-celeste. Os meus são da cor de esmeralda. Ela tem lábios sensuais cor-de-rosa e cheios como uma ameixa.

Ela os lambe veladamente, mas eu percebo seu jogo. Ela está flertando abertamente com Chase. Bato em seu ombro e ela olha para mim, me medindo da cabeça aos pés. Chase vira a cabeça e seus olhos se arregalam, um animal em frente aos faróis de um carro, uma criança pega com a mão no pote de biscoitos, e todos os outros eufemismos para alguém que foi pego no flagra.

— Hum, Gillian... Esta é a Megan. Hum... Megan O'Brian — ele gagueja.

É a primeira vez que eu o vejo verdadeiramente sem palavras. Aperto a mão da mulher, embora preferisse lhe dar um soco pelo simples fato de existir.

— Prazer. — Deslizo a mão em torno da cintura de Chase e me aninho. Sua mão contorna meus ombros.

— Desculpe. O Chase nunca falou de você — digo, tentando parecer indiferente, mas pareço qualquer coisa menos isso. Estou morrendo por dentro.

— Ele não teria mencionado. O que nós tivemos foi... — Ela pausa e olha profundamente nos olhos de Chase. — Foi muito especial — termina, sem ar.

Posso sentir o coração de Chase batendo rápido, embora ele me segure ao seu lado. Por alguma razão, ele ainda é profundamente afetado por essa mulher.

— Foi há muito tempo — ele diz, sério.

Ela sorri timidamente.

— Isso é verdade — diz, mordendo os lábios e enrolando o cabelo. — Eu ainda lembro de tudo.

Ele fica tenso.

— Bom, a gente se vê na festa de sessenta anos do meu tio, na semana que vem, então? — Ele dá um passo para trás e nos vira de lado.

— Eu não perderia essa festa por nada neste mundo. — Ela mexe no cabelo e se vira. — Até lá, bonitão — diz, sem um gesto sequer para mim.

Afastando-me dele, sigo de volta à mesa rapidamente e pego minha bolsa. Meus movimentos estão trêmulos e um pouco cansados. Tento esconder a emoção incontrolável da melhor maneira que posso.

— Nós vamos nos encontrar na semana que vem, certo, Gillian? — Faith pergunta. — Vamos pegar um voo para ir à superfesta do seu pai no fim de semana que vem, né, amor?

Craig faz um sinal afirmativo com a cabeça.

Antes que eu possa responder a pergunta de Faith dizendo que não fui, de fato, convidada e nem tinha ouvido falar dessa festa antes de Megan mencioná-la, Chase se antecipa.

— É claro que ela vai estar comigo. Lá, hoje e para sempre — ele responde, suavemente.

Tenho certeza de que isso foi um esforço para acalmar minhas emoções irracionais. Ele coloca a mão nas minhas costas e, embora isso me faça sentir melhor, ainda estou fumegando.

Chase e eu saímos, com mais de meio metro entre nós o tempo todo. Eu mal posso olhar para ele por medo de chorar. Pegamos a limusine de volta em silêncio total. O desconforto entre nós restringe todo o ar em meu corpo, como uma cobra enrolada firmemente em torno de mim.

Vou correndo para o quarto e jogo a bolsa na cama. Rodopio e ele está lá de pé, me observando em silêncio.

As linhas em seu rosto parecem mais profundas, seus olhos se desculpando.

— Desculpe por não ter falado nada sobre a Megan — ele tenta.

Certo.

— O que mais você não me contou? Você é casado? Tem filhos que eu deveria conhecer também? — As palavras voam da minha boca, cobertas de veneno.

Chase balança a cabeça e enruga a testa.

— Olha, Gillian, foi há muito tempo. Uma vida.

— Pelo jeito como você olhava para ela, deve ter sido ontem. Você ainda ama aquela mulher. — Minha voz se quebra.

Os olhos de Chase se estreitam, e a testa franzida se transforma em uma expressão séria e muito tensa.

— Não, não amo. Eu amava a ideia que ela passava. — Ele pausa e respira fundo. — Olha, tudo o que você precisa saber é que a Megan e eu não estamos juntos e nunca mais vamos estar. Ela me magoou profundamente. — Ele tira o blazer e o joga na poltrona. A gravata segue, mas escorrega para o chão.

— Eu vi o jeito como você olhava para ela. Às vezes eu acho que é o mesmo jeito que olha para mim. — Lágrimas enchem meus olhos, mas eu não as deixo cair.

Ele vem e me abraça forte.

— Gillian, eu vou dizer só uma vez. A Megan já era. Ela não está na minha vida. Você está. Você é a única mulher que eu quero. — Ele olha em meus olhos enquanto as lágrimas caem. — Confia em mim? — A pergunta mais significativa do século.

— Eu quero — digo, em voz baixa. Mais lágrimas correm pelo meu rosto. Ele as beija.

— Isso é o suficiente... por ora.

Chase se demora nos meus lábios, beijando-os suavemente. Parece uma promessa. Por ora, é o suficiente.

19

Na semana seguinte eu me jogo no trabalho e tiro um tempo para ficar com minhas amigas, o que era muito necessário. Os últimos meses trouxeram mudanças para minha vida, caos e emoções que eu pensava ter enterrado há muito tempo. Quando me separei de Justin, eu evitava coisas e pessoas que colocassem meus pensamentos e emoções em dúvida. Infelizmente, não tenho como escapar de Chase Davis, e, francamente, nada poderia me manter longe desse homem. Ele me possui de todas as maneiras certas. Mesmo com seu modo controlador, possessivo e emocionalmente intenso, eu ainda o quero. Preciso dele. Tenho que tê-lo em minha vida, agora e, espero, para sempre.

Anos atrás, quando eu fiz terapia em grupo, prometi a mim mesma que nunca deixaria, nunca poderia deixar, um homem me controlar. Com Chase, não há alternativa. Ele não usa seu poder para me machucar. Ele nunca me toca com raiva. Ele me usa? Sim. Frequentemente, dos modos mais prazerosos possíveis. Ele usa meu corpo e meu amor para ter conforto e alegria, não como um saco de pancadas para gozar ou para se sentir mais homem.

O único problema é que, depois de Nova York, eu juntei todo tipo de pensamento e cenário negativo sobre as razões pelas quais ele não pode me amar do jeito que eu o amo. Fico incomodada com o fato de ele selecionar que informações quer partilhar comigo, sem nunca me contar como se sente. É como se ele simplesmente assumisse que eu já sei. Depois de anos sendo chamada de inútil, de vadia, nada além de um buraco para foder ou, o oposto, de ser tratada como uma boneca de porcelana, a gente fica emocionalmente destruída. Todos os dias eu desejo que ele me diga o que sente. Por mim. Por nós.

— Terra chamando Gigi — diz Bree sobre o seu chai.

Minhas três cúmplices, as irmãs que nunca tive, as melhores amigas com que uma garota poderia sonhar, estão olhando para mim.

— Desculpem, meninas. Eu fico remoendo a viagem que se passa na minha mente. — Balanço a cabeça e dou um gole dos céus. O latte de baunilha tem a espuma perfeita, com a quantidade exata de xarope para aliviar e esquentar minha alma.

— Eu também remoeria, se o Tommy tentasse substituir a ex dele por mim. — Maria derruba a bomba na qual todas nós, inclusive eu, estivemos pensando desde a minha volta, há alguns dias.

Fecho os olhos e respiro fundo.

— Não posso ser a substituta da Megan. Passamos por tanta coisa nos últimos meses. Eu falei que o amo. Ele dividiu essas palavras comigo também. E, quando ele disse, eu acreditei. — Eu me encolho e rasgo o guardanapo debaixo do meu latte. — Não posso ser a substituta daquela vagabunda, posso?

— Gigi, você não é! — Kat advoga. — Todas nós vimos como ele olha para você. Ele já disse que te ama.

Seu sorrisinho é doce e amável. Exatamente o que eu espero daquela que é a mais positiva do grupo.

— Até o Carson disse que nunca viu o Chase tão feliz, e ele o conhece há uma vida.

Suas palavras me fazem sentir um pouquinho melhor. Coloco a mão em seu braço e dou um aperto carinhoso.

— Talvez ele queira dizer feliz *de novo*. Pós-Megan — Maria retruca.

Meu lábio treme e eu me escondo atrás do meu latte. Às vezes ter uma melhor amiga que passou exatamente pelo mesmo inferno funciona contra você. É por isso que nós temos Kat e Bree: para equilibrar nossas más experiências.

— Isso não é justo, Ria. Pode ser coincidência o fato de elas serem parecidas. Nós saímos com homens parecidos o tempo todo. Todo mundo tem um tipo. Ruivas sensuais por acaso são o tipo preferido do Chase — Bree argumenta, confiante, e me dá um sorriso solidário.

Faz sentido.

— Obrigada, meninas. Eu agradeço o apoio de vocês. Muito. — Aperto as mãos de Bree e Kat, esticadas uma de cada lado.

Maria está sentada do outro lado da mesa, de braços cruzados. Uma expressão de desagrado marca seu rosto bonito.

— Não me agradeça. Eu ainda quero dar um chute naquele *culo* firme e *maravilloso*! — ela diz, maliciosa. — O *culo* dele é meu! Espere só até eu pegar uma *pieza*.

— Humm, não. O *culo* dele, a bunda dele é minha, *chiquita*! — digo, fingindo estar brava.

As meninas caem na gargalhada com a nossa briga. Maria dá um leve sorriso. Está fula da vida com Chase, e não se cutuca a onça com vara curta. No fim, ela vai acabar falando com ele, e eu não estou ansiosa pelo resultado dessa discussão. Duas personalidades tempestuosas se enfrentando. Na realidade, deve valer o espetáculo. Eu poderia até vender ingressos para o show e ganhar algum dinheiro.

— Não se preocupe em ver a vagabunda neste fim de semana — Kat diz. — Lembre-se que eu vou estar lá com o Carson. Eu te protejo.

Graças aos céus! Não posso me imaginar nesse evento sabendo que a minha sósia vai estar lá em toda a sua glória. Eu só queria saber o que aconteceu entre eles. Se soubesse, talvez acreditasse que realmente não há nada entre eles agora.

— É verdade. Agora eu só tenho que encontrar um vestido incrível. Algo que coloque a vagabunda no chinelo.

— Com certeza. — Bree bate a mão aberta na minha. — Você está gostosa, amiga. — Ela me analisa e assente.

— É de tanto usar o Chase — Kat provoca e dá risada.

Jogo meu guardanapo nela.

— Cala a boca. Como se você não transasse com o Carson toda noite desde que eu apresentei vocês!

— Queremos detalhes! — Maria exige, estalando o pescoço. Ela parece cansada. O show está acabando com ela, embora ela nunca reclame.

— Bem, nós estamos nos divertindo. — O rosto de Kat fica vermelho. — Muito. O homem é um garanhão. Ele faz coisas que eu... — Ela abana o rosto. — Vamos dizer simplesmente que ele sabe fazer várias coisas ao mesmo tempo. Sempre sabe o que fazer com as mãos quando as outras partes do corpo estão ocupadas! — E fica roxa.

— Fantástico — diz Maria. Falar sobre sexo sempre a deixa de bom humor. Nossa pequena ninfomaníaca.

— E você, Bree? — Kat pergunta. — Como vai o Phil?

Espero pacientemente por uma resposta. Eu realmente não quero saber detalhes sobre a vida sexual de Bree e Phillip, mas, para ser uma boa amiga, vou ter que aguentar a parte nojenta. É a mesma coisa que descobrir que o seu irmão está namorando sua melhor amiga. Provavelmente a analogia errada, já que eu perdi a virgindade com Phillip. Eu me forço a prestar atenção.

— Ainda não fizemos nada, na verdade.

Bree para enquanto três mulheres com os olhos arregalados olham para ela em choque.

— Estamos indo devagar — ela diz.

— Você ainda não transou com ele? — Minha boca dispara um jato de palavras.

Ela olha para os lados.

— Shhh. Meu Deus, acho que ouviram você lá na esquina. — Bree morde o lábio e enrola um cacho de cabelo no dedo. Ah, não. Ela está com vergonha. Ou melhor, nervosa. — Mas já fizemos todo o resto!

— Ele tem o *pene roto*? — Ria pergunta.

— Não! O pau dele não está quebrado, Ria! Nós só estamos indo devagar — Bree explica. — Tivemos pouco tempo sozinhos. Eu estou trabalhando muito no estúdio, e, nos dias em que estou disponível, ele tem a Anabelle. Ele não quer transar com ela em casa. — Cruza os braços e sopra a franja.

— Ah, amiga, ele precisa pedir que os avós fiquem com ela no fim de semana para que vocês tenham um tempo sozinhos. Eu vou sugerir — ofereço.

O resto das meninas concorda.

— O seu aniversário é daqui a algumas semanas. Seria uma oportunidade excelente — digo. — Além disso, podemos ficar com a Anabelle algumas noites para vocês terem esse tempo. Está bem assim?

Kat e Maria fazem um gesto afirmativo com a cabeça, concordando em cuidar da menina. Todas nós a adoramos. Ela é um anjo.

— Obrigada, gente. Eu gostaria muito. — Bree olha para o relógio. — Merda! Tenho aula em quinze minutos. Preciso correr! — Ela fica de pé com um salto e abraça cada uma de nós. — *Besos!*

Três rodadas de "Besos!" são ditas para ela. Cada uma de nós acaba o café e seguimos para encontrar nossos homens. Preciso comprar um vestido incrível e depois parar no apartamento a fim de pegar algumas roupas para o fim de semana, antes de me encontrar com Chase. Estou morrendo com a ideia de ver "a vagabunda" de novo, mas planejo deixar Megan e Chase de boca aberta com o meu figurino.

Uma notificação chega ao meu celular e eu olho para baixo, percebendo que é aquele número desconhecido de novo.

> Nunca esqueça a quem você pertence. Eu não vou esperar muito mais.

O que isso quer dizer? Chase sabe que eu pertenço a ele. Ele é loucamente possessivo, mas não posso imaginar que me enviaria mensagens estranhas, embora ele possa ser pouco convencional às vezes. De qualquer forma, guardo o telefone e sigo para minha missão. Não tenho tempo para mensagens misteriosas.

Tropeço entrando em casa, segurando o vestido novo, que me custou uma fortuna. Chase não mentiu sobre colocar dinheiro na minha conta. Quando fui ao caixa eletrônico, o recibo mostrou que aquele maluco depositou cem mil dólares para mim. Quase vomitei só de pensar na quantia. Meu carro não vale nem dez mil dólares, e cem mil é mais do que eu ganho no ano. Como ele disse, quitou todos os meus cartões de crédito. Então, com todo esse dinheiro recém-encontrado, fui direto para a Gucci e comprei um vestido de cinco mil e sapatos de setecentos dólares. Chase vai ficar animado por ver que eu finalmente torrei dinheiro, mas a ideia de gastar tanto em uma peça me causa mal-estar. O resultado vai valer a pena, fico me lembrando. Tenho que agradar não só a Chase, mas também a sua mãe e família, e agora colocar "a vagabunda" no chinelo. Ela não é a única ruiva de parar o trânsito. Eu posso ser sexy, e hoje à noite todos vão saber disso, especialmente o meu homem.

Desde o nosso retorno de Nova York, passei só uma noite com Chase. As meninas e eu montamos um plano para fazê-lo sentir minha falta. A ideia era nos afastar um pouco. Eu quero que ele esteja louco de desejo por mim na hora da festa.

Na última semana, dei todas as desculpas possíveis para não passar todas as noites com ele. Chegamos de Nova York no domingo à noite e, na terça, ele insistiu que eu dormisse na cobertura. Foi ótimo. Jantamos no jardim no terraço e fizemos amor algumas vezes, deixando para trás a estranheza de Nova York e de ter encontrado minha gêmea.

Depois disso, fiz questão que as meninas precisassem de mim para coisas aleatórias, então não pude estar com ele. Chase não ficou feliz. Nos dois primeiros dias, ficou indignado. Tive que tomar cuidado, pois não queria que ele ficasse chateado com minhas irmãs. Essa é a última coisa de que preciso.

Ao contrário, prometi a ele que a espera valeria a pena e pedi que confiasse em mim. Usar a palavra "confiar" tem um efeito poderoso para nós.

Coloco as sacolas sobre a mesa e Maria entra na sala vestida em uma toalha, outra enrolada no cabelo. Ela parece uma deusa. A maldita mulher poderia ser modelo de moda praia, com sua pele cor de café com leite, cabelo comprido e corpo de bailarina. Eu a amo e a odeio ao mesmo tempo.

— Ei, *bonita*, chegaram flores para você. — Ela aponta para a mesa da cozinha. — Parece que a operação saudade está funcionando. — Remexe os quadris e gesticula para a mesa.

Duas dúzias de rosas de caule longo estão sobre a mesa, orgulhosas e felizes. Olho para o buquê e me encolho, mas forço um sorriso. Odeio rosas, mas o que vale é a intenção.

Continue dizendo isso para si mesma, Gigi, e no fim você vai acreditar.

O que vale é a intenção.

Pego o telefone e disco o número de Chase enquanto mexo no cartão. O "Olá, meu doce" faz meu coração derreter. Parece que ele tem mais um apelido para testar.

— Obrigada pelas flores. — Sorrio para o telefone.

— Que flores? — ele pergunta, confuso.

— As duas dúzias de rosas vermelhas que chegaram hoje — respondo, virando o cartão.

— Eu adoraria ter esse crédito, baby, mas eu não teria enviado rosas. Eu sei que você prefere margaridas.

Não há nada que possa tirar o sorriso de meu rosto depois de descobrir que ele sabe qual é a minha flor favorita.

— Quem mandou? — Sua voz está enciumada.

— Não sei. Vou ver. — Não tenho certeza de que não foi ele quem enviou. Abro o cartão e leio. Fico paralisada, atônita, e o cartão cai sobre a mesa lentamente, como uma folha despencando de uma árvore no fim do outono. Os pelos em meu pescoço se arrepiam e meu estômago revira.

— Gillian, quem mandou? — Chase pergunta no meu ouvido.

Olho fixamente para o cartão, sem dizer nada. O medo se arrasta pelos meus ossos, descendo pela coluna, e se enrola no meu coração, apertando-o.

— Gillian, o que está acontecendo?

Eu não consigo ouvi-lo. É como se os meus ouvidos tivessem sido atingidos por uma rajada de ar com tanta força que tudo ao redor parece um bumbo.

273

Fecho os olhos e respiro fundo.

— Ah... ah... — gaguejo.

A voz de Chase é filtrada através do barulho na minha cabeça.

— Baby, leia o cartão para mim... agora. — Seu tom é veemente e curto. Quando Chase fica furioso, se torna extremamente direto e incisivo.

Gillian,

Você não pertence a ele. Você pertence a mim. Eu vou ter você. É só uma questão de tempo.

Você é minha vadia!

Leio o cartão para ele e arrepios gritam pela minha coluna enquanto sou tomada pelo medo. Maria vem e puxa o cartão da minha mão trêmula. Ela também se arrepia e arranca o telefone da minha outra mão. Ouço as explosões de Chase pelo telefone, mas sou incapaz de processar qualquer coisa. Fico parada. O medo me envolve e me deixa gelada. Eu tremo enquanto ouça a conversa entre Maria e Chase.

— Ok, vinte minutos. Eu não vou deixá-la sozinha. Vou ligar para o Tommy agora — ela diz e desliga o telefone.

Ela me leva para o sofá e me faz sentar. Puxa o xale do encosto e a envolve nos meus ombros.

— Você está bem? — pergunta, olhando em meus olhos.

Devo ter mexido a cabeça ou dito algo em resposta, mas não me lembro. Tudo está ficando inerte, e as cores e sons parecem aparecer e desaparecer enquanto estou sentada.

Ela sai da sala com o telefone no ouvido.

— Tommy, eu preciso de você... agora! — ela diz ao telefone.

Não ouço o resto da conversa, pois ela entra no quarto. No momento em que percebo que estou completamente sozinha na sala, o medo me domina. Olho em volta, meus olhos varrendo cada superfície. Maria volta dali a alguns minutos com uma calça de ioga e uma blusa muito grande com o ombro caído. Um top justo embaixo ajuda a cobrir seus peitos grandes. É um visual bem *Flashdance*. Ela escova o cabelo molhado, me avaliando e batendo o pé.

— Chá? — pergunta e eu não respondo. Ela deve ter entendido isso como uma resposta afirmativa, porque, nos próximos minutos, eu a vejo se movendo na cozinha.

À medida que meu coração para de bater no ritmo vasto e pesado, o medo do cartão que acompanha as flores começa a se dissipar. Respiro fundo, tentando acalmar meus nervos. Quem enviaria algo assim? Justin é o único nome que me vem à mente. De repente, uma batida incessante me assusta e eu envolvo meus braços em torno das pernas. Um tremor profundo me cobre enquanto puxo as pernas para o peito e me grudo às minhas panturrilhas, em uma bola protetora.

Maria corre para a porta e eu ouço Chase.

— Onde ela está? — ele diz, em pânico, e praticamente corre para a sala.

Fico de pé em um pulo no momento em que o vejo. Seus braços me envolvem em um abraço apertado e eu esfrego o rosto em seu peito sólido. Ele toca meu pescoço e me segura com força. Atrás dele, ouço Jack e Maria falando. Ela lhe mostra as flores e o cartão. Ele tira fotos de ambos e eu aperto Chase mais forte. Outra batida na porta me faz tremer mais uma vez.

— Baby, você está tremendo — ele diz e me leva de volta ao sofá.

Eu me arrasto para seu colo como uma criança. Ele não parece se importar, só me segura forte, faz carinho no meu cabelo e acaricia minhas costas em passadas longas e calmantes.

Tom entra com um policial de uniforme. Agarro os braços de Chase com força. Ver um policial em casa me faz lembrar uma época que eu preferiria esquecer. Com uma frequência grande demais, um policial tomava meu depoimento depois que eu passava por uma das surras de Justin e os vizinhos chamavam a polícia. Estremeço com a lembrança e tento encontrar as forças de que preciso para enfrentar isso.

Tudo acontece tão rápido que só acompanho os movimentos. O cartão é colocado em um saco plástico e levado como evidência. Embora a situação não seja tão ruim, como Tom é um detetive respeitado e conhecido há muito tempo e Chase é amigo pessoal do chefe de polícia, eles não vão correr riscos.

— O suspeito já fez contato antes disso? — o policial pergunta.

Balanço a cabeça.

— Não — digo e paro por um momento. As mensagens de texto estranhas me vêm à mente.

— O que foi, baby?

— Humm, talvez. Chase, você pode pegar o meu celular?

Ele franze a testa e tensiona o maxilar. Tira o telefone da minha bolsa e o dá para mim. Minhas mãos tremem, mas consigo achar as mensagens.

Chase agarra o celular antes que eu possa entregá-lo para o policial e passa os olhos sobre as mensagens rapidamente.

— Porra, Gillian. São três, e começaram há uma semana! — ele diz, com raiva. — Por que você não me contou? — Balança a cabeça, as mãos em um punho cerrado.

Ele passa o telefone para o policial. O homem as lê, tomando notas.

— Eu achei que não fosse nada. E eu... — Engulo o nó na garganta, percebendo que não mencioná-las foi má ideia. — Eu pensei que fosse engano e esqueci delas, até receber as flores e o cartão. Eu estava... eu estava ocupada. Simplesmente ignorei. — Eu me sinto uma completa idiota agora. Chase poderia ter feito alguma coisa? É óbvio que essa pessoa tem uma queda por mim. Um admirador secreto, talvez? A não ser que seja Justin, e, se esse for o caso, não há muito que ninguém possa fazer. Ele vai me encontrar, e pode fazer algo pior do que me espancar. Ele é o único homem além de Chase que já usou a palavra "minha" se referindo a mim.

— Vou ter que ficar com o celular. Ver se consigo rastrear as mensagens — o policial diz. — Talvez a gente encontre algo, mas é provável que o suspeito tenha usado um telefone desses que você pode comprar em qualquer loja de departamentos por trinta dólares e jogar fora depois.

Responder parece inútil agora. Chase vai vasculhar tudo, e eu não posso me dar o trabalho de me importar. Eu preferiria estar em seus braços, completamente segura, a lidar com as investidas de algum maluco obcecado.

— Não se preocupe com o seu celular. Vou pedir que um telefone novo seja entregue na cobertura amanhã. Um aparelho que tenha um dispositivo de localização e um número novo — Chase me tranquiliza.

— Obrigada — digo em voz baixa, escolhendo não mencionar nada sobre a segurança adicional. Se for mesmo Justin, vou precisar de segurança extra. — Já terminou? Eu só quero tomar um banho e ir para a cama.

— Aqui você não vai ficar. Nenhuma de vocês duas vai ficar aqui. — Chase aponta para mim e para Maria.

Ela reluta e protesta, mas Tom a detém imediatamente.

— Você fica comigo — ele diz. — Pelo menos até esse cretino ser encontrado.

Maria revira os olhos e vai batendo os pés para o quarto, reclamando em espanhol. Decido não discutir com dois homens possessivos fulos da vida. Pela minha experiência passada, essa combinação pode ser explosiva. Tom segue Maria até o quarto dela e eu vou para o meu. Pego a mala que esvaziei há alguns dias e a jogo sobre a cama. Chase entra e se encosta na parede. Sua aparência está mais desarrumada que o normal, e seu cabelo parece ter sido penteado com os dedos muitas vezes.

— Quanto tempo eu vou ficar com você? — pergunto sobre o ombro, tentando levar a quantidade certa de roupa.

— O tempo que for necessário... Para sempre, talvez.

Ele pausa quando olho para cima, tentando medir sua sinceridade. Isso tudo está acontecendo rápido demais para o meu gosto.

— Chase — começo, mas sou interrompida por seus braços em torno da minha cintura e seu queixo aninhado na lateral do meu pescoço. Fecho as mão sobre as dele e me apoio nele. Sempre me sinto segura em seus braços. Mas não vou me mudar para a casa dele, e Chase precisa saber disso. — Eu não vou me mudar para a sua casa porque algum idiota apaixonado resolveu me perturbar.

— Veremos — ele diz, desligado.

Viro os olhos e fico de frente para ele. Eu o beijo profundamente e ele mordisca meu lábio inferior, aliviando a atmosfera pesada. Eu o amo ainda mais por isso.

— Obrigada por vir tão rápido.

— Gillian, eu sempre vou correr por você, lembra? — Ele sorri e me beija suavemente de novo. — Agora, vamos pegar as suas coisas.

Ele me ajuda a juntar roupas para pelo menos uma semana. E me garante que todas as outras coisas vão ser cuidadas. Um mensageiro vai vir pegar nossa correspondência todos os dias e entregar para Maria e para mim. Nossas plantas vão ser regadas e a casa vai ser vigiada. Se o cara tentar ter acesso à casa, o pessoal de Chase vai saber.

Os dias seguintes se passam como uma névoa densa. Chase elevou a superproteção ao grau máximo. Na sexta-feira de manhã, sou apresentada ao meu próprio guarda-costas. Austin parece um Sylvester Stallone que toma esteroides. Seu nariz já viu dias melhores, e parece ter sido quebrado algumas vezes. Os ombros devem ter quase um metro de largura, e ele tem mais de um e noventa de altura. O homem não tem mais que trinta anos, mas já serviu por uma década nas forças armadas. Embora eu tenha debatido com Chase sobre a ideia de proteção pessoal, certamente prefiro o Rambo ao brutamontes que me odeia. Pelo menos o Rambo não me olha com desprezo e responde qualquer pergunta que eu faço com educação, dizendo "sim, senhorita; não, senhorita". O sotaque do sul me surpreendeu de início, mas acho a característica graciosa.

— Vai almoçar em casa hoje, senhorita? — ele pergunta no carro enquanto vamos ao escritório.

— Eu vou encontrar minhas amigas, mas pego um táxi — respondo.

— Não é possível, senhorita. Sinto muito, é contra as ordens.

— Que ordens? — pergunto.

— O sr. Porter e o sr. Davis me passaram as informações sobre a situação. Você me diz a que horas precisa estar em algum lugar e eu estarei pronto na recepção. Não vou deixar o lugar. Eu vou fazer ronda nos primeiros dias, checando a área, garantindo que ninguém possa entrar ou sair sem ser anunciado.

A informação é estarrecedora e irritante. Decido que é melhor não lutar. Espero que meu admirador secreto, ou *assediador*, como Chase coloca, seja pego logo. Honestamente, a coisa toda parece ridícula. Não deixo de pensar que, se fosse Justin, ele já teria revelado seu jogo. Ele nunca foi um homem paciente. Levava o que queria quando queria. Nada ficaria no caminho dele, embora um clone do Rambo possa certamente deter suas tentativas.

— Está bem. Me pegue às onze e quarenta e cinco. Vou almoçar com as meninas.

— Srtas. De La Torre, Simmons e Bennett — ele lê em uma prancheta que colocou no banco do passageiro.

— Elas mesmas — digo e abro a porta do carro.

Ele salta para fora, dá a volta e abre a porta até o fim, vasculhando a área.

— Senhorita, por favor não saia do carro até eu ter avaliado a segurança do local. Eu sempre vou abrir a porta, sem dizer que a minha mãe me daria uma surra se eu não abrisse a porta para uma mulher, mesmo que não fosse o meu trabalho. — Ele sorri.

Gosto cada vez mais do meu Rambo. Ele é gentil, nada parecido com Jack, o brutamontes de terno chato e arrogante.

Austin me leva para dentro e, quando estou prestes a me despedir, passamos rapidamente pelas portas de vidro. Minha promoção trouxe também um pequeno escritório, de metade do tamanho do de Taye, mas ao lado do dele.

— Eu sei o caminho. — Rio.

— Senhorita, eu gostaria de ver onde você se senta, o que há em volta e coisas parecidas para guardar na memória. — Ele é tão sério. Vasculha os corredores e, no geral, parece muito assustador. Mas, tendo dito isso, Chase só contrataria alguém que fosse bem treinado e com as credenciais certas. Provavelmente ele ganha duas vezes mais do que eu.

Enquanto o levo para meu escritório, decido testá-lo.

— Então, qual é o meu nome do meio?

— Grace — ele responde.

— E o nome do meio das minhas melhores amigas? — brinco.

— Bree Elizabeth, Kathleen Michelle e a srta. De La Torre não tem nome do meio — ele dispara, sem nem pensar.

— Nossa, você é bom — elogio, chocada. O cara fez a lição de casa.

— Obrigado, senhorita — ele diz, tímido, seu rosto ficando vermelho.

Um cara parecido com o Rambo que fica vermelho. Essa é a minha vida.

— Então, mais uma coisa.

Ele assente e continua a andar em direção ao meu escritório.

— Você levaria um tiro por mim? — pergunto.

— Sim. Sem dúvida — ele responde, sem emoção.

— Sério? Por quê? — Fico pasma com a resposta.

— Meu trabalho é protegê-la, e, se isso significa levar um tiro, eu levo. Já fiz isso antes e posso fazer de novo. — Chegamos à porta do meu escritório.

Estou realmente surpresa. Eu me pergunto por quem ele levou um tiro. Foi durante a época em que era soldado? Enquanto servia como guarda-costas de outra pessoa? Onde o tiro pegou? Um milhão de perguntas passam pela minha cabeça quando abro a porta e fico paralisada. Duas dúzias de rosas estão bem no centro da minha mesa, como um sinal do inferno. Austin sente meu desconforto e me puxa para atrás de si, a mão direita indo para o cabo da arma em sua cintura. Eu não tinha ideia de que o homem estava armado. Ele examina a sala com os olhos.

— Isso não devia estar aqui. — Aponto para as rosas.

Ele anui, tira o celular, aperta um botão e o leva ao ouvido.

— Sr. Porter, temos um problema — diz. — Ela recebeu mais flores, desta vez no trabalho.

Seus lábios estão esticados; ele puxa o cartão e o abre sem pedir. Eu poderia reclamar, mas estou assustada demais e decido deixá-lo lidar com isso e ficar em silêncio.

— Ela está bem aqui. Eu preferiria não ler na presença dela — ele diz ao telefone.

Puxo o cartão de seus dedos como um raio. Ele franze a testa.

— É para mim. Eu tenho todo o direito de saber o que diz, Austin — reclamo bruscamente.

Ele tem a educação de parecer pedir desculpas.

Gillian,

Você não pode se esconder de mim. Eu sei onde você trabalha. Eu sei onde você mora. Se eu não tiver você logo, ninguém vai ter.

Você é minha vadia!

Caio na cadeira e coloco o rosto nas mãos. Austin lê o cartão para Jack pelo telefone.

— Sim, eu entendo, senhor. Vou levá-la para ele agora. — Ele desliga. — Temos que ir. O Jack vai cuidar da situação, mas o sr. Davis quer vê-la na sede do Grupo Davis agora.

Àquela altura eu só concordo e me levanto, completamente inerte.

— Você quer levar alguma coisa, srta. Callahan? Não vai voltar ao trabalho por algum tempo.

Fecho os olhos e respiro para me acalmar. Pego meu laptop, dez arquivos de possíveis doadores em que estava trabalhando e alguns resumos de projetos. Todo o resto eu posso receber mais tarde pelo mensageiro. Tenho certeza de que Chase vai ligar para o sr. Hawthorne e explicar a situação e a minha necessidade de trabalhar remotamente por enquanto.

Austin me acompanha rapidamente para o carro e me acomoda. A viagem até o escritório de Chase passa em uma névoa indistinta. É como se eu estivesse em coma. Antes que eu possa pensar onde estou, o elevador chega e Austin me leva pelo corredor para o escritório de Chase. Caminho ao seu lado cegamente, sem dizer nada. Sua mão é firme em meu bíceps enquanto ele me leva para um escritório em que já estive um milhão de vezes. Não que eu precise ser acompanhada, mas, para ser honesta, a mão que me segura me mantém de pé e seguindo em frente. Só preciso ver Chase. Minha rocha. Vejo Dana saltar de sua mesa, correr para a porta e a abrir para nós.

— Ela está aqui, Chase — diz, enquanto sou guiada pela porta.

— Obrigado, Dana, sr. Campbell. Isso é tudo — ele diz, enquanto caminha na minha direção.

Eu o vi nesta manhã, mas ele nunca me pareceu tão lindo. Meu rosto esquenta enquanto ele se aproxima e eu perco o controle. A porta atrás de mim estala e eu recuo. Seus braços estão em torno de mim, me abraçando, instilando luz, calor e a sensação de que tanto preciso de segurança que tenho apenas no abraço deste homem.

— Baby, está tudo bem. Eu estou aqui.

As lágrimas caem com força e rapidamente enquanto choro em seu peito, a situação finalmente pesando sobre mim. Alguém quer me machucar. De novo.

— Eu não sei o que fazer. — Fungo e ele me passa um lenço. — Eu não tenho ideia de quem é esse cara ou por que ele quer me machucar. — As lágrimas rolam pelo meu rosto, e Chase as enxuga com os polegares de cada lado de meu rosto.

— Você não fez nada, baby. Não se preocupe. O meu pessoal vai cuidar disso. Você só precisa ficar escondida por um tempo. Enquanto isso, pode trabalhar aqui, em um escritório vazio. O sr. Campbell e o Jack vão ficar de guarda para garantir que você esteja em segurança.

Esfregando o nariz em seu peito, eu o abraço forte. Quando passo as unhas pelas suas laterais, ele reage ao meu toque, seu pau endurecendo. Uma sensação poderosa corre pelo meu sistema, e algo profundo dentro de mim dispara.

Controle. Eu *preciso* tomar o controle de algo. Levanto a cabeça e cubro seus lábios com os meus, beijando-o profundamente. Começo a andar para trás em direção aos sofás longos enquanto o beijo fica mais quente. Quando sinto o couro macio em minha perna, eu me viro e o empurro. Ele cai sentado, um sorriso preocupado e ao mesmo tempo sensual no rosto. Abro suas pernas com as mãos e me ajoelho entre elas. Enquanto seus olhos avaliam meu humor, ele me deixa tomar a iniciativa.

— Gata, o que você está fazendo? — E sorri. Ele normalmente só usa esse termo quando estamos transando.

— Estou pegando o que é meu — digo e abro seu cinto, desabotoo sua calça e puxo o zíper. Esfrego a palma da mão no monte coberto pelo tecido de algodão e o observo fechar os olhos e jogar a cabeça para trás, grunhindo.

— O que você quer? — ele pergunta, quase sem graça, sabendo exatamente o que vou fazer. Ele está participando e eu o amo por isso.

Deslizo as mãos para as laterais da sua calça e a puxo pelos quadris, arrastando a cueca boxer sobre sua ereção firme. Quando sua calça está no tornozelo, eu admiro seu pau. É grande, grosso o bastante para me preencher completamente. Mas não agora. Tenho outras coisas em mente. Uma pérola de líquido se concentra na bela coroa cor-de-rosa, e eu me inclino para a frente, minhas mãos em seus quadris. Inalo seu perfume masculino amadeirado e salivo. Ele me observa enquanto coloco somente a ponta da língua para fora, capturo a gota de sua essência e lambo os lábios, gemendo.

— Caralho, eu só quero enfiar o meu pau nessa sua boquinha linda.

Suas palavras estão tensas e carregadas de sexo. Elas disparam meu desejo para o ponto de ebulição.

Abaixo a cabeça e lambo o comprimento inteiro, me deleitando com a resposta gemida que recebo pelo meu esforço. Mordisco e arrasto os lábios sobre cada milímetro de sua masculinidade, sem deixar nenhum lugar intocado, sem ser lambido pela minha língua. Ele move os quadris em minha direção, mas não puxa minha cabeça. Suas mãos se entrelaçam no meu cabelo e acariciam carinhosamente o meu couro cabeludo. Não é o que eu quero nem o que preciso neste momento.

Enfio seu pau na boca, indo o máximo possível nessa posição, e chupo mais forte no caminho de volta. Sua bunda quase levita para manter meus lábios na altura certa.

— Caralho, Gillian — ele diz.

— Não quero você bonzinho, Chase. Eu quero que você foda a minha boca com força. Eu preciso disso. — Não reconheço minha própria voz.

Não tenho que falar duas vezes. Quando levo os lábios em volta do seu pau, a mão dele vai para a minha nuca e ele me puxa contra seu corpo, seu membro deslizando até minha garganta e de volta. Giro a língua em torno da ponta e gemo enquanto ele mete em minha garganta repetidamente, mal me dando tempo para respirar antes que eu seja novamente preenchida.

Antes que eu possa terminar, ele puxa minha cabeça para trás, os dedos se enroscando em meu cabelo com força, mantendo meus lábios molhados perto da ponta de seu membro. Ele me puxa com mais violência e me beija forte, devorando minha boca.

— Eu preciso te foder — diz. — Te marcar como minha.

Faço um sinal afirmativo, entendendo sua necessidade. Nós dois temos hábitos possessivos ridículos, e essa questão do assediador os trouxe à tona.

Ele se levanta e me puxa, me deixando de pé. Então me apoia sobre o braço do sofá, puxando rudemente minha saia para cima. Ouço apenas sua respiração pesada e a renda se parte enquanto ele rasga as laterais da minha calcinha. Dois dedos mergulham profundamente por trás no meu sexo encharcado. Eu grito de prazer. Ele enfia os dedos até o fundo, enquanto eu me forço na direção daqueles dedos vasculhadores. Ele me fode com os dedos algumas vezes, me preparando, e então eles se foram. Solto um miado em protesto no instante em que a cabeça larga do seu pau passa rasgando pela entrada e me empala em um movimento duro. Seus dedos me agarram enquanto ele aperta com força, o ângulo permitindo a penetração máxima.

— Você. É. Minha. Eu. Sou. Seu — Chase ruge, segurando minhas mãos nas costas para arquear meu corpo. Seus dedos puxam minha cintura, me trazendo para encontrar novamente suas metidas brutais.

Ele me fode com mais força do que nunca. Chase é incansável. Seu saco bate em meus lábios inferiores, fazendo meu clitóris inchar e formigar dolorosamente. Cada movimento é como se ele estivesse tentando me rasgar pela metade. Ele coloca o polegar na boca, lambe e depois o gira em círculos em torno do buraco minúsculo do meu ânus. Com um movimento profundo, enfia o polegar no meu traseiro. Eu berro enquanto ele fode ambos os meus buracos cruamente. Não posso ver, não posso pensar, só posso sentir cada centímetro delicioso do seu pau marretando em mim repetidamente, me levando ao limite.

— Você é — *metida* — minha — *metida* — mulher!

Na última palavra ele mete com tanta força que meus dentes batem. Nós dois gozamos, gritando no escritório. Seu corpo cai sobre o meu e eu luto para nos segurar sobre o braço do sofá. Puxamos o ar em enormes golfadas, tentando descer das alturas, sem querer deixar os céus.

— Merda, baby, não sei o que deu em mim — ele diz. — Você está bem? Eu te machuquei? — Sua voz é preocupada e quebra meu devaneio pós-orgásmico.

— Eu pareço machucada? — Dou um sorriso safado e me levanto. — Nunca estive melhor. Também peço desculpa por ter abordado você daquele jeito. Eu certamente não pretendia ter a reação que tive quando cheguei aqui. — Coloco a saia no lugar e caminho para o banheiro do outro lado da sala.

Ele ergue a calça e me segue, parando na porta. Eu me lavo, me perguntando o que ele tanto olha, mas mantenho o pensamento guardado. Ele me passa uma toalhinha úmida e eu removo qualquer resíduo adicional do nosso amor.

— Qualquer hora. — Ele dá um sorriso sem-vergonha. — Qualquer hora que você quiser se aproveitar de mim, considere o convite feito. — E ri.

Nós dois nos arrumamos e Chase me informa que precisa resolver algumas coisas antes de irmos embora. Decido visitar Phillip no vigésimo andar e colocar a conversa em dia. Ligo para Maria, explico sobre o segundo buquê de flores e digo que não vou encontrá-las para almoçar hoje. Ela diz que vai avisar as meninas, mas que espera uma ligação no fim de semana.

Phillip me dá um abraço de urso e eu o seguro com um pouco mais de força que o normal. Ele vai comigo ao café para nos sentarmos e pormos a conversa em dia com um sanduíche. Na fila do café, ele percebe que estamos sendo seguidos.

— Gigi, tem um cara enorme que eu nunca vi nos seguindo. Ele está nos observando desde que nos encontramos, no vigésimo andar. O cara pegou o elevador com a gente e agora está parado perto da parede olhando para você como um gavião. Quer dizer, eu acho que na verdade ele está *me* observando.

Uma risadinha me escapa quando ele nota o meu Rambo.

Aceno para Austin e ele levanta o queixo, mas continua a olhar para a sala, sempre de guarda.

— É Austin Campbell, o meu segurança particular, cortesia de um namorado controlador rico. — Sorrio.

Phillip ri e acena para Austin.

Nós nos sentamos, almoçamos e colocamos a conversa em dia. Eu explico o que aconteceu em Nova York com "a vagabunda" e depois falo sobre as flores, assim como sobre o medo que está começando a me atrapalhar e a roubar minha liberdade. Ele não gosta de ouvir sobre Megan e o fato de ela se parecer comigo. Ele suspeita dos motivos de Chase também. Só que Phil não conhece Chase como eu conheço. Embora os últimos meses tenham oferecido muitas oportunidades, os dois não se deram bem como eu esperava. Mas isso não vai impedir que eu continue a desejar esse entendimento.

— Então, Phil, como vão as coisas com a Bree? — Decido ir direto ao assunto, embora não tão direto como fui com Chase. Sorrio, lembrando de como coloquei seu pau no fundo da garganta. Dou uma tussida e continuo.

— Não acredito que vocês ainda não transaram.

Sua boca se abre.

— Ela te contou? — Ele passa a mão no cabelo e coça o pescoço.

— Você está brincando, né? É claro que ela contou para todas nós que, depois de quatro meses, vocês ainda não foram para a cama. Qual é o problema? A Maria acha que o seu pinto está quebrado.

— Meu Deus, que constrangedor. — Ele balança a cabeça e olha para sua comida. — Eu simplesmente... não sei. Eu não me sinto à vontade desde que a Angela foi embora. A Bree é diferente. Ela é o tipo de mulher pra casar, não pra transar e cair fora.

Começo a entender.

— Você não quer se apaixonar por ela, é isso? Você acha que estaria traindo a Angela?

Ele assente, sério.

— Algo assim — admite. Phil é tão incrível. Ele não quer desrespeitar a memória da esposa falecida, ou do relacionamento que tiveram, e por isso não se permite amar novamente.

— Phil, a Angela te amava e iria gostar que você fosse feliz. Ela ia querer que você encontrasse um novo amor. A Bree não está tentando ser a Angela. Ela quer amar você do jeito dela, partilhar uma relação com você, uma relação que vai ser somente entre você e ela.

— Acho que sim. Eu só... não estou pronto para me casar de novo.

— Você não precisa estar. A Bree também não está pronta. Mas vocês podem se divertir. Se permita curtir o sentimento de se apaixonar de novo.

Ele me dá um pequeno sorriso.

— E, pelo amor de Deus, arranje uma maldita babá e transe com ela logo! — digo, da maneira mais libidinosa que consigo.

Ele engasga com o refrigerante. Bato com força em suas costas enquanto ele tosse.

— Nossa, Gigi. Está bem, está bem.

— O aniversário dela é daqui a algumas semanas. Eu vou ficar muito chateada se você não planejar alguma coisa espetacular para ela, e não estou falando de presente. — Dou um cutucão nele com o cotovelo.

— Ok, doutora. Eu preciso voltar ao trabalho. — Seus olhos estão brilhantes e ele me puxa para outro abraço de urso.

— Eu vou para a cobertura tomar um banho longo de banheira. Te amo. — Dou um beijo em sua bochecha e um abraço.

— Não deixe que "a vagabunda" diminua você na festa, Gigi. A maior parte das mulheres some em comparação com a sua beleza e inteligência. Se o Chase precisar de um bom chute na bunda para se lembrar do que tem, fale comigo. — Ele entra no elevador e desce.

Aperto o botão, preparada para subir para a cobertura.

— Aonde vamos agora, srta. Callahan? — Austin pergunta, enquanto coloco o polegar na tela a fim de ter acesso à cobertura. A tela lê a minha digital e o elevador começa a subir.

— Vou para a cobertura tomar um banho e dormir um pouco. Você vai me observar tomando banho? — pergunto, piscando um olho.

Ele fica totalmente vermelho.

— Não, senhorita. Só vou checar o local e esperar na sala da segurança ao lado da entrada. Se você planejar sair, sabe onde estou — ele continua. — Você vai passar a noite em casa? — O elevador se abre no andar da cobertura.

Em casa. As palavras ficam penduradas na minha língua. A ideia de isto aqui ser a minha casa não é totalmente desagradável. Pelo contrário, é atraente. Estou ficando mais acostumada a dividir o espaço com Chase e gosto muito de acordar ao seu lado todas as manhãs. Ser beijada feito louca antes de ele ir trabalhar todo dia também não é ruim.

— Sim, Austin. Com certeza eu vou passar a noite em casa.

20

𝒟*ou os toques finais na maquiagem e então me olho longamente no* espelho. O vestido preto Gucci se agarra às minhas curvas como uma segunda pele. O forro embaixo é nude e brilha pelos grandes recortes de renda. Com essa camada interior mais clara, meus seios e quadris são acentuados, exatamente o visual que eu procurava. O decote canoa passa maravilhosamente pela minha clavícula. Meus seios parecem dois pêssegos maduros, implorando para ser mordidos. Eu me viro e vejo minhas costas. O vestido tem um decote profundo em U, completamente aberto. A borda é bem safada, deixando as covinhas das costas perfeitamente visíveis. Chase adora costas expostas. Já posso imaginar a ponta dos dedos dele fazendo trilhas sobre minha pele nua, descendo pela coluna.

O vestido cai delicadamente em meus joelhos. Subo nos sapatos. Os saltos são de plataforma e aumentam minha altura em quinze centímetros. Estou planejando ficar mais alta que "a vagabunda" esta noite. Meu cabelo cai em cachos avermelhados em torno do rosto. Bem Veronica Lake nos anos 40. Um sérum adiciona aquela dose muito necessária de brilho. Mais uma camada de gloss pêssego e estou pronta para brilhar.

Entro na sala e Chase está ao celular. Ouço por um momento.

— Nós vamos sair logo. A Gillian está quase pronta. — Ele se vira em minha direção e fica de boca aberta. — Ah, ok. Hum, vejo você lá — diz e desliga. Desliza lentamente o olhar sobre meu corpo e para nos meus olhos.
— Gillian... Meu Deus, você me deixou sem ar — elogia, em tom grave e rouco.

O som me enche de calor, espalhando-o pelas minhas veias como um bom uísque envelhecido.

O próprio Chase está tão lindo que dá vontade de morder. Ele está usando smoking preto, camisa branca e colete preto. Uma gravata preta está enfiada dentro do colete. Ele está incrivelmente elegante, e, não pela primeira vez, sou lembrada da sorte que tenho por estar com ele. Por um momento, fantasio que é o dia do meu casamento e Chase está olhando para mim como se eu fosse tudo que já houvesse existido no mundo. Ok, não é o dia do meu casamento. Mas ele está certamente olhando para mim com uma reverência que faz meu coração bater em um ritmo pesado.

— Eu sou um desgraçado sortudo. — Ele segura a minha mão e beija a palma, inalando o perfume em meu pulso. — Eu adoro o seu cheiro. — E deposita um beijo quente na pele macia.

Sorrio e ele me puxa para si. Minhas mãos caem sobre seu peito musculoso. Arrumo sua gravata, garantindo que fique perfeita. Já está, mas fazer alguma coisa com as mãos me deixa mais à vontade.

— Nós vamos nos divertir hoje — ele promete.

Duvido. Mantenho esse pensamento para mim.

— Vamos? — Ele oferece o braço formalmente.

Sorrindo, coloco meu braço em torno do dele.

— Sendo uma festa tão grande, vamos contar com o Jack e o sr. Campbell. Assim, não importa onde estejamos, vamos estar cobertos.

Reviro os olhos, mas fico quieta. Não quero pensar no meu assediador neste momento, mas fico feliz que ele esteja tomando precauções.

— Mais mensagens? — pergunto.

Chase fica tenso.

Olho para ele em alerta, querendo que ele simplesmente me diga a verdade e não oculte algo importante de mim.

— Sim. Houve uma mensagem desde o dia em que você recebeu flores da última vez.

— E o que dizia?

Ele para e coloca a mão no meu queixo.

— Baby, eu não vou te falar. Não porque eu não queira ser honesto, mas porque não quero essas coisas na sua cabeça. Elas já estão na minha e estão me torturando. Ok?

Sem contar a vez em que falou sobre seu pai e sua mãe, essa é provavelmente a sua maior prova de honestidade comigo.

— Eu confio em você para tomar conta de mim — sussurro.

Ele engole em seco. Seu olhar é tão intenso que sustenta o meu pelo que parece uma eternidade. Naquele instante, eu sinto tudo. Seu amor. Seu medo. Seu ódio pela pessoa que está me ameaçando.

— Eu sempre vou cuidar de você, Gillian. Ninguém vai te machucar de novo — ele promete.

E eu sei que, se isso estiver sob o seu controle, vai dar tudo certo. Só que tudo não vai estar sempre sob o seu controle, independentemente de quanto dinheiro ele tenha. Dinheiro não é tudo. Existem muitas pessoas perturbadas no mundo e, infelizmente, uma delas quer um pedaço de mim. Tenho medo de que ela consiga.

— Alguma pista sobre o Justin?

Ele faz uma careta e continua indo em direção à porta.

— Infelizmente não, mas eu tenho vinte homens trabalhando nisso.

Vinte? Meu Deus! Balanço a cabeça enquanto descemos de elevador. Nossos seguranças estão aguardando.

Austin abre minha porta.

— Você está adorável esta noite, srta. Callahan — ele diz enquanto entro na limusine.

— Muito obrigada, Austin. Você é muito gentil. — Sorrio e entro no carro.

Chase bate no ombro dele.

— Você sabe que ela já tem dono, certo? — Inclina a cabeça e sorri.

— Ah, sim, senhor. Eu sei que ela é sua namorada. Eu não pretendi...

— Ele está brincando, Austin, relaxa. — Balanço a cabeça. Pobre homem. Chase, mesmo quando está brincando, parece autoritário.

— Ufa. Ok. Mais alguma coisa, sr. Davis? — Austin pergunta.

— Como a minha namorada disse, relaxa, mas não demais. Nada pode acontecer com ela, entendeu?

E aí está o meu Chase controlador e superprotetor. Eu estava gostando demais do Chase brincalhão, mas sabia que o controlador estava logo ali.

— É claro. Ninguém exceto o senhor chega perto dela — ele declama.

Chase segura seu ombro de novo.

— Muito bem — diz e bate no teto da limusine. — Jack, estamos prontos? — E entra no carro.

Austin fica no banco do passageiro.

— Nós vamos estar lá em trinta minutos, sr. Davis — Jack informa.

A viagem é tranquila, e Chase segura a minha mão enquanto permanecemos em silêncio. No fim, ele atende uma de suas ligações de negócios. Isso realmente não me incomoda. Eu achei que sua necessidade de estar disponível o tempo todo para o trabalho seria um empecilho para nosso relacionamento, mas na maior partes das vezes ele é muito bom em se desconectar.

Chegamos à mansão dos Davis e eu vejo grandes tendas brancas espalhadas pelo espaço. Lanternas enormes no estilo chinês dão voltas pelo jardim em tons variados de branco, azul, verde e rosa. A limusine para e Austin abre a porta para nós. Somos saudados por garçons segurando taças de champanhe. Pego uma rosé, me sentindo um pouco menininha com a minha escolha. Atravessamos a casa enorme com pessoas se aglomerando em todos os lugares. A música ecoa a distância. Chase segura minha mão e eu o sigo pela multidão, absorvendo silenciosamente o ambiente luxuoso.

— Você morava aqui quando criança? — pergunto.

Ele assente e sorri.

— É tão... grande e bonita.

— Meu tio me ensinou desde pequeno a aproveitar as melhores coisas da vida.

Ele provavelmente foi muito mimado. Imagino um menininho com cara de querubim e cachos marrons caindo nos olhos correndo por esta casa enorme.

Saímos para o jardim, que não é realmente um jardim. Tem o tamanho de um campo de futebol, cercado por plantas e flores exuberantes de todo tipo. Estátuas de mármore estão espalhadas pela grama aqui e ali. Uma fonte gigante joga água para o céu por três metros. Luzes refletem na água, fazendo-a parecer multicolorida. Chase me leva para um grupo grande de homens de smoking. Vejo seu tio Charles no centro, contando uma história. Chase abre caminho e ganha um abraço apertado.

— Chase, meu rapaz — seu tio diz, alegre. — Vejo que você trouxe a adorável srta. Callahan. — Ele solta Chase e segura minha mão, levando-a aos lábios.

— Feliz aniversário, sr. Davis. Obrigada por me receber — digo.

— O prazer é todo meu, e pode me chamar de Charles. Imagino que "sr. Davis" fique complicado quando você tem o seu próprio sr. Davis para competir. — Ele inclina a cabeça em direção a Chase.

É evidente que ele gosta muito do sobrinho, e meu coração se aquece quando penso no motivo de Chase ter vindo morar com o tio na infância.

— O Chase fala muito bem de você — digo.

Ele olha para o sobrinho com um sorriso.

— Fala? Contando meus segredos, hein, Chase?

Até aqui eu realmente gostei da família dele. Bom, não passei muito tempo com Cooper, além daquele jantar beneficente. E a mãe não pareceu muito feliz com a minha presença, mas o restante do clã Davis é excelente.

Carson aparece atrás de mim.

— Gillian, linda como sempre — diz e vem me abraçar.

Kat está bem atrás dele, deslumbrante, com um vestido justo de paetê prata com um corte em franja no meio das coxas. Suas pernas vão longe, com sandálias altas e prateadas.

Colocando os braços em torno dela, eu a aperto.

— Kat, uau. Você desenhou este vestido? — pergunto, me afastando para analisar seu traje.

— Desenhei. — Ela abre um sorriso largo. — Se você olhar bem de perto, vai ver que tem lantejoulas rosa minúsculas contrastando com o prata — acrescenta.

Abaixando, olho bem de perto, encontrando o que esperava: um trabalho impecável. Ela com certeza vai vestir as celebridades algum dia.

— É incrível. Adorei essa franja! Tão moderna, tão atual! — disparo.

— Você é suspeita — ela agradece, modesta, mas sem esconder o sorriso enorme. — Eu queria ter tido a chance de fazer o seu vestido — diz, fazendo bico. — Embora a Gucci tenha coisas maravilhosas para essas curvas. Maldita! Você está uma gata.

Dou um sorriso largo enquanto passamos mais alguns minutos falando sobre os detalhes das nossas roupas. Então Carson puxa Kat para apresentá-la à sua família. Eu olho a distância, parando em um corrimão de concreto. Chase está desfrutando da companhia de seu tio e dos amigos dele, e eu quero que ele se sinta confortável sem precisar ficar grudado em mim. Dou um gole na minha taça e aprecio a vista para os jardins exuberantes e o cheiro de jasmim fresco no ar. O jardim me faz lembrar o que *Sonho de uma noite de verão*, de Shakespeare, deveria ser.

— Sabe, você é mais atraente do que eu esperava.

Uma voz atrás de mim me assusta o suficiente para eu me virar, ficando cara a cara com Megan "a vagabunda" O'Brian. Cerrando os dentes, espero que ela continue, sabendo que está prestes a jorrar algo vil dos lábios bonitos.

— Estou surpresa com as semelhanças entre nós. — Ela joga a cabeça para o lado. — Imagino que ele nunca tenha me esquecido. O que é bom, *muito* bom. — Seu tom é sarcástico e pretensioso.

Quero esmagar seu rosto perfeito com minha bolsinha. Ela é pesada o suficiente para machucar ou, no mínimo, para assustá-la bastante.

Mas decido simplesmente descobrir o que ela quer.

— E por que isso? — pergunto, ciente de que estou mordendo a isca.

— Porque ele vai ser meu de novo. — Sua resposta é confiante e vai direto ao ponto. Por um instante, penso em lhe dar um tapa na cara, mas ficaria feio para mim, não para ela. Estou honestamente impressionada com a audácia dessa mulher.

Megan continua:

— Ah, eu tenho certeza de que você é legal, obviamente bonita, mas eu fui o primeiro amor dele. Eu fui a mulher com quem ele ia se casar — complementa.

— Você é o passado dele, só uma lembrança distante. — É bom atacá-la, embora tudo o que ela diga irrite meus nervos como uma esponja de aço, alimentando meus medos.

— Ah, mas você é prova viva de que ele não me esqueceu. Por que ele escolheria uma mulher que poderia ser minha irmã? Ele só namorou loiras antes de você. Eu estou sempre de olho nele. Eu sabia que era hora de entrar novamente na vida dele quando vi a foto de vocês dois, há alguns meses, nas colunas sociais. Eu soube então que ele não tinha me esquecido. — Ela continua o ataque.

— Pense o que quiser. O Chase me ama — digo, muito segura.

— E você acredita nisso? Ele diz que ama todas as mulheres que ele quer comer. Ele provavelmente já te falou que você é dele, né?

Meus olhos se arregalam.

— Você é um pedaço de carne para ele. Ele provavelmente já te comeu dizendo "minha, minha, minha"!

Quase vomito quando essas palavras são despejadas de seus lábios rosados perfeitos.

— Vai se foder — respondo e desço as escadas correndo.

Meus olhos se enchem de lágrimas enquanto o mundo começa a desabar. Que merda. Tudo o que ela disse ele fez. Ele disse que me amava e depois me comeu. Ele só disse isso duas vezes, mas foi exatamente antes de fazermos amor, ou durante. Nunca disse à luz do dia. Esbarro em várias pessoas enquanto tento ir para o mais longe possível. Uma clareira é aberta, e a lua brilha em cima de mim. Respiro fundo, tentando recuperar o fôlego e acalmar a ansiedade que enterra suas garras maldosas em meu coração e minha mente.

Relembro vários de nossos momentos íntimos e as coisas que ele disse.

Você é minha.

Você. É. Minha. Mulher.

Fecho os olhos e deixo as lágrimas caírem enquanto revivo as tantas vezes em que ele afirmou me *possuir*. Eu acreditei em cada mentira. Ele só quer uma substituta para ela... para Megan. O que eu vou fazer?

— Ei, ruiva — uma voz grossa sussurra em meu ouvido.

Dou rapidamente um passo para trás. Perco o equilíbrio quando o salto do meu escarpim fica preso no caminho de pedras.

O braço longo de Cooper se estica e se enrola em torno da minha cintura, sua mão em minhas costas nuas.

— Bem, agora que tenho você nos meus braços, o que eu faço? — Ele me mostra um sorriso demoníaco de menino.

— Obrigada por me segurar. — Eu me afasto dele e enxugo as lágrimas.

— Por que uma mulher tão linda está chorando em uma ocasião tão feliz? Quer que eu dê um chute no traseiro do meu primo?

Sorrio. Talvez Cooper não seja tão mau quanto Chase faz parecer.

— Porque eu dou. Não seria nenhum problema para mim — ele completa, canastrão. — Qual é o problema, linda?

Olho para onde Megan estava. Ela ainda está lá, mas desta vez Chase está com ela. Não levou muito tempo. Ele está sorrindo, e meu coração se aperta. Ela coloca a mão em seu ombro e a desliza pelo braço, até o cotovelo. Aquele único toque íntimo acaba comigo. Chase está voluntariamente deixando que ela o toque da maneira que eu tocaria, da maneira que uma amante faz. É o fim.

— Ah, nada, na verdade. Eu só... — Meus ombros caem e eu começo a soluçar.

Ele me puxa para um abraço.

— Ei, está tudo bem.

Passo momentos chorando no peito de Cooper. Ele me segura levemente pela cintura e acaricia a pele nua das minhas costas. O toque é íntimo demais e envia arrepios pela minha coluna. É aí que eu percebo que apoiei o rosto em seu peito e ele está sussurrando coisas doces no meu ouvido sobre o fato de eu ser bonita, merecer alguém melhor, alguém como ele. Que merda. Isso não está acontecendo.

Olho para o rosto de Cooper e ele está me encarando com os olhos cheios de desejo. Já vi esse olhar muitas vezes, mas ele não é o homem que eu quero.

— Você não precisa dele. Ele só vai te magoar — ele diz.

— Tire as mãos dela, seu merda. — Ouço a voz explosiva de Chase atrás de mim.

Cooper me segura mais forte.

— Por quê? Foi você quem a fez chorar.

Chase olha para mim, medo e raiva em guerra em seus olhos de oceano. Tenho certeza de que meus olhos estão inchados e vermelhos de chorar, a maquiagem completamente borrada. Minha respiração está descontrolada e meu nariz escorrendo. Seus olhos encontram os meus e são inquisitivos, mas eu não aguento e prefiro me virar para o outro lado. Posso ver a vagabunda correndo para cá, descendo os degraus atrás dele.

— De que merda você está falando, Cooper? — Chase pergunta.

— Me diga você, primo. Esta bela mulher está chorando, e onde você estava?

— Comigo — Megan diz, do alto da escada. — Chase, querido, você não precisa dessa substituta sem graça quando pode ter a original. — Ela vem por trás e coloca as mãos em seus bíceps.

Ele se solta.

— Gillian, vem comigo. Agora. — Vem até mim e puxa minha mão. — E, se você um dia encostar de novo a mão num fio de cabelo dela, eu acabo com você, Coop. Fique longe da minha mulher! — Ele sobe as escadas, me arrastando. Segura meu pulso com mais força do que nunca.

— Chase, você não precisa dela. Você tem a mim — Megan insiste.

Tento me soltar, sem querer ouvi-lo escolhê-la em vez de mim. Não aguento isso. Chase me segura com força, sem permitir que eu me solte. De fato, ele me puxa para o seu lado, como já fez tantas vezes antes.

Então olha para Megan da cabeça aos pés, com uma expressão furiosa.

— Eu tive você, assim como todos os homens nesta maldita festa já tiveram. Você é uma biscate! Eu não te tocaria de novo nem com uma vara de três metros!

Os olhos dela se arregalam.

— Você acabou comigo há quase dez anos. Eu parti para outra. E você precisa fazer a mesma coisa. Por que você não trepa com o Cooper de novo? Ele está disponível. — Chase continua subindo as escadas.

Trepar com Cooper de novo? Ah, meu Deus. Ela transou com o primo dele. Isso foi antes ou depois do noivado? Os detalhes são extremamente importantes neste momento.

Chase não desacelera, e eu me arrependo de ter comprado estes escarpins quando cambaleio e tento manter o equilíbrio. O chão de pedras prova ser extremamente difícil, e eu estou com medo de quebrar o tornozelo.

— Para, Chase.

Ele continua a puxar meu braço, segurando-o com uma força descomunal.

— Porra, eu vou cair se você não for mais devagar! — grito e puxo o braço.

Em vez de ir mais devagar, ele se vira para mim e me levanta, me colocando no ombro como um bombeiro, minha bunda no ar e a cabeça balançado nas suas costas.

— Eu não vou deixar você fugir desta vez — ele diz, enquanto sai batendo os pés pelo jardim e depois dentro de casa.

As pessoas na festa param e olham o espetáculo. Todas as bocas estão abertas, atônitas. Exceto a boca do tio Charles e do primo Carson, que, ao contrário, estão sorrindo de orelha a orelha.

— Não a deixe escapar, meu rapaz! — seu tio diz.

Chase levanta a mão, acenando, enquanto passa, a outra mão segurando firmemente minha bunda. Vejo sua mãe na cadeira de rodas ao lado do tio, visivelmente furiosa com o comportamento de neandertal do filho.

Chegamos à limusine e ele me joga lá dentro.

— Que merda foi essa? — pergunto, enquanto Jack acelera. — Você estava querendo me envergonhar? Porque, se estava, funcionou brilhantemente! — Estou furiosa, pronta para arrancar seus olhos com pinças.

— O que você estava fazendo abraçada com o Cooper? — Seu tom é frio e acusador.

— Eu não estava abraçada. *Por favor* — falo com desdém. — Ele estava me consolando depois que a Megan vagabunda O'Brian basicamente me falou que o nosso relacionamento é uma farsa!

Chase segura as têmporas e passa a mão pelo cabelo despenteado.

— E você acreditou? Depois de tudo que nós passamos? — Seus olhos investigam os meus. O tom é sentido.

— Eu não tive alternativa. Ela disse coisas, Chase. Coisas pessoais. Coisas que eu pensei que fossem só nossas, e ela disse que você fala para todas as mulheres que quer levar para a cama! — Minha voz fica embargada.

— Gillian, eu não sei o que ela te disse, mas eu nunca te falei nada que não fosse verdade.

Seus olhos parecem honestos. Ele deve estar falando a verdade, mas minhas inseguranças estão correndo violentamente. Estou com medo.

— Preciso de um tempo para pensar. — Cruzo os braços na defensiva, me recosto na porta e olho pelo vidro do carro. Pelo caminho de volta, tudo o que se pode ouvir na limusine é o som da nossa respiração aflita.

Quando chegamos à cobertura, ele me segue até o quarto e me empurra contra a parede. Seu corpo se encosta no meu, peito com peito, coração com coração. Com nosso nariz quase se tocando, vejo que ele está sofrendo, mas eu também estou. Isso é importante demais para recuar agora. Temos que resolver de uma vez por todas se quisermos continuar.

Sua respiração sopra os fios de cabelo do meu rosto.

— Gillian, eu não vou deixar aquela vaca se meter entre nós. O que nós temos é real. Mais real do que qualquer outra coisa que eu já vivi.

Ele soca a parede atrás da minha cabeça e isso me assusta. A reação é muito parecida com a que Justin costumava ter comigo, usando os punhos cerrados para demonstrar algo. Eu me encolho e o instinto me faz levar as mãos para a frente do rosto, defensivamente.

— Baby, desculpe. Eu não quero te assustar. Eu nunca te machucaria. Nunca. É só que... isso me dá tanta raiva, porra!

Assinto e baixo as mãos. Minha respiração está pesada, saindo em golfadas ruidosas. Meu coração está batendo tão forte que temo que possa sair do peito. Chase me leva para a cama e me faz sentar. Então faz uma coisa que nunca pensei que faria, nem em um milhão de anos: se ajoelha a meus pés. A posição não é de poder e autoridade, mas de um homem de joelhos diante da mulher que ele ama. Massageia minhas coxas firmemente enquanto se reconecta comigo.

Há um peso no ar que não havia antes. A pele e os pelos dos meus braços se arrepiam e um frio corre pela minha coluna. Ele me encara com tanto amor nos olhos que sou incapaz de olhar para qualquer coisa além dele.

Chase junta minhas mãos e, com um polegar, faz o símbolo do infinito. Meus olhos ficam embaçados diante do gesto.

— Gillian, eu quero você. Eu te quis desde o momento em que te vi. — Seus olhos se enchem de lágrimas.

Estou aprisionada pela emoção que ele está demonstrando.

— Eu já falei antes e vou falar de novo. Você é *minha*. Eu te quero na minha vida, te quero na minha cama e te quero ao meu lado. Sempre, para sempre e até o infinito, baby. — Ele toca meu rosto, o polegar acariciando minhas maçãs do rosto. Olha fixamente para os meus olhos. — Eu te amo, Gillian Grace Callahan. Eu sempre vou te amar. Eu sempre vou correr na sua direção e atrás de você, não importa aonde for.

— Chase... — Lambo os lábios.

— Não. Me deixe terminar. O que eu tive com a Megan acabou uma noite antes do nosso casamento, quando ela trepou com o Cooper. — Sua cabeça abaixa e ele respira fundo. -— Eu não via a hora de chegar o dia do nosso casamento. A cerimônia ia ser de manhã. Eu quis dar um beijo de boa-noite nela. Quando fui ao quarto dela, ouvi risadas e então... — Ele tem dificuldade de continuar por um momento. — Ouvi gemidos.

Não precisa ser um gênio para saber o que vem em seguida. Fecho os olhos, sentindo a dor que ele deve ter sentido naquela noite.

— Quando eu abri a porta, o Cooper estava em cima da mulher com quem eu ia me casar na manhã seguinte. Eu nunca vou esquecer aquela imagem. Nunca vou perdoar nenhum dos dois. Eu soube naquele instante que ela jamais me amou. Eu representava o que ela deveria buscar, o que ela deveria ter na vida.

— Sinto muito, Chase. — As lágrimas começam novamente e pingam em suas mãos.

Ele fecha os olhos.

— Os meus sentimentos por você, Gillian, são muito mais fortes do que qualquer coisa que eu já senti por ela. Não ter você na minha vida, do meu lado, seria o fim. Você não entende? Eu te amo. Eu quero que você seja minha esposa — ele implora. — Não me deixe. Por favor, prometa que nunca vai me deixar. — Uma lágrima solitária escorre em seu rosto.

Eu me inclino e beijo a lágrima, sentindo o gosto do oceano de sua tristeza.

— Eu não vou te deixar. Prometo. — Eu sei que desta vez é verdade. Eu nunca poderia deixá-lo. Não aguentaria ficar sem ele. Ele já faz parte de mim. Chase sempre vai fazer parte de mim. Não há como negar isso agora, e não há nenhum lugar para onde eu poderia fugir e ele não me encontrasse e trouxesse para casa.

— Casa comigo? — ele diz, olhando nos meus olhos.

— Chase, eu não vou me casar com você agora. Nós estamos juntos faz alguns meses. Além disso, você só está pedindo por causa do que aconteceu hoje. — Suspiro, soltando o ar que segurei desde o momento em que as palavras "casa comigo" deixaram seus lábios.

— Você acha? — Ele fica de pé com um salto e vai para o closet. Volta e se ajoelha diante de mim mais uma vez. Tira uma caixa de veludo preto e minhas mãos começam a suar. — Você acha que isso foi feito de improviso? — Balança a cabeça e sorri. — Eu já tenho o anel, linda. Eu comprei há algumas semanas. Estava só esperando a oportunidade perfeita. Agora que você está questionando o meu amor, o meu comprometimento, eu vou trocar o romance pela realidade. Eu quero você para sempre. Por favor, seja minha para sempre.

Ele abre a caixa de veludo preto e um anel de platina e diamantes está no meio dela. São três linhas de diamantes grandes e reluzentes que envolvem completamente a aliança. É incrível, diferente de tudo que eu já vi.

— Cada linha representa uma coisa especial. — Sua unha toca uma linha delicada. — Uma para o nosso passado, outra para o nosso presente, outra para o nosso futuro.

Levanto a cabeça e olho em seus olhos. Exatamente como minhas irmãs de alma. A trindade.

— Eu quero fazer parte de tudo o que é seu. Casa comigo. — Seus olhos brilham e parecem um redemoinho, no azul mais intenso que já vi.

— Sim — sussurro.

Ele levanta a cabeça e seu olhar se prende ao meu.

— Sim, tipo, você se casa comigo, ou sim, você acredita em mim?

— Sim, eu me caso com você, e sim, eu acredito em você. — Não estou nem um pouco chocada com o peso e a profundidade da minha resposta. Chase e eu fomos feitos um para o outro.

Ele coloca o anel no meu dedo anelar da mão esquerda e a beija.

— Eu vou te fazer muito feliz, Gillian. Eu juro!

Aqueles lábios deliciosos se grudam aos meus. Ele coloca tudo no beijo e eu aceito. Sua mania insana de controlar, suas atitudes, frustrações, superproteção, sensualidade e, acima de tudo, seu amor eterno por mim. Qualquer coisa e tudo que ele der, eu vou tomar e devolver em dobro.

Ele se afasta rapidamente.

— Vamos nos casar amanhã! — diz, entusiasmado.

— Não — respondo, secamente.

Ele pisca algumas vezes.

— Semana que vem? — Sua voz é esperançosa, aumentando o sorriso sexy safado.

— Não. Daqui a um ano — sugiro.

— Um ano? Você quer que eu espere um ano inteiro para você ser minha? — Ele parece incrédulo.

— Se você me amar, vai esperar. — Ele sabe que é a minha palavra final. Ele conseguiu que eu concordasse com o casamento. Vai ter que me dar esse tempo para provar seu comprometimento.

— Venha morar comigo, então — ele propõe. Esse homem está sempre negociando. É provavelmente por causa disso que ele é tão rico.

— Ok. — É um bom acordo.

— Ok? — A esperança preenche seu tom.

— Eu venho morar com você. Mas você tem que colocar a Maria em um dos seus prédios, que tenha porteiro e segurança monitorada. Ah, e o aluguel precisa ser em conta.

— Feito. Ela não vai pagar um centavo!

Respiro fundo.

— Não foi isso que eu disse. — Reviro os olhos.

— Baby, eu quero te dar o mundo. — Ele me beija e desliza a mão na minha perna, parando no tecido de renda que cerca minha coxa. — Você está usando meia sete oitavos?

Sorrio com um beijo. Ele grunhe.

— Você sabe o que dizem sobre a mulher que usa sete oitavos? Ela está convidando o homem para sua parte mais...

— Ah, cala a boca e me beija.

Sopro meu latte de baunilha matutino, cortesia do adorável Bentley. Chase está mastigando o quarto cookie recém-assado. Eu o vejo mergulhar o biscoito no café. Lembrete para mim mesma... nunca dividir uma xícara de café com meu noivo. Provavelmente vai estar cheia de migalhas. Olho para Chase enquanto ele cantarola e vira as páginas do jornal de domingo. Ele está radiante esta manhã. Depois de tudo o que aconteceu ontem, ainda me sinto um pouco frágil e carente de sua atenção, mas girar meu anel de noivado no dedo ajuda a domar qualquer insegurança. Adoro sentir o peso da aliança em minha mão, sabendo o seu significado, antecipando nosso futuro juntos. Sonhos de verdade são feitos disso, e eu vou aproveitar cada momento.

— Chegou um pacote chegou para você, srta. Callahan. — Austin entra e deixa a caixa na mesa da sala de estar.

Chase se aninha em mim e beija meu pescoço. Levanto a mão e olho para o meu anel, cintilando ao sol da manhã, que brilha através das janelas. Ele sorri em meu pescoço.

— Ficou bonito em você — murmura no meu ouvido.

Eu me viro, lhe dou um beijo lento e depois me solto. Ele não me deixa escapar facilmente. Abro a caixa, rasgando o papel de embrulho. Dentro, encontro um monte de fotos em preto e branco. Todas são de mim e Chase, bem de perto. Uma delas foi tirada há cerca de um mês, e várias outras foram feitas nas últimas semanas. Em todas as fotos, a cabeça de Chase está cortada ou riscada com um x vermelho. Minhas mãos começam a tremer, e Chase dá um salto e pega as fotos, olhando para elas em silêncio.

— Porra! Jack! — ele grita.

Jack e Austin correm para a sala.

Tirando o tecido macio do fundo da caixa, coloco a mão em algo feito de renda com uma substância grudenta. Pego e percebo que é o meu conjunto roxo de calcinha e sutiã. Derrubo os itens sobre a mesa e olho fixamente para minha mão. Há uma gosma pegajosa em todo lugar. Chase agarra meu pulso e olha longamente. Suas narinas se abrem e seu rosto assume uma expressão de completa fúria. Seu maxilar fica tenso, e o tique terrível se junta à raiva. Instantaneamente, eu sei o que a substância é. O sêmen do meu admirador.

Fecho os olhos, tentando controlar as agulhadas dolorosas de repugnância, mas meu corpo tem outros planos. O tremor começa lentamente e se transforma em um chacoalhar pelo corpo todo em meros segundos. O assediador foi ao meu apartamento, encontrou o sutiã e a calcinha e gozou em cima deles antes de jogá-los na caixa e enviá-la para mim. Chase me arrasta pela cozinha e coloca minhas mãos debaixo da água. Passa sabão nelas e eu as esfrego. Agarro a esponja e esfrego com força na pele com o lado mais áspero, até ambas as mãos ficarem vermelhas.

— Gillian, pare. Já saiu. Está limpo — Chase diz, tirando minhas mãos da pia e beijando cada uma delas. — Respire fundo.

Ele me imita e ambos respiramos fundo várias vezes. O pânico diminui e eu estou mais calma quando entro na sala.

— Ele está ficando mais ousado. — Jack segura a última mensagem.

— Leia — exijo.

— Baby, eu acho que não é uma boa ideia — Chase diz, com suavidade.

— Leia, Jack. Agora!

Chase enrola os braços em torno da minha cintura e eu me aconchego em sua força, me apoiando totalmente em seu abraço.

— Vamos, Jack — Chase ordena. — Ela precisa saber com quem estam lidando.

Vadia,

Eu disse que você não pode se esconder de mim. Você vai ser minha. Nada e ninguém vai atrapalhar o nosso encontro.

Beijos

Fecho os olhos e tento controlar minhas emoções. Uma fúria imensa e intensa me varre enquanto começo a andar de um lado para outro da sala. O robe de cetim que Chase me deu em Nova York me segue. Eu o pego e o jogo em um círculo quando viro para a outra direção. Lágrimas traiçoeiras se formam, e eu quero gritar com todas as minhas forças. Por que agora? Por que isso está acontecendo comigo? Já não sofri o bastante? Não é a minha vez de ser feliz? Lágrimas escorrem pelo meu rosto e eu as enxugo, estremecendo de irritação.

— Baby, está tudo bem. Eu vou cuidar de você. Nada vai acontecer com você enquanto eu estiver aqui. — Ele envolve os braços em torno de mim, me puxando para a segurança do seu amor.

Anuo contra seu peito e me grudo nele. Estou tão cansada disso.

— Isso termina aqui. Dobre o número de homens, Jack, e eu quero a inteligência nisso. Austin, ela não vai a lugar *nenhum*, e eu quero dizer *nenhum*, sem você. Você é oficialmente a sombra dela. Se não puder lidar com essa responsabilidade, eu vou encontrar outra pessoa que possa.

— Senhor, eu vou fazer o que for necessário para mantê-la segura. Eu vou protegê-la com a minha vida. — Austin arruma a postura e enche o peito. Seu maxilar está tenso, os punhos cerrados.

Chase olha para ele da cabeça aos pés por um momento. Faz um gesto afirmativo e másculo com a cabeça que, de alguma forma, comunica mais do que palavras.

— Podem ir — Chase diz, por cima do meu ombro.

Ele coloca a testa na minha. Lágrimas frescas se juntam e caem enquanto ele me segura e nós respiramos juntos.

— Gillian, eu vou dar um jeito nisso. Você está segura comigo. Nós vamos ter um futuro longo e lindo pela frente. Ok?

Quando ele fala com essa determinação, eu acredito.

— Não se preocupe. — Chase se aninha no meu pescoço e dá um beijo doce bem atrás da minha orelha. — Eu te amo — sussurra.

— Eu te amo mais. — Depois de me acalmar e ele respirar dez vezes comigo, eu me sinto melhor.

Nós nos acomodamos no sofá e ele me abraça por muito tempo.

— Agora, podemos celebrar o nosso noivado, por favor? Não vejo a hora de contar para as meninas. — Eu sorrio enquanto ele toca as laterais do meu pescoço com as duas mãos, joga a cabeça para trás e ri. Ele fica tão bonito quando sorri.

— Excelente ideia. Mas, antes, vamos fazer uma comemoração particular. — Ele mexe as sobrancelhas e sorri, sedutor, antes de me puxar para seu peito.

Uma mão passa pelo meu cabelo, jogando minha cabeça para trás para um beijo profundo e lento. Arrepios correm através do meu corpo até a ponta dos pés.

Chase e eu passamos o restante da manhã celebrando o nosso amor. Ele tem certeza de que a sua equipe vai resolver a questão do assediador mais cedo ou mais tarde. Pela primeira vez na vida, vou deixar outra pessoa cuidar de mim. Vou permitir que a minha segurança e a minha felicidade estejam nas mãos do homem que eu amo. Chega de viver no passado e temer o futuro. A partir de agora, vou me concentrar na vida que estou construindo com as pessoas que amo e com quem me sinto segura, sabendo que, hoje, o presente é lindo.

Fim... por enquanto.

AGRADECIMENTOS ESPECIAIS

Para minhas irmãs de alma, Dyani, Nikki e Carolyn.
Sem vocês, eu não sou eu.
Sem seu amor e seu apoio infinito, este romance não teria sido publicado.
Sem você, Dyani Gingerich, não haveria Maria De La Torre.
Sem você, Nikki Chiverrell, não haveria Bree Simmons.
Sem você, Carolyn Beasley, não haveria Kathleen Bennett.
Sem irmãs de alma este livro não seria especial.
Eu sempre as amarei mais.
BESOS
Bound eternally sisters of souls (irmãs de alma unidas eternamente)

AGRADECIMENTOS

Ao meu marido, Eric. Eu sempre vou te amar mais. Obrigada pelo apoio infinito e por me encorajar a perseguir os meus sonhos.

À minha mentora, Jess Dee. Você foi a primeira a me dizer que este romance merecia um trabalho sério. Essa primeira crítica me iniciou nesta viagem. Foi um momento que me marcou para sempre. Eu sempre vou ser grata pelo tempo que você dedicou a me dar conselhos, revisar minhas palavras e me estimular a continuar seguindo os meus sonhos. Eu adoro você e luto para um dia ser uma contadora de histórias tão boa quanto a que encontrei em você. Obrigada, minha amiga.

À minha parceira de crítica Sarah Saunders. Sua crença em mim é impressionante. Obrigada por ver algo especial nas minhas histórias e por querer participar do aperfeiçoamento delas. Eu te amo, garotinha.

Aos meus editores. Alfie Thompson, obrigada por rasgar isto em pedaços, não só uma vez, mas duas! <sorriso> No fim, isso me fez uma escritora melhor. Helen Hardt, agradeço por cuidar para que todas as pontas soltas estivessem coladas no lugar.

Às minhas irmãs, Jeana, Michele e Denise. Espero que vocês vejam tanto da mamãe neste livro como eu vi. Eu gostaria de pensar que ela foi a musa deste romance, me cutucando e instigando pelo caminho. Eu acho que ela ficaria orgulhosa do resultado.

Às minhas leitoras beta:

Jeananna Goodall, minha maior fã. Eu não sei como a experiência teria sido se eu não tivesse você torcendo e esperando cada capítulo enquanto eu escrevo. Gosto tanto de seu caso de amor com minhas personagens. É como se elas se esforçassem para agradá-la.

Ginelle Blanch, tenho certeza de que você ganharia todos os prêmios por encontrar os erros mais singulares. Sem o seu olhar atento aos detalhes, eu receberia muito mais reclamações pela minha gramática. Além disso, eu sempre espero ansiosamente pelas suas opiniões. Você tem um jeito incrível com as palavras, e seu feedback me salva sempre! Obrigada, moça.

Heidi Ryan, suas leituras beta equivalem a abrir minha própria versão do *Chicago Manual of Style*. Você é e sempre será a Rainha das Vírgulas. Obrigada por ler e corrigir meus erros. Você é um amor!

Emily Hemmer, porque a minha desolação adora companhia e a sua também. Eu amo o fato de ter você para conversar, extravasar e partilhar desafios e conquistas. Um dia nós estaremos naquela maldita lista, amiga!

Agradecimentos adicionais:

Às Audrey's Angels, minha equipe oficial. Tenho uma sorte imensa por ter as mulheres mais incríveis para me levantar e animar. Não é possível agradecer por tudo o que vocês fazem por mim. Acima de tudo, obrigada por serem mulheres fortes e bonitas que apoiam e cuidam umas das outras. Eu as amo muito!

A Drue Hoffman, a melhor pessoa do universo para cuidar de turnês com blogueiros! Ela faz serviços incríveis de promoção de livros para autores, sempre com um amor especial pelos independentes. Visite o site dela para ver preços e ofertas de serviços. Você vai adorar! www.druesrandomchatter.com.

A Rhenna Morgan e MJ Handy, pela revisão inicial, feedback e apoio enquanto eu procurava meu caminho por este monstro.

Por último, mas certamente não menos importante, à equipe editorial da Waterhouse Press, por apostar em mim e nas minhas histórias. Vou ser sempre agradecida. Namastê.

Impresso no Brasil pelo Sistema Cameron da Divisão Gráfica da
DISTRIBUIDORA RECORD DE SERVIÇOS DE IMPRENSA S.A.